DONGSUH MYSTERY BOOKS 143

I, THE JURY

심판은 내가 한다

미키 스필레인/이기석 옮김

동서문화사

옮긴이 이기석 (李基錫)

일본 조치대(上智大) 예과(豫科)를 거쳐 연희전문 졸업. 세종대학 영문과
교수와 한국일보 편집인 역임. 옮긴책 드라이저 《아 레니》 모음 《오색의
여신》 서로이언 《생의 어느 하오》 등이 있다.

DONGSUH MYSTERY BOOKS 143

심판은 내가 한다

미키 스필레인 지음/이기석 옮김

초판 발행/1977년 12월 1일

중판 발행/2003년 12월 1일

발행인 고정일/발행처 동서문화사

창업 1956. 12. 12. 등록 16-345 (윤)

서울강남구신사동 540-22 ☎ 546-0331~6 (FAX) 545-0331

www.epascal.co.kr

*

이 책의 출판권은 동서문화사 (동판)가 소유합니다.
의장권 제호권 편집권은 저작권 법에 의해 보호를 받는 출판물이므로
무단전재와 무단복제를 금합니다.

편찬·필름·제작 일체 「동판」 자본으로 이루어짐에 따라
출판권 소유권자 「동판」에서 제조출판판매 세무일체를 전담합니다.

사업자등록번호 211-90-02201

ISBN 89-497-0239-8 04840

ISBN 89-497-0081-6 (세트)

심판은 내가 한다
차례

등장인물

마이크 해머 뉴욕의 사립 탐정

웰더 마이크 해머의 여비서

패트 챔버스 마이크 해머의 친구. 뉴욕 경시청 살인과의 경감

잭 윌리엄스 마이크 해머의 친구. 보험회사 조사원

마너 데블린 잭 윌리엄스의 약혼녀

샬로트 마닝 정신과 여의사. 세계 제일의 미인

에스터 벨레미 쌍둥이 자매의 언니

메리 벨레미 쌍둥이 자매의 동생. 색정음란증의 화신

조지 카레키 주정 밀매업자. 암흑가의 두목

해럴드(헐) 캐인스 조지 카레키의 지인. 의과 대학생

아일린 비커스 남자에 의해 타락한 여대생

보보 호퍼 꿀벌 치는 사나이. 12세의 정신연령 소유자

캐시 샬로트 마닝의 하녀

심판은 내가 한다

1

나는 모자에서 빗방울을 털어내고 그 방으로 들어갔다. 아무도 말을 걸어오는 자는 없었다. 모두들 얌전히 뒤로 물러섰다. 나는 모두의 시선이 나에게 쏠리는 것을 느꼈다. 패트 챔버스는 침실 문 옆에 서서 마녀의 흥분을 가라앉히려고 애쓰고 있었다. 그 젊은 여자의 몸뚱이는 메마른 오열(嗚咽)로 괴로워하며 몸부림치고 있었다. 나는 다가가서 여자의 몸에 팔을 감았다.

"이봐, 진정해요." 나는 마녀에게 말해 주었다. "이쪽에 와서 좀 누워 쉬도록 해요." 나는 맞은쪽 벽에 붙여 놓은 침대 겸용의 긴의자에 그녀를 데리고 가서 앉혔다. 그녀는 몹시 초라한 몰골이었다. 제복 차림의 경관 하나가 베개를 침대 위에 놓아 주자, 그녀는 몸을 눕혔다.

패트는 이리로 오라고 몸짓으로 나에게 신호하며, 침실을 가리켰다. "저기 있네, 마이크." 그는 말했다.

"저기 있네"라는 이 말이 나에게 몹시 충격을 주었다.

저기에는 나의 친구가 마루 위에 죽어 쓰러져 있는 것이다. 시체, 지금은 그렇게 부를 수밖에 없다. 그는 어제까지만 해도 잭 윌리엄스로, 저 전쟁이 있던 2년 동안 내내 밀림 지대의 지독한 악취가 풍기는 진구렁 속에서 나와 똑같은 진흙 잠자리를 나누며 살아온 전우였다. 전우를 위해서라면 오른팔을 잃더라도 아깝지 않다고 말하곤 했었지만, 내가 개 같은 일본 병사 때문에 하마터면 두 동강이 나려는 것을 막노라고 팔을 잃고 만 잭. 총검으로 위팔을 찔려 병원에서 한 팔을 절단하고 말았던 것이다.

패트는 아무 말도 하려 하지 않았다. 그가 시체의 덮개를 벗겼으므로, 나는 그 차가운 얼굴을 손으로 만져 보았다. 태어나서 처음으로 통곡 비슷한 것이 가슴속에서 복받쳐 오르는 것을 느꼈다.

"어디를 당했지, 패트?"

"복부를 맞았네. 보지 않는 게 좋아. 범인은 45구경으로 낮게 겨누어 쏘았어."

어쨌든 시트를 들추고 보니 분노가 목까지 치밀어 올랐다. 잭은 쇼트 팬츠를 입고 있었는데, 한 손이 하복부를 고통스럽게 움켜잡은 모습이었다. 총알은 깨끗이 명중되었으며, 관통된 부위에는 주먹이 들어갈 만한 구멍이 입을 딱 벌리고 있었다.

나는 아주 정중한 태도로 시트를 도로 씌워 놓고 일어섰다. 범죄가 저질러질 만큼 꽤 까다로운 장소는 아니었다. 피가 흐른 자국이 침대 옆 테이블에서부터 잭의 의수(義手)가 놓여 있는 곳까지 이어졌고, 잭의 시체 밑에서 카펫이 구겨져 뒤틀려 있었다. 그는 한 팔로 기어가려 했으나 자기가 가려 했던 자리까지는 끝내 가지 못했던 것이다.

잭의 경관 호신용^(스미스 앤드 웨슨 제의 경관용 리볼버 권총) 총은 홀스터에 꽂힌 채 의자의 등받이에 둥글게 고리가 되어 걸려 있었다. 그가 필요로 했던 것은 이것이었다. 배에 총알을 맞고서도 마지막까지 단념하지 않았던 것이다.

그 38구경 권총의 무게로 평형을 잃고 있는 흔들의자를 나는 가리켰다. "저 의자를 움직였나, 패트?"

"아니, 왜?"

"저것은 저곳에 있던 게 아니야. 보면 몰라?"

패트는 의심스러운 듯한 표정을 지었다. "무슨 단서라도 있나?"

"저 의자는 건너편 침대 옆에 있던 거야. 나는 가끔 이곳에 온 일이 있기 때문에 잘 알고 있네. 범인은 잭을 쏜 뒤 의자 옆에 가 있었던 거야. 그런데 범인은 총을 쏜 뒤에 도망을 하려고 하지 않았네. 그자는 여기 서서 잭이 고통스러운 나머지 마룻바닥을 기어다니는 것을 지켜보고 있었던 거야. 잭은 권총을 잡으려고 했지만, 손이 미치지 않았어. 만일 범인이 의자를 움직이지 않았다면 권총을 잡을 수도 있었을 텐데. 그 잔인한 암살자는 잭이 마지막까지 권총을 잡으려고 애쓰고 있는 동안, 아마도 웃어가며 문 옆에 서 있었을 테지. 잭이 단념하기까지 1인치 1인치 하는 식으로 조금씩 의자를 뒤로 잡아당긴 거야. 지옥의 고통을 맛보고 있는 사람을 무참한 방식으로 고문한 걸세, 웃으면서. 이것은 흔해 빠진 사건이 아니야, 패트. 지금까지 내가 부딪쳐 온 사건이나 다름없이 냉혹무참하고 계획적인 살인 사건이야. 이런 짓을 한 범인은 내 손으로 기어코 붙들고 말겠네!"

"자신이 나서겠다는 건가, 마이크?"

"나서고말고! 어떻게 생각하나?"

"그저 두말 않고 해치우겠다는 말이군."

"응, 그것도 신속히. 하지만 패트, 이제부터 이것은 경쟁이야. 나는 나를 위해 범인을 잡고 싶은 걸세. 여느 때처럼 수사에는 협력하지만, 그러나 그것이 마지막 단계에 이르면 이 권총으로 빚을 갚아 줄 작정이야."

"잠깐, 마이크, 그런 짓은 안 돼. 자네도 잘 알 테지만."

"너무 염려 마, 패트." 나는 그에게 말했다. "자네에겐 직무가 있어. 그러나 내 쪽도 할 일이 있거든. 잭은 이제까지 내 친구였네. 함께 살고 함께 싸워 왔으니까. 자네도 내 입장이 되어 보게, 어찌 범인을 법률의 뜨뜻미지근한 처리에 맡겨 두겠나. 그런 데 맡겨 두면 어떻게 되는지 자네도 알 테지. 젠장, 빌어먹을! 악당들은 일류 변호사를 고용하고 있단 말이야. 사건 전체가 뒤죽박죽되어 범인을 마치 영웅 취급한다니까! 죽은 사람만 억울하다, 이 말씀이지. 살해된 사람은 무슨 일이 있었는지 증언할 수가 없어.

덤덤탄으로 창자가 찢긴다는 일이 어떠한 것인지, 잭이 배심원에게 증언할 수 있겠는가? 바야흐로 죽으려고 할 때 어떠한 느낌이 드는지, 눈앞에서 자기를 죽인 상대에게 비웃음을 당하는 게 어떠한 심정인지 배심원석에 앉아 있는 이들은 아무도 몰라. 더구나 외팔이란 말이야. 이봐, 그것이 무엇을 의미하는지 알겠나? 다시 말해서 잭은 상이군인 기장을 달고 있다는 걸세. 피투성이가 된 몸을 한 팔로 받치고 바닥을 기어가면서까지 권총에 다가가다니, 그런 이들이 흉내라도 낼 수 있겠는가? 저격되어 격노하면서도 어떻게 해서든지 범인이 있는 곳까지 다가가려고 할 수 있겠는가? 그들로선 어림도 없는 노릇이지. 배심이라는 것은, 어떤 종류의 비열한 변호인이 그 사건 때 피고인에게 일시적인 정신이상이 있었다든가 정당방위로 총을 쏘았다든가 하며 눈물을 짜내는 듯한 진술을 할 때 이른바 냉정하고 공평무사한 것이 되지. 정말 굉장한 것이야. 법률은 훌륭하다니까. 그런데 이번에는 내가 법률이야. 내가 어찌 냉정하고 공평무사하기만 할 수 있겠는가. 지금 말한 일은 내 자신 단단히 명심해 둘 작정일세."

나는 손을 내밀어 그의 코트 깃을 움켜잡았다. "아직도 하고 싶은 말이 있네, 패트. 내가 하는 말을 하나도 빠뜨리지 말고 들어 달란 말일세. 그리하여 자네가 알고 있는 녀석들 모두에게 내가 어떤 말을 했는지 전해 주었으면 해. 자네가 그들에게 말할 때는 힘껏 똑똑히 말해 주게. 나는 그럴 작정으로 말하고 있으니까. 알다시피 나를 미워하고 있는 깡패는 뉴욕 시에 얼마든지 우글거리고 있네. 나에게 서투른 짓이라도 했다가는 난 그놈의 머리에 바람구멍을 내주지. 그래서 놈들은 나를 미워하고 있는 거야. 나는 그렇게 세상을 살아왔고 앞으로도 그럴 작정일세."

나의 내부에서는 심한 증오의 감정이 뒤끓어 금방이라도 폭발할 것만 같았다. 그러나 나는 자신을 돌이켜보며 한때는 잭이었던 시체에 눈길을 떨구었다. 그때 나는 문득 기도의 말을 중얼거리고 싶었다. 나는 지나치게 흥분했던 것이다.

"잭, 너는 이미 죽어 버렸다. 지금은 이미 나의 말도 들리지 않겠지. 하지만 듣고 있을지도 몰라. 부탁하네. 이제부터 내가 하는 말을 들어 주게. 잭, 자네는 오랫동안 사건 사이니까 이 내가 어떠한 사나이인지 알고 있을 테지. 나는 한 번 이렇다고 말하면 살아 있는 한 절대로 어긴 일이 없는 자일세. 자네를 죽인 놈은 내가 붙잡고 말 테야. 그놈은 전기의자에 앉으면 안 돼. 교수형도 안 돼. 자네가 죽은 것과 똑같이 배꼽 바로 아래, 창자 속에 45구경 총알을 맞고 거꾸러질 걸세. 잭, 그놈이 누구이든 내가 그놈을 잡아내고 말 걸세. 기억해 두게, 그놈이 누구든 말일세. 나는 약속하네."

내가 눈을 들었을 때 패트는 나를 기묘한 눈으로 응시하고 있었다. 그는 머리를 흔들었다. 그가 무엇을 생각하고 있는지 나는 알고 있었다.

"마이크, 단념하는 편이 좋아. 부탁이니 이번 사건에 대해 무모한 짓을 말아 주게. 나도 자네가 어떠한 사나이인지는 너무도 잘 알고 있네. 자네는 이 사건에 관계가 있는 자를 닥치는 대로 사살하는 일부터 시작했다가 나중에는 도저히 빠져나올 수 없는 위태로운 지경에 빠질 걸세."

"지금은 그런 것쯤은 졸업했네, 패트. 너무 흥분하지 말게. 이제부터는 하나를 뒤쫓는 걸세, 범인을 말야. 자네는 어디까지나 경관이야, 패트. 규칙이니 법률이니 하는 것에 묶여 있는 거야. 상사(上司)라는 것도 있고. 그러나 나는 혼잣몸이야. 나는 누군가의 낯짝을 후려갈길 수도 있지만, 그놈은 나의 목을 자르는 그런 짓을 할 수 없지. 나를 이 일에서 몰아내고 싶어도 그 따위 짓은 아무도 할 수 없어. 내가 권총을 허리에 차고 있으면 서투르게 말썽을 피우려고 꾀하는 놈도 없을 것이고, 게다가 나는 언제든지 탄환을 장전해도 좋은 사립 탐정 허가증을 가지고 있으므로 녀석들은 나를 무서워하고 있지.

나는 맹렬히 증오하고 있네, 패트. 내가 이 사건의 배후 인물을 독 안에 든 쥐로 만들었을 때에는, 놈들도 이런 일에 손을 대지 말걸 하고 단단히 후회하게 될 걸세. 언젠가 반드시 나는 권총을 거머쥐고 범인의 눈앞에 나서 줄 테야. 살인자의 얼굴을 뚫어져라고 보아 주는 거야. 그놈의 배에 한 방 멋지게 안겨 주고, 그놈이 쓰러져 죽어가고 있을 때 앞이빨을 걷어차 줄 작정일세.

자네로선 그렇게 할 수 없어. 일일이 규칙을 따르지 않으면 안 될 테니까. 아무튼 살인과의 경감님이시니 만큼 범인을 전기의자에 앉혀 끝장을 낼지도 모르지. 자네는 그것으로 만족하겠지만, 이쪽은 그렇지가 않아. 너무 깨끗하거든. 그 살인자는 잭과 똑같이 쓰러져야 해."

이제 더 이상 할 말도 없었다. 패트가 턱을 치켜올리는 것으로 그러한 일에 대해서는 나에게 이러쿵저러쿵 말하고 싶지 않다는 눈치를 보였으니 말이다. 그로서 할 수 있었던 일은, 나를 그에게서 떼어 내어 이 장소로부터 내보내고자 하는 일이었다. 우리들은 함께 방을 나왔다. 검시관이 도착하여 시체를 실어 낼 준비를 하고 있었다.

마너에게는 그 광경을 보이고 싶지 않았다. 나는 긴의자에 앉아 있는 그녀의 옆에 걸터앉았다. 그녀가 나의 어깨에 머리를 박고 우는 대로 내버려 두었다. 그렇게 함으로써 그녀의 약혼자가 버드나무 고리짝에 담겨 운반되어 나가는 것을 그녀에게 보이지 않을 수 있었다.

마너는 좋은 아가씨였다. 4년 전, 잭이 경찰에 근무하고 있을 무렵, 그녀가 브루클린 다리 위에서 투신자살하려고 하는 현장을 그가 붙잡았던 것이다. 그즈음의 마너는 보잘것없었다. 마약이 전신 구석구석까지 신경을 갉아먹고 있었던 것이다. 그런데 잭은 자기 집으로 그녀를 데리고 가서, 그녀가 정상으로 회복되기까지 충분한 치료를 받게 하고 비용도 대주었다. 그리하여 두 사람에게 있어 그것이 이윽고 꽃을 피워 아름다운 열매를 맺는 연애가 되었던 것이다. 전쟁만 없었다면 그들은 벌써 오래 전에 결혼했을 것이다.

잭이 외팔로 제대했을 때에도 서로의 애정에는 조금도 변함이 없었다. 그는 이미 경관 노릇을 할 수 없었지만, 마음은 언제나 경찰 일을 생각하고 있었다. 마너는 지난날 잭을 사랑했고 그때도 변함없이 그를 사랑하고 있었다. 잭은 그녀에게 직장 생활을 그만두게 하고 싶어했으나, 마너는 그를 설득하여 그가 실제로 안정되기까지 일을 계속한다는 형식을 취했었다. 외팔이 사나이가 직업을 잡기란 어려웠지만, 그에게는 많은 친구가 있었다.

그리고 얼마 있다가 잭은 어떤 보험회사 조사부의 일원이 되었다. 그것은 수사 관계의 일이었다. 잭으로서는 그밖에 하고 싶은 일이란 없었던 것이다. 그런 뒤로는 그들도 행복했다. 이윽고 두 사람은 곧 결혼할 작정이었다. 그런데 이 사건이 일어나고 만 것이다.

패트가 나의 어깨를 가볍게 쳤다. "아래층에 마녀를 집까지 바래다 줄 차가 기다리고 있는데."

나는 일어서서 그녀의 손을 잡았다. "자, 일어나요, 아가씨. 이제 볼일도 없으니 갑시다."

마녀는 아무런 말도 하지 않았다. 묵묵히 일어서자 경관이 한 사람 그녀를 부축하여 문 밖으로 데리고 나갔다.

나는 패트를 돌아다보며 물었다. "어디서부터 시작할까?"

"글쎄, 내가 알고 있는 일은 모두 일러 주겠네. 거기에 따라 자네 쪽에서 어떠한 일이 짐작되는지 생각해 보는 게 좋을 거야. 자네하고 잭은 아주 친했었지. 그러고 보면 무언가 의미가 있을 만한 일이 떠오르겠지."

문득 이상한 느낌이 들었다. 잭은 아주 정직한 사나이였다. 남에게서 원망을 살 그런 인간이 아니었다. 경찰에 근무할 때 역시 그러했다. 취직을 하여 보험회사에서 한 일은 조사부원이라면 누구라도 할 수 있는 판에 박힌 것이었다. 그러나 그러한 곳에 뜻밖에도 단서가 있을지도 모른다.

"잭은 어젯밤 파티를 열었네." 패트는 말을 이었다. "대단한 건 아니지만."

"알고 있네." 나는 그의 말을 가로막았다. "나에게 전화를 걸어 달라고 했었지. 그런데 나는 엉망으로 취해서 말일세, 일찌감치 자고 말았지. 파티에 모인 사람들은 그가 입대 전에 알고 지냈던 낯익은 이들이었던 것 같아."

"응, 그들의 이름은 마녀로부터 알아냈네. 부하가 지금 조회하고 있는 중이야."

"누가 시체를 발견했지?"

"마녀가 발견했네. 그녀와 잭은 오늘 별장 터를 고르려고 시골로 드라이브를 할 참이었다네. 그녀는 오전 8시쯤인가, 그보다 조금 늦어서인가 왔다는군. 그런데 잭이 대답이 없으므로 걱정을 했다네. 그의 팔이 요즈음 시원치 않은데 그것이 또 도진 것이 아닐까 하고 생각했던 걸세. 그녀가 관리인을 불렀더니 관리인은 그녀를 알고 있기 때문에 방 안으로 들여보내 주었다는군. 그녀가 비명을 지르자 관리인은 곧 뛰어왔고 또 경찰에 연락했던 거야. 내가 파티의 광경을 심문했지. 그녀는 그 자리에서 울음을 터뜨리고 말았네. 그런 뒤 나는 자네에게 전화를 건 걸세."

"사건 발생은 몇 시쯤인가?"

"검시관은 내가 오기 약 5시간 전이라고 추정하고 있네. 그러면 3시 15분쯤일까. 시체 해부 보고가 들어오면, 시간을 좀더 정확히 한정시킬 수 있겠지."

"누구 총 소리를 들은 자는?"

"없어. 소음 장치를 한 권총이었던 모양이야."

"소음 장치를 했다 해도 45구경은 꽤나 큰 소리가 났을 텐데."

"그야 그렇지만, 홀에서는 파티가 계속되었다니까. 이웃의 항의를 받을 만큼 소란스러운 것은 아니었지만, 그러나 여기서 무슨 일이 생겼다 할지라도 그 소동 때문에 들리지는 않았을 거야."

"여기 참석했던 이들은 누구누군가?"

패트는 포켓에 손을 찔러 넣어 메모를 꺼냈다. 메모지 한 장을 아무렇게나 찢어 나에게 건네주었다. "마녀가 가르쳐 준 자들의 리스트일세. 그녀가 파티에 제일 먼저 왔었지. 어젯밤 8시 반에 여기 도착했어. 여주인의 역할을 맡아 문 앞에 서서 손님들을 맞이했던 거야. 제일 늦게 온 녀석은 11시쯤 나타났다는군. 녀석들은 여러 가지 가벼운 음료를 마시거나 춤을 추며 밤을 보내다가 새벽 1시쯤 함께 돌아갔다네."

나는 패트가 건네 준 리스트의 이름에 눈길을 달렸다. 그중 몇 사람은 잘 알고 있는 사람이었으며, 다른 두서너 명은 잭으로부터 이야기를 들었던 사람들로 직접 만나 본 일은 없었다.

"파티가 끝난 뒤 이들은 어디로 갔지, 패트?"

"자동차는 두 대 있었네. 마녀가 동승한 것은 헐 캐인스의 차였어. 나머지 사람들은 마녀와 도중에 헤어지고 웨스트체스터까지 곧장 달렸대. 그들은 아직 심문하지 못했네."

우리 두 사람은 잠시 입을 다물고 있었다.

패트가 물었다. "동기는 무엇일까, 마이크?"

나는 머리를 저었다. "아직 아무것도 모르겠네. 그러나 나는 찾아내고 말 테야. 이유 없이 살해되지는 않았을 테니까. 게다가 동기가 어떠한 것이든 여기에는 중대한 일이 얽혀 있다고 생각되네. 이 리스트에는 깡패들이 꽤 많이 있군. 자네에게는 무언가 퍼뜩 느껴지는 게 없나?"

"자네에게 말해 준 일 외에는 아무것도 없어, 마이크. 자네가 무슨 재미있는 대답을 해주기를 바랐는데."

나는 그에게 히죽 웃어 보였지만, 특별히 이상한 짓을 하려 했던 것은 아니다. "천만에, 아직도 멀었어. 아무튼 머잖아 해답이 나오겠지만, 그때면 나는 다음 단계에 착수하고 있을 걸세."

"경찰이 바지저고리라고 생각하면 큰 잘못이야. 우리는 우리의 힘으로 해답을 얻을 수도 있을 거야."

"나처럼은 안 될걸. 자네가 처음부터 나에게 의논을 해 오는 까닭도 그렇기 때문이지. 그야 자네도 나 못지않게 재빨리 사건의 전망은 섰겠지. 그런데 지저분한 일을 하는 방식도 순서도 도무지 알지 못하는 거야. 그 점이야, 나를 일부러 끌어들인 것은. 나의 뒤에 착 달라붙어 있기만 하면 수사가 척척 진행되지. 그런데 막상 범인

을 포박할 단계가 되면 나를 밀어젖히고 그놈에게 수갑을 채우겠다
는 속셈이지. 하기야 나를 밀어젖힐 수 있다면 말이지만. 그러나
아무래도 그렇게는 되지 않을걸."

"알았네, 마이크, 그것은 자네가 주로 하는 방식이라고 할 수 있
지. 그러나저러나 내가 자네 꽁무니를 따르는 것은 사실이야. 하지만
나도 범인을 검거하고 싶어. 이 점을 잊지 말아 주기 바라네. 범인에
게 자네가 두 손을 번쩍 들도록 만들어 줄 테니까. 이쪽은 과학적인
설비가 갖추어져 있는데다가 많은 부하가 탐문 수사를 벌이고 있네.
어쨌든 우리들의 머리는 바보가 아니란 말일세."

패트는 나에게 앞서 했던 말을 다시 생각나게 해주었다.

"미안하지만 나도 경관을 얕보고 있는 것은 아니야. 그렇지만 말일
세, 경관으로서는 입을 열게 하려고 할 때 상대편의 한 팔을 부러
뜨리는 짓은 못할 테고, 농담으로 말하고 있는 게 아니란 걸 똑똑
히 알려 주기 위해 45구경 총구로 그놈의 앞이빨을 부러뜨리지는
못할 테니까 말이야. 나는 어디까지나 내 식으로 탐문할 것이야.
이쪽이 알고 싶다고 생각하는 일은 무엇이든지 가르쳐 주는 자들이
얼마든지 있거든. 만일 숨기는 일이 있다면 내가 어떤 꼴을 당하게
만들어 줄 것인지, 그 녀석들은 잘 알고 있으니까 말일세. 내 부하
는 겉과 속이 각각 다른 직업들을 갖고 있지만, 아주 실용적이라
네."

이것으로 대화는 끝났다. 우리는 홀로 걸어갔다. 실내의 가재도구
일체를 그대로 두기 위하여 패트가 순찰 경관을 문 앞에 세워 지키게
했다. 우리는 자동 엘리베이터를 타고 4층에서 내리자 로비로 나왔
다. 패트가 신문기자 몇 사람에게 간단한 설명을 하고 있는 동안, 나
는 기다리고 있었다.

내 자동차는 순찰차의 뒤쪽 보도 옆에 세워져 있었다. 나는 패트에

게 손을 흔들고 고물차에 올라 해카드 빌딩으로 향했다. 나는 두 칸이 잇닿은 방을 빌려서 사무실로 쓰고 있다.

2

내가 도착했을 때 사무실은 잠겨 있었다. 두서너 번 문을 걷어차자 웰더가 안쪽에서 자물쇠를 여는 소리가 났다. 누구인지 알아차리자 웰더는 말했다.

"어머나, 소장님이셨군요."

"어떤 뜻이지, 그 '어머나, 소장님이셨군요'는? 나를 기억해 두고 계셨다는 말씀인가, 아가씨의 고용주인 마이크 해머를."

"몰라요. 지금까지 이렇게 오랫동안 모습을 감추었던 일은 없었잖아요. 수금쟁이가 와서 도망쳤을 때도."

나는 문을 닫고 웰더를 따라 내 방으로 들어갔다. 웰더는 백만 달러짜리 다리를 가지고 있다. 이 아가씨는 그 멋진 다리를 아주 태연하게 자랑하는 게 탈이며, 비서로서도 무척 주의력이 산만했다. 석탄처럼 검은 머리털을 페이지보이 커트(안쪽으로 말아 붙인 여자의 머리 모양)로 하고 게다가 몸에 착 달라붙는 옷차림이므로, 그녀를 볼 때마다 펜실베이니아 하이웨이의 커브가 생각났다. 그런데 이 아가씨가 쉽게 넘어간다고 생각하면 큰 잘못이다. 나는 웰더가 두서너 명의 어깨를 뿌리치고 호되게 혼을 내주는 장면을 목격한 일이 있다. 한바탕 활극을 벌였다 하면, 그녀는 느닷없이 한쪽 구두를 벗어 들고 상대편이 눈을 향해 주먹을 휘두르기 전에 재빨리 먼저 머리에 금이 가게 하는 것이다.

그뿐이 아니다. 그녀 역시 사립 탐정의 신분증명서를 가지고 있어서, 무슨 사건이 생겨 나와 함께 외출할 경우에는 약탈한 자동권총을 몸에 지니고 나서는데 이것을 사용할 때에는 이만저만 배짱이 센 게 아니다. 나를 위하여 일해 준 3년 동안, 나는 한 번도 그녀에게 모션을 걸거나 한 일이 없다. 그런 짓을 하고 싶지 않았다기보다, 그런 짓을 하면 가정(家庭)을 갖게 되는 위험을 범하는 일이 될 것이다.

웰더는 메모지를 집어 들고 앉았다. 나는 헌 회전의자에 털썩 몸을 던지고 창문을 향해 휙 몸을 돌렸다. 웰더는 두툼한 꾸러미를 나의 책상 위에 내던지듯이 놓았다.

"이거, 모두 어젯밤 파티에 온 사람들에 대해 제가 모은 자료예요."

나는 날카로운 눈으로 웰더를 쳐다보았다.

"잭의 일을 어떻게 알았지? 패트는 우리 집에만 전화를 걸었다는데."

웰더는 그 아름다운 얼굴에 생긋이 미소를 지었다.

"어머나, 제가 신문기자 두서너 명과 친하다는 걸 소장님은 잊고 계신가 보죠. 〈크로니클〉지에서 온 톰 듀건이 소장님과 잭이 친구라는 것을 눈치챈 거예요. 이곳으로 전화를 걸어 기사 소스를 얻으려고 했지만, 소장님이 안 계시기 때문에 반대로 자기가 들은 정보를 저에게 주었던 거예요. 그렇다고 뭐 이쪽에서 아양을 떨어 알아낸 것은 아니에요." 그리고 웰더는 생각난 듯이 다시 덧붙였다. "파티에 온 이들에 대한 대부분의 자료는 소장님의 파일에 정리해 두었어요. 센세이셔널한 것은 없어요. 톰으로부터 자료를 조금 받았지요. 톰은 그들 몇몇과 개인적으로 사귀고 있었으니까요. 자료라고 해봤자 대부분이 인물 조회라든가 사교계의 기사이지만. 확실한 건 파티에 온 사람들이 다 과거에 잭과 친하게 지냈던 사람들이라는 거예요. 소장님도 그 사람들 가운데 몇 명에 대해서는 곧잘 저에게 말해 준 일이 있었죠, 왜."

나는 웰더가 내민 꾸러미를 찢어 펼쳤다. 그러고는 안에서 나온 한 묶음의 사진을 대충 훑어보았다.

"뭐야, 이들은?"

웰더는 나의 어깨 너머로 사진을 보며 가르쳐 주었다.

"첫 번째는 헐 캐인스예요. 업스테이트의 의과 대학생이죠. 23살쯤 되어 보이고 키가 크며 선원 비슷한 생김새예요. 적어도 머리를 깎은 모양으로 보면 그런 느낌이 들어요." 웰더는 다음 페이지로 옮겼다. "이 두 사람은 쌍둥이 벨레미 자매예요. 나이는 29살에 미혼. 결혼 상대를 찾고 있는 중. 아버지의 유산으로 호화판 생활을 하고 있어요. 남부의 어딘가에 있는 몇 개의 직물공장 권리를 반쯤 가지고 있어요."

"그래." 나는 입을 열었다. "알고 있어. 얼굴은 예쁘지만 지독하게 화려한 편은 아니지. 전에 잭의 집에서, 또 한 번은 디너파티에서 이 쌍둥이를 만난 일이 있어."

웰더는 다음 사진을 손가락질했다. 코가 찌부러진 중년 사나이의 신문 사진. 조지 카레키, 이 사나이는 잘 알고 있다. 금주법으로 변천이 심했던 20년대에는 주정(酒精) 밀매업자였었다. 주식 폭락으로 백만 달러쯤 손에 쥐고 소득세를 깨끗이 치른 다음 세상에 나타났던 것이다. 세상 사람들을 코웃음으로 대했지만, 나에게는 제법 은근했었다. 이 사나이는 지금도 그저 심심풀이삼아 숱한 불법 사업에 손을 대고 있다. 그런데 놈의 꼬리를 잡기란 거의 불가능한 일이었다. 일류 변호사를 부하로 거느리고 여차하면 자기의 결백을 증명시키며 대담한 일을 하고 있는 것이다.

"이 사나이는 어때?" 나는 웰더에게 물었다.

"소장님이 더 잘 아시잖아요. 헐 캐인스는 그의 식객이에요. 웨스트체스터의 마녀네 집에서 북쪽으로 1마일쯤 떨어진 곳에 살고 있어요."

나는 고개를 끄덕였다. 잭이 전에 헐의 이야기를 하던 것이 생각났기 때문이다. 잭은 혈을 통해서 조지와 만났던 것이다. 혈과는 친구 같은 사이며, 조지와 만난 뒤로는 그보다 연장인 조지와도 줄곧 친구 였던 것이다. 조지는 혈을 대학에 입학시켜 주었는데, 왜 대학에 입학시켰는지 그 까닭이 나로선 분명치 않았다.

다음 사진은 전에 잭이 나에게 가르쳐 준 일이 있는, 완전한 이력이 첨부되어 있는 마녀의 것이었다. 그 중에는 잭이 마약 중독을 치료시켜 주었을 때의 병원에서 온 증세 기록에, 완전한 금단(禁斷)요법을 받은 마약 상습 환자의 구술서가 있었다.

병원은 환자들로부터 완전히 마약을 끊어 버린다. 그럴 경우 환자는 죽거나 치유된다. 마녀 역시 그 치료를 받았던 것이다. 그러나 그녀는 어디서 마약을 입수했는가 하는 심문은 하지 말아 달라고 잭에게 부탁하여 승낙을 받았다. 잭은 그 아가씨를 몹시 동정하고 있었기 때문에 그녀가 부탁하는 일이라면 어떠한 일이라도 들어주리라 마음먹고 있었으며, 또한 그로서는 마약의 입수 경로쯤은 눈감아 줄 수도 있었던 것이다.

나는 증세 기록을 하나하나 넘겨 갔다. 성명, 마녀 데블린. 헤로인 중독의 일시적 정신이상에 의한 자살 미수. 잭 윌리엄스 형사에 의해 시립병원의 급환병동에 수용. 40년 3월 15일 입원. 40년 9월 20일 완전 치유. 환자의 아편 함유 독물의 입수 경로에 관해서는 유력한 단서가 조금도 없음. 40년 9월 30일, 잭 윌리엄스 형사의 보호 아래 퇴원. 이와 같은 기재 사항에 이어 진료기록을 대충 훑어보았다.

"보세요, 소장님이 좋아할 만한 사람이 있군요."

웰더는 나에게 히죽 웃어 보였다. 그녀는 멋들어진 금발 여성의 온몸을 찍은 사진을 끄집어냈다. 그것을 보았을 때 나는 그만 가슴이 뛰었다. 사진은 해안에서 찍은 것으로, 새하얀 수영복을 입은 날씬한 몸매에 수심 어린 표정으로 서 있었다. 살이 팽팽해 보이는 쪽 빠진

다리, 영화 관계의 전문가들이 좋은 몸이라고 생각하기보다는 약간 볼륨이 있는 폼이지만, 그래도 수영복 아래로 복부의 근육이 보인다. 여성으로서는 몹시 어깨가 바라졌고, 착 달라붙은 수영복을 찢고 금방이라도 튀어나올 듯이 힘차게 솟아오른 풍만한 유방. 머리털이 희끄무레하게 보이지만, 아아, 타고난 금발인 것 같다. 사랑스럽고 귀엽성 있는 노란 머리털. 더구나 나의 눈을 세게 이끈 것은 그 얼굴이었다. 나는 웰더를 미모라고 생각했었는데, 웬걸, 이 여자는 훨씬 더 아름다웠다. 나는 하마터면 휘파람을 불 뻔했다.

"이 여자는 누구지?"

"말하지 않는 편이 좋지 않을까요. 그 달라진 눈빛으로 보아 무슨 말썽을 일으킬 것만 같으니 말이에요. 하지만 순순히 가르쳐 드리겠어요. 이름은 샬로트 마닝. 파크 거리에 사무실이 있으며 한창 날리고 있는 정신과 의사죠. 멋깨나 부리는 손님에게는 인기가 대단하다나 봐요."

나는 전화번호부를 살펴보았다. 탐정이란 직업을 조금이라도 즐겁게 해주는 게 있다면 이런 일이 아니고 무엇이겠느냐고 마음속으로 결정해 버렸다. 웰더에게는 그런 말을 하지 않았다. 어쩌면 나의 자부심에서 오는 것인지는 모르지만, 웰더는 아무래도 나하고 결혼할 속셈이 아닐까 하는 생각이 들 때가 있는 것이다. 물론 그녀는 그런 말을 입 밖에 낼 여자는 아니었다. 그러나 내가 와이셔츠 칼라에 입술연지 자국을 묻히고 밖에서 자고 아침에 기어든 듯한 모습으로 사무실에 나타나는 날이면 그녀는 1주일 동안이나 전혀 입도 떼지 않는 것이다.

나는 책상 위에 그 자료 다발을 쌓아 놓고 의자에 앉은 채 몸을 획 돌렸다. 웰더는 필기를 하려고 몸을 앞으로 기대어 왔다.

"그밖에 더 덧붙일 일은 없나요, 마이크?"

"없어, 지금은. 먼저 생각해야 할 일이 많아. 어느 것이나 뚜렷한 의미가 없거든."

"그럼, 동기는 어때요? 잭이 복수를 당할 만한 적을 가지고 있는 사람이라고 생각하세요?"

"아아니, 내가 아는 바로는 그런 사람이 아니었어. 공명정대해서 말이야. 그것이 당연하다고 생각되면 상대야 누구든 절교하는 사나이였지. 게다가 무슨 중대한 일에 휩쓸린 적도 없었어."

"무언가 소중한 것이라도 지녔던 일은?"

"아무것도 없어. 현장은 전혀 뒤진 흔적이 없거든. 2, 300달러쯤 지갑에 있었지만. 지갑은 화장대 위에 있었어. 살인은 사디스트의 흉행이야. 잭은 권총을 잡으려고 손을 뻗었던 모양인데, 범인은 권총이 걸려 있는 의자를 천천히 뒤로 당겼어. 그렇게 해서 하복부에 총알을 맞은 잭이 창자가 튀어나오지 않도록 한 손으로 아랫배를 움켜쥔 채 방 안을 기어 다니게 한 거야."

"마이크, 제발……."

나는 더 이상 말하지 않았다. 우두커니 앉은 채 벽을 노려보고 있었다. 잭을 쏘아 죽인 놈에게, 나는 언젠가 반드시 방아쇠를 당기고야 말 테다. 그런 일은 여러 차례 했으므로 익숙하다. 눈곱만큼의 감상도 없는 것이다. 그와 같은 센티멘털한 심정은 처음으로 권총을 쏘아댔을 때 함께 사라져 버렸다. 전쟁이 끝난 뒤 나는 민중을 뜯어먹는 거리의 진드기를 상대로 싸워 왔던 것이다. 민중이라고? 그들은 때때로 그 얼마나 형편없는 바보가 되는지 모른다. 살인범에 대한 법적인 제재. 흥, 살인자를 제멋대로 날뛰게 하는 말의 도피구이다. 그러나 마지막에는 민중이 스스로의 정의를 갖는 것이다. 그들은 때로는 나와 같은 사나이를 통해 정의라는 것을 결심한다. 놈들은 세상을 들볶고 있지만 나는 놈들을 들볶아 주는 것이다.

그런데 나쁜 놈들을 미치광이 개처럼 쏘아 죽이면, 세상은 나를 법정으로 끌어내어 왜 죽였느냐고 그 경위의 선서문을 받아 내려 한다. 나의 과거 경력을 조사하고 지문을 채취하고 나의 앞길에 대해 질문을 늘어놓는다. 신문이란 신문은 나를 살인광 탐정이라고 몰아대고 짖어대지만, 패트 챔버스가 두둔해 주므로 별로 심한 압박은 가하려 하지 않는다. 게다가 내가 온 힘을 다하여 경관과 협력하고 있다는 사실은 신문쟁이 쪽에서도 잘 알고 있는 것이다. 내가 사건을 해결하면, 이것은 언제나 월등하게 뛰어난 기사가 된다.

웰더가 신문의 오후 판을 몇 장 가지고 사무실로 돌아왔다. 그 살인 사건은 1면 전면에 걸쳐 게재되고 이어서 상세한 내용이 4단 기사로 다루어져 있었다. 웰더는 나의 어깨 너머로 읽고 있었는데, 그녀의 헐떡이는 숨소리가 들렸다.

"어머나, 소장님은 거기서 마구 소동을 피우셨군요! 보세요."

그녀는 마지막 일절을 가리켰다. 이 사건과 나의 관계가 폭로되고 있었는데, 웰더가 말하고 있는 것은 내가 잭에게 약속한 함축된 기사였다. 그를 죽인 것과 똑같은 방식으로 이 사건의 범인을 죽이고야 말겠다고 죽은 친구에게 맹세한 나의 말. 나는 신문을 뭉쳐 거칠게 벽을 향해 내던졌다.

"제기랄! 이따위 기사를 써갈긴 녀석의 더러운 목을 부러뜨리고 말겠어. 나는 진심으로 그 약속을 한 거야. 이 약속은 나로서는 신성한 것이었어. 그것을 놀려대고 있다니! 패트가 지껄였겠지. 친구라고 할 수도 없는 새끼야, 당장 전화를 걸어야지!"

웰더는 나의 팔을 잡았다.

"좀 진정하세요. 그야 패트 씨가 했겠지요. 하지만 그 사람은 어디까지나 경찰관이에요. 어쩌면 범인을 소장님 앞으로 끌어내는 데 좋은 기회라고 생각했을지도 몰라요. 범인이 소장님에게 쫓기고 있

다는 걸 알면 잠자코 숨어 있지 않고 반대로 소장님을 습격하려고
할 것 아니에요? 그렇게 하면 소장님이 범인을 붙잡을 수 있게 되
지요."

"고마워, 베이비." 나는 웰더에게 말했다. "그러나 아가씨의 마음
은 너무 순진해. 하기야 웰더가 처음에 말한 것은 옳다고 생각되지.
그러나 나중에 말한 것은 어딘지 수상쩍어. 패트는 내가 나서는 것을
썩 좋아하지 않는 거야. 사건이 곧 해결되리라고 생각하니까 말야.
비록 그가 나에게 범인을 붙잡게 하려고 한다 하더라도, 막상 총질이
시작되었다 하면 나를 미행하고 있는 형사가 뛰어나와 범인을 가로채
겠다는 속셈이거든. 이것은 웰더 할머니의 브래지어를 걸고 내기를
해도 좋아."

"글쎄요, 꼭 그럴까요, 마이크? 패트 씨는 민감한 소장님의 일이
니만큼 미행당하면 눈치챌 것이라고 생각할 거예요. 그분, 그렇게
서투른 짓을 하는 사람은 아니잖아요."

"허, 그럴까? 그는 결코 바보는 아니지. 결혼 허가증에다 샌드위
치를 걸고 내기해도 좋아. 형사가 잠복하고 있지 않다면 아가씨하
고 결혼해도 좋지, 알겠어? 그는 말이지, 이 건물의 출입구란 출
입구마다 민완 형사를 배치하고 있을걸. 내가 나갔다 하면 물고 늘
어져 절대로 떨어지지 않을 자들을 말이야. 물론 나는 보기 좋게
따돌리고 말 테지만. 그러나 그것으로 끝났다고 생각하면 잘못이
지. 용케 떨구어 버렸다고 생각하면 또 다른 형사가 대신 나타나는
거야."

웰더의 눈은 마치 활활 불타는 두 개의 횃불처럼 빛났다.

"그 말, 진심이에요? 결혼 허가증에 건다는 말. 형사가 없다면 결
혼해 주시는 거지요?"

나는 고개를 끄덕였다.

"진심이지. 어때, 나하고 함께 아래층에 내려가 보지 않겠어 ? "

웰더는 싱긋이 웃으며 자기 코트를 집어 들었다. 나는 낡아 빠진 펠트 모자를 썼다. 우리는 사무실을 나섰다. 그러나 나서기 전에 나는 샬로트 마닝의 사무실 주소를 다시 한 번 보아 두었던 것이다.

엘리베이터 보이인 피트는 우리들이 엘리베이터를 타려고 할 때 나에게 잇몸을 드러내는 웃음을 보이며 "안녕하세요, 해머 씨"라고 인사했다.

"무슨 뉴스라도 있나 ? " 나는 그를 조금 찔러대며 말했다.

"대단한 것은 없어요. 아무리 일이라 하지만 더 이상 앉아 있기란 따분하지요. "

나는 싱긋 웃어 보였다. 웰더는 벌써 내기에 진 것이다. 피트와 내가 나눈 이 아무렇지도 않은 말은 우리가 몇 년 전부터 써온 암호였다. 그의 대답은 내가 빌딩을 나서면 미행을 당한다는 뜻이다. 일주일에 5달러의 사례를 해주고 있지만, 그만한 가치는 있었다. 피트는 나보다 훨씬 재빠르게 형사를 알아볼 수 있었다. 그럴 수밖에. 이 사나이는 이제까지 소매치기가 직업이었는데, 허드슨 강 상류의 교도소에서 오랜 징역 생활을 한 뒤 겨우 개심한 사람이었다.

방향을 바꾸기 위해 나는 현관을 이용해야겠다고 마음먹었다. 미행자가 있나 하고 둘러보았지만 미행자로 보이는 자는 찾아볼 수 없었다. 순간, 심장이 목구멍까지 뛰어올라왔다. 피트란 놈, 암호를 혼동하여 사용한 게 아닌가 하는 생각이 들었다. 웰더 역시 눈을 크게 뜨고 있었다. 우리 두 사람이 인기척이 없는 로비를 건너가고 있을 때, 웰더의 미소는 그야말로 볼만했다. 그녀는 나의 한쪽 팔을 놓칠세라 꽉 잡고 금방이라도 이 근처의 치안판사한테 결혼 허가증을 받으러 가겠다는 듯한 기세였다.

그러나 내가 회전문을 빠져나갔을 때 그녀의 얼굴에서 미소가 싹

가시고 그 대신 나의 얼굴에 미소가 떠올랐다. 미행자는 우리의 눈앞을 지나쳐 가려고 했던 것이다. 웰더는 얌전한 규수라면 보통 사용하지 않는, 악질적인 부랑아가 시멘트 담에 흔히 낙서를 하는 그런 천한 말을 내뱉었다.

이 형사는 머리가 날카로운 자였다. 우리로선 그가 어디서 나타났는지 짐작이 가지 않았다. 우리보다도 훨씬 걸음이 빠르고, 손에 든 신문지를 다리의 움직임과 번갈아 기세 있게 흔들며 걸었다. 이 사나이는 우선 종려나무로 가려진 창문에서 우리를 관찰하여 어느 출입구로 나오는가를 확인하고, 우리가 밖으로 나오자 모퉁이를 돌아 우리와 엇갈려서 나타났을 것이다. 이런 때는, 만일 우리가 다른 통로로 나왔다 하더라도 다른 형사가 우리를 뒤쫓을 것은 뻔한 일이다.

그러나 이 사나이는 권총을 허리에서 뗀 것까지는 좋았으나, 어깨 밑 부분에 숨기는 것을 잊고 있었다. 권총이라는 것은 익숙한 사람의 눈에는 호박만한 크기의 혹으로 보이는 법이다. 내가 차고에 이르렀을 때 그 사나이는 모습을 감추어 보이지 않았다. 그럴 생각만 있다면 뒤에 몸을 숨길 수 있는 문은 얼마든지 있다. 나는 그 사나이를 찾느라고 시간을 허비하지는 않았다. 자동차를 후진시켜 차고에서 나오자, 웰더가 힘없이 내 옆자리에 올라앉았다.

"이제부터 어디로 가지요?" 웰더가 물었다.

"식당이지, 아가씨가 샌드위치를 사 줄 장소로 말이야."

3

식사가 끝난 뒤 웰더를 그녀의 단골인 미장원에 데려다 주고 북쪽에 있는 웨스트체스터로 향했다. 내일까지는 조지 카레키를 찾아갈 생각이 없었으나, 샬로트의 사무실에 전화를 걸어 보았더니 부재중이라 결국 카레키한테 가기로 하였다.

샬로트는 이미 집으로 돌아간 뒤였고, 응접실에 있는 흑인 하녀는 주소를 가르쳐 주지 말라는 지시를 받고 있었다. 나는 그 여자에게 또 전화를 걸겠다고 전하고 급히 뵙고 싶다는 말을 남겼다. 나는 그 여자의 이름을 마음속에서 몰아낼 수가 없었다. 그 아름다운 다리를.

20분 뒤, 나는 에누리 없이 25만 달러는 나갈 저택 앞에 서서 바깥 벨을 누르고 있었다. 무섭게 격식을 차린 집사가 문을 열고 나를 맞았다.

"카레키 씨를 좀."

"어디서 오신 분인가요?"

"마이크 해머, 사립 탐정이오."

배지를 보여 주었지만 상대는 무감동이었다.

"참으로 죄송합니다만 카레키 씨는 지금 몹시 불편하시기 때문에 ……." 집사는 나에게 이렇게 말했다. 손을 비비고 있는 그 사나이의 모습이 얼마나 쌀쌀한 것인지 알았으나 그런 일에 물러설 내가 아니다.

"그럼, 내려오시라고 하오. 내려오면 기분도 한결 좋아질 테니. 만일 내려오는 게 싫으시다면 내가 올라가 뵙는다고 전해 주게. 나는 결코 농담을 하고 있는 게 아닐세."

집사는 뚫어지게 나를 바라보더니 만일 더 이상 거절한다면 지금 말한 것을 내가 정말로 실행하리라고 판단했던 모양이다. 그는 허리를 굽혀 절을 하더니 나의 모자를 받았다.

"이리로 따라오십시오, 해머 씨."

나는 굉장히 큰 서재로 안내되었다. 나는 큰 팔걸이의자에 앉아 그를 기다렸다. 그는 좀처럼 모습을 보이지 않았다.

이윽고 문이 탕 소리를 내며 열리자 내가 본 사진보다도 얼마쯤 건강한 잿빛 머리의 사나이가 들어섰다. 군말은 하지 않았다.

"아무도 만나고 싶지 않다고 했을 텐데, 어째서 들어왔소?"

나는 담배에 불을 붙여 그에게 연기를 뿜어 주었다.

"환영 인사가 대단하시군, 보스, 내가 온 이유는 그쪽도 잘 알고 계실 텐데."

"그건 알고 있어. 신문을 읽었으니까. 그러나 당신에게 도움이 될 것 같지는 않은걸. 살인이 일어났을 때 나는 집에 돌아와 자고 있었고 그것을 훌륭히 입증할 수 있으니까 말야."

"헐 캐인스도 함께 집에 돌아왔었나?"

"그렇다네."

"고용인이 당신을 맞았나?"

"아니, 나는 내 열쇠를 사용했지."

"헐 이외의 인간으로, 누군가 당신의 귀가를 확인할 수 있는 자가 있나?"

"없다고 생각하지만, 그러나 그의 말로 충분히 증명할 수 있지."

나는 그의 얼굴에 정면으로 비웃음을 안겨 주었다.

"당신들 두 사람이 유력한 살인 용의자라면, 아마 위태로울걸."

내가 그렇게 쏘아붙이자 카레키의 얼굴빛이 창백해졌다. 입을 약간 움직이더니 나를 죽일 것 같은 표정을 지었다.

"함부로 잘도 지껄이는군." 그는 나에게 욕설을 퍼부었다. "경찰 쪽에서는 나를 그 살인사건과 연결시키려고도 하지 않았어. 잭 윌리엄스는 내가 그의 아파트에서 돌아온 몇 시간 뒤에 살해되었어."

나는 한 걸음 앞으로 다가가서 주먹껏 그의 셔츠 앞자락을 움켜잡았다.

"잘 들어 둬, 꼴도 보기 싫은 난쟁이 놈아"라고 말한 다음 나는 그의 얼굴에 침을 탁 뱉었다. "네놈이 알아듣는 말로 이야기하고 있는 거야. 경찰관이 어떻게 생각하든 알 게 뭐야. 네놈에게 혐의를 둔 건

바로 나야. 나는 무슨 일이고 분명히 구분을 짓는 사나이거든. 어느 놈팡이가 죄를 저지른 사나이라고 인정되면, 그 작자는 죽게 되는 거야. 비록 증명할 수 없다 하더라도 어쨌든 그놈의 숨통은 끊어지고 말지. 사실 나로선 뚜렷한 확신이 필요한 것도 아니야. 그러나 서너 가지 증거가 갖추어지면 네 녀석의 수법 따위야 금방 알 수 있어. 그 증거가 드러났다 하면 그냥 두지 않을 테다. 나를 해치우려고 하면 그보다 더 빨리 너 같은 시시한 놈은 다발로 쏘아 죽여 버리고 말 거야. 녀석들 중의 하나는 내가 노리는 바로 그놈이 될 테고, 운 좋게 살아남은 놈들은 어지간히 악운이 센 놈들이지. 그와 같은 놈들은 하나같이 두들기면 먼지가 나지 않는 놈이 없단 말이야. "

이 사나이를 상대로 이런 말을 할 수 있었던 것은 과거 20년 동안 한 사람도 없었다. 그는 입을 놀리려고 했지만 말이 나오지 않았다. 만일 그때 입을 놀리기라도 했다면, 그의 이빨을 부러뜨려 목구멍까지 우겨넣고 말았을 것이다.

그를 보자 가슴이 메슥거려 왔다. 머리가 부딪치지 않도록 떨어진 곳에 물러설 여유를 보아 두고, 상대편을 와락 작은 탁자 쪽으로 떠밀었다. 도기 꽃병이 나의 어깨에 날아와서 산산조각이 나며 흩어졌다.

동시에 나는 몸을 낮추고 휙 돌아섰다. 주먹이 머리 위로 날아온 것을 왼손으로 피했다. 나는 기다리지 않았다. 낮게 쳐내려오는 무지무지한 펀치를 허공에 빗나가도록 하며 나는 느닷없이 상대편의 턱에 압도적으로 강력한 일격을 가했다. 헐 캐인스가 마룻바닥 위에 나가떨어져 꼼짝도 하지 않게 되었다.

"약삭빠른 녀석, 뒤에서 나를 골로 가게 만들려 하다니! 어지간히 설치는 친구이군. 하지만 조지, 그대는 이놈의 훈련을 좀더 단단히 시켜야만 하겠어. 나하고 겨뤄서 승산이 있을 때는 그쪽이 기관총이라도 갖고서 덤볐을 때야. 그런데 이따위 대학생 나부랭이에게 덤비게 하다니. 이 방에 잔뜩 있는 거울에 다 비치고 있는데, 나의 뒤에서 쥐새끼 같은 짓을 하겠다니, 내 참!"

그는 아무 말도 하지 않았다. 의자를 발견하자 몸을 던져 털썩 주저앉더니 증오로 치켜 올라간 눈을 가늘게 떴다. 그때 그가 권총을 갖고 있었다면 내 쪽에서도 권총을 잡게 되었으리라. 그러면 그는 죽었을 것이다. 나는 45구경을 겨드랑이 밑에서 얼른 뽑아내는 연습을 얼마나 했는지 모르기 때문이다.

애송이 캐인스가 몸뚱이를 꿈틀거리기 시작했다. 나는 그가 일어나기까지 구두 끝으로 갈비뼈 언저리를 툭툭 건드려 주었다. 상당히 호되게 당하여 빌빌대기는 했지만 나를 욕할 수 없을 만큼 풀이 죽어 있지는 않았다.

"이 치사한 녀석." 그는 말했다. "지저분한 수를 쓰는군. 당당히 덤벼들라구."

나는 손을 내밀고 그를 팔로 안아 벌떡 일으켜 세웠다. 두 눈이 부어올라 있었다. 이 놈팡이는 자기의 상대편이 인정 많은 얌전한 인간이라고 생각하고 있었는지도 모른다.

"잘 들어, 여드름. 네놈의 솜털난 턱을 이 방 안 곳곳에 때려박아 줄 참이었어. 그것도 재미삼아 말이야. 그러나 그런 일보다 이쪽은 여러 가지로 바쁘신 몸이야. 착한 아이라면 어른에게 까부는 게 아니지. 너도 꽤나 덩치가 크지만, 나는 세 갑절이나 크고 게다가 훨씬 남자답게 생겼다는 걸 알아야 해. 이번에 또 서투른 흉내를 내었다가는 두 눈을 튀어나오게 할 거야. 자, 거기 앉아 있어."

캐인스는 소파 위를 가볍게 두들기고 앉았다. 조지는 또 깊이 숨을 들이마시지 않으면 안 되었다. 목소리를 내려고 했기 때문이다.

"잠깐 기다려 줘, 해머. 이것은 좀 지나친 짓이 아닌가. 이래봬도 나는 시청에 얼굴이 전혀 통하지 않는 것도 아니니까……."

"잠깐" 나는 말을 가로막았다. "폭행상해죄로 나를 체포케 하고 나의 허가증을 박탈케 하신다 이 말씀인가. 그렇게 나오신다면 내가 그대를 붙잡았을 때 그 낯짝이 어떤 식으로 되리라는 것쯤 알고 있을 테지. 이제까지도 누군지 그 코에 손을 댄 놈이 있는 모양인데, 내가 손을 댔다 하면 천만에, 그 정도로 끝나지는 않을 걸세. 자, 그 커다란 입을 닥치고 내가 묻는 말에 대답해. 파티에서 나온 것이 몇 시였지?"

"1시쯤 되었거나 아니면 좀 지나서였어." 조지는 퉁명스럽게 말했다. 그 증언은 마녀의 진술과 일치되었다.

"그 뒤 어디로 갔지?"

"우리는 아래층으로 내려와 헐의 자동차를 타고 집까지 곧장 달렸어."

"우리라니 누구야?"

"헐, 마녀, 그리고 나였어. 마녀를 그녀의 아파트에서 내려 주고 집에 도착하여 자동차를 차고에 넣고 안으로 들어왔지. 헐에게 물어 봐. 거짓말이 아니라는 것을 알 수 있을 테니까."

헐은 나를 보고 있었다. 그가 걱정하고 있다는 걸 꿰뚫어보기란 쉬운 일이었다. 그가 이런 사건에 이처럼 깊이 휘말린 것은 이번이 처음이었던 것이다. 살인 사건이란 누구나 꺼림칙한 법이다.

"그리고서 어떻게 했지?" 나는 질문을 계속했다.

"이봐, 우리는 하이볼을 마시고 잠을 잤단 말이야. 우리가 그밖에 무엇을 했다는 건가?"

"나야 알 수 있나. 어쩌면 함께 잠을 잤을 테지."

헐이 내 눈앞으로 뛰어나왔다. 분노로 얼굴이 확 붉어졌다. 나는 그 얼굴에 손바닥을 밀어붙여 소파에 주저앉혔다.

"아니면 아마도" 나는 말을 이었다. "함께 자지 않았을 테지. 즉 이렇지, 네놈들 중 어느 하나가 자동차로 되돌아 달려가 잭을 해치우고서 아무에게도 들키지 않고 이곳에 돌아올 수 있는 여유가 충분히 있었던 셈이야. 함께 갔다 하더라도 그러한 일을 하려고 마음만 먹었다면 할 수 있었어. 어떤가, 내가 하는 말의 뜻을 알 수 있겠나?

만일 두 사람이 다 자기가 무죄라고 생각하고 있다면 마음을 고쳐먹는 게 좋을 거야. 족집게로 집어낼 수 있는 건 뭐, 나 한 사람만이 아닐 테니 말야. 지금 막 패트 챔버스가 추리를 하여 그 결론에 도달했을 걸세. 이제 곧 모습을 나타낼 것이니 기다리고 계시지. 그래서 두 분 모두 전기의자가 소원이라면, 패트에게 끌려가 실컷 재미있는 꼴을 맛보시도록 하시지. 그렇게 되면 적어도 재판하는 동안은 살아있을 수 있네."

"누가 나를 불렀나?" 문간에서 목소리가 들려왔다.

나는 급히 달려갔다. 패트 챔버스가 경감의 계급장을 달고 그 싱긋이 웃는 웃음을 띠고 우람하게 서 있었다.

나는 그에게 손을 흔들어 보였다.

"이거 참, 지금 여기서 자네가 대화의 주제가 되고 있었던 참이었네."

조지 카레키는 푹신푹신한 쿠션에서 몸을 일으켜 패트 쪽으로 걸어갔다. 그가 지니고 있는 허세가 되살아났던 것이다.

"경감, 나는 즉각 이 사나이의 체포를 요구합니다." 카레키는 신나게 소리쳤다. "이 사나이는 우리 집에 불법 침입한데다 나하고 손님을 모욕했소. 저 청년의 턱의 부상을 보시오. 어떤 봉변을 당했는지 증언하는 저 턱을."

헐은 자기에게 눈길을 보내고 있는 나를 보았다. 그리고 나로부터 10피트 떨어진 위치에 두 손을 포켓에 넣은 채 무슨 일이 생기든 말려들지 않겠다는 명백한 태도로 서 있는 패트를 보았다. 그래서 문득 그의 머리에 떠오른 것은 잭이 전에는 경관이었다는 것, 패트 역시 경관이라는 것, 더구나 잭이 살해되었다는 것이었다. 경관을 죽인 것이 아니라면 잘 얼버무려 빠져나갈 수도 있는 것이다.

"아무 일도 생기지 않았습니다." 헐이 말했다.

"이 새끼, 형편없는 거짓말쟁이로군!" 카레키는 그를 족쳤다. "사실을 말해! 이놈이 얼마나 우리들을 협박했는지 말해 줘. 무엇을 겁내고 있는 거야. 이 더러운 반 엉터리 탐정 때문인가?"

"그렇지 않아, 조지" 나는 조용히 말했다. "그가 겁내고 있는 건 이거야."

190파운드(86킬로그램)의 온 중량을 실어 나는 조지 카레키에게 부딪쳐 갔다. 나의 주먹이 손목까지 상대방의 배에 파고들었다. 카레키는 허파를 토할 듯이 쓰러졌고 얼굴빛이 금방 보랏빛으로 바뀌어 갔다. 헐은 그저 보고만 있었다. 순간 나는 그의 부어오른 얼굴에 만족하는 눈빛이 떠오르는 것을 확실히 본 듯한 느낌이 들었다.

나는 패트의 팔을 잡았다.

"가 볼까?" 나는 그에게 물었다. "응, 여기에서는 이제 볼일이 없겠어."

밖에는 패트의 자동차가 지붕이 있는 포치 아래에 세워져 있었다. 우리가 올라타자, 패트는 차를 몰아 그 저택을 돈 다음 간선 도로로 나가는 자갈이 깔린 드라이브웨이를 빠져 남쪽으로 꺾어 시내로 향했다.

내가 입을 열 때까지 서로 아무 말이 없었다.

"그곳에 도청 녹음테이프를 남기고 왔나?"

패트는 나를 흘끔 쳐다봤다. "응, 자네가 그 설교를 하고 있는 동안 쭉 문밖에 있었어. 우리와 비슷한 걸 꾀하고 있구나 하고 생각했었지."

"그런데" 나는 덧붙였다. "내가 일부러 흙탕물을 일으키고 있다고는 생각지 말아 주게, 알겠나? 자네가 명령하여 나를 미행시키고 있다는 건 백 번 천 번 알고 있네. 그 형사는 어떻게 했나? 내가 차를 두고 온 정문이나 주유소에서 전화 연락이라도 하던가?"

"주유소에서였네." 패트는 대답했다. "그 녀석은 어째서 터벅터벅 걸어야 하는지 이유를 몰랐던 모양이야. 그래서 지시를 해 달라고 문의해 왔었네. 자네는 또 어째서 카레키의 저택까지 1마일 반이나 걸었나?"

"그렇게 하는 편이 편했던 거야, 패트. 카레키는 아마도 신문에서 그 사건을 읽었을 게 아닌가. 그렇다면 내가 가더라도 정문에서 쫓아내 버릴 것이 뻔하지. 그러므로 담을 뛰어넘어 들어가려 했던 거야. 자, 주유소에 닿았군, 세워 주게."

패트는 도로에서 벗어나 석탄재를 깐 드라이브웨이로 자동차를 밀어 넣었다. 나의 차는 아직도 모르타르를 바른 집 곁에 멈춰 서 있었다. 나는 차 안에 앉아 졸고 있는 잿빛 양복을 입은 사나이를 손가락질했다.

"보게, 자네 부하인 미행자야. 깨워서 데려가지 그래."

패트는 차에서 내려 그 형사의 몸을 잡아 흔들었다. 그 사나이는 잠이 깨자 입가에 웃음을 지었다. 패트는 내가 있는 쪽을 몸짓으로 가리켰다.

"이봐, 저쪽에선 자네를 눈치채고 있었어. 이번에는 방식을 바꾸는 게 좋을 거야."

그 형사는 어리둥절한 눈치였다.

"나를 눈치채고 있었다고요? 농담 마십시오. 저쪽에선 나에게 그런 눈치를 보이지 않는걸요."

"멍청이 같으니." 나는 말했다. "임자의 돼지머리가 허물 벗어진 엄지손가락처럼 뒷포켓에서 얼굴을 내밀고 있었어. 나도 남을 미행하는 건 잠시 해본 경험이 있네."

나는 내 차를 타고 방향을 바꾸었다. 패트가 창문에 고개를 디밀고 물었다.

"어디까지나 자네는 자네대로 수사하겠다는 건가, 마이크?"

이 경우, 끄덕이는 게 가장 좋은 방법이다.

"당연하지. 달리 묻고 싶은 일은?"

"그럼, 우리 지구(地區)로 함께 가는 게 좋겠네. 자네가 흥미를 느낄 만한 것이 있네."

그는 순찰차에 오르자 석탄재의 드라이브웨이로부터 하이웨이로 미끄러져 나갔다. 나를 미행한 형사는 패트의 뒤를 쫓고 나는 그 뒤를 따랐다.

여기까지는 패트하고 거의 반반인 승부라고 할 수 있다. 범인이 달려드는 미끼로 나를 이용하고 있는 셈이지만, 별로 걱정이 되지는 않았다. 내가 보기엔 파리를 잡는 데 미꾸라지를 미끼로 쓰는 것이라고나 할까. 그러나 너무 나에게 의존하여 범죄 수사를 감칠맛이 있는 것으로 만들지는 않았다. 내가 궁지에 몰리는 것을 구해 주려고 했던 것인지 아니면 이쪽이 혐의를 둔 용의자를 쉽사리 나의 손에 넘기지는 않겠다는 것인지, 그것은 어느 쪽이라고 판단하기 어려웠다.

신문 기사는 지금 현재로선 아직 별다른 사건의 발전도 없으므로 활발한 움직임을 보이는 시기에 이르지 않고 있었다. 살인자는 신문에서 떠드는 것처럼 재빨리 체포할 수는 없는 법이다. 방아쇠를 당긴 것은 어떤 놈인지 모르지만 두뇌가 명석한 범죄자였다. 무섭게 머리가 좋은 놈이다. 그놈이 정신 상태가 올바른 자였다면 나에 대해서도 당연히 계산에 넣고 있었을 게 틀림없다. 비록 이것이 흔히 있는 사건이라 하더라도 경찰의 추궁을 고려하고 있었을 게 분명하다. 그러나 이 사건은 경관 노릇을 했던 사나이의 살해 사건이니만큼 사정은 훨씬 까다로운 것이었다.

그리고 나는 한 가지 점에서 확신을 가질 수 있었다. 즉 범인이 이 사건에 어떤 특별한 뜻으로 관련을 갖고 있는 사람들을 조사하고 난 뒤에는, 틀림없이 나를 살해자 리스트에 올릴 것이라는 점이다.

우선은 카레키나 캐인스로부터 아무것도 발견하지 못했다. 동기도 아직 파악되지 않는다. 하지만 머잖아 명백해질 것이다. 그들은 둘 다 잭을 해치울 기회가 있었다. 조지 카레키는 세상 사람이 생각하는 그런 인물이 아니다. 지금도 암흑가의 조직을 움직이고 있다. 거기에 무엇인가 있을 것 같다. 헐이 등장한 점에도 무언가 다른 가능성이 숨겨져 있었다. 그는 어떤 일로 그들에게 관계하고 있을지도 모르며, 그렇지 않을지도 모른다. 또 어떻게 보면 그렇다고 생각되는 점도 있다. 그것을 찾아낼 수만 있다면 좋을 텐데……

나의 사고(思考)는 아무런 결론에 도달하지 못하고 일반적인 사건 상황의 주위를 맴돌고 있었다. 패트는 다른 경관과는 달리 사이렌을 울리지 않고 시가지를 통과하여 이윽고 그가 근무하는 분서(分署) 앞 도로에 멎었다. 그는 2층에서 자기 책상 맨 아랫서랍을 열고 런치박스에서 1파인트(0.47리터) 들이 버번위스키를 꺼냈다. 나에게 위스키의 큰 잔을 건네주고 자기 잔에도 따랐다. 나는 단숨에 들이켰다.

"한잔 더 어때?"

"이제 됐어. 그보다 정보를 주게. 나에게 이야기하겠다는 게 뭐지?"

패트는 빙그르르 등을 돌리더니 서류철이 들어 있는 캐비닛 앞으로 걸어가 서류철을 하나 꺼냈다. 나는 그 분류표를 보았다. '마녀 데블린'이라고 적혀 있었다.

패트는 자리에 앉아 그 내용을 펼쳐 보였다. 경력조사 서류는 완전한 것이었다. 내가 알고 있던 일은 말할 것도 없고 내가 몰랐던 것까지 기재되어 있었다.

"무언가 단서라도 있나?" 패트가 무언가를 쥐고 있다는 것은 나도 알았다. "마녀를 이 일과 결부시켜 생각하고 있나? 그렇다면 전혀 번지수가 다를걸."

"어쩌면. 그러나 말일세, 마이크. 잭이 브루클린 다리에서 투신자살을 하려던 마녀를 보호했을 때, 녀석은 다른 마약 사건을 다루는 것과 같은 태도로 그녀를 대하고 있었지. 곧 병원의 긴급 병동에 수용했었어."

패트는 일어나서 두 손을 포켓에 찔렀다. 입으로는 그런 말을 지껄이고 있지만, 그는 무언가 다른 생각을 깊이 뒤쫓고 있다는 것을 나는 알았다.

"그녀를 사랑하게 된 것은 그 뒤로 줄곧 그녀하고 만나고 있었기 때문이었지. 그 녀석으로선 지나칠 만큼 진지했었어. 그녀의 좋은 면을 보기 전에 나쁜 면만 실컷 보았던 거야. 잭이 그 즈음의 그녀를 좋아하게 된 것이라면, 어떤 때라도 사랑할 수는 있었을 거야."

"그 의견은 찬성할 수 없는걸, 패트. 나는 잭이나 다름없이 마녀의 일을 알고 있네. 만일 자네가 그녀를 가리켜 전기의자 후보자라는 둥 신문에 써 갈기도록 하기만 해보게. 아무리 자네와 나 사이라도 그냥 두지 않을 테니까."

"탈선하지 말게, 마이크. 그 이상의 일이 좀더 있는 거야. 알겠나? 그녀는 석방된 뒤 잭에게 마약에 대해서는 그 이상 추궁하지 않겠다고 약속을 받았네. 잭은 그것을 승낙했었지."

"알고 있어." 나는 가로막았다. "그날 밤, 나도 그 장소에 있었어.”

“그래서 잭은 그녀에 관해서는 완전히 조사에서 손을 떼었던 것인데, 그러나 그러한 일은 대국(大局)에는 영향을 주지 않았던 걸세. 마약 관계 사건은 그것만으로 독립된 수사기관에 이관되는 것이라서 말일세. 그리하여 사건은 환자를 적발하는 사태로 옮겨갔었네. 그러한 것을 마녀는 모르고 있었지. 그러므로 마약 기운이 떨어졌을 때, 그녀는 괴로운 나머지 지껄였어. 이쪽은 그녀가 털어놓은 말을 그대로 속기한 것인데, 꽤나 지껄였더군. 마약과는 그 말에 따라 시 주변에 잠복한 밀매업자를 파헤쳐 그물망을 좁혀갈 수 있었어. 그러나 경찰이 급습했을 때 저항하여 발포해 오는 사태가 벌어졌는데, 그 사격전이 있는 동안 비밀을 팔았다고 여겨진 동아리 하나가 머리에 총알을 맞아 살해되었어. 그뿐으로 마약 추적의 손길이 끊어지고 말았던 거야.”

“나로선 처음 듣는 이야기인데, 패트.”

“그야 자네는 당시 육군에 있었으니까. 그리고 밀매업자를 찾아내는 데는 꽤나 시간이 걸렸지. 1년 가까이 말일세. 그때 끝까지 추적을 중단하지 않았던 거야. 밀매업자는 주에서 주로 연락을 취하고 있을 뿐 아니라 현직 경관까지 포섭하여 활약하고 있었네. 마녀의 경력을 조사하여 마녀를 이용했네. 마녀는 쇼에 출연하고 싶은 생각에 뉴욕으로 올라온 시골 아가씨었어. 불행한 일이지만, 마녀는 좋지 못한 장사에 끌려들어가 같은 하숙집에 묵고 있는 어떤 사람으로부터 현품을 맡게 되었던 거야. 마녀들과 연락하고 있던 사나이는 경마권을 매매한다는 게 표면적인 직업이었으며, 마약 거래에는 소포를 사용하고 있었네. 그 사나이의 배후는 지금 허드슨 강 상류 아시닝의 아담한 별장^(신싱 교도소를 가리킴)에 들어가 있는 정치 브로커였어.

밀매업자의 우두머리는 약빠른데다가 이만저만한 솜씨가 아니었
지. 아무튼 그놈을 알고 있는 자도 본 자도 없는 거야. 거래는 우
송(郵送)으로 이루어지지. 마약은 아주 교묘하게 위장되어 우체국
의 사서함으로 보내어졌다네. 그 사서함 하나하나에 송금 번호가
씌어 있었어. 그러고 보면 아직 그밖에도 그러한 사서함이 있다는
걸 나타내고 있는 셈이지. "

그것이 나로선 납득되지 않았다. 패트는 내가 있는 쪽으로 돌아서
서 이야기를 계속하기 전에 다시 자리에 앉았다. 그래서 나는 그에게
질문을 퍼부었다.

"좀 흐리멍덩한 이야기가 아닌가, 패트. 나는 그 이야기 전체에 반
대일세. 그러한 물건은 보통 현금 선불이야. 그 방면의 전문가는
상당한 양의 마약을 교묘히 처분해서 그것으로 한탕 크게 벌어 보
겠다고 꾀하는 법이야. "

패트는 담배에 불을 붙이고 고개를 세게 끄덕였다.

"그 말은 옳아. 우리들이 골똘히 생각하고 있는 것의 하나도 그것
이야. 지금도 마약을 상자 가득 꽉꽉 채워서 포장한 물건이 우체국
의 사서함에 분명히 들어 있겠지. 어떻든 풋내기의 수법은 아니야.
물건은 정기적으로 꼬박꼬박 납품되어 있으니까 말야. 배달주소는
제각기 다르지만. 수취인에게서 낡은 포장 봉투를 몇 개 압수했었
지만 같은 소인이 찍힌 것은 하나도 없었네. "

"대규모의 밀매업자라면 그런 잔재주를 부리는 것쯤 어려운 일이
아니지. "

"확실히 놈들에게는 어려운 일이 아니지. 그러나 우리는 물건을 보
내온 모든 시에 형사를 파견하여 이 잡듯이 조사해 보았네. 그러나
아무것도 떠오르지 않았어. 그래서 부득이 임시 방편적인 방법이긴
하지만 화물 조사에 나섰던 거야. 버스 노선이나 철도가 그 도시를

통과하고 있으므로 그 소포는 여행자를 가장한 사람이 도중에서 투함한 것이라는 짐작을 하고 말이네. 그런데 어느 장소이고 한 번은 사용되고 있었어. 이렇게 되면 이번에는 어디서 보내오는 것인지 도무지 짐작이 가지 않네."

"그 일은 납득이 되었네, 패트. 끝으로, 밀매업자에게 수사의 손길을 뻗치고 나서 다른 출처를 알아냈었나?"

"얼마쯤은 적발했지. 그러나 그 밀매업자와의 관련은 전혀 없었어. 그 대부분은 소량의 마약으로, 어떤 병원의 사환이 재고품에서 훔쳐 내다 내부에서 팔고 있었던 거야."

"그래서 자네는 마너가 이 사건과 관련되는 장소를 나에게 숨기고 있었군그래. 아무튼 정보를 제공해 준 일은 감사하네. 그러나 아직 암중모색이지. 자네가 나에게 준 것은 어디까지나 경찰 자료이니까 말야."

패트는 말끄러미 살피는 동안 날카로운 시선을 나에게 보냈다. 그 눈이 무엇을 생각하는 듯이 가늘어졌다. 나는 그 표정을 잘 알고 있었다.

"어떨까?" 그는 말했다. "자네는 잭이 경관이었기 때문에 마너에 대해서 그 약속을 지키지 않았을지도 모른다고 생각한 일은 없나? 잭은 깡패나 불량배라면 질색이었으며, 무엇보다도 그가 싫어한 자들은 마너와 같은 인간의 피를 팔아먹는 인간 기생충이었으니까 말일세."

"그래서 어떻다는 건가?"

"말하자면 이런 추리이지. 그는 처음에 사건을 다루고 있었다, 무엇인가 우리들에게는 숨기고 있었을 것이다, 또는 우리들이 모르는 일을 무엇인가 마너를 통해서 파악하고 있었을 것이다. 그것을 잭이 입을 열지 말아야 할 곳에서 말하지 않았을까? 그건 알 수 없는 일이지만, 어떻든 그에게서 그것이 알려지는 것을 겁내어 누군가가 잭을 해치웠던 거야."

나는 하품을 했다. 패트를 실망시키고 싶지는 않았지만, 그의 겨냥은 빗나가고 있었다.

"이봐, 자네의 추리는 정말로 뒤죽박죽이야. 가르쳐 줄까. 우선 첫째로 살인 행위를 분류해 보게. 종류는 아주 조금밖에 없네. 전쟁, 치정, 자기방위, 정신이상, 물욕, 안락사이네. 또 그밖에도 있지만 대충 이런 것들이지. 나는 아무대로 잭이 살해된 것은 강도에게 당했거나 자기방위로 그랬거나 어느 한쪽인 것 같은 느낌이 드네. 잭이 누군가의 꼬리를 잡고 있었다고 하는 일은, 거의 의심이 없네. 그는 무엇인가 처음부터 알고 있었을 걸세. 그리고 그 중대성을 문득 깨달은 거야. 어쩌면 최근에 이르러 무엇인가를 발견했을 걸세. 불구자가 되어 보험회사의 일을 하게 되었다고는 하나, 사건의 수사에 그가 얼마나 적극적이었는지 자네도 알고 있잖은가.

그가 포착한 것이 무엇이든, 그는 스스로 그 처리를 하려고 했던 걸세. 그러므로 자네로선 아무것도 몰랐던 거야. 범인은 잭이 가지고 있던 것을 손에 넣지 않으면 안 되었으므로, 그것을 빼앗기 위해 죽였던 거야. 그런데 자네는 현장을 검증했을 테지?"

패트는 눈알을 굴려 그렇다는 의미를 나타냈다.

"그래, 아무것도 움직여진 것은 없었을 테지?"

그는 고개를 가로저었다.

"그럼" 나는 말을 계속했다. "가령 말일세, 이것은 어떤지 모르지만 잭이 그 방 이외의 장소에 무엇을 숨겨 두지 않았다면 강도 살인이 아니라고 볼 수 있지 않은가. 범인은 그 때문에 들통이 나든가 혹은 그 이상으로 손실을 가져오는 급소를 잡히고 있음을 알고 있었던 것이야. 자기 몸을 구출하기 위해 잭을 해치웠어. 즉 자기방위일세."

나는 책상에서 낡아빠진 모자를 집어 들고 기지개를 켰다.

"지치고 말았어, 패트. 뭐 비용이 나오는 것도 아니고 급료를 받아먹는 것도 아닌데, 더 이상 이런 곳에서 어물거리고 있을 수 없지. 어떻든 도와주어서 고맙네. 무언가 생각이 떠오르면 자네에게 알리겠네."

"언제쯤 알려 주겠나?" 패트는 미소를 띠며 말했다.

"자네가 조바심이 나서 안절부절못할 때를 지나고 나서……."

나는 그를 힐끗 돌아보았다. 담뱃갑을 찾아보고 포켓에서 담배가치를 하나 꺼낸 뒤, 패트에게 손을 흔들고 헤어져서 방을 나왔다. 나를 미행하는 형사는 대기실에서 담배를 피우고 있는 형사들 틈에 끼어 눈에 띄지 않도록 조심하며 나를 기다리고 있었다. 밖으로 나오자마자 나는 벽돌담의 움푹 들어간 곳에 달라붙었다. 그 형사는 밖으로 나와 걸음을 멈추더니 핏발이 선 눈으로 도로의 좌우를 두리번거렸다. 나는 불쑥 나타나 그의 어깨를 가볍게 두들겼다.

"성냥 갖고 있나?" 나는 입술에 꼬나물고 있는 담배를 손가락으로 퉁기며 물었다. 그는 라이터를 꺼내어 불을 붙여 주었다. "순경과 도둑의 숨바꼭질은 그만두시지" 나는 말했다. "어째서 함께 걷지를 않나?"

뭐라고 말해야 좋을지 대답이 궁한 모양으로 그는 "좋습니다"라고 했을 뿐이었다. 그 목소리는 으르렁대는 소리처럼 울렸다. 우리들은 나의 차를 향해 느릿느릿 걸어갔다. 그가 올라타자 나는 핸들 아래의 자리로 미끄러져 들어갔다. 이 사나이하고 타협을 하기란 불가능했다. 상대는 아무 말도 하지 않았다. 큰 도로로 나가 작은 호텔이 보이는 보도에 이르렀다. 그 호텔 앞에서 차를 세우자 뒤에 미행자를 거느리고 내려 호텔의 회전문으로 들어갔다. 나는 들어간 회전문으로 빙그르르 돌아 도로 밖에 나오기까지 문을 회전시켰다. 그렇게 하면 형사는 아직도 문 안에 있는 셈이다. 나는 몸을 구부려서 자동차 창문에서 떼어 온 고무 쐐기를 문 밑에다 쑤셔 넣어 회전을 멈추게 한 다음 차로 돌아갔다.

문 앞에서 형사가 유리문을 두들기며 온갖 욕설을 퍼부어대고 있었다. 아직도 나를 뒤쫓을 생각이라면 뒷문으로 나가 도로를 한 바퀴 돌아오지 않으면 안 되는 것이다. 나는 카운터의 사나이가 싱글싱글 웃는 것을 보았다. 내가 이 호텔을 그와 같은 우스개 일로 사용한 것은 이번이 처음이 아니었다. 다운타운으로 향하는 도중 창문이 빠질 듯이 덜커덩거렸으므로, 또 미행을 당하게 되었을 때에는 고무 쐐기를 더 준비해야겠다고 생각했다.

4

대기실은 초근대적이었다. 설계는 구석구석까지 잘 되어 있었다. 보기엔 모난 의자가 실제로는 아주 쾌적한 것이었다. 누가 실내를 장식했는지, 환자의 기분을 진정시키는 점을 잘 생각하고 있었다. 위의 벽은 도저히 입으로는 표현할 수 없는 올리브색으로 날카로운 느낌이 드는 한 쌍의 벽걸이와 멋들어지게 조화되어 있었다. 창문이 광선을 차단하고 있는 대신 벽에 직접 끼워 놓은 갓 달린 전구에서 부드러운 느낌의 백열광이 흐르고 있었다. 마룻바닥에 깐 푹신하고 두꺼운 카펫은 전혀 발소리가 나지 않았다. 어디서인지 현악 4중주곡의 조용한 선율이 들려왔다.

나의 방문을 전화로 알리고 있는 비서가 책상 쪽으로 와 주십시오 하는 손짓을 하지 않았다면, 나는 그 장소에서 잠들고 말았을 것이다. 그 목소리의 가락으로 헤아려, 비서는 내가 환자가 아님을 분명히 알고 있었던 것이다. 아무튼 꼬박 하루 동안 면도를 하지 않은데다가 꾸깃꾸깃 구겨진 양복을 입고 있었으므로, 비서의 눈에는 수위보다도 더 못한 인간으로 보였던 모양이다.

비서는 뒤쪽 문으로 머리를 젖히며 말했다.

"마닝 선생님이 만나시겠답니다. 부디 안으로 들어가십시오."

'부디'라는 말을 특별히 강조하며, 내가 옆을 지나쳐 가자 이 여자는 조금 몸을 도사렸다.

"걱정 말아요, 아가씨." 나는 입 가장자리로 말을 뱉었다. "잡아먹지는 않을 테니까. 이것은 그저 변장이오."

나는 문을 힘껏 열고 안으로 들어갔다. 마닝은 사진보다 실물이 나은 것 같았다. 달콤하게 무르익은 느낌이다. 그녀는 도저히 말로 다 표현할 수 없는 경이 그 자체였다. 샬로트 마닝은 책상을 대하고 무엇인가에 귀를 기울이고 있기라도 하듯 두 손을 앞으로 내밀어 깍지를 끼고 있었다. 아름답다는 형용 따위는 무색한 말이다. 이렇게 말하면 좋을 것 같다. 세계의 가장 위대한 화가들이 모여 각자의 특수한 기교를 부려 한 장의 걸작을 그렸다고 한다면, 그런 그림 속에서나 찾아볼 수 있는 여성이었다.

머리털은 내가 상상했던 대로 거의 희었다. 그 머리털은 얼굴을 파묻고 싶어질 만큼 굽실굽실 물결치며 늘어진 부드러운 머리였다. 눈과 코의 모습은 어느 것을 보나 기가 막히게 균형이 잡혀 있었다. 매끄러운 이마는 싱싱한 두 개의 담갈색 눈 사이로 녹아들었고, 두 눈은 자연 그대로 조화를 이룬 곡선을 그리고 있는 갈색 눈썹에 감싸여 있었는데, 젖은 긴 속눈썹이 그늘을 이루고 있었다.

입고 있는 검은 드레스는 긴 소매의 진찰복으로 신체의 선을 뚜렷하게 드러내는 것이 아니라 오히려 숨기려고 하는 데 더욱 순결한 미가 있었다. 유방은 수영복을 입고 있을 때와 마찬가지로 그 드레스와 용감히 싸우고 있는 듯한 느낌이었다. 책상이 나의 시야를 가로막고 있으므로 그녀의 다른 부분의 몸매는 어떠한 것인가 하고 상상할 수

밖에 없었다.

이러한 것 모두를, 나는 방을 가로지르는 데 소요된 단 3초 동안에 보았던 것이다. 나의 표정에서 무슨 변화를 알아차린 것은 아닐까 하고 뜨끔했지만, 나의 마음에 어떠한 생각이 일어났는지 알아챘다면 샬로트 마닝은 나를 고소라도 할 수 있었을 것이다.

"어서 오세요, 해머 씨. 이리 와 앉으세요." 목소리도 유창했다. 그 목소리에 조금 정열을 담으면 그녀는 무엇이든지 할 수 있지 않을까 하는 느낌이 들었다. 무엇이든 할 수 있다. 확실히 번창하고 있는 정신과 의사라는 것도 쉽사리 납득이 간다. 누구라도 자기의 고민을 의논하러 오고 싶어질 것 같은 여성이었다.

내가 의사의 옆에 앉자, 그녀는 의자를 돌려 단정한 눈길로 똑바로 나의 눈을 맞았다.

"경찰 일로 오셨다면서요?"

"아니, 정확히는 그렇지 않습니다. 사립 탐정이지요."

"어머나, 그러세요?" 여의사가 그렇게 말했을 때의 목소리에는, 그러한 경우 상대편에서 느껴지는 여느 때의 경멸이나 호기심은 털끝 만큼도 없었다. 도리어 내 쪽이 조사에 관해 적절한 말을 대답한 것 같은 느낌이었다.

"윌리엄스 씨의 사망에 관해서입니까?" 샬로트가 물었다.

"조금은. 그는 나의 친구라서요. 이를테면 내 나름의 개인적인 조사 비슷한 것을 하고 있습니다."

샬로트 마닝은 처음에 의심스럽다는 듯이 나를 바라보고 있었는데, 이윽고 입을 열었다.

"아참, 신문에서 당신 말씀을 읽었지요. 솔직히 말해서 저는 당신 이 그 맹세를 하게 된 근거를 분석해 볼까 했었지요. 늘 그와 같은 일에 큰 흥미를 느끼고 있기 때문에."

"그래, 어떤 결론에 도달하셨지요?"

샬로트는 나를 놀라게 했다. "당신의 입장을 정당한 것이라고 인정해요. 그야 나보다 훌륭한 교수님들은 그와 같은 성명을 발표한다면 꽤나 저를 비난하실 테지만."

그녀가 말하는 의미는 알 수 있었다. 살인 행위를 범하는 인간은 비록 그 살인의 이유가 어떠한 것이든 간에 그 순간의 정신이상의 희생자라고 확신하고 있는 심리학상의 유파(流派)가 있다는 말인 것이다.

"어떻게 하면 도와 드릴 수 있지요?" 샬로트는 말을 이었다.

"몇 가지 질문에 대답해 주시면 됩니다. 그날 밤 파티에 몇 시쯤 가셨습니까?"

"분명하지는 않지만 대체로 11시쯤. 환자의 왕진으로 늦었지요."

"돌아오신 것은 몇 시입니까?"

"1시가 지나서였습니다. 저희들은 함께 돌아왔어요."

"그 뒤, 어디에 가셨습니까?"

"아래층에 차를 세워 두었었지요. 에스터와 메리 벨레미 자매가 저하고 함께 탔어요. '치킨 바'에 들러 샌드위치를 먹었지요. 1시 45분에 거기서 나왔어요. 그 시간을 기억하고 있는 것은, 그 가게에는 저희들밖에 없었고 2시에는 가게 문을 닫으려 했기 때문이죠. 저는 그 쌍둥이 자매를 묵고 있는 호텔까지 배웅해 주고 나서 곧장 돌아와 아파트에 2시 15분쯤 도착했어요. 시간을 기억하고 있는 것은 자명종 시계 태엽을 감아 주어야만 했기 때문이죠."

"아파트에 들어가는 것을 본 사람이 있습니까?"

샬로트는 그지없이 사랑스러운 미소를 보였다.

"네, 지방검사님. 저의 하녀 캐시예요. 언제나처럼 저를 침실에 넣어 주었지요. 제가 나가는 소리도 들었을 거예요. 제 방으로 통하는 문은 하나밖에 없는데다 그 문에는 차임이 달려 있어 문을 열면 언제나 울릴 뿐 아니라, 캐시는 아주 잠귀가 밝거든요."

나는 그 말을 듣고 싱긋 웃지 않을 수 없었다.

"패트 챔버스 경감은 이미 당신을 만나러 왔었던가요?"

"네, 오늘 아침. 그것도 아주 이르게요."

샬로트는 또 웃었다. 그녀가 그러한 웃음소리를 내면 나의 온 몸이 떨렸다. 태도와 거동 하나하나에서 그녀는 성적 매력을 물씬 풍기는 것이었다.

"게다가 그분은 글쎄" 하고 샬로트는 말을 이었다. "'왔노라, 보았노라, 의심했노라'지 뭐예요 (카이사르의 왔노라, 보았노라, 이겼노라를 따 온 것). 지금쯤은 저의 진술을 검토하고 계실 거예요."

'패트는 조사했다 하면 철저하게 파고드는 사나이다'라고 나는 멍하니 생각했다.

"뭐, 저에 대해서 말하던가요?"

"아니오, 아무것도. 아주 무섭게 철저한 타입이에요. 능률의 화신이죠. 전 그런 분이 좋아요."

"또 한 가지. 당신이 잭 윌리엄스와 친해지신 것은 언제쯤부터입니까?"

"그것은 멋대로 말씀드릴 수 없다고 생각되는데요."

나는 머리를 흔들었다. "아니, 마녀와 관계가 있는 일이라면 사양하실 것 없습니다. 저는 그러한 사정을 알고 찾아 뵙고 있는 것이니까."

샬로트는 그 말에 놀라는 눈치였다. 그러나 나는 잭이 마녀의 지나간 사건을 되도록 모두 가슴 속 깊이 간직하고 있었다는 것을 알고 있었다.

"그럼, 말씀드리겠어요." 샬로트는 말했다. "이렇게 됐지요. 그 사람은 전문 의사의 권유로 마녀를 진료해 주지 않겠느냐고 저에게 말해 왔던 거예요. 마녀는 심한 충격을 받고 있었습니다. 마약 상습 환자에게 있어 그 사람들의 이른바 콜드 터키를 당하는 일이 어떠한 걸 의미하는지, 당신은 도저히 아시지 못할 거예요. 콜드 터키(Cold Turkey)란 즉각 모르핀 물질로부터 완전히 격리되는 것을 말하죠. 금단 상태에 놓였을 때의 정신적인 긴장은 무서운 것입니다. 환자는 심한 경련을 일으키고 그 육체는 맹렬하게 괴로운 고문을 받는 거예요. 극도로 쇠약해진 신경 계통은 도저히 믿어지지 않는 고통에 시달리며 아무도 진정시켜 줄 수가 없지요. 이것은 실제로 흔히 있는 일이지만, 환자는 광증의 발작으로 폐인이 되기도 하지요.

해독 치료는 여간 어렵지 않아요. 치료를 받기로 결정되면 환자는 외부와의 교섭이 모두 끊기고 격리 병동에 수용됩니다. 치료의 초기엔 독물에 대한 욕구가 치밀어 마약을 달라고 애걸복걸하죠. 후기가 되면 고통과 긴장이 눈이 핑핑 돌 만큼 최고조에 도달하므로, 이 시기에는 환자가 완전히 이성을 잃습니다. 그동안 쭉 환자의 육체는 마약의 영향과 싸우다 마지막에 가서 완전 치료되거나 아니면 생명을 유지할 수 없게 되거나 하지요. 마녀는 그것을 버티어 냈던 거예요. 잭은 이것이 정신적으로 어떠한 영향을 주는지 걱정이 되어 저를 찾아왔었지요. 그래서 저는 치료 중에도 완쾌 후에도 줄곧 그 사람을 돌봐 주었어요. 퇴원 후에는 직업적인 자격으로 그 사람한테 간 일은 없지만."

"됐습니다. 그것으로 좋습니다. 이 사건에 관해서는 당신과 이야기하고 싶은 일이 그밖에도 몇 가지 있지요. 그러나 좀 검토해 볼 일이 있어서요."

샬로트는 다시 미소를 지어 보였다. 더 이상 그 웃는 얼굴을 보인다면, 그녀는 털북숭이 얼굴에 키스당하는 것이 어떠한 것인지 알 수 있었을 것이다.

"만일 당신이 말씀하시는 일이 저의 증언 속의 시간적인 요소——알리바이라고 해도 좋을까요?——라면 하녀가 1주일에 한 번 장을 보러 나가니, 나가 버리기 전에 서둘러 저의 아파트에 가 보시는 게 좋을 거예요."

이 여성은 말하기가 무섭게 척척 대답을 하는 것이었다. 나는 진지한 표정을 지으려 했지만 굉장한 노력이 필요했다. 그래서 바보스러운 웃음을 터뜨리고 모자를 집어 들었다.

"어떤 의미로선 그렇지요. 아무튼 나는 남을 믿지 않는 성미라서요."

샬로트는 일어나, 내가 간절히 바라던 두 다리를 보여 주었다.

"알았어요." 여의사는 말했다. "남자 분에게 있어 우정이라는 건 여자의 경우보다 좀더 큰 의미가 있는가 보지요."

"그 친구가 나의 생명을 구하기 위해 한 팔을 잃었다고 한다면, 더욱 더 그렇지요." 나는 말했다.

의심스럽다는 듯이 눈썹을 찌푸린 표정이 샬로트의 이마에 새겨졌다.

"그럼, 당신이 그 친구이셨군요." 샬로트는 거의 헐떡이듯 말했다. "몰랐어요. 하지만 지금 그것을 알아 참 다행이에요. 저는 잭으로부터 당신에 대해 꽤 많은 것을 들었지만, 그것이 언제나 3인칭의 이야기였거든요. 그 사람, 팔에 대해서는 한 번도 말하지 않았어요. 하지만 나중에 마녀가 한 팔을 잃은 까닭을 이야기해 주었지요."

"잭은 나에게 미안한 마음을 갖게 하고 싶지 않았던 겁니다. 그러나 내가 그에게 그 미안하다고 여기는 마음도 내가 범인을 해치우려 결심한 이유의 작은 일부분이지요. 그는 팔을 잃기 전부터 쭉 친구였습니다."

"당신이 범인을 잡아 주시면 좋겠어요." 샬로트는 진지한 말투였다. "정말 그렇게 생각해요."

"꼭 해내고말고요." 나는 말했다.

순간, 우리는 서로 얼굴을 응시한 채 서 있었다. 이윽고 제정신이 들었다.

"이만 실례하겠습니다. 어차피 또 뵙게 되겠지요."

그때 샬로트는 목 있는 데서 호흡을 멈춘 것 같더니 이내 부드럽게 "곧 뵙게 될 거예요"라고 말했다. 그렇게 말했을 때의 그녀의 눈의 광채가 내가 생각한 것을 의미하고 있으면 좋으련만, 하고 나는 생각했다.

나는 아파트의 파란 천개(天蓋) 모양의 발코니에서 몇 피트 떨어진 위치에 차를 세웠다. 수수한 제복을 입은 도어맨이 거만스럽게 입을 비쭉거리는 일도 없이 나의 차문을 열어 주었다. 그에게 가볍게 머리를 숙이고 나는 바깥쪽의 현관을 향해 걸어갔다.

벨 위쪽에 이름이 인쇄된 알루미늄 판이 있었다. '샬로트 마닝'이라고 씌어 있을 뿐 그 아래에 개업 의사에게서 흔히 볼 수 있는 직함 같은 것은 하나도 없었다. 너절하게 직함 따위를 늘어놓는 녀석은 문자 콤플렉스라도 가지고 있을 것이다. 나는 벨을 누르고 소리가 울리자 안으로 들어갔다.

그녀는 4층의 도로에 면해 늘어선 방에 살고 있었다. 흰 옷을 입은 새까만 하녀가 벨소리를 듣고 얼굴을 내밀었다.

"헤머 씨인가요?" 그녀는 나에게 물었다.

"맞았어, 어떻게 알았지?"

"프런트 룸에서 경관들이 당신을 기다리고 있지요. 자, 들어오세요."

창가 의자에 누워 있는 건 틀림없는 패트였다.

"오오, 마이크. " 그가 불렀다.

나는 작은 탁자에 모자를 팽개치고 그의 옆 쿠션에 걸터앉았다.

"무언가 실마리를 잡았나, 패트 ? "

"그 여자의 진술은 검토를 끝냈어. 마침 그 시각에 그녀가 돌아온 것을 본 이웃 사람이 있어. 하녀도 확인했네. "

이때만은 나도 한시름 놓았다.

"자네가 올 줄 알고 있었네. 그러므로 자네가 모습을 나타내기까지 순찰차를 세워 두었던 거라네. 그런데 내가 미행시킨 자를 자네가 좀더 귀여워해 주었으면 하네. "

"귀여워하라니, 바보 소리 말게나. 나를 귀찮게 따라다니지 않도록 해주게. 내 뒤를 바싹 따르지 말거나 전문가답게 미행하거나 둘 중의 하나로 해주게. "

"자네를 보호하기 위해서야, 마이크. "

"바보 같은 소리 ! 나에 대해서는 잘 알면서. 내 앞가림쯤은 남의 손을 빌리지 않아. "

패트는 머리를 뒤로 젖히고 눈을 감았다. 나는 방을 둘러보았다. 저 사무실이나 마찬가지로 샬로트 마닝의 방은 고상한 취미로 장식되어 있었다. 이 속에는 스며들어 있는 듯한 어떤 미묘한 분위기가 감돌고 있었지만, 그러면서도 모든 게 질서가 있었다. 방은 크지 않았다. 크지 않으면 안 될 이유도 없었다. 한 사람의 하녀하고만 살고 있는 것이므로 방 셋 정도로 충분한 것이다. 멋진 그림이 몇 폭 벽을 장식하고, 온갖 분야에 걸친 장서(藏書)가 책꽂이에 가득히 꽂혀져 있었다. 하나의 책장을 주의해서 보았더니 거기에는 심리학에 관한 서적밖에 없었다. 방 한쪽 구석은 액자에 넣어진 증서가 유일한 장식이었다. 넓은 복도가 거실로 통하고, 침실과 반대쪽에 욕실과 주방이 이어져 있었다.

현관 곁에 하녀 방이 있었다. 이 방의 색조는 저 사무실과는 달리 마음을 차분하게 해주는 그러한 것이 아니고, 그렇지 않아도 아름다운 이 방의 주인에게 더욱 색채와 밝음을 곁들이기 위해 궁리된 것이었다. 내가 점령하고 있는 쿠션 바로 정면에는 넉넉히 6피트는 됨직한 소파가 있었다. 그것을 본 찰나 이상한 기분이 들었으나 그것은 곧 무시하기로 작정했다. 늑대 같은 짓을 상상할 때가 아니지, 아직은.

나는 발끝으로 패트를 쿡쿡 찔렀다.

"잠들어선 안 되네. 지금은 중요한 때란 말이야."

그는 흠칫하며 얕은 잠에서 깨었다.

"자네에게 이곳을 조사할 시간을 준 것뿐이야, 베이비. 그럼, 슬슬 가 보도록 할까."

하녀 캐시는 우리들이 밖으로 나가려는 소리를 듣고 허둥지둥 달려왔다. 우리들을 배웅하려고 문을 열었을 때, 나는 샬로트가 말했던 차임 소리를 들었다.

"벨이 울렸을 때에도 이 소리가 나나?" 나는 물었다.

"그렇습니다요. 문을 열 때도 울리지요."

"왜?"

"그야 나리님, 제가 집에 없을 때는 샬로트님께서 문을 열기 위해 나가셔야만 하니까요. 때때로 암실에서 바삐 일하고 계실 때 벨이 울리면 아씨님은 자물쇠를 여십니다요. 그리고 손님이 오셨을 때에는 여기에 들어왔을 때, 아씨님이 알게 됩니다요. 아씨님이 암실에서 일하실 때는 벨이 울리더라도 문까지 나갈 수 없으니까요."

나는 패트를 보고, 패트는 나를 보았다.

"암실이란 뭐지?" 나는 정말로 묻고 싶었던 것이다.

캐시는 마치 총알을 맞은 것처럼 펄쩍 뛰었다.

"저, 아씨께서 필름으로 사진을 만드는 곳입니다요."

하려는 대답했다.

패트와 나는 바보 취급을 당한 듯한 느낌이 들었다. 그리고 보면 샬로트는 사진에 취미가 있는 모양이다. 요 다음 우리가 만났을 때 화제로 삼아야겠다고 마음먹고 있었던 것을 고쳐 생각했다. 하기야 '그것'은 제외하고서이지만.

5

아래층으로 내려와, 패트와 나는 도로를 가로질러 작은 식당에 가서 맥주를 한잔씩 주문하고 작은 방에 자리를 잡았다. 패트는 나에게 얼마쯤 윤곽이 잡혔느냐고 물었지만, 부정적인 대답을 하지 않으면 안 되었다.

"동기는 무엇일까?" 나는 유인술을 썼다. "나는 전에 말한 각도에서 부딪쳐 보았는데, 주된 이유는 아직 탐지해 보지 않았기 때문이야. 관계자의 진술 전부를 모은 뒤 동기에 손을 대어 볼 생각이거든. 그런데 자네 쪽은 벌써 무엇을 알아냈나?"

"아직." 패트는 대답했다. "탄도는 탄환의 성능과 들어맞는데, 이 것은 소유자 불명의 45구경으로부터 발사된 것이야. 전문가의 의견에 의하면 총은 거의 신품이라네. 우리는 총기의 매매 명단을 이 잡 듯이 훑어보았으나, 단서가 될 만한 것은 아무 데도 없었네. 팔린 권총이 두 자루 있었는데, 두 자루 모두 최근에 강도를 당한 가게의 주인이 샀네. 총알의 견본은 몇 종류 가져왔지만, 이것은 해당되는 게 없었어."

"그렇다면 그것은 얼마 전에 팔린 권총으로서 최근까지 사용하지 않던 것이 되겠군." 나는 말했다.

"우리도 그렇게 생각했네. 기록에서도 찾아볼 수 없으니까 말야.

그 파티에 참석한 자들은 아무도 우리가 찾는 권총을 갖고 있지 않아."

"겉보기로는 말이지." 나는 덧붙였다.

"응, 가능성으로서는 생각할 수 있어. 권총을 갖고 참석하기란 어려운 일도 아니고."

"소음 장치는 어떤가? 범인은 총기에 대해서 풋내기가 아니었어. 소음 장치에다 덤덤탄까지 썼으니까. 놈은 잭이 죽는 것을 지켜보고 싶었던 거야, 너무 빨리 죽지 않는 것을. 그리고 죽은 것을 똑똑히 말일세."

"그런데 그 흔적도 사라지고 없다네. 그래서 발사되었다고 생각되는 건 라이플이야. 45구경에 꼭 맞는 제품이나 소총 소음 장치는 여러 종류 있으니까."

우리는 서로 열심히 생각하며 천천히 맥주를 마셨다. 패트가 어떤 일을 생각해 내어 그것을 말하기까지 꼬박 2분이 걸렸다. "아참, 잊을 뻔했군. 카레키와 캐인스가 오늘 아침 시내 아파트로 이사했네."

이것은 새로운 정보였다.

"어째서이지?"

"어젯밤 늦게 카레키의 집 창문 너머로 저격한 놈이 있었네. 머리털을 스쳤지. 그것도 45구경이었어. 조사해 보았더니 잭이 당한 총알과 딱 들어맞아. 같은 권총이야."

나는 하마터면 맥주로 목이 막힐 뻔했다. "그래, 그것을 잊어먹을 뻔하다니!" 나는 억지웃음을 지으며 말했다.

"그런데 또 한 가지 있어."

"뭐야?"

"놈 쪽에선 자네가 했다고 생각하고 있어."

나는 패트가 소스라칠 만큼 잔을 탁자 위에 세게 내려놓았다.

"뭐라고? 아가리를 찢어 놓을 놈들 같으니! 잘도 지껄이는군. 이번에는 그놈의 얼굴을 구석에서 구석까지 묵사발을 만들어 놓고 말테다."

"또 시작되었군. 자네는 툭하면 그러는군. 핏대를 올리고 말거든. 마이크, 앉게나, 부디 고함치지 말게. 그놈이 말했던 것처럼 놈은 시청에 얼굴이 통하지 않는 것도 아니라서 말일세. 시청에서 시경찰인 우리들에게 지시가 내려 자네를 감시하게 되었던 거야. 그러나 이것은 잊지 말아 주게. 자네는 전에도 바람직하지 못한 시민들을 몇 사람 해치웠고, 자네의 총에서 발사된 탄환은 감식계에서 사진으로 찍어 두었다는 것을. 지문은 전부 보관되어 있고, 부득이 조회했지만 물론 달랐네. 게다가 어젯밤 자네가 있었던 장소도 조사를 했네. 자네가 돌아가고 나서 10분 후에 그 난잡한 번화가의 일제 단속이 있었지."

나는 웬일인지 얼굴이 빨개졌다.

"사람의 간을 놀라게 하는군, 패트. 이봐, 농담은 그쯤하고 카레키와 애송이가 어디로 이사했는지 가르쳐 주게."

패트는 나에게 히죽 웃어 보였다.

"쌍둥이 벨레미 자매가 살고 있는 같은 아파트먼트 호텔일세. 모퉁이에서 오른쪽에 있는 방으로 옮겼는데, 2층이지. 미드워드 암스라네."

"벌써 가 보았나?"

"쌍둥이를 만나기 위해서가 아니야. 조지와 헐을 만났지. 그날 밤, 잠자려던 참에 느닷없이 찾아온 자네에게 구타당한 것을 구실로 자네를 고소하는 짓은 좋은 결과가 되지 않는다고 충고해 주었네. 어쨌든 뭐 그리 대단한 이야기를 한 것은 아니지만 말야. 확실히 자네가 한 일에 대해서는 꽤나 여러 가지로 소문을 듣고 있었던 모양인데. 그런 자는 큰소리를 침으로써 자기의 약함을 보이지 않으려고 하지."

우리 두 사람은 남은 맥주를 마저 마신 뒤 식당을 나오려고 자리를 일어섰다. 나는 패트의 눈치를 살피며 계산서를 집었다. 이 다음에는 그가 한턱내겠지. 경관이든 경관이 아니든 그러한 것이 규칙인 것이다. 우리들은 문 밖에서 헤어졌는데, 그가 보이지 않게 되자 곧 미드워드 암스를 향해 출발했다. 기수(旣遂), 미수(未遂)를 불문하고 누군가가 나를 살인죄로 고발한다면, 일의 진상쯤은 파악하고 싶었다. 패트가 나를 진범인이 아니라고 단정한 진짜 이유는 범인이 모습을 감추고 있기 때문이다. 나는 달아나거나 숨거나 하지 않는다.

나는, 어쩌면 카레키가 도어맨을 매수했으리라고 생각했다. 그 놈팡이는 내가 들어가는 것을 방해할 테지. 그러니까 시비를 걸어오리라는 것쯤은 걱정도 하지 않았다. 월 단위로 방을 비는 손님 행세를 하고 걸어가는 대신, 당당히 2층까지 엘리베이터를 탔다. 엘리베이터보이는 27, 8살이나 되어 보이는 말라깽이 꼬마로 죽은 동태 눈알 같은 사팔뜨기였다. 손님은 나 혼자였다. 엘리베이터가 멎었을 때 포켓에서 지폐를 한 장 꺼내어 그 색깔을 보여 주며 말했다.

"카레키, 조지 카레키, 이곳에 새로 이사 온 영감쟁이다. 그 아파트의 호수를 가르쳐만 준다면 이 '배추잎'은 자네의 것이지."

그는 주의 깊게 나를 훑어보았다. 과연 손길이 닿고 있구나. 마지막으로 혓바닥을 불에 붙이면서 말했다.

"당신이 해머라는 분인가 보군요. 나는 당신에게 호수를 가르쳐 주지 말라고 이미 10달러를 받아 놔서."

나는 코트 앞자락을 헤치고 권총집에서 45구경 권총을 꺼내어 들이댔다. 꼬마는 그것을 보더니 두 눈을 번쩍 떴다.

"내가 바로 해머 형님이시다, 이 꼬마야. 놈의 집을 가르쳐 주지

61

않으면 이것을 안겨 줄 테다. ”

나는 총부리를 그의 이빨을 향해 움직였다.

“앞줄 206호실입니다. ” 꼬마는 서둘러 말했다.

배추잎은 5달러였다. 그것을 뭉쳐서 그의 딱 벌어진 입 속에 쑤셔 넣고는 권총을 제자리로 돌렸다.

“이번에는 잘 기억해 둬. 내가 잠깐 일하고 있는 동안 얌전히 입을 다물고 있으면 나로서도 생각이 있으니까. ”

“네, 네, 알았습니다. ”

꼬마는 자못 엘리베이터 보이다운 몸놀림으로 돌아가더니 도어를 단단히 닫았다.

206호실은 도로에 면하고 있는 방의 홀 아래쪽에 있었다. 노크를 해보았지만 대답이 없었다. 숨을 죽이고 귀를 문틈에 대고 그대로 밀어 보았다. 그 방법을 쓰면 문이 음향판 비슷한 작용을 하여 실내의 소리가 백 갑절이나 확대되어 들리는 것이다. 그런데 지금은 예외였다. 아무도 없는 것이다. 확인하기 위해 한 장의 종이를 문 밑에 밀어 넣고, 그 자리를 떠나 1층으로 통하는 계단을 내려갔다. 계단의 중간에서 구두를 벗고 살며시 되돌아갔다. 종이는 내가 놓은 그 자리에 그대로 놓여 있었다.

공연히 하릴없이 주위를 헤매는 대신 나는 걸쇠꾸러미를 꺼냈다. 세 번째 열쇠가 맞았다. 뒤에 있는 문의 자물쇠를 따 보았다. 확인하기 위해서였다.

그 방은 가구가 딸린 셋방이었다. 카레키의 개인적인 소지품은 젊은 시절에 찍은 사진이 맨틀피스 위에 있는 것 말고는 무엇 하나 눈에 띄지 않았다. 침실에 들어가 보았다. 옷장 두 개와 테이블이 하나 있는 좀 넓어 보이는 방이었다. 그러나 침대는 하나밖에 없었다. 그러고 보면 그들은 함께 잤던 것이다. 요전번 그들을 방문했을 때 함께 자지 않았느냐고 말했던 생각이 나서 나는 우스웠다.

슈트케이스는 침대 아래 있었다. 그것을 먼저 열어 보았다. 와이셔츠 여섯 벌 위에 45구경이 엎어져 있고 그 옆에 예비 탄창이 두 개 있었다. 자식, 그 자식, 이 45구경 권총은 아무리 보아도 이것으로 밥을 먹고 있는 자들의 것이야. 그러한 자들은 곳곳에 널려 있다. 나는 총구멍을 맡아 보았지만 냄새는 없었다. 내가 본 바로는, 요 한 달 동안에 발사된 흔적이 없었다. 나는 지문을 닦아내고 권총을 제자리에 넣어 두었다. 장롱 서랍 속에도 이렇다 할 만한 것은 없었다. 헐 캐인스는 앨범을 가지고 있으며, 대학에서 하는 대개의 스포츠를 하고 있는 그의 사진이 있었다. 그 앨범 사진의 대부분은 여자를 찍은 것으로, 키가 크고 마른 날씬한 여자가 좋다면 그 몇 사람은 별로 나쁜 편은 아니었다. 나 말인가. 나는 암팡스러운 타입의 여자가 좋지. 그 앨범 끝부분에 카레키와 헐이 함께 찍혀 있는 사진이 몇 장 있었다. 한 장에서는 두 사람이 낚시질을 하고 있었다. 다른 한 장은 캠프를 하는 가벼운 차림으로 자동차 옆에 있는 것을 찍은 것이었다. 나의 흥미를 끈 것은 세 번째 사진이었다.

헐과 카레키 두 사람이 어떤 가게 앞에 서 있는 것이었다. 이 사진에선 헐이 어디로 보나 조금도 학생다운 옷차림이 아니었다. 사실 어느 모로 보나 비즈니스맨으로 보이는 것이다. 그러나 그것은 아직 문제가 아니었다. 그의 뒤쪽 창문에, 길가에 있는 상점에 흔히 붙어 있는 개봉 영화 광고가 보이고 그 아래에 제목이 씌어 있는 커다란 사진이 나와 있었다. 하나는 식별할 수 없었지만, 또 하나는 〈모로 캐슬〉의 화려한 광고였다. 〈모로 캐슬〉은 8년 전에 공개된 영화였다. 더구나 그 사진의 헐 캐인스는 현재보다도 겉늙어 보인다.

더 이상 시간을 들여 조사할 여유가 없었다. 엘리베이터 문이 열리는 소리를 듣고 나는 프런트 룸으로 걸어갔다. 내가 갔을 때 누군가가 열쇠를 잘그락거리고 있었다. 내가 이중 자물쇠를 따고 문을 열기 전에 툴툴거리는 목소리가 낮게 들려왔다.

"들어오게, 조지." 나는 말했다.

카레키의 표정은 경악보다도 공포를 느끼는 것 같았다. 확실히 그는 자기를 저격한 것이 나라고 진심으로 믿고 있었던 것이다. 헐은 그의 뒤에 있었으며, 내가 조금이라도 움직이면 줄행랑을 치려 하고 있었다. 카레키가 먼저 정신을 가다듬었다.

"어디로 해서 아파트로 기어들어왔지? 이번에야말로……."

"그런 입은 놀리지 말고 들어오는 게 어때. 나에게는 식은 죽 먹기야. 잠시 지나면 기분도 가라앉고 좋아질 거야."

두 사람은 침실로 발을 옮겼다. 나왔을 때에는 사탕무처럼 빨개져 있었다. 나는 상대가 비난할 틈을 주지 않고 물었다.

"그 권총은 어떻게 된 거야?"

"네놈 같은 새끼를 위하여 가지고 있는 거야." 카레키는 소리쳤다. "창 너머로 나를 죽이려 하는 새끼 때문이다. 게다가 총포 소지 허가증도 갖고 있고."

"좋아. 허가증을 갖고 있다구? 나는 그 권총을 네가 휘둘렀는지를 확인하기 위해 물어 보았을 뿐이야."

"걱정하지 않아도 좋아. 사용할 때는 먼저 경고해 주겠다. 그런데 실례지만, 당신은 여기서 무엇을 하고 있는 거야?"

"소원이라면 들려줄까, 베이비. 나는 그 저격 사건의 진상을 알고 싶은 거야. 아무튼 내가 범인으로 고발되었다고 하니까 말야. 내가 대체 무슨 짓을 한 것으로 믿고 있는지 그걸 알고 싶단 말이다."

카레키는 코트에서 여송연을 꺼내더니 물부리에 끼웠다. 입을 열기 전에 불을 붙여 시간을 벌려는 수작이었다.

"어쩐지 경찰과 연락이 있는 것 같군, 당신." 카레키는 겨우 입을 열었다. "어째서 경찰에 물어 보지 않나?"

"고물 정보 따윈 필요치 않아. 네가 머리 좋은 놈이라면 말해 줄 거야. 너를 쏜 그 권총은 범인의 권총이야. 나는 범인을 찾고 있어. 그것은 너도 알고 있는 일이지. 그러나 그것만이 전부는 아니야. 범인은 행동을 시작했지만 실패했지. 그러고 보면 어차피 또 행동을 시도할 것이 분명해."

카레키는 입에서 여송연을 뽑았다. 공포의 작은 선이 두 눈 주위를 달리고 있었다. 이 사나이는 벌벌 떨고 있는 것이다. 그것을 숨기려고 하는데 잘 되지 않는 것이다. 신경질적인 경련이 입가에 나타났다.

"그쪽에 도움이 되는지 모르지만 나로서 증언할 만한 것은, 그 뒤로 아직 아무것도 몰라. 나는 창문가 큰 의자에 앉아 있었지. 맨 먼저 안 것은 창유리가 내 옆에서 박살나며 총알이 의자 등받이에 명중한 일이었어. 권총을 쏘는 놈이 볼 수 없도록 마룻바닥에 몸을 엎드리고 벽을 향해 기어갔어."

"어째서?" 나는 천천히 말했다.

"어째서냐구? 목숨이 아깝기 때문이지. 내가 그대로 앉아서 병신처럼 총알을 맞는 그런 사나이라고 생각되나?"

카레키는 시무룩한 빛을 띠었지만 나는 그것을 무시했다.

"자네 말은 통하지 않아, 조지. 왜 까닭없이 저격당했지?"

작은 땀방울이 그의 이마에 맺혔다. 그는 눈언저리를 신경질적으로 닦았다.

"알게 뭐야, 그런 일. 나는 이제까지 꽤나 많은 적을 만들었으니까."

"이것은 특별한 적이야, 조지. 잭을 죽였을 뿐 아니라 당신 뒤를 쫓아왔어. 이 다음에는 실패하지 않을 거야. 당신은 무엇 때문에 그놈의 블랙리스트에 올랐지?"

카레키는 그때 정말로 껑충 뛸 뻔했다.

"나는, 나는 몰라. 정말로 몰라." 카레키의 말투는 이제 거의 변명 비슷한 것이었다. "곰곰 생각해 보았지만 도무지 짐작이 가지 않아. 웨스트체스터에서 시내로 옮긴 것도 그 때문이야. 어디에 있거나 누군가 나를 노리고 있으니, 적어도 여기에 있으면 다른 사람들이 가까이 있기 때문에 안심이 돼."

나는 앞으로 몸을 굽혔다.

"잘 생각했다고는 보이지 않아. 당신과 잭에게는 공통된 무엇인가 있었어. 그것이 무엇이었지? 잭이 한 일로 무엇을 알고 있었지? 잭이 걸려들었을지도 모를 인간과 당신은 어떤 관계가 있었지? 그 질문에 대답만 해준다면 네놈을 죽이려 한 범인의 실마리를 잡을 수 있어. 어때, 생각나게 해주기 위하여 그 대갈통을 마룻바닥에 메어붙여 줄까, 아니면 스스로 해보겠나?"

카레키는 벌떡 일어나 느릿한 발걸음으로 방을 가로질렀다. 자기가 살인자의 리스트에 올라 있다는 생각은 거의 그에게 눌어붙은 고정관념이었던 것이다. 그는 이제까지 행동해 왔던 만큼 젊지는 않았다. 이와 같은 일이 그에게 두 손을 들게 하고 말았던 것이다.

"나로선 말할 수 없어. 만일 무슨 일이 있었다 하더라도 그것은 잘못된 일이야. 나는 잭하고는 사귄 지 오래 되지 않았어. 헐이 알고 있었던 거야. 헐은 닥터 마닝을 통해서 알게 되었지. 거기에 걸리는 데가 있다고 생각한다면, 나는 알고 있는 일을 기꺼이 이야기하겠어. 내가 살해되고 싶다고 생각한다면 그건 잘못이야."

이것은 내가 잊고 있었던 단서였다. 헐 캐인스는 아직도 맨틀피이스 옆 안락의자에 앉아 오랜 시간에 걸쳐 담배를 피우고 있었다. 스포츠를 하는 인간으로서는 조금도 트레이닝의 규칙에 따르고 있지 않앗다. 나는 아직도 마음속에서 헐의 사진 모습을 몰아낼 수가 없었다. 8년 전에 촬영한 사진 말이다. 이러고 있으면 평범한 젊은이에 지나지 않는데 그 사진에서 보면 마치 노인 같았다. 모르겠다. 그것은 몇 년 동안이나 그 영화 광고를 붙여 놓은 채 버려진 가게일지도 모른다.

"좋아, 이번에는 헐. 자네가 알고 있는 일을 들려주지 않겠나?"

청년은 그 그리스의 신상 비슷한 멋들어진 옆얼굴을 나에게로 돌렸다.

"조지가 모두 말했어."

"어떻게 닥터 마닝을 알고 있지?" 나는 그에게 물었다. "언제 만났지? 그러한 아가씨는 이를테면 자네가 입장료를 내고서도 볼 수 없는 대리그전이나 마찬가지인데."

"그러니까 지난해, 닥터 마닝은 대학에 와서 응용심리학 강의를 했어. 내가 학점을 딴 것도 그 강의였지. 선생은 자기 방식의 견학을 시키기 위해 뉴욕에 있는 진료소에 5, 6명의 학생을 보냈던 거야. 나도 그 한 사람이었어. 선생은 나에게 흥미를 갖고 쭉 연구를 도와주게 되었지. 그것뿐이야."

그녀가 그에게 흥미를 갖게 된 이유를 이해하기란 어려운 일이 아니었다. 그러한 일을 생각하는 것은 메스껍기만 했으나, 이 사나이의 말이 사실이었다는 것도 있을 수 없는 일이 아니다. 직업적인 흥미 이상이었는지도 모른다. 결국 그와 같은 여성은 나를 포함하여 자기가 바라는 남성에 관해서는 올바르게 볼 것이다.

나는 말을 이었다.

"그래, 잭에 대해서는? 언제 만났지?"

"그러고 나서 조금 뒤였어. 닥터 마닝이 마너와 잭과 함께 식사를 하기 위해 나를 데리고 그의 아파트로 갔었지. 풋볼을 보고서 돌아오는 길에 나는 술주정뱅이 싸움에 휩쓸려서 말이야. 그 시즌의 마지막 시합이었고, 트레이닝 룰 같은 것은 지켜지지도 않았었지. 모두들 조금 지나쳤다고 생각했지만, 덕분에 집을 엉망으로 만들었어. 잭은 그 주인을 알고 있었으므로 집주인이 경찰에 고소하려는 걸 막아 주고, 그 수리비의 변상 이야기를 가능하게 해 주었지. 그 다음 주일 내가 또 그를 만났을 때에는, 난 마침 시립 병원에 수용된 살인 편집광의 증례를 연구하고 있었던 참이었어. 나를 만난 걸 기뻐하여 함께 저녁 식사를 했지. 짧은 기간에, 아는 사람이라기보다는 오히려 친구 사이가 되었던 거야. 나는 그와 알게 된 것을 기뻐했을 정도였어. 여러 가지로 도와주었기 때문에 말이야. 내가 하고 있었던 일이란 보통은 나 같은 건 접근하지도 못하는 장소에 가서 조사하는 그런 일거리였지만, 그의 응원이 있었기에 잘할 수 있었던 거야."

나의 머리에 이렇게 아무것도 떠오르지 않기는 생전 처음 있는 일이었다. 잭은 남의 일을 별로 이야기한 일이 없었다. 우리들의 관계는 형사상의 일거리에 흥미를 갖는 것부터 시작하여 권총의 사정거리, 탄도 검사의 기록표, 지문 카드, 그런 것들에서부터 우정이 발전되어 갔던 것이다. 군대에 들어가고 나서도 그러한 일은 우리들의 마음에서 떠나지 않았다. 그 외의 생활 같은 것은 우연한 일에 지나지 않았다. 그는 자기 친구들에 대해서 이야기해 주었다. 대충 말이다. 마녀의 일은 나도 잘 알고 있었다. 카레키에 대해서도, 그가 암흑가에서 설치고 있었으므로 알고 있었다. 쌍둥이 벨레미 자매는 대부분 신문의 보도를 통해서 보고, 전에 아주 짧은 기간이지만 그녀들을 본 일이 있으므로 나도 알고 있었던 것이다.

더 이상 여기서 우물거리고 있어 본들 무슨 단서가 될 만한 것은 없었다. 모자 뒤를 손으로 가볍게 털고 문을 향해 갔다. 조지도 힐도

인사를 하려 하지 않았으므로 나는 밖으로 나와 문을 힘껏 닫아 주었다. 밖에 나오고 나자 조지가 45구경 권총을 가지고 있었던 일이 마음에 걸렸다. 파티에 참석한 이들은 아무도 권총을 가지고 있지 않았다고 패트는 말하고 있었다. 그런데 조지는 가지고 있을 뿐 아니라 허가증도 있는 것이다. 적어도 그가 말하는 바로는 그러했다. 뭐, 상관없겠지. 무슨 45구경 권총 사건이라도 돌발하면, 어디로 맨 먼저 달려가야 좋을지 알았으니까.

벨레미 쌍둥이 자매는 5층에 살고 있었다. 카레키의 방과 같은 위치였다. 단 한 가지 다른 것은 벨을 울리자 이내 대답을 한 일이다. 문은 안쪽으로 사슬고리로 잠겨지게끔 되어 있고, 산뜻한 느낌을 주는 어딘지 귀여운 얼굴이 6인치 가량의 문틈으로 나의 얼굴과 마주 대하게 되었다.

"무슨 일이죠?"

말을 걸어 온 상대편이 쌍둥이의 어느 쪽인지 짐작이 가지 않았으므로, 나는 말했다.

"벨레미 양이시죠?" 그녀는 고개를 끄덕였다.

"나는 해머입니다, 사립 탐정인. 윌리엄스 사건의 조사를 하고 있습니다. 그래서 당신이……"

"그럼, 들어오세요." 문이 닫히자 쇠사슬 고리가 벗겨졌다. 문이 다시 열렸을 때 나는 온 몸이 체조선수 같은 여성과 얼굴을 마주 대하고 있었다. 살결은 눈꺼풀 주위의 주름살 있는 부분을 제외하고는 햇볕에 그을어 다갈색인데, 팔에서부터 어깨에 걸쳐 조각처럼 미끄러웠다. 이 여성은 사진으로선 확실히 그 미점(美點)을 알 수 없었던 것이다. 잠시 동안 어째서 이 자매가 결혼 상대를 찾는 데 고생을 하고 있을까 하는 생각이 머리에서 떠나지 않았다. 내가 본 범위에서도 이 특수한 쌍둥이 자매에게는 돈으로도 어쩔 수 없는, 이렇다고 꼬집어 말할 만한 나쁜 점이 없었던 것이다. 대부분의 사나이라면 재산이 전혀 없더라도 이 여자와 결혼하고 싶어질 것이다.

"이쪽으로 들어오시지 않겠어요?"

"이거 미안합니다." 나는 실내로 들어가 대충 둘러보았다. 카레키의 방과 별로 다른 점이 없었지만, 담배 냄새 대신 향수 냄새가 가볍게 떠돌고 있었다. 그녀는 커피 탁자를 가운데 놓은 소파에 나를 안내하고 그 하나를 손으로 가리켰다. 내가 앉자 그녀도 또 하나 있는 소파에 앉았다.

"무슨 일로 찾아오셨나요?"

"나의 이야기 상대가 어느 쪽의 벨레미 양인지 말씀해 주시면 머리가 혼란을 일으키지 않겠는데요."

"어머나, 전 메리예요." 그녀는 웃었다. "에스터는 장보러 갔어요. 장보러 갔다는 것은 하루 종일 놀고 온다는 뜻이지요."

"그럼, 내가 알고 싶어하는 일은 다 말해 줄 수 있겠군요. 챔버스 경감이 당신을 만나러 왔었습니까?"

"네, 벌써. 그분도 당신이 오실 거라고 말씀하셨어요."

"별로 많이 여쭈어 볼 생각은 없습니다. 잭은 전쟁 전부터 알고 계셨겠지요?"

메리는 고개를 끄덕여 그것을 시인했다.

"그 파티가 있던 날 밤 특별히 느꼈던 일이라도 있습니까?"

나는 질문을 계속했다.

"아니요, 아무것도. 가벼운 음료를 마시고 춤을 조금 추었을 뿐인걸요, 뭐. 잭이 마녀에게 몇 번인가 아주 열띤 어조로 이야기하는 걸 보았어요. 그리고 캐인스 씨와 15분쯤 주방에 갔다 온 것도 보았지만, 농담을 하고 있었는지 웃으면서 돌아왔어요."

"누군가 다른 사람들과 함께 있었던 일은 전혀 없었나요?"

"네. 아니, 그렇게는 말할 수 없어요. 마녀와 샬로트가 잠시 무엇인가 의논하고 있었는데, 남자분들은 춤이 시작되자 그 두 사람을 끌어냈어요. 아마 마녀의 결혼식 계획을 세우고 있었다고 생각해요."

"그 뒤의 일은?"

"우리들은 식사를 끝내고 나서 돌아왔어요. 저희들 두 사람은 또 언제나처럼 열쇠를 깜박 잊고 놓고 왔기 때문에 방에 들어가기 위해 관리인을 깨웠어요. 그리고 곧 잠자리에 들었지요. 살인 사건이 있었다는 건, 신문기자가 저희들의 담화 기사를 취재하기 위해 전화를 걸어 와 잠이 깰 때까지 전혀 몰랐어요. 우리는 경찰에서 심문하러 올 줄 알고 기다리고 있었는데, 오늘까지 아무도 오지 않았어요."

메리는 잠깐 이야기를 중단하고 머리를 가볍게 갸우뚱했다.

"어머나." 메리는 말했다. "잠깐 실례하겠어요. 욕조에 물을 채우다 말고 나왔기 때문에."

메리는 좁은 복도로 달려가 욕실로 사라졌다. 나는 이제 늙었는지도 모른다. 물이 흐르고 있는 소리 같은 것은 귀에 들려오지 않았다.

잡지 두서너 권이, 소파 옆 선반에 엎어져 있었다. 그 한 권을 집어 들어 페이지를 넘겼지만, 그 잡지는 사진이 실려 있지 않은 패턴과 패션 전문지였으므로 내던지고 말았다. 거기에 쌓여 있는 잡지 맨 아래에 새로운 두 권의 '컨패션'이 있었다. 이것은 그래도 다른 것보다는 나았지만, 내용은 정말 한결같이 낡은 이야기뿐이었다. 그 스토리의 하나는 한 아가씨가 대도시에서 탐정과 만난 일을 쓴 일품(逸品)이었다. 이 사나이에게 욕을 당하던 그녀는 지하철에 뛰어들려고 한다. 그때 앳된 청년이 그녀를 와락 붙잡아 구해준다. 그리하여 그녀를 훌륭한 여자로 갱생시킨다.

메리 벨레미가 돌아왔을 때, 이 청년이 아가씨와 결혼하기 위해 치안판사한테 데리고 가는 장면을 읽고 있었다. 이때만은 이 여자가 나의 머리를 어지럽게 만들었다. 지금까지 입고 있었던 회색 슈트 대신 모티프가 단순한 디자인의 얇고 투명한 실내복으로 갈아입고 있었던 것이다. 머리는 롤을 풀어내려 얼굴이 깨끗하고 강렬한 느낌을 주었다. 그러한 꿍꿍이속이 있는지 어떤지 몰랐지만, 창문으로 흘러들어오는 광선을 배경삼아서 그녀가 지나쳐 간 순간 입고 있는 것을 통하여 모든 것이 보였다. 그것도 눈 깜짝할 사이였다. 흔히 볼 수 있는 실내복이다. 그녀는 미소를 머금고 나의 옆에 앉았다. 앉을 장소를 만들려고 나는 옆으로 당겨 앉았다.

"미안해요, 상대를 해 드리지 못해서. 하지만 목욕물이 곧 식고 마는걸요, 뭐."

"뭐, 상관없지요. 대개의 여성은 그러한 일을 하며 하루를 빈둥빈둥 보내고 있으니까요."

그녀는 다리를 포개고 탁자 아래에서 담배를 집으려고 몸을 구부렸다. 나는 고개를 돌리지 않으면 안 되었다. 이 게임의 상대로 보아, 아무래도 연애놀이에 휩쓸리지 않으면 아무것도 알아낼 수 없게 된다. 그런데 이쪽은 나중 일이고 샬로트와 먼저 만나고 싶었던 것이다.

"담배는?" 하고 메리는 내밀었다.

"아니, 좋습니다."

메리는 소파에 몸을 기대며 천정을 향해 연기를 둥근 고리로 만들어 뿜어 올렸다.

"그밖에 아직도 말씀드려야 할 일이 있나요? 저나 언니가 할 일이 있다면 무엇이고 말씀드릴 수 있어요. 저희들 두 사람은 내일 밤까지는 함께 있으니까요."

부주의한, 주름이 많은 천에 싸인 몸매는, 그녀가 하고 있는 말에 나의 마음을 쏠리게 하지 않았다.

"물론 나중에 언니를 심문하시면 되죠." 메리는 덧붙였다. "챔버스 씨가 한 것과 마찬가지로 말이에요."

"아니, 그러한 일은 필요치 않습니다. 자질구레한 점에는 큰 의미가 없습니다. 내가 지금 뒤쫓고 있는 것의 표면은 별로 중요하지가 않습니다. 개인적으로 지난 며칠 동안 잭에 관해 당신이 깨달은 일은 없습니까? 이제까지 무심코 보아 넘긴 일이라든가 당신이 귓결에 들은 일이라든가."

"그와 같은 일은 도움이 되지 않을 거예요. 엿듣는 일이 서투르거니와 남의 소문 같은 건 흥미가 없거든요. 언니와 저는 이 도시에 오기 전에는 집에서 아무하고도 교섭을 갖지 않고 살았어요. 저희들 친구의 모임도 역시 저희들과 마찬가지로 남과 별로 교섭 없이 살고 있는 이웃 사람들뿐이었지요. 어쩌다가 도시에서 온 사람을 손님으로 초대하는 일은 있었습니다만."

메리는 다리를 소파 위로 끌어올려 옆구리 부분을 나에게 과시하듯 몸을 구부렸다.

그런 동작을 하는 사이에 실내복이 벌어졌지만, 그것을 당겨 여미는 손놀림이 아주 느렸다. 나의 눈이 그 아름다운 가슴을 즐기게끔 일부러 그랬던 것이다. 그녀의 복부에서 보인 것은 거의 남성의 것이나 다름없는 가벼운 힘살이었다. 그 힘살은 평행을 이루며 아주 매끄럽게 이어져 있었다. 입술에 침을 축이며 나는 말했다.

"여기서는 얼마나 오래 머무실 예정입니까?"

메리는 미소지었다.

"에스터가 쇼핑을 하여 빈털터리가 되기까지이죠. 언니가 사는 커다란 즐거움이란, 어울리든 어울리지 않든 상관없이 예쁜 옷을 입는 일이에요. "

"그럼, 아가씨의 즐거움은? "

"저의 즐거움이라면 살아가는 일 그 자체예요. "

2주일 전에 그런 말을 들었다면 무슨 뜻인지 헤아리기 어려웠겠지만, 지금은 납득이 되었다. 여기에 있는 건 때와 장소를 가리지 않겠다는 여성인 것이다.

"엉뚱한 물음이지만 아가씨하고 언니의 차이는 어떻게 구별하지요? "

"한 사람의 오른쪽 엉덩이에 작은 딸기 같은 점이 있어요. "

"어느 쪽이? "

"직접 확인해 보시는 게 어때요? "

놀랍게도 이 아가씨는 마음이 산란해지는 말을 하는 게 아닌가.

"오늘은 공교롭게도 할 일이 있어서. "

나는 일어나 허리를 꼿꼿이 폈다.

"겁쟁이네요. " 메리는 말했다.

그녀의 눈은 나의 눈을 쳐다보며 이글거리고 있었다. 바이올렛, 거칠게 반짝이는 바이올렛의 눈동자였다. 입술은 부드럽게 젖어 손짓하는 것만 같았다. 메리는 그 실내복을 그대로 입고 있으려 하지 않았다. 실내복을 한쪽 어깨에서 흘려 떨어뜨리자 갈색 살결이 그 핑크빛과 기묘하게 마음을 사로잡는 대조를 이루었다. 어째서 그렇듯 햇볕에 그을었는지 이상했다. 아무 데도 스트라이프(줄무늬)의 자국이 없었다. 일부러 포개고 있던 다리를 풀더니 드러난 허벅다리를, 물결처럼 굽이치는 근육에 햇빛을 춤추게 만드는 살찐 고양이처럼 비비꼬았다.

나도 한낱 인간이다. 그녀 위에 몸을 굽혀 입술을 포갰다. 나에게 한사코 매달리려고 팔을 나의 목에 단단히 감아대며, 그녀는 소파 위에서 몸을 버티고 있었다. 그녀의 몸은 뜨거운 불길이었다. 혀끝이 나의 혓바닥을 찾고 있었다. 내가 손으로 스치면 손바닥 아래에서 그녀는 떨기 시작하는 것이었다. 어째서 이 여자가 결혼을 하지 않는가. 그 이유를 알았다. 한 사나이로선 도저히 만족할 수 없을 것이다. 나의 손이 실내복의 가장자리를 바삐 움켜 단숨에 와락 젖히자, 날씬한 나체가 나타났다. 그녀는 그 갈색 나체의 모든 곳을 나의 눈이 더듬어대는 대로 내버려 두고 있었다.

나는 모자를 집자 머리에 후딱 올려놓았다.

"점이 있는 건 언니 쪽이로군." 나는 일어서면서 그녀에게 말했다. "또 언젠가 찾아뵙지요."

문을 빠져나가면 틀림없이 입에 담지 못할 말을 퍼부을 것으로 예상했었는데, 맥이 풀렸다. 그런 말 대신 뒤에서 조그맣게 킬킬 웃는 소리가 들렸던 것이다. 패트는 그러한 짓을 어떻게 처리하는지 알고 싶었다. 그 순간 패트가 자기의 지휘로 수사를 계속하고 있는 동안, 나의 앞길에 덫을 놓을 생각으로 나를 그 여자의 '봉'으로 삼았다는 것을 깨달았다. 흥, 이렇게 작은 트릭인데도 그 친구에게 보기 좋게 걸리고 말았다. 3번 거리는 이같은 트릭을 생각해 내는 것이 좋아서, 특히 경찰을 상대로 한바탕 골탕 먹이기를 좋아하는 색시가 있는 것이다. 나중에 아마⋯⋯.

6

내가 도착했을 때 웰더는 아직 사무실에 남아 있었다. 불이 켜져 있는 것을 보고 나는 거울처럼 비치는 문 앞에 멈추어 서서 입술연지 자국을 찾아보았다. 입 언저리는 깨끗이 닦아냈지만 흰 칼라 주변에 역시 다른 것이 묻어 있었다. 어째서 여자의 향수는 금방 옮으며 잔향(殘香)이 좀처럼 사라지지 않는지 도무지 알 수가 없었다. 이 다음에 메리 벨레미의 곁을 얼씬거릴 때에는, 그 전에 '클리넥스'를 사용케 하도록 하자.

나는 휘파람을 불며 실내로 들어갔다. 웰더는 나에게 흘끔 시선을 보낸 채 입을 꼭 다물었다. 무엇인가 재미없는 일이 있다는 것을 알았다.

"아니, 왜 그러지?"

"어쩌면 그런 얼굴을 하실 수 있으시지요?" 그녀는 말했다.

이거 야단났군. 이 여자는 마음만 먹는다면 살인이라도 할 수 있겠군. 나는 더 이상 무슨 말을 하여 속이려 하지 않고 그대로 발걸음을 옮겼다. 웰더는 나를 위하여 깨끗한 셔츠와 다림질한 넥타이를 내주었다. 때때로 난 아무래도 그녀가 독심술의 명인이 아닌가 하고 생각할 때가 있다. 내 쪽에서도 긴급 사태에는 어물쩍 넘어가는 편리하기 이를 데 없는 수법을 알고 있었고, 그녀 쪽에서도 대개 그런 경우의 일은 터득하고 있었다.

방 한구석의 세면장에서 순순히 얼굴을 씻고 셔츠를 갈아입었다. 넥타이라는 물건이 언제나 문제였다. 여느 때라면 웰더가 매어 주기로 되어 있는 것인데, 문이 탁 하고 세게 닫혀진 소리가 들렸으므로 아무래도 스스로 매야겠구나 하고 깨달았다.

아래층에 내려가 바에 들러 급히 몇 잔의 술을 들이켰다. 벽에 걸린 시계를 보니 아직 시간이 일렀으므로 빈자리를 찾아내어, 시간을 보내기 위해 앉았다. 웨이터가 왔을 때 나는 15분마다 위스키 앤드 소다를 가져오라고 말했다. 이러한 것은 요즘 유행하지 않는 습관이지만 웨이터도 그런 일을 알아차리고 있었다.

나는 포켓에서 리스트를 꺼내어 메리 벨러미에 관한 메모를 적어 보았다. 이제까지 이 리스트는 주로 인물의 연구였는데, 그러한 것은 하나의 범죄에 대한 적절한 통찰력을 주는 법이다. 사실 나는 대단치 않은 일을 해왔다. 용의자들과 직접 접촉해 보고 입을 열게 하기 위해 무슨 좋은 근거가 되는 것은 없을까 하는 생각을 해왔던 것이다.

확실히 경찰은 경찰대로 그들 특유의 방법적 수사라는 것을 수행하고 있었다. 범인을 체포하려고 탐문에 열을 올리고 있는 시골뜨기 형사 정도가 아니었다. 살인 사건의 해결은 시간을 잡아먹는 법이다. 그런데 이 살인 사건은 경쟁이 되고 있다. 만일 내가 협력만 했다면 패트 역시 나를 눈엣가시로 여길 일은 없었던 것이다. 내가 부딪쳐 본 장소에 그 녀석도 부딪쳐 본 셈인데, 그 이상 그가 아무것도 몰랐다는 것은 확실했다.

나와 패트가 현재의 수사 중심에 두고 있는 것은 동기였다. 한 가지는 존재하는 것이다, 뛰어나게 훌륭한 것이. 살인 행위는 우연히 발생하는 것이 아니다. 살인 사건은 계획되는 법이다. 때로는 돌발적으로 생기지만, 그 경우에도 계획되어 있는 법이다.

시간적으로 생각해 보아, 조지 카레키가 잭을 살해할 시간은 있었다. 헐 캐인스도 마찬가지이다. 그러한 일은 생각만 하여도 싫지만 샬로트 마닝도 똑같다. 그리고 마녀도 있다. 그녀 역시 귀가할 때 아무도 눈치채지 못하게 발걸음을 돌릴 수 있었을 것이다. 그리고 벨레미 자매가 남아 있다. 아마도 우연이겠지만, 귀가했을 때 관리인에게 문을 열게 하여 귀가 시간을 증명하고 있다. 만일 이것이 일부러 계획된 일이라면, 그것은 좀 구미가 당기는걸. 그녀들이 돌아온 뒤 다시 나갔는지 어떤지 물어볼 생각은 없었다. 대답이 부정적일 것은 뻔했기 때문이다. 쌍둥이는 색다른 것이다. 어떤 까닭인지, 세상에서는 떼려고 해도 뗄 수 없는 것이라고 보고 있다. 나는 전에 다른 쌍둥이의 경우를 알고 있었으므로, 이 벨레미 쌍둥이 역시 그 예를 벗어나지 못할 것으로 보고 있었다. 중대한 사태에 휩쓸리면 서로를 위하여 남을 속이기도 하거니와 도둑질이라도 할 것이다.

그런데 메리 벨레미가 색정음란증일 줄은 생각도 못했던 일이다. 그 자매의 조서를 읽은 바로는 그녀는 착하고 정숙한 여성으로서 젊지도 않지만 늙지도 않다는 것이었다. 품행도 단정하다. 적어도 조서에는 그렇게 기재되어 있었다. 아무도 없는 방에서 남자와 단둘이 있을 때 여자가 어떻게 행동하는지, 이것은 이야기가 또 다르다. 나는 에스터 벨레미를 생각해 보았다. 그 딸기 모양의 점이라는 것은 증명하는 데 흥미를 가질 수 있는 정보였다.

그리고 카레키의 방에서는 거친 일이 있었다. 그것이 나의 머리에 자꾸 걸린다. 이럴 때 가장 좋은 일은 거리로 나가 그가 접촉하고 있는 자들과 부딪쳐 보는 것이었다. 나는 건너편에 있는 웨이터에게 신호를 하여 계산서를 가져오도록 했다. 그 웨이터는 눈살을 찌푸렸다. 내가 겨우 너덧 잔만 마시고 나가리라고는 생각지도 않았을 것이다.

차를 타고 '하이 호 클럽'으로 향했다. 금주 시대에는 밀주의 거래가 있었던 곳이지만, 시대가 바뀜에 따라 위태로운 놀이터로 변하고만 클럽이다. 밤이 되면 혼자 오는 손님에게는 몹시 불건강하고 위험한 장소였지만, 나는 이 나이트클럽을 경영하고 있는 흑인과 아는 사이였다. 4년 전이지만, 이 흑인은 엉망으로 취한 주먹패를 상대로 권총 소동을 일으킨 나의 편을 들어 준 일이 있었다. 그리고 한 달쯤 지나고 나서 나를 도와 준 일에 시비를 걸어 갱이 공갈을 하러 왔다. 흑인이 요구하는 돈을 거절하자 이번에는 그를 해치려고 한 놈들을 내가 상대하여 두들겨 주고 그 '빚'을 갚아 준 일이 있다. 그런 식으로 하여 내 이름이 팔린 뒤로 갱 쪽에서도 그 나이트클럽에는 손을 대지 않고, 흑인의 뜻대로 경영을 계속할 수 있게 되었던 것이다. 이 근처에 그와 같은 '선'이 닿고 있다는 것은 굉장한 일이었다.

빅 샘은 바의 뒤에 있었다. 가게에 들어오는 나의 모습을 보더니 잇몸을 드러내며 빙그레 웃는 입가에 젖은 냅킨을 갖다 대며 손을 흔들었다. 나는 악수를 하고 맥주를 주문했다. 키가 큰 노랑퉁이와 키가 큰 검둥이가 옆에 앉아 있었는데, 빅 샘이 "여기가 어때요, 해머 씨. 당신을 뵙게 되어 기쁘군요. 이 근방에서 당신이 한탕하신 지도 오래 되었습니다"라고 말하는 것을 듣기까지는 무섭게 쩨리는 눈초리로 나를 보고 있었다.

내 이름을 듣더니 둘 다 마실 것을 카운터에서 6피트나 옆으로 비켜 놓고 만다. 샘은 내가 한낱 맥주를 마시러 온 것이 아님을 벌써 알아차리고 있었다. 샘이 스탠드 끝으로 옮겼으므로 나도 그를 따라 옮겼다.

"무슨 일이 있었습니까, 해머 씨? 내가 할 수 있는 일이라도?"

"응, 여기서 진을 치고 있는 녀석들을 잘 알고 있을 테지?"

대답을 하기 전에 샘은 재빨리 주위를 둘러보았다.

"알고 있습니다. 여기서 설치는 말썽꾸러기 녀석들은 다른 장소에서도 무언가 일을 저지르지요. 그런데 어째서 그것을 물으십니까?"

"아직도 조지 카레키가 보스인가?"

샘은 두툼한 입술을 핥았다. 그는 신경질이 되었다. 밀고자는 되고 싶지 않으면서도, 한편으로는 나의 도움이 되어 주고 싶었던 것이다.

"살인 사건이야, 샘." 나는 말했다. "경찰서까지 너를 끌고 가는 형사에게 말하기보다는 내게 말해 주는 편이 좋을걸. 형사 녀석들이 어떤 족속인지는 잘 알고 있을 테지."

샘이 생각하고 있다는 것을 알 수 있었다. 이마의 검은 피부에 주름살이 새겨졌다.

"좋습니다, 해머 씨. 말해도 좋을 것 같군요. 카레키는 지금도 두목이지만 직접 이 근처에 모습을 보이지는 않습니다. 일은 부하가 하므로."

"보보 호퍼는 아직도 여기서 일하고 있나? 언젠가 왜 카레키 밑에 있었잖나? 언제나 이 근처에서 어른거리고 있겠지?"

"그렇습니다요, 그 사나이는 지금 와 있습죠. 여기에 말입니다. 하지만 지금은 이상한 일은 안 하고 있습니다요. 요 몇 달 동안은 좋은 장사를 하고 있어요. 벌을 기르고 있거든요."

이것은 처음 듣는 말이었다. 보보 호퍼는 인간다운 데가 반쯤밖에 없으며 환경이 인간을 어떻게 바꾸느냐 하는 본보기 같은 사나이였다. 정신 연령은 12살 정도였고 키도 그 정도밖에 되지 않았다. 먹고 사는 데도 힘이 드는 생활이었으므로 바싹 마른 말라깽이로 제대로 자라지 못했다. 나는 그를 잘 알고 있었다. 황금 심장을 가진 마음씨 착한 조라고나 할 사나이인 것이다. 이쪽이 아무리 거칠게 다루어도, 그에게 있어 친구임에는 변함이 없었다. 뭐든지 그의 친구가 된다. 새, 동물, 곤충 따위. 꽤 오래 전에 어딘가의 코흘리개 개구쟁이들이 흰개미 집을 짓밟아 수십 마리의 개미를 밟아 죽였다 하여 그가 울고 있는 것을 본 일이 있다. 그런 그가 지금은 훌륭한 일거리를 얻어 꿀벌을 치고 있다는 것이다.

"그 녀석, 어디 있지, 샘? 뒷방인가?"

"그렇습니다요, 장소는 알고 계실 테죠. 아까 제가 보았더니 책에 나와 있는 꿀벌의 사진을 보고 있었습니다요."

전에 이 컵으로 마신 자의 병이 전염되지 않았으면 좋겠다고 생각하면서 단숨에 맥주를 들이켰다. 그 키 큰 노랑퉁이와 그 동행자의 곁을 빠져나가자, 그들의 시선이 곧장 뒷방의 문 앞까지 나를 뒤쫓고 있다는 것을 알았다.

보보 호퍼는 그 방의 구석 쪽에 있는 책상 앞에 앉아 있었다. 방에는 주사위놀이 테이블과 룰렛이 두 대 장치되어 있었지만, 그런 도구들은 구석에 쌓아 놓았다. 벽 위로 높게 외짝 틀로 된 창문이, 천장에서 늘어진 전깃줄에 갓도 없이 매달린 전구에 조명을 맡긴 채 환기 구멍 아래로 빛이 새어나가는 것을 단단히 막고 있었다. 잡동사니를 한쪽에 높이 쌓아올리고 몇 장의 빳빳한 맥주 광고지로 눌러 놓았다.

벽에 압정으로 꽂아 놓은 지저분한 사진이 몇 장 있고, 그 사진의 장면은 손가락 자국과 먼지로 거의 지워져 가고 있었다. 누군지 벽에 다 연필로 그 사진의 장면을 옮겨 그리려고 한 흔적이 있었는데, 아주 서투른 솜씨였다. 바로 통하고 있는 문이 출구였다. 빗장을 찾았지만 막대기가 없었으므로 그대로 내버려 두었다.

보보는 내가 들어온 소리를 듣지 못했다. 책에 아주 정신이 팔려 있었던 것이다. 눈으로 읽은 말을 일일이 입으로 발음해 보는 움직임을 응시하며 잠시 동안 나는 보보의 어깨 너머로 그 책의 사진을 바라보고 있었다. 나는 그의 등을 가볍게 두드렸다.

"이봐, 옛날 친구에게 인사도 않나?"

보보는 반쯤 의자에서 벌떡 일어났으나, 나인 줄을 알자 얼굴이 큰 웃음으로 쭈글쭈글해졌다.

"마이크 해머! 이거 굉장히 오랜만인데." 바싹 여윈 손을 내밀었으므로 나는 그 손을 잡았다. "이런 곳에 뭣 하러 왔나, 마이크? 나를 만나러 와 준 거겠지, 그렇지? 어서 이 의자에 앉게."

옛날에는 좀 나아 보였을 것 같은 4분의 1파인트들이 빈 맥주 통을 테이블 옆으로 끌고 왔으므로 나는 그 위에 걸터앉았다.

"요즘 꿀벌을 치고 있다면서, 보보, 정말인가?"

"응, 그렇다네. 이 책으로 꿀벌에 대한 일은 뭐든지 모두 배우는 거야. 아주 재미있어. 벌 쪽에서도 나에 대해서는 잘 알아보거든, 마이크, 내가 벌집에 손을 대어도 조금도 쏘지 않아. 나에게 모여드는 거야. 마이크, 벌을 구경하겠나?"

"그거 참, 재미있겠는데. 그러나 꿀벌을 치려면 돈이 들 텐데?"

"그렇지도 않아. 나는 달걀 상자로 집을 만들어 주었어. 페인트도 칠했지. 벌은 완전히 이 집이 마음에 드나봐. 집주인 할머니가 허락해 주었으므로 지붕 위에 집을 달아 주었네. 그 할머니, 벌은 좋아하지 않지만 꿀을 조금 갖다 드렸더니 아주 좋아해서 말야. 나는 벌에게 잘해 주고 있어."

이렇듯 마음씨가 고운 사나이라, 이야기를 시작하면 열중해 버려 마구 침을 튀긴다. 거친 다른 녀석들과는 도무지 비슷하지도 않다. 가족도 없고 가정도 없는데, 지금은 꿀벌을 치게 해주는 하숙집 할머니가 있다. 보보는 괴짜였다. 이 사나이에게 물어 본다는 것은 헛수고다. 어차피 제대로 대답도 못하겠지만, 멋대로 지껄이도록 내버려 두면 하루 종일 지껄여대는 것이다.

"새로운 일거리를 얻었다면서, 보보, 어떻게 그 일을 하게 되었나?"

"응, 굉장한 거야. 마이크, 나도 마음에 드는 일이야. 모두들 나를 에런드 매니저 (errand manager——스푼\n초 팀의 매니저를 의미함)라고 해."

그 녀석들의 말뜻은 아마도 '어링 (erring——몸을 그르치고 있다는 의미인데, 이\n경우 보보가 온전한 한패가 아니라는 것을 뜻함)' 일 테지만, 나는 그 말을 그에게 하지 않았다.

"무슨 일이지?" 나는 물었다. "어려운 일인가?"

"조금은. 나는 심부름을 하든가 여러 가지 물건을 배달하든가 청소를 하는 그런 일들을 여러 가지 하지. 도드슨 씨의 가게에 물건을 나를 때에는 그 사람이 자전거를 빌려 줄 때도 있어. 게다가 멋진 사람들을 만날 수도 있거든."

"좋은 돈벌이가 되나?"

"응, 일만 하면 보통 25센트에서 반 달러 되지. 파크 대로의 높은 양반들이 선심 쓰는 거야. 지난 주일에 나는 15달러나 벌었어."

15달러, 이 사나이에게 있어선 굉장한 금액이었다. 그는 간소한 생활을 하고 있다. 그리고 자부심을 느끼고 있는 것이다. 나도 마찬가지지만.

"꽤 좋은 일인 것 같군, 보보. 그렇듯 굉장한 일인데, 어떻게 조금 뛰어다니면서 해나갈 수 있지!"

"응, 저 핸피 영감을 기억하고 있을 테지?"

나는 고개를 끄덕였다. 핸피는 파크 대로의 오피스 거리에서 구두닦이를 하고 있던 50살 가까운 곱사등이 사나이였다. 몇 번인가 사람의 뒤를 미행시키는 일로 부려먹은 일이 있었다. 돈벌이가 되는 것이라면 뭐든지 해치우는 사나이였다.

"그 핸피가 폐병에 걸리고 말았지." 보보는 말을 이었다. "산 속 보양지(保養地)로 가서 거기서 구두닦이를 하므로 내가 영감의 터를 맡았던 거야. 나는 영감처럼 구두를 잘 닦지를 못했어. 그랬더니 사무실에 있는 사람들이 쉬운 심부름을 해보지 않겠느냐고 하므로, 해보았던 거야. 지금은 매일 아침 일찍 가면 일거리를 주곤 해. 오늘은 말야, 여왕벌을 사기 위해 한 사나이하고 만나지 않으면 안 되어 쉬었다네. 그 사람이 두 마리 가지고 있는 거야. 이봐, 여왕벌 한 마리에 5달러를 주면 비쌀까, 마이크?"

"아냐, 그렇지 않을걸." 나로서는 킹코브라이건 여왕벌이건 도무지 알 바가 아니지만, 여왕이란 것은 다른 족속들보다 언제나 높은 자리에 있는 법이다.

"네가 그 일을 하게 되어 카레키의 일을 그만두었을 때, 그는 뭐라고 말했지?"

정상적인 대답을 기대하지는 않았으나, 보보는 생각보다는 달랐다.

"응, 그 사람은 멋진 분이야. 15달러나 주시지 않겠어. 오랫동안 함께 일을 해 온 사이라면서. 게다가 나만 그럴 생각이라면 언제라도 전에 하던 일을 다시 시켜 주겠다고 말했어."

이상할 것은 없었다. 보보는 옛날과 마찬가지로 정직했다. 대개의 경우 이와 같은 심부름은 장사 거래에도 없는 부정한 돈을 잡는 찬스를 잡아 자기 주머니를 채우는 법이다. 그런데 보보는 부정직한 흉내를 내기에는 머리가 너무나 단순하다.

"카레키 씨는 굉장히 좋은 사람이군." 나는 거짓 웃음을 꾸몄다. "그러나 너도 슬슬 자기 일을 하는 게 좋을 거야."

"그렇고말고, 언젠가는 벌만 치겠어. 벌을 치면 돈이 듬뿍 벌리거든. 그러면 양봉장도 가질 수 있을 텐데."

보보는 그런 일을 생각하고 행복한 듯이 미소지었다. 그러나 그 미소는 당혹한 듯이 눈살을 찌푸린 얼굴로 바뀌었다. 눈이 내 뒤로 재빨리 달렸다. 나는 문을 등지고 있었는데 보보의 표정으로 보아 바야흐로 뒷방에 있는 것은 우리들 두 사람만이 아님을 알았다.

나이프가 매우 천천히 나의 턱 아래로 움직여 왔다. 아주 부드럽게 쥐고 있었으나, 날씬한 손가락이 나의 몸이 움직인 순간에는 나이프를 힘껏 움켜잡을 준비를 하고 있었다. 칼날에는 숫돌에 간 자국이 있어 막 갈아 온 것임을 알 수 있었다. 특별한 칼놀림을 하기 위하여 집게손가락이 4인치의 칼날 등에 놓여 있었다. 이자는 모든 것을 터득한 깡패였다.

보보의 눈은 공포감을 나타내며 휘둥그레졌다. 입술이 움직였지만 말은 나오지 않았다. 가엾은 보보는 땀을 흘리기 시작하고 작은 땀방울이 핏기를 잃은 볼에 줄을 그으며 굴러 떨어졌다. 갈색 소매의 팔이 나의 한쪽 어깨 너머에서 뻗쳐 와 코트 깃 아래로 미끄러져 들어가더니, 그 손이 나의 권총에 닿았다.

나는 갑자기 몸을 낮추며 발로 탁자를 걷어찼다. 발에 맞아 탁자가 미끄러져 갔다. 나이프를 쥔 손을 잡아 강하게 끌어내리자 그 노랑퉁이가 위로 겹쳐지며 쓰러져 왔다. 그 찰나, 쏜살같이 발길질을 해 왔으므로 머리를 피했다. 검둥이 녀석은 1인치의 차이로 실패했던 것이다. 나는 실패하지 않았다. 나이프 쥔 손을 놓아 주자 발을 낚아챘다. 다음 순간 나는 땀을 흘리고 있는 두 명의 흑인을 상대로 결사적인 격투를 하고 있었다.

그러나 오래 걸리지는 않았다. 나이프가 또 날아오기에 이번에는 손목을 잡아 홱 비틀어 주었다. 힘줄이 팽팽해지고 가슴이 메스꺼워지며 뼈에서 뚝 소리가 났다. 키가 큰 노랑퉁이가 비명을 지르며 나이프를 떨어뜨렸다. 눈 깜짝할 사이에 나는 일어섰다. 커다란 검은 것이 일어서서 머리를 숙이고 나를 향해 돌진해 왔다.

상대의 두개골로 팔병신이 되기는 싫었으므로 발로 차 버리자, 구두의 발부리가 정통으로 얼굴 한복판에 명중했다. 옆으로 나가떨어지고, 꼴좋다! 기세가 넘쳐 벽에 정면으로 부딪쳤다. 아랫이빨이 그놈의 입술에 튀어나왔다. 앞이빨이 두 개, 코 옆으로 퉁겨져나와 피를 뿜어댔다.

키다리 노랑퉁이는 다리를 세우려고 하면서 으스러진 손목을 한쪽 손으로 잔뜩 감싸고 있었다. 나는 그를 일으켰다. 손으로 칼라를 잡고 획 들어올렸던 것이다. 한쪽 손 옆으로 코를 후려갈겼다. 뼈가 엉망이 되며 피가 뻗쳤다. 이 작자는 흑인가의 여자깨나 후린 녀석일 테지만, 그런 시절은 이제 영원히 돌아오지 않을 것이다. 그는 조그맣게 신음 소리를 내더니 마룻바닥에 힘없이 쓰러졌다. 나는 쓰러지는 대로 내버려 두었다.

당연한 일이지만 이 녀석의 주머니 속을 뒤져 보았다. 대단한 것은 없었다. 싸구려 지갑이 있고 여자들——그중 한 사람은 백인이었다 ——의 사진이 몇 장 있고 11달러와 부본(副本)만 남은 수표책이 있었다. 내가 다가가자 큰 몸집의 흑인은 황소처럼 눈을 꿈벅이며 엉망이 된 얼굴을 감추었다. 성냥개비에 꿴 안전 면도날을 그 녀석의 주머니 속에서 발견했다. 교묘한 수법이다. 손바닥 안, 손가락 사이에 조금 내밀도록 면도날을 숨기고 상대방의 얼굴을 그어 버리는 것이다. 성냥개비로 인해 손가락 사이에서 면도날이 튀어나가지 않도록 되어 있다. 면도날은 상대편의 얼굴을 갈기갈기 찢어 놓고 마는 것이다.

그 흑인은 나에게서 몸을 돌리려고 했으므로 다시 한 번 때려눕혔다. 주먹을 등쪽으로 날렸더니, 턱에 작렬한 그 일격이 녀석에게는 지나친 것이 되었다. 이 녀석도 뻗고 말았다. 보보는 의자에 앉은 채로, 겨우 다시 미소를 보였다.

"야, 놀랐어. 굉장히 힘이 세군그래, 마이크. 나도 그렇게 되고 싶어."

나는 포켓 속에서 다섯 장 가량의 지폐를 꺼내어 그의 셔츠 주머니에 넣어 주었다.

"여왕벌을 위해 왕벌을 사 주게나, 베이비." 나는 그에게 말했다. "나중에 또 만나."

나는 그 두 검둥이의 칼라를 휘어잡아 문 밖으로 끌어냈다. 빅 샘은 그 녀석들을 끌고 나오는 나를 쳐다보았다. 그곳에 있던 10명 가량의 패거리들이 모두 보고 있었다. 문 근처에 있던 이들은 무슨 일이 더 일어날 줄 알았다는 듯한 얼굴 표정이었다.

"어찌 된 셈이야, 샘? 어째서 이 따위 원숭이에게 나의 비위를 건드리게 했나? 어떻게 되리라는 것쯤은 자네도 알고 있을 게 아닌가."

빅 샘은 여느 때보다 크게 히죽이 웃어 보였다.

"여기서 우리가 함께 일을 한 지 꽤 세월이 흘렀군요, 해머 씨."

그는 바에 있던 남자들 쪽을 보고서 두툼한 손을 내밀었다.

"자, 내기에 이겼다. 돈을 내놓게."

그는 그곳에 있는 녀석들을 향해 웃었다.

사나이들이 샘에게 돈을 지불하는 동안 키다리 노랑퉁이와 그 친구를 바닥에 팽개쳐 포개 놓았다. 다음에는 나에게 덤비는 일이 없을 테지.

내가 샘에게 작별의 손을 흔들었을 때 보보가 지폐 다섯 장을 흔들며 뒷방에서 뛰어나왔다.

"이봐, 마이크." 그는 외쳤다. "여왕에게는 왕 따윈 필요치 않아. 왕벌 같은 것을 파는 곳은 없어."

"필요한 거야, 보보." 나는 돌아다보지도 않고 말했다. "여왕님은 어느 분이고 왕이 있어야 해. 거기 있는 샘에게 물어 보게. 대답해 줄 테니까."

내가 돌아간 뒤, 그는 틀림없이 어째서 그런 대답이 나오는 것인지 샘에게서 그 이유를 찾으려고 할 것이 뻔했다. 아마 일생이 걸리더라도 그 대답을 찾아다닐 것이다.

자동차를 운전하여 돌아가는 일은 생각보다 시간이 걸린다. 교통이 번잡하여 집에 닿았을 때에는 6시가 다 되었다. 차를 세운 다음 아파트 계단을 올라가 옷을 벗었다. 새 셔츠가 너덜너덜했다. 피가 셔츠 앞 여기저기에 튀고 넥타이는 목에서 반쯤 풀려 있었다. 윗옷 포켓은 솔기가 뜯어져 있었다. 이런 것을 보자 그 자식들을 때려죽일 걸 그랬다는 느낌이 들었다. 요즘 세월에 이만큼 말쑥한 옷은 웬만해서 장만할 수 없는 것이다.

더운물과 찬물로 샤워를 하고 나자 기분이 개운해졌다. 수염을 정성껏 면도하고 칫솔로 이를 닦았으며 손질이 잘된 옷으로 갈아입었다. 여성을 방문하는 데 권총을 가지고 있는 편이 고상하게 보일 것인가 잠깐 궁리하다 습관상 가지고 있는 편이 좋다고 생각했다. 셔츠 위로 권총집을 살며시 벗겨내고 애용하는 45구경에 기름을 몇 방울친 다음 총알을 조사했다. 이상이 없으므로 권총을 닦아 겨드랑이 밑으로 되돌렸다. 어쨌든 하고 생각했던 것이다. 나의 옷에는 정다운 권총이 안쪽에 들어 있지 않으면 어울리지 않는다. 이 사건은 권총을 쏘아대도 좋은 안성맞춤의 일이니까.

잊어버린 것이 없도록 거울 앞에서 조사해 보았다. 어디에 가든 미리 웰더가 예비 검사를 해주지 않으면, 서커스에 가는 꼴인지 나이트 클럽에 가려고 멋을 내고 있는 것인지 도무지 분간을 할 수 없는 것이다. 오늘 밤이야말로 생쥐 같은 벨레미에게 주의를 게을리하지 말아야겠다고 생각했다. 웰더는 잃기에는 너무나 훌륭한 여성이다. 그녀가 1주일이나 침묵 전술로 나오리라는 것은 알고 있었다. 언젠가는 웰더에게 좀더 좋은 대우를 해주고 싶다. 그러나 그녀는 나의 모럴 같은 것은 절대로 인정하지 않으며, 남자에게는 굉장히 빡빡한 성미인 것이다.

고물 자동차에 가솔린을 먹여 줄 필요가 있었으므로 한 주유소에 차를 대었다. 오래전부터 나와 안면이 있는 정비공 헨리가 엔진 뚜껑을 열고 가솔린을 조사했다. 그는 이 차를 좋아했다. 이 차에 대형 엔진을 달아서 차체를 개조한 사나이다. 겉모양만 보면 이미 폐차 처분을 해야 할 것 같은 보기 흉하게 찌그러진 고물이었지만 타이어의 고무는 양질이었고 엔진도 보통보다 마력이 있었다. 귀가 어떻게 되지나 않을까 싶을 정도로 심한 소리를 내는 것이다. 이 차로 도로를 100마일의 속도로 달려도 페달은 끄덕도 하지 않는다. 헨리는 뒷부분을 부딪쳐 우그러진 리무진에서 모터를 떼어 그것을 나에게 싼 값으로 팔았던 것이다. 어떤 자동차 공장에 가든지 정비공이 차 뚜껑 아래의 엔진에 놀라서 길고 나직한 휘파람을 분다. 정말이지 쓰기에 따라 이 차는 대단한 걸작이었다.

주유소에서 나오자 일방통행인 도로로 꺾어들어 샬로트의 아파트를 향하여 라이트를 켜고 전속력으로 달렸다. 요전번 만났을 때 나를 본 그 눈초리가 잊혀지지 않았다. 얼마나 놀라운 '폭탄'이냐.

샬로트의 집 앞 도로에는 자동차가 열을 지어 세워져 있으므로 그 한 구역에서 방향을 바꾸어 검은 세단과 클럽(안락의자 받등이 갖추어진)인 쿠페 사이에 끼어들었다. 샬로트의 아파트까지 걸어서 되돌아가며 그녀가 누구하고 식사 약속을 했거나 다른 곳으로 외출하지 않았으면 좋을 텐데하고 생각했다. 나만이 그 행운을 혼자 차지하고 싶은 것이다. 우리가 나누는 이야기는 이것 또한 중요한 일이다. 이쪽이 무엇을 생각하고 있는지, 정신분석 의사이므로 그녀는 다른 어떤 여자보다도 훨씬잘 알아듣겠지 하는 느낌이 마음 밑바닥에 깔려 있었던 것이다. 그녀의 전문이므로 그러한 일도 계산할 것이다.

나는 아래층 벨을 눌렀다. 잠시 뒤 소리가 울리고 나는 안으로 들어갔다. 문 앞에서 흑인 하녀가 나에게 인사를 했는데, 이번에는 모자를 쓰고 코트를 입고 있었다.

"어서 오세요, 해머 씨." 그녀는 말했다. "샬로트 아씨께서 기다리고 계십니다."

이 말에 나는 정말 놀랐다. 문 옆의 탁자에 모자를 내던지고 안으로 들어갔다. 하녀는 좀처럼 침실을 향해 말을 걸지 못하고 우물거리고 있었다.

"오셨습니다요, 샬로트님."

"고마워. 이제 영화를 보러 가도 좋아요."

해맑은 목소리가 들려 왔다.

그 흑인 하녀가 나갈 때, 나는 가볍게 고개를 끄덕여 보이고 소파에 앉았다.

"정말 기뻐요."

나는 벌떡 일어나 내밀어 주는 따뜻한 손을 잡았다.

"저야말로." 나는 미소지었다. "내가 오길 기다리신 모양인데, 어떻게 된 일입니까?"

"전 틀림없이 자부심이 강한가 보죠. 하지만 당신이 와 주실지도 모른다고 생각하며 열심히 기도하고 있었지요. 당신의 상대가 되기를 바라며. 저의 드레스, 어때요, 마음에 드세요?"

샬로트는 나의 앞에서 몸을 나긋나긋 흔들며 어깨 너머로 나의 얼굴에 추파를 던졌다. 정신분석 의사는 어디론가 사라져 버렸다. 여기 있는 것은 샬로트 마닝, 기쁨에 넘친 젊은 미모의 여성인 것이다. 그 드레스는 마치 몸이 젖어 있기라도 하듯이 착 달라붙어 있어 모든 것을 덮어 감추면서도 오히려 노골적으로 드러나 보이게 하는 듯한 파란 비단 저지였다. 머리가 길게 늘어져, 목 언저리에서 굽실거리는 노랗고 작은 빳빳한 머리털이 반짝이고 있었다. 그녀의 눈초리에조차 번쩍번쩍 욕정이 이글거리고 있었다.

샬로트는 마음을 이끌 듯이 큰 걸음으로 방을 가로질러 나에게 등을 보였다. 드레스 속의 그녀의 육체는 처음에 내가 상상했던 것과는 달리 장려(壯麗)한 느낌이었다. 실제로는 날씬하고 가슴이 알팍했지만, 어깨만은 넓었다. 유방은 브래지어의 끈 자국도 보이지 않고 이상할 정도로 통통히 솟아올라 있었다. 다리는 투명한 얇은 나일론에 싸였는데 하이힐을 신어 나와 거의 같은 키로 보였다. 아름다운 두 다리, 균형 잡힌 강인한 느낌이었다……

"어때요, 마음에 드세요?" 샬로트는 또 물었다.

"예쁩니다. 자신도 그렇게 느끼고 있으면서." 나는 그녀에게 싱긋이 웃어 보였다. "당신은 나에게 생각나도록 하는 게 있어요."

"무엇을?"

"남자를 뇌쇄시키는 방식이지요."

"어머나, 그런 말씀 마세요. 난 그렇게 악녀가 아니에요. 내가 그

런 식으로 당신에게 느껴져요? 당신을 괴롭히고 있는 것일까
요?"

"아니오, 그렇지 않습니다. 그러나 5년 동안이나 여자를 보지 않은
사나이니 말이오. 이것은 비유이지만, 벽에 쇠사슬로 묶여 있는데,
방금 당신이 한 듯한 방식으로 옆을 지나갔다면 이것은 고문이오.
내가 말하려는 의미를 알겠소?"

샬로트의 웃음소리는 나직하고 쉬어 있었다. 그녀가 고개를 조금
돌리는 듯하자 그녀를 부둥켜안고 그 아름다운 목에 키스를 하고 싶
었다. 샬로트는 나의 팔을 잡고 주방으로 안내했다. 테이블은 2인용
으로 마련되어 있었다. 테이블에는 수북한 닭튀김이며 프랜치 프라이
(성냥개비처럼 _{썬 감자튀김})가 산더미처럼 쌓여 있었다.

"우리들만의 음식이에요. 자, 앉아서 들도록 하세요. 나는 당신을
기다리다 지쳐 1시간 전에 가볍게 식사를 끝냈죠."

나는 어안이 벙벙했다. 이 여자는 나의 기호를 쓴 요리백과라도 가
지고 있는가, 아니면 천리안인가. 아무튼 닭고기라면 나는 사족을 못
쓰는 것이다.

나는 의자를 끌어당겨 앉으며 말했다.

"샬로트, 여기 무슨 속셈이라도 있다면, 이 요리에 독약이라도 넣
었다고 생각하겠는걸요. 하기야 비록 그렇다 하더라도 나는 어쨌든
깨끗이 먹어치우고 말 테지만."

그녀는 빨간 줄무늬 앞치마를 두르고 커피를 따랐다.

"속셈이 있지요." 샬로트는 넌지시 말했다.

"그것을 듣고 싶은걸."

입 안 가득 닭고기를 베어 물며 나는 말했다.

"지금까지 꽤나 여러 남성을 만나 보았지만, 당신을 처음 만났을
때 난생 처음으로 내 쪽에서 좋아질 수 있는 남성을 만나게 된 거예

요." 그녀는 의자에 앉아 말을 이었다. "나는 이제까지 몇 백 명이나 되는 환자를 다루어 왔어요. 놀랍게도 그들은 대개 남성이지요. 하지만 그들은 다 아주 시시한 인간뿐이었어요. 가난하더라도 함께 사귈 수 있을 만큼 온 마음을 기울일 사람도 아니고, 그런가 싶으면 여로(旅路)의 끝이라고 할 수 있는 그런 사람들뿐인걸요, 뭐. 정신은 약해 빠진데다가 생각하는 폭이 좁지 뭐예요. 많은 사람들이 억압되거나 아니면 집념이 있고, 찔찔 눈물이나 짜는 이야기만 가지고 나한테로 의논하러 오지요. 남성적인 특질을 잃어버린 남자들이죠. 게다가 친구라고 부르는 사람들 속에서도 역시 비슷한 사람만 보았다고 생각해 보세요. 자연히 진짜 남성을 찾게끔 되어 있는 자신을 깨달을 거예요."

"이거 고마운데." 나는 반주를 넣었다.

"어머나, 이건 진심이에요." 샬로트는 말을 이었다. "우리 사무실에 오셨을 때 나는 당신을 진찰해 보았지요. 그리하여 이제까지 정말로 참되게 살아오고, 이제부터도 자기가 만들어 낸 법칙을 좇아 생활해 나갈 수 있는 남성을 보았죠. 당신의 몸집은 커요. 당신의 마음 역시 그래요. 억압된 점이란 조금도 느껴지지 않아요."

나는 입을 닦았다.

"그런데 집념은 있습니다."

"당신에게? 그런 일은 상상도 할 수 없어요."

"살인자를 찾아내고 싶은 거요. 그 범인을 쏘아 죽이고 싶은 거요."

국물이 많고 진한 닭고기를 1분에 1마일의 속도로 덥석 베어 물며 그녀를 응시했다.

"그렇군요. 하지만 그만한 가치가 있는 집념이죠. 자, 빨리 잡수세요."

수북한 닭고기를 조금도 남기지 않고 먹어치웠다. 접시에 닭 뼈다 귀가 어지럽게 쌓였다. 샬로트의 요리는 능숙했지만 나의 식사법은 능숙치 못했다. 파이를 한 조각, 커피 두 잔, 그리고 나서 나는 황소 처럼 만족하여 의자에 몸을 벌렁 기대고 앉았다.

"엄청나게 솜씨 좋은 요리사가 있군그래." 나는 비평했다.

"요리사라니요, 천만의 말씀" 하고 말하며 그녀는 웃었다. "이거 모두 내가 만든 거예요. 언제나 호화판으로만 지낼 수는 없으니까 내 가 만들죠."

"그럼, 결혼할 시기가 와도 당신은 남편을 찾기 위해 밖으로 나가 지 않아도 되겠군."

"네, 나에게는 어떤 시스템이 있어요." 그녀는 말했다. "당신은 지 금 시험대에 오른 셈이에요. 남자분을 나의 방에 불러들여 음식을 대 접해 드리죠. 그리고 돌아갈 때가 되면 나는 구혼을 당한다는 계산 이죠."

"그것은 기대 밖인걸. 전에도 나는 그 수법에 걸린 적이 있어서."

"하지만 그건 상대편이 노련한 경우가 아니었을 거예요."

그 말에는 둘 다 웃어 버리고 말았다. 둘이서 접시를 닦자고 했더 니 앞치마를 건네주었다. 나는 정중하게 그것을 의자 등에 걸쳐 주었 다. 어쩐지 그러한 모습은 돌이킬 수 없다는 느낌이 들었던 것이다. 아는 인간이라도 불쑥 나타나 그런 어색한 차림을 하고 있는 나의 모 습을 보든가 한다면, 평생을 두고 변명을 하지 않으면 안 될 것이다.

식기를 치운 뒤 우리들은 거실로 돌아갔다. 샬로트는 팔걸이의자에 몸을 유연하게 구부리고, 나는 소파에 반쯤 뻗었다. 우리들은 담배에 불을 붙였다. 그때 샬로트는 미소를 보이며 나에게 말했다.

"이젠 됐어요, 나를 만나러 오신 이유를 말씀해 주셨으면 해요. 또 심문이에요?"

나는 머리를 흔들었다.

"자백하겠소, 너무 괴롭히지 말아요. 마음속에 두 가지 생각이 있었지요. 머리를 땋아 늘인 당신을 만나고 싶었던 거요. 와 보니 생각보다 훨씬 예쁘다는 걸 깨달았소."

"그래, 또 하나는?"

"정신분석 전문인 개업 의사로서의 당신이라면 나의 친구 잭 윌리엄스 살인 사건에 무언가 단서라도 줄 것이라고 생각하고 온 거요."

"과연 그렇군요! 좀더 명확히 어떠한 것을 당신이 요구하고 있는지 이야기해 주신다면 틀림없이 도움이 되리라고 생각해요."

"이것으로 충분하오. 나는 세부적인 사실이 필요한 거요. 이 살인 사건은 아직 해결될 단서조차 보이지 않고 있지만, 나는 알아내고야 말 거요. 파티에 있었던 누군가 잭을 죽였다는 건 완전히 근거가 있는 사실이오. 완전히 외부 인간의 흉행이라는 설에 근거가 있는 것과 마찬가지로 말이오. 나는 스스로 인물고사(人物考査)를 해보았소. 내가 발견한 일은 아무래도 마음에 들지 않는 것이었소. 그러나 그것은 살인을 저지를 만큼 중대한 이유가 될 것 같지도 않소. 그래서 당신의 의견을 듣고 싶은 것인데, 그것도 사실이라든가 논리에 의거한 것이 아닌 순수한 직업적인 의견이오. 내가 이 사건에 분명한 관계가 있을 것으로 생각하고 이야기를 하는 사실을 어떻게 생각하는지, 그리고 당신이라면 살인범으로 누구를 지목할 것인가 하는 의견을 듣고 싶은 거요."

샬로트는 담배를 깊이 천천히 빨아들이더니 재떨이에 비벼 껐다. 정신을 너무 집중한 탓에 그것이 표정에 나타나 있었다. 입을 열기 전에 1분이 지났다.

"한 사람의 인간에게 판결을 내리다니, 꽤나 어려운 일을 하라고 말씀하시는군요. 보통 때는 긴 시간 논의한 다음 12명의 배심원들과 한 사람의 재판장이 판결을 내리지요. 마이크, 당신과 만나고 나서 나는 직업상 당신의 성격을 연구해 보았어요. 당신과 같은 남성이란 어떤 식으로 되어 있는지 알고 싶었죠. 그리 어려운 일도 아니었어요. 신문에는 당신이 무엇무엇을 했다는 그런 에피소드가 잔뜩 실려 있고, 사설에까지도 당신에 대한 일이 씌어 있었어요. 더욱이 그다지 호의적이 아닌 것들이. 하지만 당신을 알고 있고 당신을 좋아하는 사람들이 있다는 것도 알았어요. 여느 사람들을 비롯하여 거물급에 이르기까지. 나도 당신이 좋아요. 그렇지만 나의 생각을 말하자면, 한 사람의 인간에게 사형을 선고하는 그런 판결을 내리는 건 무섭다고 생각해요. 안 돼요, 나로서는 말할 수 없어요. 당신은 손이 빠른걸요, 뭐. 그 사람을 죽이고 말 테지요. 그런 건 난 싫어요. 당신의 마음이 그렇듯 격렬한 증오로 가득 차 있지 않다면 당신에게는 멋지다고 생각되는 일이 꽤 많은데.

내가 해 드릴 수 있는 것은 내가 관찰한 것을 당신에게 알려 드리는 일. 일일이 생각해 내는 건 시간이 걸리고 오후 내내 걸려 그것밖에 간추리지 못했어요. 벌써 잊어버린 듯한 작은 일이 지금은 뚜렷해졌고, 당신 같으면 거기서 의미를 찾아낼 수가 있으리라고 생각해요. 나는 개인적인 갈등을 다루어 왔지요. 그것은 인간의 마음속에서 이루어지는 격투로, 두 사람이나 그 이상의 사람들 사이에서 생기는 갈등과는 달라요. 나는 여러 가지 일을 눈치챌 수 있어요. 그러한 것을 본디의 장소에 놓아 보곤 해요. 하지만 그것을 정리하는 이상의 일은 나로서 할 수 없어요. 어떤 인간이 증오를 품고 있을 경우 나는 그 사람이 증오를 갖는 이유를 발견할 수 있고 또 그것을 분명히 이론지어 그 사람을 도와 줄 수는 있을 테지만, 그 증오의 감정에서 살인을 저지를 경우 그러한 일도 미리 생각해 두지 않으면 안 된다고밖에 나로선 말할 수 없어요. 살인자나 동기를 발견하는 일은 나의 정신보다 좀더 기민한 정신에 속하는 것이죠."

그 한 마디 한 마디를 열심히 듣고 나서 샬로트의 논점이 이해되었다.

"공명정대하군그래." 나는 그녀에게 말했다. "그렇다면 당신이 관찰한 것을 들려주시오."

"별로 많지는 않아요. 잭은 파티가 있기 1주일쯤 전에 신경질적인 긴장 상태에 있었어요. 두 번 만났지만, 두 번 다 그 증세에 조금도 차도가 없었어요. 그 점을 주의해 주었지만, 그 사람은 웃어넘기며 지금도 아직껏 시민 생활로 돌아가려는 노력을 하고 있기 때문이라고 말했어요. 그때는 그것도 무리가 아니라고 생각되었지요. 한 팔을 잃었으니까요. 얼마 동안은 아무래도 생활에 쓰라린 점만 보고 말 테죠, 뭐.

파티가 있었던 날 밤에도 그에게는 전이나 다름없는 긴장이 남아 있었지요. 그것이 마녀에게도 역시 직접적인 영향을 끼쳤어요. 어쨌든 그녀만 하더라도 걱정하고 있었고, 내가 본 바로는 잭과 마찬가지로 흥분하고 있었어요. 하지만 겉으로 나타난 일은 아무것도 없었어요. 그 같은 사소한 일만으로도 술잔을 손에서 떨어뜨리든가 별안간 소리가 나든가 하면 발끈하는 경향이 엿보였지요. 잭도 그녀도 겉으로는 아무렇지도 않은 것처럼 숨기고 있었기 때문에, 여러 가지 일에 주의하고 있는 건 나밖에 없다는 느낌이 들었어요.

카레키 씨는 시무룩한 표정으로 파티에 왔어요. 오히려 성을 내고 있다고 하는 편이 옳았지만, 누구에게 성을 내고 있는지 짐작도 할 수 없었어요. 해럴드 캐인스를 몇 번이나 꾸짖기도 하고 메리 벨레미에 대해서는 장소도 가리지 않는 태도를 취하고 있었지요."

"어떤 식으로요?" 나는 물었다.

"춤을 추며 메리 벨레미가 무슨 말을 했나 봐요, 나는 듣지 못했지만. 그랬더니 그 사람은 얼굴을 잔뜩 찌푸리며 '시시한 흉내는 내지 마, 색시'라고 하잖겠어요. 그리고 곧 우리 그룹으로 그녀를 데리고 돌아오더니 나가 버렸어요."

나는 웃었다. 무엇이 우스운지, 내가 이야기하기까지 그녀는 영문을 몰랐다.

"메리 벨레미는 아마도 조지에게 파티장 한복판에서 구혼을 했을 거요. 아무래도 그 녀석, 이제는 늙었나 보군. 그녀는 색정광이오."

"어머나, 그래요? 어떻게 당신이 그것을 알죠?"

샬로트의 말은 아주 냉랭한 것이었다.

"이상하게 앞질러 생각하지 말아요," 나는 말했다. "그녀는 나에게 그 수법을 썼지만 이쪽이 넘어가지 않았을 뿐이니까."

"그래서요?"

"어림도 없지, 어쩌긴 뭘 어쩌오. 자기가 하고 싶은 일은 스스로 하는 게 나의 주의라서, 접시에 담아 먹어 줍쇼는 딱 질색이오."

"나도 알아 두어야겠네요. 메리가 그런 투의 여자라는 것은 나도 눈치채고 있었지만, 깊이 생각해보지 않았어요. 우연히 알게 된 사이인걸요. 그건 어쨌든, 우리들이 돌아가려고 했을 때 잭이 도어 있는 곳에서 나를 붙들고 그 주일 안에 만나러 와 주지 않겠느냐고 부탁했어요. 하지만 더 이상 무엇인가 그가 말을 하기 전에 다른 사람들이 나를 불렀기 때문에 그냥 돌아오고 말았지요. 그리고는 두 번 다시 만날 수 없게 되고 말았어요."

"흐음!"

그 증언을 마음속에서 생각해 보려고 했지만 잘 되지 않았다. 그러고 보면 잭에게는 무언가 마음에 걸리는 일이 있었던 셈이고, 마녀만 하더라도 그렇다. 같은 것을 걱정하고 있었는지도 모른다. 또는 그렇지 않을지도 모른다. 그리고 조지인데…… 그도 무슨 일로 마음이 어수선해져 있었던 것이다.

"무엇을 좀 아셨어요?" 샬로트가 물었다.

"아무것도 없소. 그러나 그것은 좀더 생각해 보기로 하겠소."

샬로트는 의자에서 일어나 소파에 와 앉았다. 그녀의 손이 나의 손 위에 포개지고 우리들의 눈과 눈이 마주쳤다.

"마이크, 부탁이 있어요. 이 사건에서 손을 떼고 경찰에 맡기라는 말은 않겠어요. 내가 부탁드리는 것은 조심해 달라는 것뿐이에요. 제발 부탁이니, 다치는 일이 없도록 해주세요."

샬로트가 그런 식으로 말하니, 나는 그녀를 오래 전부터 알고 있던 것 같은 느낌이 들었다. 그녀를 만난 것은 이제 두 번째인 것이다.

"나도 조심하겠소." 나는 샬로트에게 말했다. "그런데 어째서 걱정을 하지요?"

"이것이 그 이유예요." 그녀는 입술을 벌리고 몸을 구부리더니 나의 입술에 키스를 했다. 나는 그 팔을 잡고 내 손이 아플 정도로 세게 움켜쥐었지만 샬로트는 꼼짝도 하지 않았다. 그녀가 나에게서 떨어졌을 때 눈이 부드럽게 빛나고 있었다. 나의 내부에서 화산이 불을 뿜고 있었다. 내가 움켜잡았던 손자국을 보고서 샬로트는 미소를 지었다.

"당신도 남을 사랑할 때에는 맹렬히 사랑하는군요. 그렇죠, 마이크?"

이번에는 샬로트를 아프게 하지 않았다. 일어나 그녀를 끌어당겼다. 나의 몸에 그녀의 몸이 착 밀착되었으므로 나의 몸속에 불타오르는 것이 그녀에게도 느껴졌던 것이다. 이 키스는 길었다. 두 번 다시 잊을 수 없는 키스이다. 그리고 내가 그녀의 눈에 입술을 대었고, 목줄기의 심히 쾌감을 돋구는 듯한 사마귀에 입술을 대었다. 그것이 생각했던 것보다 훨씬 좋았다.

샬로트의 몸을 돌리고, 거기서 거리가 보이는 창문 앞에 우리는 섰다. 샬로트는 나의 팔을 허리에 단단히 감고 머리를 나의 머리에 비벼대었다.

"나는 이제 가겠소." 나는 샬로트에게 말했다. "지금 돌아가지 않으면 도저히 돌아갈 수 없게 되니까 말이오. 다음번에는 천천히 폐를 끼치겠소. 잘못된 짓은 하고 싶지 않은 거요. 나를 여기에 붙들어 두면 그런 짓을 할 것 같아."

샬로트가 머리를 젖히고 위로 올려다보았으므로 나의 코가 그녀의 입술에 닿았다.

"알았어요." 그녀는 살며시 말했다. "하지만 당신이 나를 필요로 하게 되면 난 여기에 있겠어요. 다만 여기에 와서 나를 손에 넣으면 돼요."

나는 다시 한 번, 이번에는 담백하게 키스를 하고 문 쪽으로 갔다. 샬로트는 모자를 건네주고 나의 머리를 뒤로 쓰다듬어 주었다.

"안녕, 마이크."

나는 윙크를 해보였다.

"잘 있어요, 샬로트. 훌륭한 식사였소. 훌륭한 여성과 함께 한."

계단을 내려온 것이 이상할 정도였다. 어떻게 자동차에 올랐는지 도무지 기억나지 않았다. 머리에 떠오르는 것은 그녀의 얼굴과 그 아름다운 몸매뿐이었다. 그녀가 하는 키스 방식과 그 눈에 나타나던 열정. 브로드웨이에서 차를 세우고 머리를 맑게 하기 위해 술집에 들렀다. 술도 별로 효과가 없었으므로 집에 돌아가 여느 때보다 빨리 잠자리에 기어들어가고 말았다.

　자명종 시계가 울리기 전에 잠이 깨었다. 이런 일은 참 드문 일이다. 서둘러 샤워를 하고 면도를 한 뒤 달걀 프라이를 만들어 먹었다. 커피를 두 잔째 마시고 있으려니까 세탁소에서 깨끗이 빨아 다린 양복을 가져왔다. 포켓은 감쪽같이 짜깁기를 했기 때문에 조금도 찢어졌던 것 같지 않았다. 천천히 옷을 입고 나서 사무실에 전화를 걸었다.

　"안녕하세요? 해머 사립 탐정 사무실입니다."

　"당신도 빠르군, 웰더. 이쪽은 당신의 보스야."

　"어머나."

　"제발 그러지 마, 허니." 나는 애원했다. "나를 나쁘게 생각하지 말아요. 그 입술연지 자국은 일과 관계가 있는 거야. 당신에게 목을 눌리고 있으면 어떻게 일을 할 수 있지?"

　"그럭저럭 잘하실 테죠." 그녀의 대답이 들려왔다. "무슨 용건이십니까, 해머 씨?"

　"전화가 걸려 왔었나?"

　"네."

　"편지가 왔었나?"

　"네."

　"결혼해 줘."

　"네."

　"그럼, 잘 있어."

　"결혼? 어머나…… 잠깐 기다려요. 마이크, 마이크! 여보세요…… 여보세요……."

　나는 히죽이 웃으며 아주 조용히 수화기를 놓았다. 이걸로 잘 구워 삶은 것이다. 이번에 그런 소리를 하면 "네" 따위로 말하기보다는 좀

더 행동으로 호소할 것이다. 그러한 수법은 알맞게 쓰면 효험이 있는 법이다. 설마 도망칠 수야 없지만, 그러나 웰더를 데리고 여행하는 것이라면 그리 나쁜 일만은 아닐지도 모른다.

경찰에서는 잭의 아파트에 형사를 잠복시키는 일을 중지하고 있었다. 가택 수색을 하므로 문은 닫혀 있었고, 나로서도 문을 부수었다가 나중에 지방검사 사무실로 연행되어 가서 성가신 입장에 빠지는 것은 별로 달갑지 않은 일이기 때문에 조금만 보고 다녔다.

아파트의 내부로 들어가는 일을 단념했을 때, 욕실 창문이 환기 구멍 바로 옆에 있으며, 그 바로 맞은편이 다른 방의 창문이었다는 사실을 생각해 냈다. 홀을 돌아 잭의 방과 반대쪽 방문을 노크했다. 키가 작은 중년 사나이가 얼굴을 내밀었으므로 나는 그 사나이에게 배지를 너풀거려 보였다.

경찰이라는 말이 내가 한 전부였다.

배지를 보고도 꺼림칙해하는 눈치 없이 그 사나이는 황급히 문을 열었다. 법률이나 사회 질서를 믿고 있는 선량하고도 존경할 만한 시민이다. 해진 스모킹 재킷의 옷자락 언저리를 움켜쥐고 악의 없는 표정을 지으려 하고 있었다. 그때 그 사나이는 한 달쯤 전까지 자기가 경영하고 있던 풍속영업(風俗營業)의 일이 머리에 있어서, 라인 업 (용의자를 놓고 몇 명의 시민이나 경관) 에 연행되는 것으로 알았던 모양이다. (이 열을 짓고 증인에게 판정시키는 일)

"저, 네, 형사님, 무언가 볼일이라도?"

"윌리엄스 씨의 아파트에 숨어들어갈 수 있는 입구를 조사하고 있는데요, 그 사람의 방 바로 맞은편에 댁의 창문 있는 방이 있는 것을 알았는데, 그게 틀림이 없겠지요?"

그의 턱이 멍청하니 늘어졌다.

"그, 그, 그야 그렇습죠. 하지만 저희들에게 들키지 않고서는 고양이새끼 한 마리도 창문을 빠져나갈 수 없지요."

"그것은 문제가 아니오." 나는 그에게 설명했다. "밧줄을 타고 지붕을 통해 내려올 수도 있으니까요. 내가 조사하고 싶은 것은 저 창문이 밖에서 열릴 수 있느냐 없느냐, 그것을 알고 싶은 겁니다. 그러한 일을 조사하는 데 줄타기를 하기란 별로 꼴좋은 일이 아니니까요."

그 사나이는 안도의 한숨을 내쉬었다.

"허어, 과연 그럴 수도 있겠군요. 꼴 보기 좋은 것이 아니죠. 자, 이리로 오십시오."

"존, 왜 그래요?" 잔소리꾼인 듯한 여자가 침실 문으로 얼굴을 내밀며 물었다.

"경찰분이야." 그는 자못 중대한 듯이 말했다. "나에게 도와 달라고 말씀하셨어."

그는 욕실로 안내했다. 나는 창문을 밀어올려 보았다. 힘들었다. 누가 엿볼까봐 겁내고 있는 점잔을 떠는 자들은 틀림없이 창문 같은 것은 열지 않았을 것이다. 창문이 올라가자 바짝 마른 페인트 부스러기가 우수수 떨어져 마룻바닥에 흩어졌다.

잭의 욕실 창문이 바로 앞에 있었다. 이것으로 되었다. 건너쪽과 이쪽 사이에 3피트(약 90센티미터)의 공간이 있었다. 뒤흔들리지 않도록 그 작은 사나이에게 바지 혁대를 붙들어 달라고 하고, 창문 밖으로 몸을 내밀어 보았다. 그리고 앞쪽으로 몸을 쓰러뜨렸다. 그 사나이가 비명을 올렸으므로 마누라가 달려왔다. 그러나 나는 팔을 내밀어 건너쪽 벽에 손을 대고 몸을 받쳤을 뿐이었다. 이 사나이는 나를 웬만큼 무모하다고 생각했던 것이다.

잭의 욕실 창문으로 어렵지 않게 올라갔다. 그 공간을 넘어 몸을 집어넣자 그 부부에게 고맙다는 말을 하고 실내로 성큼 숨어들었다. 그다지 움직여진 흔적도 없었다. 감식과의 지문 채취반은 손이 닿았다고 생각되는 물건에는 거의 가루를 뿌렸으며, 잭의 시체가 쓰러져 있던 장소에는 그 위치에 아우트라인을 나타내는 백묵의 표지가 있었다. 의수는 그가 놓아두었던 침대 위에 그대로 놓여 있었다. 그의 권총만이 보이지 않았다. 그리고 빈 권총집 속에 종이쪽지가 들어 있었다. 나는 그것을 꺼내어 읽었다. '마이크'라고 씌어 있었다. '이 피스톨을 압수한 일로 성내지 말게. 수사본부로 가져가네.' 서명이 있었다. '패트'.

어떻게 이러한 일이? 패트란 놈, 이 방에 숨어드는 방법을 어떻게 든지 내가 찾아내리라고 생각했던 것이다. 나는 그 끝부분에 몇 자 적어 먼저 있던 자리에 갖다 놓았다. '고맙네, 친구'라고 나는 썼다. '성을 낼 리 있겠나?' 그리고 그 밑에 이름을 휘갈겼다.

경찰이 이 장소를 샅샅이 조사했다는 것은 쉽사리 알 수 있었다. 교묘히, 그것도 완전히 한 것이다. 여러 가지 물건들을 흉행 당시의 장면과 아주 똑같이 바꿔 놓아 잘 정돈되지 않은 것이 조금 있을 뿐, 얼핏 보면 어디고 수색한 흔적이 전혀 보이지 않았다.

나는 거실을 향해 걸어갔다. 거실 가운데로 의자를 밀어내고 조사한 다음 카펫이 깔린 구석으로 갔다. 작은 얼룩이 있을 뿐 아무 이상도 없었다. 소파 쿠션 아래에서 3센트를 발견한 것이 모두였다. 라디오의 내부는 먼지가 증명하고 있듯이 몇 달이나 손을 댄 자취가 없었다. 그 주위에 있는 책에는 아무것도 숨겨 놓은 것이 없었으며 책갈피에 끼워 놓은 봉투도 없고 장서인(藏書印)도, 어떤 종류의 종이도 없었다. 있었다 하더라도 경찰이 압수했을 것이다.

조사를 끝내고 여러 가지 물건을 제자리에 갖다 놓은 다음 욕실로 갔지만, 쭉 늘어선 병이며 면도 기구 등이 캐비닛 속에 들어 있을 뿐 안은 텅 비어 있었다.

침실은 그 옆이었다. 매트리스를 들어올려 보고, 열리게 된 솔기며

103

꿰맨 것으로 보이는 곳을 찾아보았다. 운이 따르지 않아 신경질이 날 판이었다. 턱에 손을 대고 궁리하며 나는 침실 한가운데 서 있었다. 잭은 일기를 쓰고 있었는데, 그 일기는 옷장에 넣어 두었을 것이다. 그것이 지금은 없었다. 또 경찰에 선수를 빼앗긴 것이다. 그 속엔 종이라도 접어 끼워 두었을지 모른다고 생각하면서, 나는 창문의 차양까지 조사해 보았다.

그때 나의 머리에 번뜩인 것은, 잭이 군대에 근무할 때부터 수첩과 작은 주소록을 가지고 있었던 점이었다. 그것이 발견되기만 하면 무슨 도움될 만한 일이 씌어 있을지도 모른다. 옷장을 찾아보았다. 서랍에서 셔츠며 양말이며 내복들을 하나 남김없이 끌어내어 찾아보았지만, 시간을 허비했을 뿐 어리석은 짓이었던 것 같다. 아무것도 없었다.

서랍 속까지 뒤져 넥타이를 하나 발견하여 등에 걸쳤다. 서랍을 샅샅이 조사하여 합판 밑에서 넥타이를 끌어냈던 것이다. 그러나 나는 곧 다른 것도 발견했다. 잭의 수첩을 찾아냈던 것이다.

그것을 그 자리에서 조사하고 싶지는 않았다. 벌써 10시가 다 된 시간이었으므로 순찰경찰이 나타나서 나를 체포하든가 그 작은 사나이가 너무 시간이 오래 걸리는 데 의심을 품고 경찰에 연락할 염려도 있었다. 되도록 서둘러 서랍 속에서 꺼낸 것을 도로 넣고 옷장의 제자리에 서랍을 끼웠다. 수첩은 바지 바깥주머니에 찔러 넣었다.

작은 사나이는 자기 아파트의 욕실에서 나를 기다리고 있었다. 나는 잭의 욕실 창문에서 몸을 내밀어 창틀 위쪽에 밧줄을 건 자국이 없나 하고 찾는 척하였다. 그의 눈은 주의 깊게 나의 동작을 뒤쫓고 있었다.

"뭐 발견된 게 있습니까, 형사님?" 나에게 물었다.

"유감이지만 틀렸소. 여기에는 아무런 흔적도 없어요. 다른 창문을 조사해 보았지만 열렸던 흔적조차 없군요."

나는 지붕을 올려다보려고 했지만, 그 사나이 쪽에 발을 걸기 전에는 충분히 몸을 젖힐 수가 없었다. 그리고 그 욕실에 천천히 몸을 집어넣고 고개를 내밀어 정말로 찾고 있다는 걸 꾸며 보이기 위해 목을 늘였다.

"이제 됐소. 댁의 방을 지나 이번에는 저쪽 내부부터 조사해 봅시다. 괜찮겠지요?"

"아, 물론이죠. 자, 이리로 오십시오." 그는 맹도견처럼 나를 욕실에서 프런트 룸으로 안내하여 문을 열어 주었다. "저희들은 언제든지 도움이 되어 드리려고 합니다, 형사님." 내가 돌아가려고 하자 그는 말했다. "결과를 알려 주십시오. 도와 드린 걸 기뻐하고 있으니까요."

나는 곧 사무실로 차를 달려 주머니에서 수첩을 꺼내어 응접실로 들어갔다. 웰더가 타이프 치던 손을 멈추었다.

"마이크."

나는 뒤돌아보았다. 이크, 시작이구나.

"왜 그러지, 아가씨?"

"그런 식으로 저를 놀리지 말아요."

나는 한껏 싱그레 웃어 보였다.

"놀리는 게 아니야." 나는 말했다. "아가씨가 잔뜩 기다리고 있는 거라면 지금 당장이라도 약혼할 판이지. 잠깐 방에 와 줘요."

웰더는 나를 뒤따라와서 앉았다. 경사진 책상에 다리를 얹고 수첩의 페이지를 아무렇게나 들춰 보았다. 웰더는 흥미를 나타냈다.

"그게, 뭐죠?" 자세히 보려고 몸을 구부리며 호기심을 나타내고 물었다.

"잭의 수첩이야. 경찰이 가져가기 전에 방에서 슬쩍한 것이지."

"무슨 단서라도 ? "

"있을지도 몰라. 아직 보지 않았어. " 첫 부분은 인명 리스트인데, 그것은 모두 ×로 지워져 있었다. 페이지는 저마다 날짜가 있고 그 날짜는 3년 전부터였다. 군데군데 용의자를 각 부분으로 분류하여 참고 사항을 기록하기도 했고, 해야 할 행동에 언급한 부분이 있었다. 그러한 부분도 해결이 나서 ×표가 되어 있었다.

수첩의 중간쯤까지 보니 ×의 표시가 되어 있지 않은, 현재까지 계속되고 있는 미결 사항이 나타나기 시작했다. 내가 그것을 리스트로 만들어 따로 기록하자, 웰더는 파일의 뉴스 스크랩과 대조해 보았다. 그 일을 끝내자 나의 리스트에 각각 '해결됨'이라고 썼다. 명백히 그 시기의 사건은 잭이 아직 육군 복무중에 해결이 난 것이었다.

이 사항 뒤로는 대단한 것을 얻을 수 없었다. 잭은 그 한 페이지에 '술이다 ! ' 라는 말을 휘갈겨 써 놓았다. 이 페이지에는 제대한 날의 날짜가 적혀 있었다. 다음 페이지에는 '송아지고기와 고추조림'의 비결이 씌어 있고, 그 아래에 보통 조릴 때보다 좀더 소금을 넣으라는 주의 사항이 있었다.

2페이지 이상에 걸쳐 여러 가지 숫자가 씌어 있었다. 그 숫자의 하나는 어떤 은행에 예금되어 있는 금액과 옷을 새로 맞추는 데 쓴 금액을 조목별로 계산한 것이었다. 그리고 짧은 메모가 있었다. '아일린 비커스. 가족은 현재도 포키푸 시에 있음. '

그 여자는 고향에서 올라온 소녀임에 틀림없었다. 잭은 포키푸 시에서 태어나 대학에 입학할 때까지 살았던 것이다. 다음 페이지는 보험회사에서 받은 지시 사항이 기재되어 있었다. 그리고 아일린 비커스의 이름이 다시 나타났다. 이번에는 이렇게 씌어 있다. 'E V^(Eileen Vickers)와 또 만나다. 가족에게 전화할 것. ' 날짜는 잭이 살해되기 꼭 1주일 전이었다.

그녀의 이름은 1페이지 뒤에 다시 나타났다. 잭은 진한 연필로 써 놓았다. 'R H 비커스, 포 221.' '하퍼 씨 댁. 6시 이후에 전화할 것.' 그리고 그 아래에 'E V 별명 메리 라이트. 주소, 나중에 조사할 것.'

그것이 무엇을 의미하고 있는지 풀어 보려고 했다. 내가 보기에 이 것은 고향에서 올라온 여자와 잭이 만나 이야기했다는 것으로 해석되었다. 그녀는 자기 가족이 포키푸 시에 남아 있다는 것을 이야기했다. 분명 그는 그 가족에게 전화를 걸어 하퍼와 동거하고 있다는 것을 알아내려 했던 것이다. 그리고 그 가족과 연락할 목적으로 식사 시간에 전화를 걸었다. 그리고 다음 단계인 E V, 다시 말해서 아일린 비커스에 관한 조사는 순조롭게 진행되었지만, 그녀는 메리 라이트라는 가명으로 여행을 하고 있으므로 주소를 알 수 없었던 것이다.

서둘러 페이지를 넘겨보았더니 다시 이 여자가 나타났다. 'E V의 건. 가족에게 전화할 것. 지독한 상태. 29일에 36904, 알아낼 것.' 그리고 오늘이 그 29일인 것이다. 1페이지가 남아 있었다. 거기에는 나중에 생각한 메모가 씌어 있었다. 'C M, 그녀에게 의논할 것.'

C M, 즉 샬로트 마닝. 샬로트가 나에게 이야기해 준 일과 잭은 관계가 있었던 것이다. 그 1주일 동안에 진찰을 하러 와 달라고 했지만, 아침에 그녀와 두 번 다시 만날 기회가 없어졌던 것이다.

나는 수화기를 들고 다이얼을 돌려 교환원을 불렀다. 교환원이 나오자 포키푸 시를 대 달라고 부탁했다. 전화가 연결되고 찌찌 소리가 나더니 이윽고 접먹은 듯한 목소리가 대꾸해 왔다.

"여보세요." 나는 말했다. "비커스 씨입니까?"

"아니오." 목소리는 대답했다. "하퍼입니다. 비커스 씨는 아직 작업중입니다. 전할 말이라도?"

"아니오, 거기에 비커스 씨의 따님이 있는지 어떤지 알고 싶습니다만, 알고 계실 테지요?"

그 목소리가 나를 가로막았다.

"없습니다. 그러나 그러한 일은 비커스 씨에게는 말하지 않는 편이 좋습니다. 그런데 당신은 누구십니까?"

"이쪽은 마이크 해머, 사립 탐정입니다. 살인 사건으로 경찰과 협력하고 있으므로, 단서가 될 만한 것을 쫓고 있지요. 그쪽 가정의 상태를 들려주시겠습니까?"

하퍼는 조금 망설이다가 말했다.

"좋습니다. 비커스 씨는 그 처녀가 대학에 들어가고 나서부터 쭉 만나지 않았습니다. 그 아이는 어떤 젊은 사나이와 타락한 생활에 빠지고 말았기 때문이지요. 비커스 씨는 엄격한 분으로, 그분의 심정으로는 딸이 죽은 거나 마찬가지이죠. 어떠한 지경에 이르더라도 못 본 체하고 말 겁니다."

"그러한 사정이었습니까? 이거 미안하게 되었습니다."

나는 수화기를 내려놓고 웰더를 뒤돌아보았다. 그녀는 내가 메모해 둔 숫자를 응시하고 있었다. 36904.

"마이크."

"응?"

"이게 무엇인지 알아요?"

나는 그 숫자를 보았다. 경찰의 기록에 올라 있는 것이라고 직감이 갔으나, 세 번째로 거기에 눈길이 쏠리자 전에 어딘가에서 본 일이 있는 듯한 느낌이 들었다.

"으음, 이것은 낯이 익은 것으로 생각되는걸. 아무래도 어디서 본 듯한 느낌이 들어."

웰더는 포켓에서 연필을 꺼내어 수첩을 뺑 돌렸다. "이런 식으로 써보세요." 그녀는 말했다. 그녀는 그 번호를 썼다. XX3-6904.

"그렇군, 한 방 당했는걸. 전화번호였군."

"그래요, X자 대신 처음의 두 글자를 바꿔 넣어 보세요, 곧 알 수 있을 거예요."

나는 벌떡 일어나 서류철이 있는 곳으로 갔다. 이 번호를 전에 어디서 보았는지 생각해 낸 것이다. 그것은 어떤 뚜쟁이에게서 빼앗은 명함 뒤에 적혀 있던 것이었다. 그 꼬마 녀석이 흥정을 붙이며 팔려고 했으므로 까불지 말라고 쥐어박았지. 나는 노트쪽과 명함과 메뉴 뒷면에 써 갈긴 전화번호의 홀더를 가지고 돌아왔다.

그 철에서 한 장을 뽑아냈다. '댄스 교수'라고 되어 있었다. '미녀 20명'. 그 뒷면에 전화번호가 있었다. 잭의 수첩에 있던 것과 비교해 보았다. 똑같았다. 틀리는 것은 롤렌(Lollen)을 나타내는 LO로 되어 있는 것뿐이었다. 이것이 전화번호인 것이다. 그렇다, LO3-6904.

웰더는 나의 손에서 그것을 빼앗아 읽었다.

"마이크, 이건 뭐죠?"

"콜하우스의 전화번호야. 나의 짐작이 어긋나지 않는다면 비커스라는 여자가 발견될 장소지."

나는 전화를 집어 들었지만 웰더가 손으로 나를 눌렀다.

"소장님, 설마하니 정말로 그러한 장소에 가실 생각은 아니실 테죠?"

"안 되나?"

"마이크!" 웰더의 목소리는 분개와 슬픔을 느끼게 했다.

"이봐, 내가 그렇게 바보로 보여? 뭐, 창녀를 어떻게 하겠다는 게 아니야. 군대에 있을 무렵, 좋은 남자애들이 나쁜 여자애들과 '아빠 엄마 놀이'를 하면 어떠한 결과가 되느냐 하는 영화를 보여 주었었지. 그야말로 어머니에게 키스하는 것도 무서울 정도야."

"그럼, 좋아요, 그렇다면 가도 좋아요, 하지만 발걸음이 휘청거리지 않도록 해줘요, 네. 아니면 당신은 새로운 비서를 고용하지 않

109

으면 안 되게 될 거예요. "

나는 그녀의 머리를 손가락으로 쓰다듬으며 다른 한 손으로 다이얼을 돌렸다. 이번에 나온 목소리는 별로 생기가 없었다. "여보세요" 하는 목소리의 배후에, 나는 단정치 못하게 입술에 담배를 꼬나물고 칙칙한 드레스를 입은 50살 남짓의 곰팡내 풍기는 블론드의 여자가 보이는 듯한 느낌이 들었다.

"여보세요"라고 나는 말했다. "댁은 숙박의 예약을 받소? "

"누구신지요? "

"피터 스털링. 다운타운에 있는 조그마한 사나이로부터 당신 집의 전화번호를 들었기 때문에. "

"좋습니다. 9시 전에 와 주세요. 아니면 즐거움의 시작을 보실 수 없어요. 희망은 올 나이트인가요? "

"그럴 생각이지만, 그때 가서 정하지요. 어쨌든 오늘 밤 예정을 해 둬요. 집에서 도망쳐 가는 것이니까. "

그런 소리를 했을 때 웰더에게 윙크를 해보였지만, 그녀는 윙크를 받아 주지 않았다.

"적어 두었어요. 현금 지불로 부탁합니다. 오셨을 때 세 번 길게, 그리고 짧게 한 번 벨을 눌러 주십시오. "

"알았소. "

나는 수화기를 놓았다.

웰더의 눈에 눈물이 번져 있었다. 무서운 얼굴을 지으려 했으나 눈물을 억누를 수가 없었던 것이다.

나는 그녀에게 손을 돌려 부드럽게 끌어안았다.

"이봐, 허니. " 나는 속삭였다. "이 사건은 현실적으로 접근해 가지 않으면 안 되는 거야. 그렇지 않다면 무엇하러 그러한 장소에 가겠어. "

"하지만 그렇게까지 하지 않아도 좋을 게 아녜요?"

웰더는 코를 훌쩍거렸다.

"그러나 아무런 일도 없을 거라고 말했잖아. 장담하고 말해도 좋지만, 나는 그 같은 장소의 단골이 될 만큼 악인은 아니야. 게다가 그럴 생각이 생기면 나의 상대가 되어 줄 여자는 많이 있지."

그녀는 나의 가슴에 손을 대고 잡아 흔들었다.

"어머나, 난 그런 줄 몰랐어요." 그녀는 정말 고함을 질렀던 것이다. "당신을 이제 믿을 수 없어요. 하지만 마이크, 미안해요. 어차피 나 같은 건 당신 밑에서 일을 하고 있는 데 지나지 않는걸요, 뭐. 쓸데없는 말을 했지만 잊어 줘요."

나는 그녀의 코를 탁 퉁기고 미소지었다.

"여기서 일을 하는 데 지나지 않는다고? 나는 아가씨가 없으면 어찌해야 좋을지 모르게 되고 마는걸. 자, 심술은 그만 부리고 전화 옆을 떠나지 말아 줘. 여기서는 물론 아가씨의 집에서도, 나는 자신을 위해 몇 개의 단서를 주워 오는 데 아가씨의 손을 빌리지 않으면 안 될지도 모르니까 말야."

웰더는 작은 소리를 내었다.

"좋아요, 마이크. 나는 그 낚시에서 눈을 떼지 않겠어요. 소장님은 여자의 곡선에서 눈을 떼지 않도록 하세요. 빨리, 빨리!"

내가 나갈 때 그녀는 책상 위를 닦고 있었다.

8

먼저 전화로 연락한 것은 패트였다. 그는 나의 수사 내용을 알고 싶어했지만 나는 많은 것은 말해 주지 않았다. 나중에는 그에게도 비커스의 딸에 대한 일이 알려질 테지만, 우선 12센트 은돈 두 닢을 사용하여 한 번 골탕을 먹여 주리라 생각했던 것이다. 전화번호부에서 아무 번호나 번호를 몇 개 골라내어 그 속에 저 콜하우스의 번호를 섞어 놓았다. 패트가 이쪽을 위하여 그 전화번호를 조회하여 주소를 조사해 주고 있는 사이, 정보를 알려 주었다. 고맙다는 인사를 한 다음, 나는 패트가 정말로 엉터리가 아닌 사실을 가르쳐 주었는지 어떤지를 확인하기 위하여 전화번호부와 대조해 보았다. 전화번호와 주소는 들어맞고 있었다. 패트는 어디까지나 공명정대한 태도였던 것이다.

내가 그에게 가르쳐 준 전화번호로 움직이기 시작할 경우, 이제부터 한바탕 일을 벌일 그 장소에 패트가 다다르기까지 나는 시간을 벌수 있는 것이다.

이번에는 차를 그 구역의 반도 채 못 간 위치에 세웠다. 501번지가 내가 갈 곳이며 거기는 3층 벽돌 건물의 낡은 아파트라는 것을 알았다. 그 도로의 반대쪽 장소에서 은밀히 관찰했지만, 누구 하나 드나드는 자가 없었다. 제일 위층의 한 방은 아무도 있는 것 같지 않은데, 희미하게 불빛이 새어나오고 있었다. 내가 빨리 온 것이 분명했다. 그 집은 마치 매춘부처럼 옆 건물에 들러붙어서, 저승 도시의 도로처럼 거의 색채도 없이 서 있었다.

이것은 흔해 빠진 색주가(色酒家) 구역이 아니었다. 여기서 벌어지는 일의 성질로 보아 어마어마한 소굴인 것이다. 고색창연하고 조용한 이 부근은 지하실에 있는 아파트에 몇 사람이나 남자가 드나들고 있는데도 별로 단속한 일이 없는 경관이 매일 밤 몇 차례 순찰할 뿐이었다. 어린이들은 하나도 없다. 이곳은 어린이들은 볼일이 없는 장소인 것이다. 문 입구에 도사리고 있는 주정꾼의 모습도 보이지 않았다. 끝으로 나는 피우다 만 담배를 버리고 뒤축으로 짓이기고 도로를 가로질러 갔다.

세 번 길게, 짧게 한 번 초인종을 눌렀다. 초인종 소리가 아주 조그맣게 들리더니 얼마 뒤 문이 열렸다. 생각했던 만큼 단정치 못한 금발 여자는 아니었다. 이 여자는 50살 남짓으로 나이는 생각한 대로 들어맞았지만, 드레스는 조촐하며 제법 말쑥한 것이었다. 화장은 그저 수수하게 했고 머리는 둘둘 감아올렸다. 마치 여느 집 어머니처럼 보였다.

"피터 스털링." 나는 말했다.

"어머나, 그러세요? 어서 들어오세요."

그녀는 내가 들어가 기다리고 있는 동안 뒤로 문을 닫고 홀인 거실 구석을 향해 가라는 몸짓을 했다. 그 방으로 들어갔다. 그 변모는 놀랄 만한 것이었다. 흐리터분한 바깥과는 딴판으로 이 방은 자극적이고 생기에 차 있었다. 가구는 현대적이고 쾌적했다. 벽은 개조되어 방구석에 나 있는 우아한 계단과 조화되는 풍부한 느낌의 벽널로 되어 있었다. 창문으로 불빛이 새어나오지 않는 이유를 알았다. 검은 비로드 커튼으로 완전히 가려 놓았다.

"모자를 맡아 두었다 드리지요."

나는 모자에 손을 뻗어 홱 벗었다. 2층에서 라디오 소리가 들렸으나 그밖에 달리 들리는 소리는 없었다. 잠시 뒤 여자는 돌아오더니 옆에 앉으라고 몸짓하며 자기도 앉았다.

"좋은 곳이로군." 나는 의견을 말했다.

"네, 여기는 세상과 떨어져 있으므로." 이 여자가 질문하기를 기다리고 있었던 것인데, 별로 서두르지도 않는 것 같았다. "아까 전화로 우리 집 대리인 한 사람과 만나시고 그 사나이가 당신을 여기로 가라고 했다고 말했는데, 그 사나이는 어느 대리인이었지요?"

"키가 작은 조그마한 녀석이었는데, 이렇듯 훌륭한 장소라고는 말하지 않았지. 나는 그 녀석에게 한 방 주먹빰을 먹여 주긴 했지만."

그녀는 굳어진 미소를 띠었다.

"네, 기억하고 있어요, 해머 씨. 멍이 가시는 데 1주일이나 걸렸으니까요."

이 여자, 나를 섬칫하게 만들 생각이라면 머리가 어떻게 된 것이 아닐까.

"어떻게 나인 줄 짐작했지?"

"겸손이시겠죠, 선생님. 누구에게도 알려지지 않은 사람이 되려고 해도, 선생님은 지금까지 신문에 대문짝처럼 몇 번이나 사진이 실렸지 않아요. 그래서 여쭈어 보는 것인데, 어째서 일부러 이곳을 택하셨지요?"

"상상에 맡기겠어." 나는 말했다.

그녀는 다시 미소지었다.

"당신 같은 분이라도 역시 그렇고 그렇군요. 좋습니다. 자, 스터링 씨, 그럼, 2층으로."

"좋아, 그런데 2층에는 어떤 애들이 있지?"

"이만하면 괜찮다는 애도 준비돼 있습지요. 아무튼 보기나 하세요. 하지만 먼저 25달러 주셔야 합니다."

나는 선뜻 돈을 내주었다.

그녀는 계단까지 나를 안내했다. 계단 난간 기둥에 버튼이 달려 있었다. 그녀는 그것을 눌렀다. 2층에서 차임이 울리자 문이 열리고 불빛이 계단에 쏟아졌다. 검은 머리의 여자가 환히 들여다보이는 내리닫이 긴 옷을 걸치고 문 입구에 섰다.

"올라오세요." 그녀는 말했다.

한 번에 두 층계씩 올라갔다. 예쁜 여자는 아니다. 그것은 알았지만 화장이 여자의 맛을 훨씬 돋구고 있었다. 그렇긴 하여도 아름다운 몸매였다. 나는 실내로 들어갔다. 그곳도 거실인데, 그 방에는 여러 사람이 있었다. 이만하면 괜찮다는 애도 준비되어 있다고 마담이 말한 의미가 이것이었다. 여자들은 책을 읽기도 하고 담배를 피우기도 하며 앉아 있었다. 금발의 여자들, 검은 머리의 여자들, 그리고 붉은 머리의 여자들 한 쌍. 이 여자들은 거의 아무것도 몸에 걸치고 있지 않았다.

이와 같은 광경은 심장의 고동을 빠르게 할 테지만, 나에게만은 그러한 반사 작용이 생기지 않았다. 웰터와 잭의 일을 생각했던 것이다. 여기에는 내가 찾고 있는 것이 있고, 더구나 어떻게 해야 그것을 손에 넣을 수 있을지 의문이었다. 아일린 비커스가 그 목적이었지만 만난 일도 없는 것이다. 별명——메리 라이트, 굳이 세금을 속이기 위해서가 아니라도 이러한 장소에서 일하는 데 일부러 본명을 쓸 것까지는 없을 것이다.

아무도 나에게 눈짓을 보내지 않으므로 내 쪽에서 그중 하나를 고르면 되겠구나 하고 생각했다. 나를 안내해 준 여자는 기다리고 있는 듯이 나를 쳐다보고 있었다.

"누구 특별한 사람을 지명하겠어요?" 그녀는 물었다.

"메리 라이트." 나는 그 여자에게 말했다.

"그녀는 자기 방에 있어요. 기다리고 계세요. 제가 데려다 줄 테니까."

그 여자는 문에서 사라졌다. 잠시 뒤에 돌아왔다.

"복도로 곧장 가서 안쪽에서부터 하나 못 미처 있는 문이에요."

나는 고개를 끄덕이고 문을 나와 긴 복도로 나선 자신을 깨달았다. 한쪽 벽은 새로 단장을 했으며, 문은 저마다 후추 빛깔이었다. 그 문 하나하나에 손잡이가 있었으나 열쇠 구멍은 없었다. 제일 안쪽에서부터 하나 못 미처 그 문도 다른 문과 같았다. 노크하자 목소리가 들리고 들어오세요, 라는 대답을 했다. 나는 손잡이를 돌려 문을 밀었다.

메리 라이트는 화장대 앞에 앉아 머리를 빗고 있었다. 몸에 걸치고 있는 건 브래지어와 스타킹뿐이었다. 그리고 실내용 슬리퍼. 거울을 통해서 나를 보고 있었다.

전에는 예뻤을 테지만 이미 그 아름다움을 잃고 있었다. 눈 아래에 주름살이 잡혀 있는데 그것은 나이 탓만은 아니었다. 얼굴에 희미한 경련이 일어났다. 억누르려고 하지만 아무래도 일어나는 것이었다. 20대도 반 이상 지난 것으로 보였다. 좀더 나이들어 보였으나 그 정도라고 생각했던 것이다.

여기에 있는 것은 온갖 인생, 그 모두가 각박했던 인생을 경험해 온 여자들이었다. 신체는 영양도 좋고 좀 여윈 듯한 날씬한 모습이었지만, 감정적으로는 메말라 있는 것이다. 죽은 달팽이와 같은 공허함. 이와 같은 직업과 자기의 과거가 그 눈빛 속에 새겨져 있었다. 거칠게 다룬들 끈질기게 울거나 하지 않는 여자인 것이다. 표정이야 달라질 테지만, 그렇다고 아무리 때려눕히더라도 이 여자로선 그것이 아무런 의미도 없게 되어 있는 것이다. 다른 여자들과 마찬가지로 그녀 역시 타고난 창부는 아니었다. 청초하다고 보기에는 너무나 거리가 있지만, 조금도 천한 데는 없었다.

머리는 눈의 홍채처럼 다갈색이었다. 요즘 일광욕을 했거나 전등불 밑에서 날을 보냈을 게 틀림없었다. 살갗에 온통 햇볕에 그을린 자국이 엿보였기 때문이다. 그 모습은 뭐 놀랄 만한 것은 아니었다. 평균 수준이다. 유방은 풍만하지 않을망정 두 다리는 희한했다. 나는 이 여자에게 가엾음을 느꼈다.

"어서 오세요."

그녀의 목소리는 즐거워 보였다. 그녀는 마치 나들이 준비라도 하는 듯한 모습으로 앉아 있었고, 나는 어쩌다가 커프스단추라도 찾고 있는 남편 꼴이었다.

"몹시 이르네요?"

"얼마쯤은. 그러나 바에서 우물거리는 것도 싫증이 났지."

나는 재빨리 방 안을 둘러보고 구석 테이블에 몸을 기대며 책꽂이의 책에 눈길을 보냈다. 벽을 조사하기가 무섭게 내 손가락은 테이블 귀퉁이 아래를 살폈다. 이런 곳엔 곧잘 녹음 장치나 도청기가 숨겨져 있는 법이다. 함정에 빠지는 얼간이 짓은 하고 싶지 않았던 것이다. 다음은 침대. 손을 내려 무릎을 붙이고 침대 아래를 보았다. 전선은 없었다.

메리는 수상쩍다는 듯 나를 말끄러미 보고 있었다.

"당신이 찾고 있는 게 녹음기라면, 그런 건 없어요." 그녀는 말했다. "게다가 이 벽은 방음 장치가 되어 있지요." 그녀는 나의 앞에 섰다. "먼저 한 잔 드시겠어요?"

"싫어."

"그럼, 나중에 들기로 하지요."

"그런 건 걱정하지 않아도 좋아."

"왜죠?"

"그것을 목적으로 온 게 아니니까 말야."

"어머나, 그렇다면 무슨 목적이 있어 오셨지요? 이야기를 하고 싶다 이건가요?"

"바로 맞추었는데, 아일린."

순간 그녀는 송장처럼 파랗게 질리더니 눈초리가 매서워지고 입술이 굳게 다물어졌다. 그다지 순순히 될 것 같지 않다는 건 나로서도 알았다.

"무슨 수수께끼죠, 손님? 누구예요?"

"본명은 마이크 해머야, 아가씨. 사립 탐정이지."

내가 수상한 자가 아님은 그녀도 알았을 것이다. 그녀는 나의 이름을 들었을 때 온 몸을 굳혔다. 형체 없는 공포가 그녀의 몸을 야금야금 침범해 갔다.

"즉 당신은 경찰 앞잡이군요, 나를 어쩌겠다는 거죠? 아버지가 당신을 보낸 거라면……"

나는 급히 가로막았다.

"아가씨의 아버지가 나를 보낸 게 아니야. 누구에게도 부탁받지 않았어. 얼마 전에 내 친구가 살해되었어. 이름은 잭 윌리엄스."

그녀의 손이 입가로 갔다. 순간, 비명을 지르는 줄 알았다. 그러나 소리는 내지 않았다. 그녀는 침대 구석에 쓰러지더니 눈물이 화장한 얼굴에 자국을 내며 굴러 떨어졌다.

"아아, 난, 난 몰랐어요."

"신문을 읽지 않나?" 그녀는 머리를 저었다.

"그의 소지품에서 아가씨의 이름을 발견했어. 그는 얼마 전 당신을 만나러 왔을 테지?"

"네, 하지만 나는 체포되나요?"

"천만에, 나는 사람을 체포하진 않아. 나는 쏘아 죽이고 싶을 뿐이야, 살인범을."

메리는 벌써 눈물이 그렁그렁해 있었다. 닦으려 했으나 자꾸만 솟아나오는 것이었다. 이해하기 어려운 일이었다. 여기에 있는 것은 내가 가까스로 알아낸 여자였지만, 잭이 살해되었다는 것을 알려 주었더니 잭을 생각하며 울어 버리고 만 것이다. 그녀는 친아버지를 미워하고 있다. 그것은 분명했다. 뭐, 여자란 그런 것이다. 그녀에게 남겨져 있는 건 아직 얼마든지 있다.

"잭이 살해될 리가 없어요, 아주 착한 사람이었죠. 난, 난 이러한 짓을 하고 있다는 걸 숨기려고 했지요. 하지만 그 사람은 찾아내고 말았어요. 그리고 어엿한 일거리까지 마련해 주었어요. 그러나 나로서는 그 일을 계속하지 못했어요."

메리는 얼굴을 돌려 베개에 파묻었다. 이미 걷잡을 수 없이 흐느끼고 있는 것이다.

나는 메리 옆에 앉았다.

"울어 보았자 소용없어. 아가씨에게 몇 가지 질문할 테니 대답해 줘요. 자, 똑바로 앉아 들어 봐요." 나는 어깨를 잡아 일으켰다. "잭은 오늘 밤 이 장소를 단속하려고 했었는데, 그 일이 경찰에는 연락되어 있지 않았지. 잭은 오늘 밤의 일에 무언가 손도 쓰기 전에 살해되고 만 거야. 오늘 밤에 대체 무슨 일이 있지?"

메리는 몸을 굳혔다. 이미 눈물이 멎어 있었다. 그녀는 생각하고 있는 것이었다. 나는 생각할 시간을 주었다.

"난 몰라요." 겨우 메리가 말했다. "잭이 무엇인가 할 이유 같은 건 없었어요. 이러한 장소는 이 도시에 번창하고 있고, 누구에게 복수를 할 만한 일도 없는걸요, 뭐."

"아가씨가 생각하는 이상의 것이 있을지도 몰라." 나는 덧붙였다. "오늘 밤 누가 오기로 되어 있지?"

메리는 말을 이었다.

"쇼가 있어요. 온갖 사람들이 보러 오지요. 그 쇼가 어떤 것인지 아실 거예요. 이 거리에 늘 있는 일이거니와 돈 많은 사람들이 조그마한 즐거움을 찾아 몰래 모이는 셈이죠. 나는 높은 사람과는 만난 일도 없어요. 세상에 잘 알려지고 있다는 그런 의미로서 말이죠, 내가 말하는 것은. 다만 듬뿍 돈을 가지고 있을 뿐인 사람들이죠."

나는 그러한 종류의 인간들을 알고 있었다. 교외로부터 찾아오는 개기름이 흐르는 살찐 자들. 이곳저곳에 얼굴이 통하고 걸핏하면 돈을 뿌리는 무절조한 시민들. 외설그림과 돈을 좋아하며 어디서부터 입수되든 도무지 신경을 쓰지 않는 남자나 여자로서 돈 많은 얼간이들. 이국취미의 사디스틱한 성애(性愛)를 즐기는 변태 성욕자 무리. 경박한 족속들. 그런가 싶으면 이러한 장소에 오기 위하여 푼돈을 부지런히 모아서 으쓱거리고 찾아오는 시골뜨기도 있다.

"어째서 이런 직업을 갖게 되었지, 메리?"

나는 질문의 각도를 바꾸어 물어 보았다.

"바보, 못난이. 이야기하면 길어지고, 당신 같은 사람에겐 이야기하고 싶지 않아요."

"이봐, 나는 뭐 아가씨의 생활을 이러쿵저러쿵 캐어 보겠다는 게 아니야. 아가씨에게서 이야기를 듣고 싶은 거야, 전체적인 것을. 아가씨가 이야기하는 것은 아가씨로서는 아무런 의미도 없을지 모르지만, 사건 전체에 빛을 비추어 줄지도 모르는 거야. 아가씨에게 관계가 있는 일은 어떠한 것이라 할지라도 잭을 죽음으로 몰아넣은 원인이 된다고 난 확신해. 그것만 알면 다른 단서를 집을 수가 있는 거야. 아가씨에게서 강제로 끌어낼 수도 있어, 내가 마음만 먹는다면. 이 장사 전체를 엉망으로 만들 수도 있단 말이야. 그러나 그럴 속셈은 없지. 시간이 걸릴 테니까 말야. 그것도 아가씨에게 달려 있어."

"그럼, 좋아요. 내 말이 도움이 된다면. 잭을 위한 일이 아니라면 나도 아무런 말도 하고 싶지 않지만. 이제까지 내가 만난 남자들 중에서는 그 사람은 정말로 올바른 두서너 사람 중의 한 사람이었어요. 나를 구하고자 여러 가지 일을 시키려고 했지만, 그때마다 나는 그 사람에게 실망을 주었어요. 보통 때 같으면, 이런 것을 입에 올릴 때에는 고함을 지르겠지요. 하지만 이제 와서는 이미 짜증을 부리기에는 시간이 너무나 흘렀어요. 고함을 쳐 본들 소용이 없지요."

나는 편히 자리잡고 담배를 꺼내어 메리에게 한 개비 주었다. 그녀는 그것을 받았다. 우리는 불을 붙였다. 나는 침대에 벌렁 누워 이야기를 기다렸다.

"애당초 시작은 대학이었어요. 선생이 될 생각으로 미드웨스트에 갔죠. 그 대학은 남녀 공학인데, 학기 중 한 학생을 만났어요. 이름은 존 핸슨이었지요. 키가 큰 미남 청년이었어요. 우리들은 결혼하려고 생각했었죠. 어느 날 밤 풋볼 시합을 보고 돌아오는 길에 자동차를 세우고, 그리고 어떻게 되었는지 짐작이 갈 거예요. 석 달 뒤 나는 대학을 중퇴했지요. 존은 그렇게 되었는데도 결혼할 생각은 않고 나를 의사한테 데리고 갔어요. 수술이 끝났을 때, 나는 덜덜 떨려 그만 노이로제가 되고 말았어요. 우리는 어떤 아파트에 살았는데, 그리고 얼마 동안 존과 나는 목사님의 축복도 받지 않고 부부로서 동거했지 뭐예요. 고향에는 바람에라도 실려 알려졌는지, 나로선 모르겠어요. 여러 가지 말썽이 있은 뒤, 아버지로부터 의절한다는 편지가 왔어요. 그 편지가 온 날 밤, 존은 집에 돌아오지 않았어요. 기다리고 기다리다 마지막으로 학교에 전화를 걸었지요. 그 사람은 커리큘럼에 실패했던 거예요. 그래서 행방불명 되었어요. 아파트의 집세는 벌써 끝이 나려 했고 난 어떻게 해야 좋을지 앞이 캄캄했죠.

이제부터는 불유쾌한 이야기예요. 접객업이라는 걸 시작했죠. 남자 손님을 받는. 그들로부터 돈을 받는 게, 그 경우 나로서 조금이라도 돈을 벌 오직 하나의 방법이었어요. 아파트의 아주머니에게 들키기 몇 주일 전까지 그 일을 계속했는데, 결국 쫓겨났어요. 하지만 밖에서 남자를 끌어들이는 일은 하지 않았어요. 어딘지 알 수 없는 곳에서 자동차가 와서 방이 하나하나 독립되어 있는 집에 데려가곤 했었죠.

그 집은 이런 식으로 된 집은 아니었어요. 더럽고 연기에 그을려 있고, 마담이란 여자는 신경질적인 심술궂은 할머니인데, 우리들에게 물건을 던지기도 했어요. 처음에 그 할머니는 내가 한 일을 적은 기록부를 가지고 있었는데, 협력하지 않으면 경찰에 넘긴다고 협박했어요. 그랬을 때, 내가 무엇을 어떻게 할 수 있겠어요?

어느 날 밤, 나는 같은 방의 사람과 이야기했어요. 그 사람, 조금은 여걸이었지요. 폭탄처럼 정열적이고 자기를 비싸게 파는 요령을 몸에 지니고 있었어요. 내가 신세타령을 했더니 글쎄, 그 사람이 악마처럼 깔깔 웃지 않겠어요. 비슷한 일이 그녀에게도 있었던 거죠. 더구나 그것이 아주 꼭 같았던 거예요. 나는 존에 대해서 이것저것 설명했는데, 그 사람은 나를 이런 장소에 빠뜨린 것도 바로 그 사나이라는 것이었어요. 내 말을 듣더니 그 사람은 발끈하며 자제심이고 뭐고 다 잊고 길길이 날뛰었죠. 그리고서 우리들 모두 힘을 합하여 존을 찾았지만, 그 뒤로는 어디로 갔는지 한번도 본 일이 없어요.

나는 커다란 조직의 일부예요. 우리를 필요로 하는 장소면 어디고 가야 하죠. 나는 얼마 전부터 이곳에 있지요. 자, 보시다시피요. 또 무언가 질문이 있어요?"

옛날부터 흔히 있는 낡은 이야기다. 그녀는 자기 몸을 가엾게 여기고 있지 않을지 모르지만, 나는 몹시 불쌍하다고 느꼈다.

"대학에 있었던 게 몇 년쯤 전이지?" 나는 물었다.

"12년 전이에요."

"으음."

어차피 그 이상은 물어도 소용이 없다. 5달러 지폐와 명함을 내놓았다. "그밖에 무언가 듣는 일이 있거든 이 명함으로 내게 연락해 주오. 이것은 아가씨에게 주는 거야. 나는 이제부터 할 일이 별안간 생각났으므로 서두르지 않으면 안 돼."

"당신은…… 그밖에 아무것도…… 욕심나지 않아요?"

그녀는 놀라며 나를 보았다.

"그렇다니까. 그러나 어쨌든 고마워. 눈을 크게 뜨고 감시해 주어야 해."

"네, 그렇게 하겠어요."

나는 다른 출구를 찾아내어, 흔들리는 층계를 밟으며 아래층 홀로 갔다. 그 계단은 천으로 덮인 꽃무늬 장식의 세트 뒤쪽에 반쯤 가려져 있었다. 아까 그 여자가 책을 읽으며 대기실에 버티고 있었다. 책을 놓고 한참 꾸물거리더니 말했다.

"아니, 벌써 돌아가세요. 오늘 밤은 주무시고 가는 줄 알았는데."

모자를 집어 들자 나는 말했다.

"그럴 속셈이었는데 아무래도 내가 생각했던 만큼 젊지가 않은 것 같네."

그녀는 일부러 일어나 나를 배웅하는 그런 수고를 하지 않았다.

자동차에 돌아가 출발시킨 다음 그 집에 접근하도록 달렸다. 어떤 이들이 나타나는지 관찰하고 싶었던 것이다. 잭에게는 그곳에 가야 할 중대한 이유가 있었던 것이다. 그렇지 않다면 수첩에 적어 두지 않았을 것이다. 쇼가 있는 것이다. 그 뒤에 추잡한 놀이를 하기 위해 안성맞춤인 방까지 딸려 있는 에로 쇼. 돌팔이 의사도 한몫 끼고 있으므로 성병에 걸린 피해자가 엉터리 수단으로 치료되고 돈을 뜯기는 장소. 나는 마음속으로 은밀히 성병 예방 포스터와 영화를 보여 준 합중국 정부에 고마워했을 정도였다.

나는 쿠션에 등을 기대고 무엇인가 일어나기를 기다리고 있었다. 그것이 무엇인지 나로서는 알 턱이 없었다. 이제까지는 한 조각의 시정(詩情)도 없었거니와 무엇인가에 대한 이유가 있다고 하기에는 너

123

무나도 거리가 먼 것이다. 너무도 짜증스러운 일뿐이었다. 잭의 죽음. 그와 그 어떤 관계가 있던 사람들. 그의 수첩, 그것과 이것이다. 공통되게 존재하는 오직 하나의 일은 어떤 하나의 저음뿐이다. 그 깊은 가락은 증오와 폭력, 내가 본 모든 장소에 으레껏 나타나는 공포의 흐름을 형성하고 있는 것이다. 나로선 그것이 절박하게 느껴지면서도 아무것도 눈에 보이지 않았다.

아일린을 손아귀에 넣는다, 한 사람의 창부를. 무덤에의 길을 재촉하는 것이 된다. 왜냐하면 그녀를 임신시키고 그리고 얼마 동안 서로 좋아 지내고, 그런 뒤 줄행랑친 개 같은 녀석과 관계가 있었기 때문이다. 그러한 종류의 놈은 한껏 몰아대어 엄지손가락을 목줄기에 대고 바짝 졸라 죽여 버리는 게 당연한 것이다. 나로서는 그렇게 해주고 싶다. 그리고 아일린과 같은 방에 있는 여자. 비슷한 길을 걸어 타락해 간 같은 직업의 여자들. 그러한 구렁텅이에 빠뜨린 것이 같은 사나이라고 깨달았을 때, 아일린은 몹시나 자기의 몸이 천한 것으로 여겨졌을 게 틀림없으리라.

존 핸슨, 들어 보지 못한 이름이다. 그녀 역시 꽤 훌륭한 아가씨였을 텐데. 그 같은 자식은 머리를 꽉 잡아서 장기형을 때려 마땅하다. 그러나 그것은 12년 전에 일어났던 사건인 것이다. 그것은 아일린을 그와 같은…… 가만히 있자, 18살로 대학에 입학했다고 하면…… 그녀가 그 사나이하고 만난 것은 19살일 때인지도 모른다. 거기에 12년이라고 하면, 31살이다. 아냐, 좀더 나이 들어 보였지. 그 아가씨의 아버지가 좀더 분별이 있기만 했다면 이와 같은 지경이 되지는 않았을 것을. 하다못해 부드러운 마음이 중요한 때에, 돌아오너라 하는 부드러운 말을 걸어 주었다면, 그녀도 함정에 빠지는 그런 꼴이 되지는 않았으련만. 한편으로 미드웨스트 대학에서 천 마일이나 떨어진 뉴욕 주 포키푸시에 살고 있으면서, 그 노인이 학교의 사건을 풍문으로 알았다는 것도 생각해 보면 꽤 이상한 이야기라는 느낌이 들었다. 비록 그와 같은 소식은 아무 데나 빨리 퍼진다 하더라도 말이다. 아마도 추악한 마음과 독을 품은 펜으로 일부러 일러바친 시샘 많은 여학생의 짓이었을 것이다. 핸슨의 다른 여자친구들일지도 모르겠는걸. 애인이 많이 있었던 것이다. 아일린의 상태는 고쳐지기는커녕 더한층 나쁜 처지가 된다. 경제적으로가 아니다. 겨우 1할의 할당일망정 현금은 꽤 많이 벌고 있는 것이다. 그녀가 일하고 있는 콜하우스에선 곳곳에 돈이 널려 있다. 숱한 고액지폐의 출자로 신디케이트 조직이 되어 있는 낭자군. 이를테면 오늘 밤의 쇼다. 이것은 부정 이익이 몇 천 달러라는 뜻이 된다. 게다가……

이러한 두서없는 것을 생각하고 있었으므로 그 집 문 앞 계단에 대어진 택시를 깜박 깨닫지 못할 뻔했다. 더블 브레스테드(상의가 더 블로 된 것)를 입은 동성연애의 사나이가 자동차에서 나와 뚱뚱한 사나이에게 손을 빌려 주었다. 비곗덩어리 바보 뚱보 같으니. 둘 다 그 쇼인지 뭔지를 보러 왔거나 아니면 다른 즐거움을 위해 왔을 것이다. 나는 그 젊은 자가 업타운에 있는 경마의 마권 장수 같은 느낌이 들었지만 확신은 없었다. 뚱뚱보 쪽은 본 일이 없었다. 문이 쉽사리 열렸으므로, 단골이구나 하고 추측했다.

5분 뒤, 다른 자동차가 나타나고 바보 한 쌍이 차에서 내렸다. 그 사나이——만일 그를 남자라고 할 수 있다면 말이지만——는 낙타코트를 차려입은 비쩍 마른 목이 불타는 듯한 아스코트(스카프 모 양의 넥타이) 위로 내밀어져 있었다. 머리털이 물결치고 있는데, 갓 지진 모양이다. 그 동행은 여자였다. 그것을 식별하는 오직 하나의 방법은 스커트였다. 다른 부분은 완전히 남성이었다. 여자는 사뭇 어깨로 바람을 일으키며 걷고, 놈팡이 쪽은 여자에게 손을 잡혀 보도를 잰걸음으로 걷는 것이다. 꼴불견이었다.

여자가 벨을 울리고 남자를 먼저 안으로 밀어 넣었다. 대단한 자들이다. 세상에는 별의별 진기한 것들이 있다. 그 양성(兩性)이 입장료를 치르고 안으로 들어가 문 뒤로 가려지고 만 것은 아까운 일이었다. 그 두 사람은 안에서 그 쇼인가 뭐를 즐긴 뒤 어떤 짓들을 벌일 것인지.

나는 꼬박 1시간, 그 자리에서 온갖 직업과 신분을 가지고 찾아오는 인간상의 축도(縮圖)를 관찰하고 있었다. 적외선 카메라를 가지고 있었다면 한밑천 잡을 판이었다. 아마도 아일린은 이와 같은 높은 양반들이 누구인지 신문을 읽고 있지 않기 때문에 모를 테지만, 나는 잘 알고 있는 것이다. 나의 구(區)에서도 정치가들이 네 명이나 와 있었다. 그리고 이런저런 일로 그들의 사진이 1주일이 멀다하고 신문에 실리는 그런 거물도 몇 사람 나타났다. 모두 안으로 들어가고 나오는 자는 한 사람도 없었다. 쇼가 막을 올렸다는 것을 뜻하는 것이다. 보통 때 같으면 놈들이 일을 처리하는 데 반 시간이면 충분했다.

20분 지났지만 이제 차는 오지 않았다. 잭이 저 장소의 누군가와 부딪치려 생각했던 것이라면, 그 상대는 잭의 파티에 온 인간이 아니고 그와 관계가 있으며 나도 알고 있는 그 누구일 것이다. 하지만 나로선 그것이 전혀 짐작되지 않았다.

퍼뜩 생각나는 것이 있었다. 아니, 적어도 짚이는 게 있었다.

시동 장치에 스위치를 넣고 그곳을 떠나 중앙선에서 차를 돌렸다. 나는 붉은 신호를 몇 개나 무시했다. 다른 자동차는 나의 자동차를 피하여 정거했다. 지름길을 가도 헛일이므로 통행 정지의 큰 도로에서 차를 되돌려 잭의 아파트로 직행했다.

이번에는 정면에 있는 문으로 들어갔다. 봉인을 찢고 권총의 개머리로 얇은 자물쇠를 튀어나오게 한 다음 걸쇠로 열었다. 전화가 끊어져 있지 않으면 좋겠다고 생각하며 달려갔던 것이다. 끊어져 있지는 않았다. 나는 다이얼을 돌리고 기다렸다. 조금 있다가 "경찰 수사 본부입니다" 하고 전화가 나왔다.

"여보세요, 살인과 챔버스 경감을 불러 주오, 부탁하오."

패트는 이내 나왔다.

"챔버스 경감입니다."

"패트, 나야, 마이크 해머일세. 잭의 아파트에 있네. 부탁하네, 두 사람쯤 순경을 이곳에 보내 주게. 그리고 여기서 무엇인가 책을 압수해 갔거든 그것을 가져오게. 또 한 가지. 경관 2개 분대를 비상 소집하여 대기하도록 준비해 주게."

"무슨 일이 있나, 마이크? 무언가 꼬리를 잡았나?"

패트는 흥분했다.

"어쩌면" 하고 나는 말했다. "하지만 자네 쪽에서 재빨리 해주지 않으면 틀어지고 말아."

그가 그 이상 질문하기 전에 전화를 끊었다. 그 거실의 불을 켜고 주물(鑄物)인 브론즈의 부스러기와 책꽂이 중간에 옆으로 눕혀져 쌓여 있는 중간에서 책을 뽑아냈다. 찾고 있던 것이 발견되었다. 그 세 권은 대학 연보로 과거 15년 전부터의 날짜가 적혀 있었다. 앞서 아파트에 들어왔을 때 보아 기억하고 있었던 것이다. 그때는 아무 의미 없는 책이었으나 지금은 중대한 의미를 갖게 되었다.

패트가 도착하기 전에 페이지를 넘겨보았다. 그 책은 학생판으로 서, 모두 미드웨스트의 스쿨(미국에선 대학이 각 시니어 칼리지로 나누어져 단과 대학과 똑같이 불리고 있지만, 특히 유니버시티에서도 대학원, 의과, 법과 등은 칼리지라고 부르지 않고 스쿨이라고 부른다)이 출판한 것이었다. 내가 찾고 있는 것은 존 핸슨의 사진이었다.

그것은 단순한 일이었는지도 모른다. 잭은 오랫동안 만나지 않았던 아일린과 우연히 다시 만나게 되고 그녀가 하고 있는 짓을 알았던 것이다. 경관이었던 사나이는 그와 같은 일을 일일이 조사하는 그런 수고는 생략하는 법이다. 잭은 그녀에게 어떠한 일이 있었는지도 알았거니와 그 상대방 사나이도 알고 있었던 것이다. 저마다의 연보 표지 뒷면에는 타임스 스퀘어 부근의 헌 책방 이름과 주소가 있고 그 터브(책방이 책의 표지 안쪽에 붙이는 우표 모양의 종이쪽)가 아름답게 인쇄되어 있으므로, 이 책들은 최근에 손에 넣은 것으로 보인다. 만일 잭이 그 사나이를 추적하여 그에게 접근해 갔다고 한다면 상대는 당연히 살인을 결심하게 되리라. 그 사나이는 겉으로 어엿한 직업이나 가족을 갖고 있었을지도 모르지만, 잭은 악당들을 때려눕힐 만한 정보를 손에 넣기만 하면 쉽사리 파멸시킬 수도 있었던 것이다.

재빨리 그 책들에 눈을 돌리고 다시 한 번 주의 깊게 조사했으나, 핸슨이란 이름으로 등록된 사진은 보이지 않았다. 패트가 들어왔을 때 나는 자신을 은밀히 저주하고 있었다. 그는 이것과 똑같은 종류의 책을 세 권 팔에 안고 있었다.

"여기에도 있네, 마이크." 내 곁의 소파에 책을 내던지며 그는 말했다. "자, 차근차근 말해 주게."

나는 되도록 짧은 말로 내가 알아낸 것을 이야기했다. 그는 나를 시무룩한 얼굴로 바라보며 몇 가지 일은 마음에 단단히 새기듯 반복시켰다.

"그래, 이 아일린 비커스가 열쇠라고 생각하나?"

나는 고개를 끄덕여 그렇다는 의미를 나타냈다.

"아마도, 이 책을 조사하여 그 사나이를 찾아보세. 키가 크고 잘생긴 사나이라고 하던데, 반한 여자는 누구라도 사나이를 키가 크고 잘생긴 녀석이라고 생각하는 법이지. 그건 그렇고, 자네는 왜 그런 책을 압수했지?"

"이 세 권이 거실에 펼쳐진 채로 있었기 때문이지. 살해되기 직전에 읽고 있었던 거야. 옛날 대학 연보를 일부러 읽다니, 좀 이상하게 생각되어서 말이야. 다른 증거물과 함께 사진을 찍어 두려고 가져갔던 걸세."

"그래서?"

"그리하여 중혼죄를 범한 여자를 두 명, 나중에 살인죄로 교수형이된 사나이를 하나, 그리고 다운타운에서 철물상을 하고 있는 내 친구를 발견했네. 매일 만나는 녀석이지. 그밖에 아무것도 없어."

우리들 두 사람은 자리를 잡고 앉자 그 욕지기가 나는 책을 처음부터 끝까지 읽었다. 우리들이 다 읽고 났을 때 서로 바꾸어 가며 빠뜨린 데가 없나 확인하기 위해 훑어보았다. 존 핸슨은 아무 데서도 발견할 수 없었다.

"애기가 너무 잘 되어 있어, 마이크."

패트는 책더미를 보고 눈살을 찌푸렸다. 입에 담배를 물고는 불을 켰다.

"잭이 찾고 있는 것에 자네는 확신을 가질 수 있나?"

"물론이지. 왜? 이 사건의 날짜는 딱 맞아, 12년이 지났어."

나는 뒷주머니에서 검은 수첩을 꺼내어 그에게 보여 주었다.

"자, 보게. 그런데 내가 증거물을 갖고 있다고 공연한 시비는 걸지말아 주게."

패트는 그것을 힐끗 쳐다보았다.

"그러지. 그날 나도 자네를 뒤쫓아 이 방에 와 봤어. 옷장 서랍 밑에서 발견했겠지?"

"아, 어떻게 알았지?"

"집에서 나도 서랍 뒤에 물건을 떨어뜨린 적이 있었지. 그 일이 생각나자 우리가 조사하지 않은 장소가 한 군데 있었다는 것을 깨닫게 된 걸세. 우연이지만 자네가 써 놓은 쪽지를 발견했네."

그 수첩을 읽고 나서 그는 코트 속에 단단히 넣었다. 이제 나에게는 필요가 없었다.

"자네가 옳은지도 모르겠군, 마이크. 이제부터 어디로 가지?"

"책가게야, 잭은 다른 책을 샀는지도 몰라. 아일린에게 그녀가 다닌 학교 이름을 물어 둘걸 그랬어. 제기랄, 거기까지는 미처 생각을 못했으니!"

패트는 전화번호부 있는 데로 가서 책가게 이름이 눈에 띌 때까지 손가락으로 짚어 가며 책장을 넘겼다.

그 책가게는 벌써 문을 닫았으나 주인은 아직 있었다. 패트는 자기 신분을 알리고 우리들이 갈 테니 기다리고 있으라고 전했다. 스위치를 끄고 패트가 부하 한 사람에게 복도를 감시하라고 이른 뒤 우리는 그 방을 나왔다.

우리는 덜컹거리는 차 따위는 마음에 두지도 않았다. 순찰차를 타고 사이렌을 울리면서 타임스 스퀘어를 향해서 질주했다. 교통순경은 우리를 통과시켜 주기 위해 한쪽으로 비켜섰으므로 타임스 스퀘어까지 신기록을 세울 뻔했다. 운전사는 6번 거리에서 방향을 바꾸어 서점의 반대쪽 도로에 정거했다.

블라인드가 내려져 있었으나 불빛이 가게 안에서 새어나왔다. 패트가 노크하자 깡마르고 자그마한 주인이 열쇠 소리를 잘그락거리며 우리를 안으로 들어오게 했다. 12마리의 병아리를 끌고 다니는 어미닭처럼 초조하게 조끼자락을 손으로 당기고 있었다.

패트는 경관 배지를 보여 주고 요점을 말했다.

"며칠 전에 이 가게에 와서 대학 연보를 몇 권 사 간 손님이 있었지요?" 그 사나이는 처음부터 고개를 저었다.

"매상 기록은 되어 있습니까?"

"그렇다고도, 그렇지 않다고도 말할 수 없는데요, 그것이. 물품세의 기록은 해 두었습니다만, 네, 책을 판 기록은 없습니다. 아무튼 헌 재고품이므로."

"그렇다면 상관없습니다." 패트가 말했다. "그 사나이가 어떤 것을 사 가지고 갔는지 기억하고 있습니까?"

"아니오, 찾아낼 수 있을는지도 모르겠습니다만."

사나이는 잠시 주저했다. 이윽고 그의 안내를 받아 우리가 가게 뒤쪽으로 돌자 사나이는 제일 높은 책꽂이에 덜컥거리는 사다리를 걸쳐 놓고 올라갔다. "그런 책 주문은 많지 않기 때문에. 두 다스쯤은 있을 것으로 압니다. 그렇습니다, 열권쯤 가져왔습니다."

열 권. 세 권은 잭의 아파트에 있었고 패트가 별도로 세 권 가지고 있었다. 나머지 네 권이 행방불명이다.

"이보시오." 나는 그를 불렀다. "그 연보가 어느 대학에서 출판되었는지 기억하오?"

그는 야윈 어깨를 움츠렸다. "알 수 없는걸요. 아무튼 오래 전에 팔다 남은 물건이라서 재정리할 틈도 없었어요. 워낙 바빠서 그분에게 책이 있는 곳을 일러 드려, 그분이 직접 사다리를 올라가서 책을 가지고 간 것으로 기억하고 있습니다."

이러다가는 여간해서 결말이 날 것 같지 않다. 내가 사다리를 흔드니 사나이는 몸을 지탱하려고 벽에 매달렸다.

"책을 모두 내려요." 나는 사나이에게 말했다. "이쪽으로 던지란 말이오. 빨리 해요. 밤새도록 걸렸다가는 어디 이쪽이 견디겠소."

그는 책을 뽑아 아래로 던졌다. 나는 몇 권 집어 들었다. 나머지가 흩어져 어수선했다. 패트가 도와 책상으로 옮기자 작은 사나이도 사다리를 내려와서 우리에게 가담했다.

"이번에는" 내가 말했다. "송장(送狀)을 내주시오. 샀을 때 서명을 해줬을 것 아니오? 나는 그 영수증을 보고 싶소."

"하지만 여보시오, 아주 오랜 일이어서 저희로서는……."

"제기랄, 가게 안을 발로 걷어차기 전에 빨리 못해! 옆에서 중얼거리는 게 아니야!"

상대는 겁먹은 토끼처럼 안으로 들어가고 말았다. 패트는 내 팔을 잡았다.

"좀 부드럽게 잘 부탁하네, 마이크. 나는 시의 공복이고 저쪽은 시민세를 지불하고 있다는 것을 기억해 주기 바라네."

"나 역시 세금을 내고 있어. 우리는 우물거리고 있을 틈이 없는 거야. 그것뿐일세."

남자는 곧 두 팔 가득히 먼지투성이가 된 장부를 가지고 되돌아왔다.

"여기 어딘가에 매상의 세목을 적어 놓았습니다. 보시겠습니까?"

이 일로 우리들을 오랫동안 골치를 앓게 하거나 아니면 밤샘을 시키려는 상대의 속셈을 짐작할 수 있었다. 패트도 그것을 알았다. 그래서 머리를 잘 썼다. 수사본부에 전화로 10여 명의 경관을 보내 달라고 요청했다. 10분 뒤 경관들이 왔다. 패트는 온 사람 모두에게 설명하고 장부를 나누어 주었다.

이 가게 주인의 장부는 엉망이었다. 글자는 겨우 알아볼 정도였다. 어떻게 수지 결산을 맞추고 있는지 모르겠으나, 그것을 추구하는 게 우리의 목적은 아니다. 반 시간뒤 원장(元帳)을 집어던지고 다른 한 권을 집어 들었다. 순찰경관이 패트에게 말을 건넸을 때 나는 두 권째의 중간쯤을 보고 있었다. 경관은 매상 세목의 리스트를 가리켰다.

"찾고 있는 건 이것이 아닙니까?"

패트는 옆눈으로 쏘아보았다.

"마이크, 잠깐만 이리 오게."

거기에는 경매인이 일관해서 매각한 장서 전체의 리스트가 있었는데, 서적 수집가 고(故) 로널드 머피의 유산을 매각한 것이었다.

"바로 그거야." 나는 말했다.

우리는 그 리스트를 테이블로 가지고 와서 패트가 경관을 해산시키고 있는 동안 거기에 있는 서적과 비교해 보았다. 네 권이 부족했다. 한 권은 미드웨스트에서 출판된 것이며, 그밖에는 동부의 대학에서 출판된 것이었다. 이렇게 되면 우리들이 해야 할 일은 어디서 그 연보의 사본을 손에 넣느냐 하는 일이었다.

나는 패트에게 그 리스트를 건네주었다.

"이번엔 이것이 있는 곳을 알아내야 해. 어디서 어떻게 해야 될지 짐작도 안 가는걸."

"짐작은 가지." 패트가 말했다.

"어디서?" 나는 희망을 가지고 말했다.

"국립도서관."

"밤늦은 이런 시간에 말인가?"

"경관에게는 특권이란 게 있는 거야……." 그는 나에게 빙그레 웃어 보이며 말했다.

그는 다시 수화기를 들고 여러 번 전화를 걸었다. 전화가 겨우 걸렸을 때 가게 주인을 불러서 포장대 위에 흩어진 장부를 가리켰다.

"치우는 일을 도와 드릴까요?"

"천만에요. 아침에 정리할 시간은 충분히 있습니다. 경찰분들을 위해서 도움이 되어 기쁘게 생각합니다. 용건이 있으면 언제라도 오십시오." 사나이는 머리를 힘껏 흔들며 말했다.

뉴욕은 자존심이 강한 시민으로 가득 차 있다. 이 사나이, 아마도 언젠가 뇌물을 쓰기 위해서 패트를 찾아오게 될 것이다. 패트를 그런 사람으로 착각하고.

패트의 전화는 무섭게 효과적이었다. 우리들이 도서관으로 가자 직원이 기다리고 있었다. 신경질적인 태도를 한 연장의 사나이와 두 사람의 남자 비서였다. 회전문을 지나서 우리는 수위가 열어 준 문을 뒤로 했다.

그 장소는 시체 수용소보다도 훨씬 음산했다. 그 높고 둥근 천장은 그 희미한 전등 불빛마저 한 번도 받지 않은 것 같았다. 우리들의 발소리가 복도에 공허하게 울려, 침울하게 울리는 소리로 되돌아왔다. 우리 그림자가 빛을 차단하자 조각들이 마치 살아 있는 것처럼 보였다. 꿈틀꿈틀하면서 말이라도 걸어올 듯한 밤에는 정말 으스스한 장소였다.

패트는 직원에게 어떤 것을 찾고 있다는 것과 시간이 없다는 것을 알렸다. 연장자인 직원은 두 사나이를 이 빌딩 어딘가에 보냈는데, 10분이 지나자 그들은 연보 네 권을 가지고 되돌아왔다. 열람실 테이블에 앉아 서로 두 권씩 나누었다. 네 권. 잭도 가지고 있었고 누군가가 역시 가지고 있었을 것이다. 그는 전부 열 권을 가지고 있었으나 도난당한 한 권 외에는 아무것도 쓸모가 없다.

그 도서관 직원은 우리들의 어깨 너머로 열심히 바라보고 있었다. 우리들은 한 페이지 한 페이지를 조사하고 있었다. 제2학년 부분에서 그 마지막 페이지를 넘기려고 했을 때 나는 손을 멈추었다. 존 핸슨을 발견한 것이다. 어안이 벙벙해서 말을 할 수 없었다. 멍하니 보고 있을 뿐이었다. 전신을 촬영한 사진을 발견한 것이다.

패트가 옆으로 다가와 내 손을 가볍게 두드리며 한 장의 사진을 제시했다. 그도 존 핸슨을 발견한 것이다. 패트도 나와 마찬가지로 순식간에 사정을 이해했다. 우리는 다른 한권에서 또 존 핸슨을 발견했다. 책을 테이블에 던지고 패트의 다리를 홱 당겨 주었다.

"가세."

나는 그를 따라 경찰대에 전화를 걸기 위해 메인 로비에 멈춰서 있었다. 놀라는 수위를 못 본 체하고 보도로 뛰어나와 경찰차에 뛰어올랐다. 패트는 사이렌을 최고로 울려서 붐비는 교통망을 순조로이 뚫고 나갔다. 앞쪽에 경찰 트럭의 테일라이트 불빛이 보이자 정거했다. 옆길에서 나온 다른 경찰차가 우리들에게 가담했다.

같은 차가 그곳에 정지하고 있었다. 경관은 도로 양쪽의 끝을 봉쇄하고 패트와 내 등 뒤에 정렬했다. 이번에는 벨을 세 번 길게, 한 번 짧게 울리는 일도 없었다. 소방관이 막대기로 문고리를 후려치자 갈라진 문이 안으로 향해 열렸다. 누군가가 비명을 지르며 쓰러지고 다른 자가 그것을 껴안았다. 그곳에 대혼란이 일었으나 경관이 곧 제지했다. 패트와 나는 계단 있는 데서 어슬렁거리고 있지는 않았다. 대기실을 지나 계단을 올라가 홀을 통해 방으로 갔다. 아무도 없다. 각지방에서 홀로 가는 작은 복도의 문을 열고 왼쪽 끝에서 하나 못미처에 있는 방으로 뛰어들어갔다.

문은 내가 만지자 쓱 열리며 무연화약이 폭발한 냄새가 코를 찔렀다. 아일린 비커스는 죽어 있었다. 침대에 누워 눈을 멍하니 벽 쪽으로 돌린 채, 실오라기 하나 걸치지 않은 나체였다. 탄환은 정확하게 심장을 관통했는데, 총은 45구경이었다.

우리는 존 핸슨을 발견했다. 예측한 대로였다. 그는 침대 가에서 머리를 자기의 피와 뇌장 속에 처넣고, 두 눈 사이에 직각으로 탄자국을 남겨 놓은 채 누워 있었다. 벽에는 그 탄자국에서 튄 회벽 부스러기에 그의 점액이 섞이어 흩어져 있었다.

남자는 산산조각이 나 있었다. 바로 그 존 핸슨이. 적어도 그렇게 자칭하고 있었던 이름이다. 나는 그 사나이를 헐 캐인스라고 부르고 있었는데.

9

우리는 현장에 손 하나 대지 않고 그대로 두었다. 패트는 순찰 경관 한 사람을 휘파람으로 불러서 문 안쪽의 경비를 하게 했다. 집의 출구는 전부 차단했다. 손님과 여자들이 큰 홀에서 경관에 호위되어 영문을 모르고 왔다갔다하고 있었다. 다른 경관 두 사람과 한 사람의 총경이 우리가 있는 곳으로 왔다. 나는 그들에게 인사를 한 다음 집 뒤쪽으로 달려갔다.

총알이 발사된 것은 우리가 덮치기 직전 2분도 되지 않아서였다. 범인이 그 손님 속에는 없었다 하더라도 분명 이 근처에 있었을 것이다. 얼른 그 집 뒷문을 조사했다. 그곳은 8피트 높이의 담으로 완전히 둘러싸여 있었고, 보통보다 작은 뜰로 통해 있었다. 잔디는 손질이 잘 되어 있으며, 깨끗이 청소되어 있었다. 담도 흰 칠을 해 놓았다.

발자국을 찾기 위해서 구석까지 점검했으나 아무도 잔디에 발을 들여놓은 흔적이 없었다. 만약에 그 담을 뛰어넘은 자가 있다고 하면 뒤에 그 어떤 흔적을 남겼을 것이다. 아무것도 없었다. 그 장소에는 거기서 통하는 지하실의 입구가 열려 있었는데, 문에는 바깥쪽에서 맹꽁이자물쇠가 걸려 있었다. 그것이 이 건물과 옆 건물의 문 중간을 연결하는 문이었다. 범인은 뒤쪽으로 빠져나간 것은 아니었다.

작은 부엌으로 통한 계단을 뛰어올라 홀을 지나서 쇼가 연출되고 있는 방으로 가니, 그 방의 칸막이를 치우고 무대가 한쪽에 꾸며져 있었다. 경관은 관객을 영화극장에 있는 것 같은 쿠션이 놓인 자리로 몰아넣고, 에로 쇼에 나오는 여자들을 무대 위에 꽉 차게 세워 놓았다.

패트는 이 방의 저편에서 내가 있는 곳으로 다가왔다.

"뒤쪽은 어떻던가?" 숨을 죽이고 있는 것 같은 말투로 물었다.

"무슨 일이 있었던 것 같은 흔적이 없어. 놈은 그쪽으로 달아나지 않은 거야."

"그럼, 범인은 여기 있겠군. 쥐새끼 한 마리 빠져나갈 틈도 없네. 도로는 봉쇄했고 뒤에는 부하를 두세 명 배치해 두었네."

"여기 있는 자들을 조사해 보세." 나는 말했다.

우리 두 사람은 좌석 사이로 내려가서 남에게 얼굴을 보이고 싶어 하지 않는 자들의 얼굴을 조사해 갔다. 이런 얼간이들 가운데 자기의 행복한 가정을 잃고 싶지 않다고 생각하는 인간은 내일이면 사태를 수습하기 위해서 하지 않으면 안 될 일이 많이 나올 것이다. 한 사람 한 사람의 얼굴을 음미해 갔다. 조지 카레키를 찾아보았으나 그는 벌써 이 집을 나갔는지, 아니면 오지 않았는지 보이지 않았다.

마담은 없었다.

살인과의 담당자들이 도착했으므로 우리는 아일린의 방으로 갔다. 형사들은 이쪽에서 꼭 찾으리라고 예측했던 것을 찾고 있었다. 아무 것도 없었다. 아래층에서 여자들의 슬픈 외침소리가 들리고 경계를 담당한 경관들이 조용히 하라고 무섭게 제지하는 음성이 들려왔다. 공안위원장이 이런 경우 어떤 방법을 쓸 것인지 내가 이러니저러니 참견할 바는 아니다. 현장 사진이 촬영되었을 때 패트와 나는 헐 캐 인스의 얼굴에 남은 부분을 잘 보려고 그 사진을 보고 있었다. 나는 연필로 그의 목에서부터 턱에 걸쳐 나 있는 몇 줄의 아주 희미한 선 을 더듬어 내려가 보았다.

"굉장히 교묘하게 되어 있는 걸, 안 그런가?"

패트는 나에게 재빠른 시선을 던졌다.

"정말 교묘하군. 그런데 대체 이거 어떻게 된 일인지 말 좀 해주 게. 이놈이 누군지는 알고 있지만 왜 이렇게 되었는지는 짐작을 못 하겠네."

나는 말을 할 때 목소리를 낮추는 게 고작이었다.

"헐은 학생이 아니야. 나는 그와 조지가 둘이서 '모로 캐슬'이라는 영화 광고를 짊어지고 있는 사진을 보았을 때 금방 알아차렸네. 그러나 그것을 새삼스레 다시 생각해 보지는 않았지. 이 자식은 뚜쟁이야. 조지가 여러 가지 장사에 손을 대고 있다는 말을 내가 자네한테 한 적이 있었지. 나는 이 장사가 잠시 동안의 부업인 줄 알았는데, 웬걸, 그 이상의 것임을 알게 되었네. 헐은 매음 전문집을 여러 개 경영하고 있는 신디케이트의 일당이야. 악랄한 방법으로 여자를 낚는 일 (snatch jobs——유혹한다는 / 뜻과 유괴한다는 뜻이 있음)을 한 다음 그 여자를 조지의 손으로 넘겨 준 것일세. 헐은 그 일당이든 거물이었든 이상할 건 없어."

패트는 헐의 얼굴에 나타나 있는 선을 찬찬히 관찰하고 다시 머리에 생긴 선을 몇 군데 가리켰다. 그것은 얼핏 보면 잘 알아볼 수 없었다. 피가 머리카락에 엉겨 굳어져 있었기 때문이다.

"모르겠나, 패트." 나는 이야기를 계속했다. "헐은 말이야, 언제까지나 젊게 보이는 남자였어. 몇 번인가 플라스틱 이식 성형수술을 해서 얼굴을 바꾸었지. 우리들이 발견한 연보를 보라고. 한 권 한 권 다른 대학의 것이었어. 거기가 여자를 낚는 장소였지. 버리고 협박하고 그러다 보니 이 꼴이 되었지 뭔가. 그 하나하나의 장소에서 몇 사람의 여자를 낚았는지는 신만이 알고 계실 거야. 한 대학에서 1학기 이상 재학하지 않았다는 것은 내가 보증해도 좋아. 대학 입학을 허가받기 위해서 고등학교의 학력을 사칭하는 방법을 생각해 내고는 그다음부터는 악랄한 일을 부지런히 한 셈이지. 한 번 여자를 손에 넣고 나면, 여자들은 갱이 그 패거리들의 손에서 빠져나가기보다도 훨씬 더 그 손에서 달아나기 힘들게 되는 거지."

"굉장히 훌륭하군." 패트는 말했다. "굉장히 훌륭해."

"그렇지도 않아." 나는 그에게 말해 주었다. "이 사건으로 내 추리는 부서졌어. 나는 이놈을 죽여야 할 녀석의 첫 후보로 꼽고 있었는데, 이렇게 되면 이놈의 짓이 아닌 것을 알겠네. 잭은 어쨌든 헐의 무언가를 잡고 있었어. 그리고 헐 쪽에서도 아파트에 있었던 연보를 보고 잭이 자기의 정체를 알아차린 걸 깨닫고 손을 썼거나 아니면 다른 누군가가 그렇게 했든가 둘 중 하나야. 이런 사건이 일어나기 전에 잭이 오늘 밤 이곳에 오려고 한 것도 그 때문일세. 헐이 올 것을 알고 있었기 때문에 그 가죽을 벗겨주려고 했던 거지. 적어도 나한테 그것을 알려 주었더라면 아일린을 죽게 하지 않아도 되었을 것을."

패트는 벽으로 다가가서 벽에 꽂혀 있는 탄환을 나이프로 후벼냈다. 아일린을 살해한 것은 맹관총창(盲貫銃創)이었다. 검시관은 그 탄환을 제거하느라고 바빴다. 탄환을 빼내자 패트에게 건네주었다. 뭐라고 말을 꺼내기 전에 그는 탄환을 주의 깊게 조사했다.

"45구경이야, 마이크, 게다가 덤덤탄이로군."

그런 것은 들을 필요도 없었다.

"사람을 죽이는 데 별 정성을 다 쓰는 놈이야." 나는 굳게 다문 입술에서 그 말을 뱉어냈다. "또 그 범인이야. 범인은 단 한 사람이야. 잭을 죽인 바로 그 놈이야. 그 추잡한 놈! 이번 탄환도 하나에서 열까지 딱 들어맞는군, 제기랄." 나는 침을 뱉었다. "그 새끼는 살인광이야! 아랫배와 머리, 그리고 심장에 덤덤탄을 퍼붓지 않았나, 패트, 나는 밥을 먹는 것이 무엇보다 즐거운 일이지만, 몇 끼니를 거르더라도 그 미친놈한테 탄환을 퍼붓고 즐겨 주고 싶군. 그보다 먼저 칼로 푹 찔러 죽여 버릴 테야."

"그런 짓을 해선 안돼." 패트는 넌지시 주의했다.

검시관을 따라다니던 경관들은 시체를 얼른 밖으로 운반해 냈다. 우리는 다시 아래층으로 내려가 그 자리에 있는 자들의 주소 성명을 기입하고 있던 경관들과 함께 그 주소 성명을 조사해 보았다.

왜건을 바깥에 세워 놓고 여자들을 차 안에 실었다. 한 형사가 패트에게 다가와서 인사했다.

"이 봉쇄 지역에서 빠져나간 자는 없습니다."

"좋아! 부하를 몇 명 남겨 두고, 나머지 사람은 옆길과 인접한 빌딩을 수사하도록 수배해 주게. 신분증을 충분히 확인하고 행동이 조금이라도 수상하면 체포하게. 누구든 상관없어, 알겠지?"

"네." 그 형사는 경례를 한 다음 얼른 달려갔다.

"이 집 마담 말인데, 자네 나중에 만나게 되면 확인해 주겠나?"
패트는 나를 돌아보며 물었다.

"아, 물론이지. 그런데 그건 왜?"

"서에 가면 콜하우스를 경영하고 있는 전과가 있는 자의 조사표가 있네. 그것을 하나하나 조사해 주었으면 하네. 그 마담의 이름은 여자들한테서 들었기 때문에 공교롭게도 통칭뿐일세. 미스 준으로 통하고 있었어. 여기 오는 손님은 한 사람도 그녀의 본명을 알고 있는 사람이 없거든. 때로는 창녀 한 사람이 문 앞에 나와서 손님을 맞이했네. 마담은 정식 노크가 아니면 언제나 자기가 문 앞에 나가 있었지."

나는 한순간 패트를 제지했다.

"그러나 조지 카레키는 어떻게 되지? 내가 찾고 있는 자는 바로 그놈이야."

패트는 빙그레 웃어 보이며 "그놈한테는 그물을 쳐 놨어. 지금은 천 명의 경관이 수사하고 있을 거야. 그자에게 더 나은 가망이 있다고 생각하나?" 하고 말했다.

그것은 못 들은 척해 주었다. 조지 카레키를 찾기 전에 나는 먼저 다른 것에 손을 써 놓고 싶었다. 가령 그가 범인이라 하더라도 이 비합법적인 장사의 이면에는 체포하지 않으면 안 될 흑막이 있다. 오직 직접 권총을 발사한 하수인만을 노리는 것이 아니라 뿌리째 뽑아 버리고 싶은 것이다. 호화로운 칠면조 만찬 같은 것이다. 악인 전체가 음식이고 범인은 디저트이다. 나는 어떻게 해서 잭이 헐까지의 사건의 줄거리를 더듬어 갔는가를 알고 싶었다. 이렇게 되니, 뭐가 뭔지 도무지 알 수가 없었다.

그러나 잭은 여러 가지 관계가 있었다. 전에도 헐에게 총을 댄 적이 있었는지도 모른다. 또는 그 줄을 더듬어서 카레키에게 총을 들이대고, 그 밖의 행동에도 의혹을 가졌는지 모른다. 그런데 우연히 아일린을 만나게 되어 다른 두 개의 사건을 헐과 카레키 두 사람에게 연결시켜 주었는지도 모른다. 헐처럼 오랫동안 이 길에서 일해 온 인간은 아무래도 자기 정체를 완전히 커버할 수는 없다. 어디서건 꼬리를 잡히기 마련이다. 잭은 무슨 일을 하게 되면 손이 빠른 사나이다. 존 핸슨이란 사나이를 발견할 장소를 확실히 정해 놓고 우리가 한 것 같은 방법으로——좀더 시간이 오래 걸리기는 했겠지만 헐의 정체를 잡은 것이다——그 각 대학의 연보 속에서.

헐이 잭을 죽였다고 한다면, 어째서 자기를 죽이려는 살인자에게 순순히 권총을 지니게 해주었을까? 그 흉기는 범인과 마찬가지로 위험하며 함부로 휘둘러도 되는 장난감이 아니다. 아니, 나는 헐이 잭을 죽였다고는 생각하지 않는다. 그는 연보에 대한 것을 눈치채고 누군가 다른 사람에게 이야기했을 것이다. 그 이야기를 들은 자가 범인이었던 것이다. 범인이 쫓고 있던 것도 그것이었다. 아니, 정말 그럴까? 그것은 우발적인 일이었는지도 모른다. 그 범인은 헐과는 그다지 관계가 없었는지도 모른다. 만약 그렇다면 잭은 다른 이유로 피살된 것이 된다. 범인은 헐과는 큰 관계를 가지고 있지 않았으나, 헐을 통해서 자기의 신변에 수사의 손이 뻗칠 가능성이 조금이라도 있다는 것을 알고 헐을 따돌리기 위해 연보를 훔쳐 낸 것이다.

그런데 대체 나는 어디에 멍하니 서 있단 말인가? 또다시 벼랑에서 있다. 잭이 다른 이유로 피살되었다는 뜻에서 생각나는 것이 그것이다. 나는 한가로이 있을 수는 없고 더 이상 무엇이 일어날 것을 기다리고 있을 수도 없다. 그렇다고 이때까지의 추리에서 어떻게 해야겠다는 목표도 없다. 당장 생각할 필요가 있었다. 작은 일이 몇 가지 머릿속에 떠올라 왔다. 많지는 않다. 그러나 그런 배후에 있는 것은 모두 살인의 동기를 제시하기에 충분했다. 나에게는 아직 그것이 무엇인지 확실히 알 수 없었다. 나는 그것을 밝히려 하고 있다. 나는 지금 범인을 쫓고 있지는 않다. 동기를 쫓고 있는 것이다.

내가 집에 가서 자겠다고 하자 패트는 비상선을 통과하는 증명서를 써 주었다. 나는 한길을 건너 붉은 얼굴의 순경에게 그 서류를 보여 주고 계속 걸어갔다. 택시가 다가왔으므로 그것을 타고 잭의 아파트로 향했다. 나의 고물차가 아직 바깥에 있었기 때문에 운전사에게 돈을 지불하고 내 차 운전석으로 옮겨 탔다. 내일은 할 일이 많다. 게다가 수면이 필요했다.

20분 뒤 잠들기 전에 나는 아직 생각에 골몰하면서 침대 안에서 담배를 피우고 있었다. 아무 데로도 생각이 발전하지 않으므로 피우던 담배꽁초를 비벼 끄고 잠들었다.

아침 식사를 끝내고 우선 차를 멈춘 곳은 카레키의 아파트였다. 예측한 대로 패트는 나보다 한 걸음 먼저 와 있었다. 문 앞에서 경계하고 있던 순경에게 무언가 전갈이라도 없나 하고 물었더니 봉함된 봉투를 건네주었다. 나는 봉투를 열고 종이 한 장을 꺼냈다. 지렁이가 기어가는 듯한 패트의 글씨가 씌어 있었다. '마이크…… 이곳에는 아무것도 없네. 놈은 짐도 놓아 둔 채 사라졌어.' 대문자로 서명하고 있었다. 그 종이를 아파트 밖에 있는 휴지통에 버렸다.

쾌청한 날씨였다. 태양은 따뜻한 빛을 던지고 도로는 다람쥐 떼처럼 법석대는 아이들로 가득 차 있었다. 나는 큰길 모퉁이까지 운전하여 담뱃가게 앞에서 차를 멈추고 샬로트의 사무실에 전화를 걸기 위해 가게 안으로 들어갔다. 그녀는 자리에 없었으나 나한테서 전화가 오면 센트럴 파크에 있다는 것과 그곳은 5번 거리를 향한 68번지 쪽이라고 전하도록 시켰다고 비서가 말했다.

나는 지름길을 지나 센트럴 파크로 자동차를 달려 5번 거리를 향해 빙 돌면서 그 근처를 계속 운전해 갔다. 출구까지 와서 68번지에 주차하여 공원까지 걸어서 되돌아갔다. 어느 벤치에도 그녀의 모습은 보이지 않았으므로 울타리를 뛰어넘어 안쪽의 보도를 향해 거리를 가로질러 갔다. 그날은 백만 명, 정말 백만 명이나 되지 않을까 여겨질 만큼 많은 산책자가 있었다.

땅콩장수한테서 거스름돈을 받고 있을 때 샬로트의 모습이 보였다. 내가 있는 쪽으로 유모차를 밀고 오면서 그녀는 내 쪽에서 알아보도록 크게 손을 흔들어 보였다. 나는 얼른 샬로트가 있는 쪽으로 달려갔다.

"여어!" 하고 나는 말했다.

그녀에게 눈을 돌리니 침이 흘러나올 것만 같았다. 오늘은 밝은 녹색 슈트를 입고 있었다. 머리가 옷깃까지 폭포수 흐르듯 굽이치고 있었다. 샬로트의 미소는 태양보다 밝았다.

"할로, 마이크, 기다리고 있었어요."

샬로트가 손을 내밀었으므로 그 손을 잡았다. 힘차게 잡아서 조금도 여자의 악수답지 않았다. 그 손을 놓지 않고 팔을 낀 채 그녀의 손을 보니 그 손은 유모차의 그늘에 가려졌다.

"우린 온 세계에서 제일 행복한 신혼부부같이 보일 거예요……."

샬로트는 웃었다.

"그렇게 깨가 쏟아지는 편도 아닌데." 유모차를 향해서 몸을 기대면서 나는 말했다.

얼굴에 약간 붉은 빛이 돌며 샬로트는 머리를 내 머리에 비벼댔다.

"왜 일을 안 하지요?" 나는 그녀에게 물었다.

"이런 좋은 날씨에? 게다가 나는 2시까지는 약속도 없고, 내 친구가 내 일을 하는 동안 이 애를 돌봐 달라고 해서요."

"아기 좋아하오?"

"좋아하기보다 사랑하는 편이죠. 언젠가는 내 자식 여섯을 갖고 싶어요."

나는 휘파람을 불었다.

"잠깐만, 내겐 많은 돈이 없을지도 몰라. 여섯이나 먹여 살리는 건 보통 고생이 아니야."

"그게 어쨌단 말이에요. 왜냐하면 난 직업여성이거든요. 어머나, 지금 말씀하신 거 결혼 신청이세요, 해머 씨?"

"그럴 거요……." 나는 빙그레 웃었다. "나는 아직 표본 상자에 핀으로 꽂힌 일은 없었는데, 당신을 만난 순간 핀으로 꽂혀도 좋다는 생각이 들었소."

그 대화가 더 이상 진행되면 어디서 끝이 날는지 알 수 없었다. 그래서 우선 사건으로 이야기를 되돌렸다.

"그건 그렇고, 오늘 아침 신문을 보았소?"

"아니오, 왜요?" 그녀는 호기심을 일으킨 듯이 힐끗 나를 보았다.

"헐 캐인스가 죽었소."

"설마." 입이 벌어지고 놀란 듯한 주름이 이마에 새겨지며 그녀는 깊이 숨을 쉬었다.

나는 뒷주머니에서 타블로이드판 신문을 꺼내어 그 큰 제목을 보여 주었다. 갑작스러운 일에 놀라는 모습이 역력했다.

"어머나, 마이크. 이 얼마나 무서운 일이에요! 무슨 일이 있었나요?"

"잠시 동안 앉아 있어도 되겠소?"

나는 비어 있는 벤치를 가리켰다.

샬로트는 손목시계를 보고 머리를 저었다.

"안 돼요," 그녀는 말했다. "좀더 있다가 베티를 만나지 않으면 안 돼요. 입구까지 나를 바래다주세요. 베티를 만나고 나서 우리 자동차로 돌아가기로 해요. 내 사무실에서 술이라도 마시고 계세요. 돌아가는 도중에 말씀 듣겠어요."

세밀한 사실까지 하나도 빼지 않고 어젯밤의 일을 모두 이야기했다. 샬로트는 질문은 하나도 하지 않고 주의 깊게 듣고 있었다. 그녀의 정신은 이 사건의 심리적 상황을 보려고 노력하고 있었다. 끝부분에 가서 나는 이야기를 그만두어야만 했다. 베티가 그녀를 기다리고 있었다. 소개된 뒤에 한참 동안 일상 이야기를 주고받았다. 우리는 베티에게 작별을 고했다. 베티는 어린애를 데리고 떠나갔다. 우리는 67번지에 이어져 있는 돌담을 따라서 다른 방향으로 나왔다. 10피트 (3미터) 이상은 가지 않았다고 생각하는데, 한 대의 자동차가 우리가 걷고 있는 쪽으로 접근해 왔다. 무엇을 생각할 여유가 없었다. 그 창문에서 권총의 으스스한 총구가 불쑥 나오는 것을 보고 나는 샬로트를 그 자리에 밀어 던지고 그 위에 겹쳐 쓰러졌다. 허리 정도의 높이로 탄환이 담에 작렬하여 돌 파편이 우리의 얼굴 위로 튀었다. 조지 카레키는 두 번째 발사할 시간이 없었다. 기어를 넣자 5번 거리를 향해 질주해 갔다. 만약에 저격이 성공했다면 완전 범죄가 되었을 것이다. 추적하려고 해도 부근에는 자동차가 한 대도 없었다. 택시마저도 지나가지 않았다는 것은 처음 있는 일이었다.

나는 샬로트를 일으켜 세워 먼지를 털어 주었다. 그녀는 파랗게 질려서 떨고 있었으나 목소리는 조금도 변하지 않았다. 우리가 쓰러진 줄 알고 두 사람의 산책자가 얼른 다가왔다. 그들이 우리가 있는 곳으로 오기 전에 나는 땅바닥에서 탄환을 주웠다. 45구경이었다. 우리는 일으켜 주려고 다가온 두 사람에게 발목이 엇갈려 넘어진 것이라고 설명하고 인사를 한 다음 걸어갔다.

샬로트는 한참 동안 기다렸다가 말했다.

"당신은 너무 깊이 개입된 것 같아요, 마이크. 누군가가 당신이 방해되지 않게끔 처리해 버릴 작정인가 봐요."

"너무나도 잘 알고 있군. 지금 그놈이 누군지도 알고 있소. 우리들의 친구 카레키요." 나는 짧게 웃어 보였다. "벌벌 떨고 있어. 이제 놈도 길지는 않아. 그 돌대가리 놈, 한계가 온 거야. 그렇지 않고서는 대낮에 나한테 그런 짓을 하려는 생각은 하지 못할 텐데."

"하지만 마이크, 웃을 일이 아니에요. 이건 우스운 일이 아니라니까요."

나는 멈춰 서서 그녀의 어깨에 팔을 돌렸다. 약간 떨고 있는 것을 알았다.

"미안하오, 달링. 나는 저격당한 일이 여러 번 있거든. 당신도 하마터면 명중당할 뻔했소. 당신 집까지 바래다주겠소. 옷을 갈아입도록 해요. 흙투성이라 꼴이 말이 아니군."

집으로 향하면서 그녀는 거의 말을 하지 않았다. 아니, 말을 하려다가 그만두었다. 이윽고 나는 말했다.

"뭐요, 샬로트?"

샬로트는 조금 눈살을 찌푸렸다.

"잭이 피살된 뒤에 당신이 잭에게 한 서약 때문에 카레키가 당신을 없애려고 한 것으로 아세요?"

"그런지도 몰라. 내가 아는 바로는 그게 제일 그럴싸한 이유요. 그런데 그건 왜?"

"이 사건 전체에 관계가 있는 일은 다른 누구보다도 당신이 훨씬 많이 알고 있잖아요?"

다음 말을 하기 전에 잠깐 그것을 생각해 보았다.

"그렇게는 생각지 않소. 경찰은 아마 내가 거들떠보지 않는 정보는 물론이고, 사건의 동기며 내가 탐문한 개인적인 견해 같은 것을 아무리 작은 것이라도 다 수집했을 거요, 틀림없이."

그 뒤로는 서로 입을 다문 채 차를 달렸다. 아파트에 도착한 것은 10시가 다 되어서였다. 엘리베이터를 기다리지 않고 계단을 올라가서 벨을 눌렀다. 아무도 나오지 않았으므로 샬로트는 열쇠를 찾았다.

"내 정신좀 봐." 그녀는 말했다. "오늘이 하녀의 휴일이라는 걸 잊고 있었어요."

우리가 방으로 들어가서 문을 열자 또 벨이 울렸다.

"내가 샤워를 하고 있을 동안에 마실 것을 만들어 주세요, 마이크."

샬로트는 커피 테이블 위에 버번 위스키 병을 놓고 물과 진저 에일을 가지러 부엌으로 갔다.

"좋아, 그전에 전화를 좀 써도 괜찮겠지?"

"네, 쓰세요." 그녀는 부엌에서 대답했다.

나는 패트의 전화번호를 불러주면서 교환원이 패트의 책상에 놓인 반 다스나 되는 전화에 연결하는 것을 기다렸다.

"패트?"

"아아, 마이크? 뭐야, 이야기는?"

"메모해 줘. 카레키는 도망치지 않았어. 아직 시내에 잠복해 있어."

"어떻게 알았지?"

"조금 전에 놈이 나를 저격해 왔어."

내가 상세하게 설명하는 것을 패트는 열심히 듣고 있었다. 일단 이야기를 끝내자 그가 물었다.

"차번호는?"

"아, 약간 낡은 형의 캐디더군. 41년형이든가, 빛깔은 우중충한 금빛이 섞인 다크 블루. 내 옆을 지나 시내로 향했어."

"굉장하군, 마이크. 순찰차에 라디오로 연락함세. 탄환은 가지고 있나?"

"물론이지, 그런데 45구경이야. 이것도 탄도 검사를 하는 편이 좋겠는데. 그러나 덤덤탄은 아니야. 아무 데나 굴러다니는 보통 탄환이야. 오후에 그쪽으로 갈 작정일세."

"그렇게 해줘." 패트는 대답했다. "돌발 사건이라도 일어나지 않는 한 줄곧 있겠네. 그런데 또 하나 있어, 마이크." 그는 덧붙였다.

"뭐?"

"캐인스와 비커스를 죽인 탄환을 조사해 보았네."

"같은 권총에서 발사된 것인가, 그……."

"맞았어, 마이크. 또 그 범인이야."

"제기랄."

수화기를 놓자 주머니에서 탄환을 꺼내어 보았다. 서로 들어맞을지도 모르고 안 맞을지도 모른다. 나는 카레키가 베드 밑의 여행 가방에 넣어 두었던 권총을 생각했다. 불법 소지는 아니다. 허가증이 있다고 말했었지. 내 후각으로 최근 발사된 것이 아니라고 결정하는 대신에 탄도 검사의 비교를 위해 그것을 압수했으면 좋았을걸.

종이에 금속 조각을 모아 싸서 포켓에 집어넣고 나서 하이볼을 두 잔 만들었다. 샬로트에게 마시지 않겠느냐고 물었더니 그녀는 거기로 가지고 와 달라고 말했다.

조금 기다리고 있거나 문을 노크해야 했을지 모른다. 나는 그 어느 것도 하지 않았다. 샬로트는 침대 옆에 나체로 서 있었다.

그렇게 서 있는 그녀의 아름다운 육체를 보았을 때 피가 온 몸에서 끓어올라 손에 든 술잔이 덜덜 떨렸다. 상상했던 것보다 훨씬 아름다웠다. 한없이 매끄러웠다. 그녀도 나 이상으로 놀랐다. 침대 위에 둔 가운을 집어 들더니 앞을 가렸다. 그러나 이미 온 몸에 수치의 빛이 넘치는 것을 나는 보고 말았다. 나와 마찬가지로 그때 숨막히는 듯한 긴박한 시간을 그녀도 느끼고 있었다.

"마이크." 그녀는 말했다. 입을 열자 목소리가 약간 떨리고 샬로트의 눈초리가 나한테서 떨어지지 않았다. 샬로트가 가운을 몸에 걸치는 동안 나는 한동안 등을 돌리고 서 있다가 뒤돌아서서 마실 것을 건네주었다.

우리는 단숨에 그것을 들이켰다. 술은 내 몸에서 타오르는 그 불꽃에 아무것도 더해 주지는 않았다. 나는 그녀에게 손을 내밀어 산산조각이 날 정도로 힘껏 껴안아 주고 싶은 심정이었다. 우리는 화장대 위에 잔을 놓았다. 그때 서로의 위치는 너무나도 접근해 있었다. 흔히 있는 순간의 하나였다. 샬로트는 내 품안으로 쓰러져 얼굴을 내 목에 파묻었다. 나는 그녀의 얼굴을 젖혀 눈에 입술을 댔다. 그녀의 입술이 나를 향해 벌어지고 나는 힘껏 키스했다. 그녀에게 상처를 입히겠다는 생각을 했으나 그녀는 몸을 빼려고 하지 않았다. 그 키스에 입술로, 그리고 두 팔과 몸으로 응해 왔다. 샬로트도 그 이상 존재하지 않는 공간을 통해서 더욱 나한테 접근하려고 절망적으로 시도하면서 몹시 타오르고 있었다.

샬로트의 어깨에 팔을 돌려서 그녀를 힘껏 끌어안으면서 머리 속에 손을 넣어서 힘껏 당겼다. 이토록 격정적인 기분에 사로잡힌 적은 여태껏 한 번도 없었다. 또한 지금처럼 여자를 사랑하고 있다고 생각한 적도 없었다. 그녀는 입술을 내 입술에서 떼자 깊은 숨을 쉬면서 내 팔속에서 두 눈을 감고 있었다.

"마이크." 그녀는 속삭였다. "당신을 갖고 싶어요."

"안돼."

"괜찮아요. 당신을 차지하면 안돼요?"

"안돼."

"왜 그러지요, 마이크? 왜 그래요?"

"안돼. 당신은 빼앗기에는 너무도 아름다워. 지금은 안돼, 우리가 결혼할 때가 올 거요. 때를 기다리는 것이 올바른 일이오."

팔을 그녀의 몸 밑으로 돌려서 그녀를 그 방에서 안고 나왔다. 그 이상 그 침실에서 어물거리고 있다가는 욕정을 누를 길이 없을 것 같았다. 그녀가 내 두 팔에 몸을 의지했을 때 나는 또 키스하고 욕실문 밖에서 그녀를 내려놓고는 그녀의 머리를 마구 흩뜨려 놓았다.

"샤워를 하고 와요." 나는 귓전에 대고 말했다.

졸린 듯한 눈을 던져 미소짓더니 샬로트는 욕실로 들어가서 조용히 문을 닫았다. 나는 잔을 손에 들고 동경하는 눈길로 아주 짧은 사이지만 침대를 보았다. 나는 어쩌면 벽창호인지도 모른다. 나 자신도 뭐가 뭔지 모르는 판이다. 나는 거실로 들어갔다.

수화기를 손에 들기 전에 샤워 소리가 들리는 것을 기다리고 있었다. 샬로트의 비서가 입버릇인 할로라는 말로 빠르게 대답해 왔다.

"나 또 마이크 해머요." 나는 말했다. "친구를 기다리고 있는데, 그쪽 사무실로 전화를 걸도록 말해 두었습니다. 전화를 걸어오거든 내가 있는 곳을 알려 주지 않겠습니까?"

"어머나, 그럴 필요는 없습니다……." 비서가 대답했다. "벌써 전화가 있었어요. 당신은 공원에 있다고 말씀드렸습니다. 만나지 않으셨던가요?"

"아니오, 이제 곧 오겠지요." 나는 거짓말을 했다.

그렇구나, 나를 따라다니는 놈이 있구나 하고 수화기를 놓으며 자신에게 말해 보았다. 그리운 옛 친구 조지, 나를 쫓다가 놓쳤지만 샬로트를 만날 것을 계산에 넣고 있다. 굉장히 머리가 잘 도는군.

하이볼을 한 잔 더 만들어 들고 소파 위에 쭉 뻗고 누웠다. 그는 내 뒤를 추적하고 있음이 틀림없는데 나는 소홀하게도 방심하고 있었다. 그런데 얼굴에 씌어 있지도 않은데 내가 샬로트를 만난다는 것을 어떻게 알았을까. 그것은 상상도 할 수 없는 일이었다. 참는데도 빛깔로 풍겨 나온다고 하니까. 그러나 그 현장까지 교묘하게 찾아오지 않았던가. 때와 장소를 실로 교묘하게 잘 택하고 있다. 내가 만약에 몸을 피하지 않았더라면 카레키는 과녁의 중심에 명중시켜서 점수를 벌었을 것이다. 경찰이 긴급 수배로 그를 체포한다면 기적 같은 일이다. 위험하다고 보면 숨을 장소는 얼마든지 있다. 조지는 머리가 좋은 놈이다. 이제는 벌써, 경찰이 놈을 체포하려는 것도 나로서는 관심 밖의 일이었다. 카레키는 예약을 했다──내 것으로. 이것을 알면 패트는 몹시 기분 나빠할 것이다.

샬로트가 나왔는데 재빠르게 옷을 갈아입고 있었다. 우리는 조금 전의 일에 대해서는 서로가 아무 말도 하지 않았으나 마음속으로는 무엇보다도 먼저 그것을 생각하고 있다는 것을 두 사람 다 잘 알고 있었다. 그녀는 술을 마시고 내 옆에 앉았다.

"내가 오늘 온다는 것을 어떻게 알았지?"

샬로트는 밝은 미소를 보였다.

"마이크, 당신을 처음 만난 뒤로 당신이 오시기를 죽 기다리고 있었어요. 잘못일까요?"

"나한테 관한 한 틀리지는 않았군."

"하지만 당신은 추궁하는 일을 좋아한다고 했어요."

"당신한테 그러는 건 아니오. 시간은 중요하니까."

샬로트가 내 팔에 몸을 기대어 왔을 때 나는 그녀의 사무실에 전화를 걸었다는 이야기를 했다. 그녀는 그것이 좀 마음에 들지 않는 모양이었다.

"당신은 조심하려고 하지 않는군요. 그게 카레키였다면 상대는 굉장히 머리가 좋아요. 부탁이에요, 마이크. 조심해 줘요. 만약에 당신에게 무슨 일이 있으면 난……."

"당신이 어쩐다는 거요?"

"아, 마이크. 내가 사랑하고 있는 걸 당신은 모르세요?"

나는 그녀의 금발을 애무하고 귀에 숨을 불어넣었다.

"알고 있소. 이 바보, 나도 목석은 아니오. 당신을 좋아하는 기분은 마찬가지로 내 몸에도 나타나 있지 않소?"

"그렇군요……." 그녀는 말했다. "그건 그래요."

우리는 마주보며 빙긋 웃었다. 나는 내가 마치 초등학교 학생 같은 기분이 들었다.

"그런데 내가 사무실로 급히 돌아가기 전에 일에 대한 이야기를 하기로 해요." 샬로트는 말을 이었다. "나한테 상냥하게 해주시는 것과는 별도로 또 무슨 용무가 있어서 오신 거지요. 그게 뭐예요?"

내가 놀랄 차례였다.

"아니, 어떻게 알았지?" 나는 되물었다.

샬로트는 내 손을 가볍게 두드렸다.

"내가 임상심리학 교수라는 것을 당신한테 대체 몇 번이나 생각나게 해 드렸을까? 그것은 말이에요. 내가 남의 마음을 알아낸다는 것을 뜻하는 것이 아니라 인간을 연구해서 그런 사람들의 행동을 관찰하여 그 밑에 숨어 있는 것을 결정할 수 있다는 것이에요, 특히."

그녀는 요염한 미소를 보였다.

"당신이 정말 한 사람의 인간에게 흥미를 가지고 있을 때에는 두 손 들었소." 나는 담배 연기 동그라미를 두 개쯤 뿜고 나서 말을 계속했다. "당신이 헐 캐인스에 대해서 알고 있는 것을 무엇이라도 듣고 싶소."

샬로트는 그 이름이 나오자 별안간 정색을 했다.

"당신이 그 사건 이야기를 해준 뒤 내가 생각한 것도 바로 그것이에요. 이야기하겠어요. 그 사나이가 대학 의과에 다니고 있는 것을 알고 계시지요. 정확하게 의학부의 예과이지만, 당신이 한 말로 미루어 보면 이 추잡한 직업의 신디케이트 때문에 여자를 손에 넣고 있었던 셈이군요. 그런 일을 하는 셈치고는 좀 보통 방법이 아닌 것 같군요."

"그렇진 않소. 당신이 세상을 알고 있으면 곧 알게 되오." 나는 말했다. "여자들을 낚기 위해서 그 패거리들은 여자들을 가정에서 떼어 놓지. 그리고 함정에 빠뜨려 넣어 둔다고 생각하오. 그렇게 되면 여자들로서 무슨 짓을 할 수 있겠소? 실컷 농락을 당했고, 집에서는 쫓겨났고, 의지할 사람도 없는데, 더구나 옛날부터 하던 이 장사는 문이 열려 있는 셈이지. 적어도 밥은 먹을 수 있고 지붕 밑에서 잠도 잘 수 있소. 게다가 현금도 어느 정도 손에 쥐게 되고, 한번 거기에 몸을 던지면 아무리 발을 씻으려 해도 되지 않지. 그렇게 된다 하더라도 시간이 걸리오. 더구나 큰 조직이라 보복이 기다리고 있소. 그런 방법으로 헐은 개인적인 위험을 겪지 않고서 노린 여자를 손에 넣고 만 것이오."

"과연" 하고 그녀는 내가 말할 것을 곰곰이 생각하고 나서 말을 계속했다. "어쨌든 나는 학술회의의 초대로 대학에서 강연을 했어요. 그리고 나서 정신병리학을 전공하는 학생의 성적과 과거를 검토한 뒤에 내 임상 방법을 연구할 학생을 몇 명 골랐어요. 헐 캐인스도 그중 한 사람이었어요. 어떤 때라도 자기가 하고 있는 일을 잘 알고 있는 우수한 연구생이었어요. 연구도 다른 학생보다 훨씬 진척되어 있었지요.

맨 처음 나는 타고난 능력과 가정의 의학적인 배경 때문에 그렇다고 생각했는데, 이제 와서 보니 단순한 그 연구 부문에서 여러 번 트레이닝을 한 결과라는 것을 알게 되었어요. 16년 동안이나 배우면 누구나 뭔가 지식을 얻을 수 있었을 거예요."

"나 역시 그렇게 생각하오." 그리고 나는 그녀에게 물었다. "그 녀석의 교외에서의 여러 가지 교섭은 어떠했소?"

"뉴욕에 있는 동안에는 내가 있는 아파트에서 세 구역 떨어진 아파트식 호텔에서 생활하고 있었어요. 대학에 있는 때는 기숙사에서 생활했을 거예요. 주말에는 진료소에 와서 카레키 씨와 함께 지내고 있었지만. 헐은 바깥일은 별로 지껄이지 않았어요. 자기 일에 몰두하고 있었나 봐요. 어느 날 몹시 곤란한 일이 생겨 잭 윌리엄스가 도와 준 일이 있었어요."

"아, 그 사연은 헐한테서 들었소. 그의 개인적인 면은 어떻소? 당신한테 다가와서 입술을 뺏는 정도의 일은 했소?"

나는 고개를 끄덕였다.

"아니오, 그런 태도는 보이지 않았어요. 당신은 그가 나를…… 그…… 신디케이트에 넣으려고 쫓아다녔는지도 모른다고 생각하나요?"

"그야 워낙 야비한 녀석이니까……."

그녀는 내가 소리 없이 웃고 있는 것을 보고 말을 그쳤다.

"그런 일은 없겠지. 당신은 그런 놈들이 던지는 그물에 걸리기에는 머리가 좋아. 그 사나이가 당신과 함께 있는 건 이 거리에 머물 구실이었든지, 아니면 일의 도움을 얻기 위해 정말 정신요법을 연구하려고 당신과 함께 있었든지 둘 중 하나겠지?"

"잭을 죽이기 위해 여기에 있었는지도 모른다고 생각해 본 적이 있으세요?"

그 생각은 나로서는 별로 새로운 것이 아니었다. 하루 종일 그 생각을 해봤던 것이다.

"그런 일도 있을 수 있겠지. 몇 번이나 생각해 보았소. 여기 머물고 있던 것은 잭이 이미 무엇을 느끼고 그를 머물게 했을지도 모르오. 잭은 부드러운 마음을 가진 사나이였으나 그런 일에 부딪칠 때에는 부드럽지 않았소. 군대에서 제대하고 난 뒤로는 이미 먼저 하던 일을 할 수 없으므로, 공적으로는 그를 추적해서 검거할 수가 없었지. 그러나 그 사나이의 일이니까 무언가 머릿속에 있었기에 혈을 놓지 않았던 거요."

"그럼, 잭을 죽인 것은 혈인가요?"

"그것을 알면야⋯⋯." 나도 말했다. "나는 두 다리와 한쪽 팔을 줘도 좋다고 생각하오. 범인을 사살하는 데는 한쪽 팔만 남아 있으면 되니까. 더구나 누가 잭을 죽였는지는 머지않아 알게 될 거요."

"그런데 혈과 이 여자, 아일린은 어떻게 된 것이오?"

"범인이 두 사람 다 죽여 버린 것이오. 내 생각에는, 혈 캐인스는 여자를 죽일 목적으로 갔고 마침 좋은 기회를 잡았으나, 범인이 두 사람 다 죽였을 것이오."

"하지만 그것이 진상이라 치고, 혈이 아일린을 죽이러 갈 것이라는 사실을 어떻게 알 수 있었을까요?"

"당연히 그런 의문이 생기겠지, 샬로트. 잭은 무언가 다른 근거가 있어서 혈이 간다는 것을 알고 있었는지도 몰라. 그런 생각이 안 드오?"

"글쎄요, 다른 근거가 있었다 치더라도 역시 살인자가 그 장소에 나타나리라는 것을 잭은 알고 있었던 거예요. 하지만 그때까지 범인은 아무도 죽이지 않았기 때문에 잭이 아일린한테 간 것은 다른 목적이 있었던 셈이군요. 약간 복잡한 것 같지만, 어때요?"

"잘봤소……." 나는 웃었다. "그러나 사건 전체의 내용이 복잡해지면 그 반면 실수도 있는 거요. 동기야 어떤 것이건 온갖 사람을 움직였소. 세 사람이 죽었소. 한 사람은 이 거리에 잠복해서 근접 사격을 했고 범인은 어딘가에서 한가로이 누워 우리 모두를 비웃고 있소. 제기랄, 웃고 싶으면 웃어 보라지. 그렇게 언제까지나 웃고만은 있지 못할걸. 이번 사건에는 수많은 사람이 수사에 종사하고 있소. 뭔가를 찾아낼 거요. 살인을 끝내 감추기는 어렵지. 패트는 나와의 경쟁에서는 페이스를 빨리하여 수사하고 있소. 그 역시 나와 마찬가지로 그 잔인한 살인범을 검거하고 싶어하지만, 그에게 빼앗기면 내가 설 땅이 없게 되오. 지금부터 나도 패트에게 선수를 쳐서 일해 나갈 작정이오. 내 뒤에 매달려 가고 싶다면 그렇게 하게 내버려 두겠어. 범인의 배때기에 총알을 퍼부을 시기가 오면 혼자서 처치해 보이겠소. 나와 그 쥐새끼의 승부는 1인분의 탄환만으로 충분할 거요. 문제없이 해치우겠소. 아랫배의 부드러운 곳을 똑바로 말이야. 철강제의 탄환 한 발은 덤덤탄 10발 정도의 효과가 있는 거요."

샬로트는 눈을 크게 뜨고 열심히 듣고 있었다. 마치 죄상을 고백하는 살인범의 이야기를 듣고 정신 작용을 분석하려고 연구하고 있는 것 같았다. 나는 이야기를 생략하고 그녀를 부드럽게 살며시 건드렸다.

"아마도 이것으로 겨우 내 바보스러운 이야기가 끝났다고 생각하고 있는 모양이로군."

"아니오, 마이크. 그렇지 않아요. 전쟁 이후 당신은 그렇게 됐나요? 즉 내가 하는 말 뜻이 그렇게 비정해졌느냐는 거예요."

"나는 언제나 이렇소." 나는 말했다. "철이 들고부터 말이오. 장난삼아 남을 죽이는 쥐새끼는 아주 질색이오. 그때까지 배우지 않았던 재주를 몇 가지 가르쳐 준 것은 오로지 전쟁이었소. 아마도 그게 그 것을 방패로 삼아 살고 있는 이유인지도 모르지."

나는 시계를 보았다. 하마터면 늦을 뻔했다.

"약속을 지킬 생각이면 서두르는 편이 좋겠는걸."

샬로트는 고개를 끄덕였다.

"사무실까지 차로 바래다주시겠어요?"

"좋아, 코트를 가지고 와요."

되도록 오랫동안 함께 있을 수 있도록 시간에 알맞게 차로 되돌아왔다. 서로가 살인사건에 대한 일도, 아파트에서 있었던 조금 전의 일도 일체 건드리지 않고 일반적인 대화를 나누었다. 파크 대로에 닿아 차를 멈추기 위해서 돌리자 샬로트가 말했다.

"이제는 언제 만나게 되나요, 마이크?"

"곧." 나는 대답했다. "만약에 그 상대가 한 번 더 총을 휘두르기 위해 사는 곳을 물어 오거든, 당신 비서한테 내가 이 길모퉁이에서 당신하고 데이트하고 있다고 대답하게 해주오. 녀석은 나를 습격하려고 하니까, 거꾸로 이쪽에서 잠복해서 놈을 쏠 수 있게 될지도 모를 일이오. 그놈이 바로 카레키란 말이오. 당신 비서는 한 번 더 들으면 그의 음성을 생각해 낼 거요."

"알았어요, 마이크. 하지만 챔버스 씨한테서 뭔가 전화가 있으면?"

"조금 전의 사건으로 저격당한 이야기를 증언해야 하지만, 그런 전화는 내버려 둬요. 우리가 카레키를 잡을 수만 있다면 내가 주역이 되어 파티를 열고 싶으니까."

샬로트는 헤어지기 전에 몸을 굽혀 다시 키스했다. 그녀가 걸어가고 있을 때 나는 그 거리모퉁이로 사라지는 그녀의 다리가 매끄럽게 빛나는 것을 응시했다. 그녀는 멋진 여자였다. 저 여자의 모든 게 내 것이다. 크게 고함을 지르며 춤을 추고 싶은 심정이었다.

자동차 한 대가 뒤에서 경적을 울렸으므로 기어를 넣어 그 커브에서 떠났다. 두 구역쯤 가서 빨강 신호로 정지하고 있을 때 도로의 저편에서 내 이름을 부르는 소리가 들렸다. 내 옆에 있는 차가 그 목소리의 주인을 가리고 있었으나 내 차에 다가오려고 통행인 틈에서 갈색 옷을 입고 깡충깡충 뛰어오는 모습을 보았다. 문을 열자 차에 올라탔다.

"여어, 보보." 나는 말했다. "이런 데서 뭘 하고 있나?"

보보는 나를 만나 몹시 흥분하고 있었다.

"마이크, 당신을 만나서 정말 기쁘군. 나는 여기서 일하고 있어. 특별한 장소가 아니야. 다른 장소와 마찬가지야." 말은 수도꼭지에서 물이 나오듯이 그의 입에서 거품을 뿜으며 튀어나오는 것이었다. "어디로 가는 거야?"

"글쎄, 다운타운으로 가는데 자네 갈 데가 있다면 데려다 줄까? 어디로 가나?"

보보는 머리를 긁었다.

"가만 있자, 내가 갈 곳이 어디어디더라. 맨 처음에 다운타운으로 가는 거였지. 캐널 스트리트 쪽에 편지 한 통을 주러 가는 거야."

"좋아, 거기서 내려 줄게."

신호가 바뀌어 나는 브로드웨이로 돌아서 왼쪽으로 꺾었다. 보보는 거리를 걷고 있는 젊은 아가씨들에게 손을 흔들어 보였는데 그가 어떤 기분인지 나는 잘 알았다.

"뭔가 카레키의 일로 들은 건 없나?" 나는 물었다.

보보는 머리를 끄덕였다.

"응, 무슨 일이 있는 것 같아. 오늘 나는 졸개 한 놈과 만났지만,

그 사나이는 이제 카레키를 위해서는 일하지 않아. ”

“빅 샘의 가게는 어때? 거기서는 아무 뉴스도 없나? ”

“없어. 아무튼 당신이 그 깡패 두 놈을 해치우고 난 뒤로는 아무도 나한테 말을 하지 않아. 내가 당신한테 고자질해서 놈들을 쫓아내지나 않을까 무서운가 봐. ”

보보는 즐거운 듯이 지난날을 생각하면서 웃었다.

“나까지 터프가이로 아는 모양이야. 주인집 할멈은 그 말을 듣고 나는 패거리에 끼지 말래, 우습지, 마이크? ”

그런 식으로 입버릇은 나쁘지만 즐거운 친구들이 나한테는 많이 있었다.

“우습구나. ” 나는 말했다. “꿀벌은 어때? ”

“아아, 좋아. 좋아요, 좋아. 여왕벌이라는 걸 손에 넣었어. 아 참, 당신이 나한테 말한 것은, 그건 사실이 아니었어. 여왕벌에는 왕벌 같은 건 필요 없어. 책에 그렇게 씌어져 있던걸. ”

“그럼, 어떻게 해서 벌을 번식시키지? ”

이 말은 그를 완전히 어리둥절케 하고 말았다.

“알을 까든가 어떻게 하겠지, 뭐. ” 그는 중얼거렸다.

캐널 스트리트는 앞쪽에 똑바로 펼쳐져 있었다. 나는 빨강 신호에서 차를 멈추고 보보를 내려 주었다. 그는 신나게 “안녕” 하고 거의 뛰다시피 급하게 큰길을 걸어갔다. 선량한 놈이다. 조금도 해가 없는 인간의 한 사람이다. 그리고 즐거운 놈이다.

10

패트는 사격장에서 기다리고 있었다. 제복의 순찰 경관이 지하실로 안내해서 그의 모습을 손가락으로 가리켰다. 내가 어깨를 툭툭 쳤을 때 그는 나쁜 득점 기록에 투덜거리고 있었다.

"컨디션이 좋지 않나, 자네?" 나는 그에게 빙그레 웃어 보였다.

"제기랄, 아무래도 이 권총에는 새 태엽이 필요한 것 같아."

그는 사람 모양을 한 동표(動標)를 겨누어 다시 한 발 쏘았으나 어깨를 스쳤다.

"어떻게 된 거야, 패트?"

"제기랄, 지금 한 것은 표적을 쓰러뜨리려고 했어."

패트는 완전론자다. 그를 보고 싱글거리는 나에게 권총을 건네주었다.

"어디 쏴 봐!"

"그 권총이 아니면 좋겠어." 나는 45구경을 꺼내어 슬라이드를 퉁겨 올렸다. 표적이 나타나자 사정거리를 가로질러 움직이기 시작했다. 권총이 내 손에 반동을 느끼게 했다.

연발이다. 패트는 표적을 멈추고, 그 표적인 사람의 머리에 뚫린 세 개의 탄환 자국을 바라보았다.

"나쁘진 않은걸."

나는 그의 체면을 손상케 한 것 같은 기분이 들었다.

"내가 명인이라는 건 봐서 알겠지?" 나는 말했다. "마음대로 명중시키잖나."

"놀랄 '노'자군. 방금 솜씨는 잘 보았네."

내가 코트 밑으로 총신을 쑤셔 넣자 패트도 자기 총을 포켓 속에 넣었다. 그는 엘리베이터를 가리켰다.

"위로 올라가세. 그 탄환을 조사해야겠어. 가지고 왔겠지?"

나는 45구경의 탄환을 꺼내어 종이를 뗀 다음 그에게 건네주었다. 패트는 엘리베이터 안에서 검사했으나 줄자국은 같은 권총에서 발사된 것이라고 뚜렷하게 단언할 수는 없었다. 돌담에 명중한 탄환은 인체를 관통한 탄환보다도 모양이 상당히 불완전했다.

감식할 탄도 검사실은 우리를 위해서 비워 놓았다. 패트가 그 탄환을 복잡한 슬라이드 장식에 배치하고 나는 조명을 껐다. 우리들 앞에 스크린이 있는데, 그 위에는 두 개의 탄환의 영상이 뚜렷하게 비치고 있었다. 한 개는 다른 범인의 권총에서 발사된 것이며, 다른 한 개는 카레키가 나를 저격한 탄환이었다. 나의 기념품이 선명하게 화면에 나타나 총구멍의 가는 선 모양의 흔적이 똑똑하게 보이고 있었다.

패트는 그 두 개의 탄환이 부합하는 마킹을 발견하려고 그 슬라이드 장치에서 탄환을 빙빙 회전시켰다. 한 번 그 마킹을 발견했다고 생각했으나, 그 영상을 다른 한편의 탄환 머리 부분에 옮겨서 비교해 보니 전혀 달랐다. 몇 번이나 탄환을 회전시켜 조사해 본 뒤에 기계를 풀어서 조명을 켰다.

"틀렸는데, 마이크, 같은 권총이 아니야. 만일 카레키가 그 범행을 했다고 하면 다른 총을 쓴 거야."

"알다가도 모를 일이군. 최초의 살인 때 그 총을 몸에 지니고 있었다면 그 뒤로도 우선 그것을 사용할 텐데."

패트도 나의 주장에 동의하여 벨을 눌러 부하 한 사람을 불렀다. 그 사나이에게 탄환을 건네주고 사진을 찍어 참고 서류에 넣어 두라고 명령했다. 나는 그와 나란히 앉아 저격당한 사건을 상세하게 이야기하고 캐인스가 살해된 것에 대한 의견도 말했다. 그는 별로 말하지 않았다. 패트는 자기 머리에 사실을 적어 두는 그런 타입의 형사였다. 모든 사실을 한 항목도 남기지 않고 꼭꼭 간직해 두었다가 그것이 스스로 표면으로 떠오를 때까지 마음속에 넣어 두는 그런 성질이었다.

경찰에 그와 같은 끈덕진 인간이 있다는 게 나는 언제나 놀라웠다. 그러나 제복 경관과 어울리게 되어 이 조직의 이면공작에 머리를 넣고 보니 진정한 추리가라는 것이 발견되었다. 이 세계에는 일에 필요한 설비는 무엇이든 다 있고 세상의 이면과의 접촉도 많다. 흔히 무능하다고 신문이 경찰을 비방하는 모양이지만 핀치에 임했을 경우는 게임을 역전시킨다. 다만 자기가 모르는 일은 깊이 파고들지 않는다. 거기에 결점이 있다. 어느 경찰이나 그렇겠지만 그러나 거기에는 어엿하게 패트와 같은, 돈으로 살래야 살 수 없는 인물이 있다. 범죄자를 처리하는 데 법규니 법률이니 하는 지긋지긋한 것이 그토록 많이 없었다면 나 역시 그 가운데 한 사람이 되었을 것이다.

내가 이야기를 끝내자 패트는 몸을 뻗쳐서 말했다.

"나로서는 거기에 아무 의견도 제시하지 못했네. 그럴 수 있으면 좋겠지만. 자네가 있어 주어서 큰 도움이 되네, 마이크. 그런데 한 번 더 이야기해 주게. 이쪽에 사실을 알려 주었으니 이번엔 의견도 말해 줘야지. 누가 했다고 생각하나?"

"그건 시시한 질문인데." 나는 말했다. "나한테 뚜렷한 목표가 있다면 지금쯤 자네에 의해 나는 정당하다고 인정되는 살인을 조사받고 있을 걸세. 난 말이야, 아무래도 이쪽에서 알고 있는 자가 아닌 다른 누군가가 했다고 생각했어. 이봐, 우리들이 뒤진 시체를 보게나. 게다가 권총을 가지고 어딘가에서 어물쩍거리고 있는 카레키, 그 녀석이 했는지도 몰라. 할 만한 근거는 있어. 아니면 그 녀석의 배후에 있는 놈인지도 몰라. 매춘 전문집을 경영하는 이 신디케이트에 딱 붙어 있는 놈이야. 그렇지 않으면 조지가 움직이고 있던 일의 상대역일까. 잭은 그것도 알아냈던 거야. 복수의 살인인지도 모르지. 헐은 살아 있을 때 온갖 여자를 능욕했으니까. 여자들 중 한 사람이 놈의 방법을 발견하고 그에게 복수할 계획을 세웠다고 생각해 봐. 그 여자는 잭이 그를 체포하려는 것을 보고 잭을 죽였어. 그 뒤에 헐도 죽였지. 그리고 눈으로 본 사실을 지껄이지 못하게 하기 위해 아일린을 사살한 것이야.

어쩌면 그런 여자인지도 모르겠어. 그 여자의 형제이거나 부친일 수도 있겠지. 그렇지 않으면 문제가 문제이니만큼 그 여자의 보이프렌드일까. 단서는 여러 가지 있지."

"그런 건 나도 일단 생각해 보았어, 마이크. 그래서 내 급료에 어울리는 가장 적합한 것을 생각해 냈네." 패트는 일어섰다. "위로 같이 가 주지 않겠나? 자네가 만나면 좀 재미있을 자네 친구가 와 있네."

"친구라고?"

누구를 말하는지 전혀 상상도 할 수 없었다. 내가 의심쩍은 얼굴을 하자 그는 미소지으며 아무튼 조금만 기다려 보라고 말했다. 작은 방으로 안내했다. 형사 둘이 한 여자와 함께 있었다. 두 사람이 질문 공세를 폈으나 여자는 끝내 입을 열지 않았다. 여자는 문 쪽으로 등을 보이고 앉아 있었기 때문에 앞으로 돌아갈 때까지 누구인지 짐작도 못했다.

뭐가 친구야, 제기랄! 이 여자는 헐과 아일린이 피살된 밤에 도망친 마담이었다.

"어디서 주워 왔지, 패트?"

"이 근처에서. 새벽 4시에 한길을 헤매고 있으므로 순찰 중인 경관이 의심스러워 데리고 온 걸세."

나는 마담 쪽으로 얼굴을 돌렸다. 오랜 시간 질문 공세를 당했기 때문에 그녀의 눈은 흐려져 있었다. 두 팔을 반항하는 듯한 자세로 풍만한 가슴 위에 올려놓고 있었는데, 그녀는 거의 파열점까지 와 있다는 것이 뚜렷했다.

"기억하고 있소, 나를?" 나는 그녀에게 물었다.

"아, 기억하고 있어요."

그녀는 약간 졸린 듯한 눈으로 바라보고는 내뱉듯이 말했다.

"단속이 있을 때 그 집에서 어떻게 빠져나왔지?"

"귀찮게 구네."

패트는 그녀 앞에 있는 의자를 끌어내어 그 의자를 뒤로 돌린 채 걸터앉았다. 패트는 당장 내가 질문으로 따지고 드는 뜻을 깨달았다.

"만약에 증언을 거부하면" 패트는 조용히 말했다. "당신은 살인 혐의를 면할 수가 없소. 그렇게 되면 경찰로서도 당신이 했다고 주장하게 되니까."

그 말에 그녀는 팔을 축 늘어뜨리고 입술을 핥았다. 무서워진 것이다. 그러더니 그 공포가 사라지고 비웃는 빛이 떠올랐다.

"당신도 끈질기군요. 나는 그 사람들을 죽이지 않았단 말예요."

"아마 그렇겠지……." 패트는 대답했다. "그러나 진범인도 당신과 같은 방법으로 달아났어. 당신이 그 사나이에게 도망치는 길을 가르쳐 주지 않았다고 해도 그것을 우리들이 어떻게 알겠어? 당신은 살인 방조로 간주되며 범행을 한 것과 마찬가지가 되는 거야."

"어처구니없는 일이로군요!"

내가 처음 만났을 때의 뻔뻔스러움은 사라지고 없었다. 이렇게 되면 야비한 인품이 송두리째 드러난 셈이다. 머리카락은 마구 헝클어져 있고 조명 아래서 살결까지 보였다. 희고 구멍이 많은 살결이다. 이를 드러내고 침을 삼켰다.

"나는, 나는 혼자였어요."

"그래도 용의는 아직 풀리지 않는걸."

그녀의 두 손은 허리께로 떨어져 몹시 떨고 있었다.

"나는 혼자였어요. 경찰이 왔을 때 문 앞에 서 있었어요. 무슨 일인지 금방 짐작했기 때문에 출구로 달려가서 도망쳤어요."

"출구라니, 어디지?" 내가 물었다.

"계단 밑의 버튼을 누르면 목조 건물에 끼워 둔 판벽이 열리게 되어 있어요."

나는 얼른 생각해 보았다.

"좋아, 경관이 오는 것을 보았군. 만약에 당신이 계단을 뛰어내려 왔다면, 당신이 거기 왔을 때 범인이 내려와 있는 게 계산이 되는데 누구야, 그놈은?"

"아무도 못 보았다니까요! 아아, 왜 날 혼자 내버려 두지 않죠!"

신경이 약해질 대로 약해져서 그녀는 얼굴을 손 안에 묻고 의자에 앉고 말았다.

"밖으로 끌어 내." 패트는 형사 두 사람에게 명령했다. 그는 나를 보았다.

"뭔가 단서가 될 만한 것이라도 있었나?"

"근거는 충분히 있어." 나는 그에게 말했다. "저 할멈은 우리가 오는 것을 보고 얼른 도망쳤어. 그리고 범인은 약간 운이 좋았지. 사격이 있은 지 2분 뒤에 우리들이 뛰어들어갔네. 그런데 그 집 방은 어느 것이나 방음 장치가 되어 있어. 발사음을 들은 사람은 한 사람도 없었어. 범인은 아마도 그 손님 속에 휩쓸려 문 앞에 아무도 없으면 쇼가 끝난 뒤나 끝나기 전에 자리에서 달아나려고 생각한 것이야. 그 사나이는 계단으로 내려와서 우리들이 들어오는 소리를 들었어.

그러나 마담이 단속반이 온 줄 알고 달아나자 쇼의 손님 속으로 휩쓸려 들어갈 계획은 버리고 말았지. 그 사나이는 뚱쟁이 할멈에게 들키지 않게 바싹 뒤에 몸을 숨겨 할멈을 미행하여 비밀의 판벽으로 빠져나간 거야. 현장을 검증해 보면 그 문이 빨리 닫히지 않는다는 것을 발견할 수 있을 것일세. 그것은 보증해도 좋아. 우리는 2층으로 뛰어올라갔어. 자네도 기억하고 있지. 나머지 인원은 손님한테 주의하고 있었네. 우리가 목표한 통로는 막다른 길이었어. 범인은 경관이 경계의 위치에 배치되기 전에 도망칠 시간이 있었던 거야. 우리는 서

두르고 있었기 때문에 그것을 계산에 넣을 여지가 없었어."

나는 정확하게 입증했다. 그 집에 가서 판벽을 조사해 보았다. 그 여자가 진술한 장소가 있었다. 별로 정교하게 연구된 장치는 아니었다. 버튼은 조각된 꽃무늬의 중심부에 박혀 있었다. 절연장치와 슬라이드 식의 장치가 접속되어 있는 6분의 1마력의 모터로 여닫음이 가능한 것이었다. 패트와 나는 그 통로로 들어가 보았다. 벽이 갈라진 데서 스며 나오는 조명이 보일 뿐이었다. 이 집은 대대적으로 수리했을 때 이 비밀 통로를 만든 것이다. 10피트 뒤로 되돌아가서 날카롭게 왼쪽으로 꺾어 지하실로 내려가는 계단이 있었다. 우리는 벽과 벽 사이에 있는 것이다. 하나의 문이 이웃집의 지하실로 인도한다. 그것이 닫히면 벽의 일부처럼 보이는 것이었다.

이 집에 있었던 이들도 그런 게 있는 줄은 몰랐던 것이 확실했다. 나머지 조사는 간단했다. 지하실문을 통해 나오니 도로로 이어지는 넓은 뒤뜰이었다. 시간은 1분도 걸리지 않았다. 우리는 손전등을 켜 1인치도 빼놓지 않고 샅샅이 통로를 살피며 빠져나왔으나 목표하는 단서는 아무것도 없었다. 보통 경우라면 급히 서둘고 있는 사람은 무엇을 잃어버리거나 무슨 흔적을 남기는 일이 있기 때문에 그것을 목표로 할 수도 있을 것이다. 그러나 그렇게 형편 좋게는 되지 않았다. 우리는 대기실로 돌아와 담배를 피웠다.

"어때?"

"뭐가 어떤가, 패트?"

"아무래도 말이야. 시각 측정으로는 자네 말이 옳다고 생각해" 하고 그는 웃었다.

"척하면 맞지, 어김이 없어. 그런데 자네 쪽은 캐인스에 대해 뭔가 발견했나? 무슨 일이 있었다고 한다면?"

"27개교 이상의 대학에서 보고가 있네. 마지막으로 다니던 대학은 별도로 치고 어디서나 1학기 이상 재학한 적이 없더군. 1개월 정도라는 보고도 많았어. 그가 없어지면 역시 중도 퇴학하는 여학생이 몇 사람인가 있었네. 그것이 점점 불어가서 자네가 추리한 것과 들어맞았어. 나는 10명도 넘는 부하들을 시켜 하루 종일 전화를 걸게 하여 조사했지만, 아직 절반도 조사가 끝나지 않은 정도야."

나는 그것을 잘 생각해 본 뒤, 입을 열기 전에 헐을 저주했다.

"자네 부하가 시체를 조사했을 때 헐의 주머니 속에 무엇이 있었지?"

"별 것 없었네. 지폐가 50달러 정도, 잔돈이 조금, 운전 면허증, 그리고 차의 라이센스, 여러 가지 클럽의 회원증도 있었는데 대학클럽이었어. 몸가짐은 깨끗했었네. 차도 발견했지. 글러브 콤파트먼트에 비단 팬티가 하나 있을 뿐 텅 비어 있었어. 그건 그렇고, 자네가 감시를 하고 있었는데 어떻게 집으로 들어왔을까?"

나는 그렇게 된 사연을 생각하면서 담배를 꺼냈다.

"그건 내 실수였네. 혼자서 오지는 않았지? 이건 확실해. 그가 할 수 있는 유일한 방법은 윗옷 밑에 베개 같은 것을 집어넣어 가장했거나 그렇지 않으면……." 나는 손가락을 딱딱 소리 내어 꺾었다. "생각이 났네. 여섯 사람인가 그 이상의 사람이 있었는데, 그들 뒤에 있던 2, 3명과 뒤섞인 거야. 입구의 계단 밑에서 마구 뒤섞이면서 되도록 빨리 통로에서 모습을 감추기 위해 한데 묻어서 들어간 걸세."

"그는 혼자였나?" 패트는 열심히 내 대답을 기다리고 있었다.

나는 머리를 흔들어 보였다.

"그걸 모르겠어, 패트. 자기가 피살되리라는 것을 알고 있으면서 헐이 범인과 일부러 함께 왔다고 해도 그다지 우스운 일은 아닐세."

오후에 해가 저물기 시작하자 우리도 일을 그만두기로 했다. 경찰서를 나와서 패트와 헤어지자 나는 옷을 갈아입기 위해 집까지 차를 달렸다. 이 사건이 신경에 거슬리기 시작했다. 이것은 짖어대는 불독이 있는 닫힌 문을 잘 빠져나가는 것과도 같은 일이었다. 이때까지 수많은 단서에 부딪쳐 보았다. 지금은 또 한 군데 가 볼 데가 있다. 쌍둥이 중의 어느 여자에게 딸기 모양의 붉은 점이 있는지를 직접 확인해 보고 싶었다.

거리 모퉁이의 레스토랑에서 저녁 식사를 시켰다. 식사와 함께 맥주 1쿼터를 마시고 식사를 끝냈다. 벨레미의 아파트에 전화를 건 것은 벌써 9시가 가까워서였다. 부드러운 목소리가 대답했다.

"벨레미 양?"

"그렇습니다."

"나는 마이크 해머입니다."

"어머나." 한순간 주저하더니 잠시 뒤 말을 이었다. "저, 무슨?"

"메리입니까, 에스터입니까?"

"에스터 벨레미예요. 무슨 볼일이세요, 해머 씨?"

"오늘 밤 찾아가 뵈어도 좋겠습니까?" 나는 물었다. "묻고 싶은 일이 있는데요."

"전화로 물어 주시면 안 되겠어요?"

"글쎄요, 시간이 많이 걸릴 것 같은데. 가도 괜찮겠습니까?"

"네, 기다리고 있겠어요."

그녀에게 고맙다고 인사한 다음 코트를 입고 계단을 내려가 차 있는 곳으로 갔다.

에스터는 동생과 똑같았다. 다른 데가 있다고 하더라도 알 수 없었다. 처음 만나서 그런 다른 데까지 찾아낼 만큼 시간을 끌 수는 없었다. 아마도 비슷하거나 다른 것도 이 자매의 인격이나 개성에 있을 것이다. 메리는 아무리 보아도 음란증이다. 이번에는 이 언니 쪽이 어떤가를 조사해 보자.

　그녀는 매우 정중한 태도로 나를 맞이했다. 간단한 디자인이지만 몸의 날씬한 선을 충분히 드러낸 디너 드레스를 입고 있었다. 메리와 닮았으며 그녀도 스포츠를 하며 햇빛에 그을린 몸매였다. 헤어스타일은 달랐다. 에스터는 머리를 유행하는 업스위프로해서 말아 올리고 있었다. 마음에 들지 않는 것은 그 점뿐이었다. 업스위프의 헤어스타일을 하고 있는 여자는 마치 부엌바닥에 걸레질을 할 통과 긴 걸레가 필요한 것처럼 보였지만 그 밖의 몸가짐은 그다지 나무랄 데가 없었다.

　지난번처럼 소파에 자리를 잡았다. 에스터는 찻장에서 술잔과 스카치를 꺼냈다. 얼음도 가지고 돌아와서 술을 따른 다음 말했다.

　"저한테 묻고 싶으시다는 것이 뭐지요, 해머 씨?"

　"마이크라고 불러 주십시오." 나는 공손하게 말했다. "형식적인 일은 별로 익숙지 못하니까요."

　"네, 그럼, 마이크."

　우리는 술잔을 들고 다시 의자에 앉았다.

　"잭에 대해 어느 정도 알고 있습니까?"

　"그저 표면상의 교제였어요. 소개를 받은 뒤로 자주 만나서 어울리곤 했지만, 친밀한 사이라고는 할 수 없어요."

　"그럼, 조지 카레키와는 어느 정도의 사이입니까?"

　"조금도 모른다고 할 수 있을 정도예요. 나는 그분은 좋아하지 않아요."

　"동생도 같은 느낌의 말을 하더군요. 당신을 달콤한 말로 꾄 쩍이 있었습니까?"

　"말도 안 되는 소리 그만 하세요." 그녀는 이야기를 계속하기 전에 한참 동안 생각하고 있었다. "그분은 파티가 있던 날 밤, 무슨 일이 있었는지 몹시 시무룩했어요. 즉 사교적인 태도가 아니었다는 뜻이에요. 어엿한 신사로서는 어울리지 않는다고 생각돼요. 그분의 태도에는 뭐랄까, 야비한 데가 있어서."

"그야 신기한 일이 아니지요. 그 사나이는 전에 공갈 전문의 깡패였으니까요. 지금도 몇 군데의 서클에서 활약하고 있습니다."

그녀가 다리를 꼬았을 때 더 이상 물을 일이 전혀 머리에 떠오르지 않게 되었다. 어째서 여자들은 남자에게 이상한 기분을 일으키지 않게 할 만큼의 길이로 스커트를 끌어내리고 앉는 공부를 해 두지 않을까? 쇼트 스커트를 입는 이유는 그것이구나, 아무래도.

에스터는 두 다리의 아웃라인을 바라보고 있는 내 눈길을 알아차리고 그것을 가리는 예부터 써 온 낡은 본능적 동작을 했다. '그런 짓을 한다고 해서 가려지지는 않는다.'

"질문을 계속해 주세요." 그녀는 말했다.

"지장이 없으면 대답해 주기 바랍니다만 어떻게 생활하고 계십니까, 당신네들은?"

나는 그 대답은 이미 알고 있었지만 무언가 묻지 않을 수가 없어서 말해 보았다.

장난꾸러기 같은 느낌으로 눈이 반짝였다.

"우리들에겐 주의 배당에서 수입이 있어요. 아버지가 서부에 있는 몇 군데 공장의 주를 남겨 주셨어요. 댁은 돈 있는 마나님이라도 찾을 생각이신가요?"

나는 눈썹을 치켜 올렸다.

"천만의 말씀. 그럴 생각이라면 이곳에 좀더 자주 왔을 것이오. 집은 어떻습니까? 굉장한 유산이 있는 게 아닙니까?"

"30에이커 정도의 초원과 10에이커쯤 되는 양육림이 있어요. 둘레에 풀장과 테니스 코트가 서너 군데나 있는 집이 있지요. 방이 스물두 개나 돼요. 그 집 주위에는 재산을 절반쯤 어떻게 해볼까 하여 나를 예쁘다느니 훌륭하다느니 하고 입에 침이 마르도록 예찬하고 있는 열띤 시골뜨기가 한 두릅이나 서성거리고 있지요."

나는 휘파람을 불었다.

"헤에, 당신네들이 아담한 주택을 가지고 있다고 말한 놈이 있긴 있었지만."

에스터는 쾌활하게 웃었다. 그 웃음소리는 목구멍 깊숙한 곳에서 나온 것이었다. 유방이 다 드러나 보이는 모습으로 머리를 뒤로 젖히고 있었다. 유방은 그녀처럼 싱싱했다.

"언제 저의 집에 하루 오세요, 마이크."

나는 잘 생각해 보지도 않았다.

"바라지도 않았던 행운이군요. 언제 갈까요?"

"이번 주 토요일. 그날 밤 조명을 켜고 테니스 시합이 있는데 그것을 보러 몇몇 사람과 함께 갈 작정이에요. 마너 데블린도 와요. 가엾은 사람! 나로서 할 수 있는 일이란 그 사람을 초대해 주는 일 정도뿐이에요. 잭이 죽고 난 뒤로 그 여자 전체가 산산조각이 난 것 같아서."

"그건 좋은 생각입니다. 내가 차로 데리고 가지요. 그밖에 누군가 내가 알고 있는 사람이 옵니까?"

"샬로트 마닝. 아마 당신도 그 사람을 만난 것 같군요."

"그런 것 같습니다……." 나는 빙그레 웃었다.

그녀는 내가 말한 뜻을 알아채자 내 눈 앞에 손가락을 갖다댔다.

"그런 생각을 가지면 안 돼요, 마이크."

나는 미소를 감추며 "그런 생각을 하지 않고 스물두 개나 방이 있는 커다란 저택에서 무얼 하고 즐깁니까?" 그녀를 곯려 주었다.

그녀의 눈에 떠오른 웃음이 사라지고 무언가 다른 것으로 바뀌었다.

"제가 당신을 초대하는 게 무엇 때문인지 아세요?"

그녀는 말했다.

커피 테이블에 술잔을 놓고 난 뒤 술잔을 손끝으로 빙 돌리고는 그녀 옆에 앉았다.

"모르겠는데요, 무엇 때문이지요?"

그녀는 내 머리에 팔을 감고 입을 그녀의 입술 가까이로 당겼다.

"왜 그 이유를 발견하려고 하지 않으세요?"

그녀의 입술이 내 입술에 닿고 두 팔이 어깨를 더욱 힘차게 죄었다. 몸으로 그녀의 몸을 애무하면서 나는 그녀의 몸을 무겁게 눌렀다. 그녀는 나의 목덜미에 뜨거운 숨을 내뿜으며 얼굴을 내 얼굴에 비벼댔다. 내 손이 닿을 때마다 그녀는 떨었다. 그녀가 한쪽 손을 자유로이 움직이자 드레스의 단추를 빼는 소리가 들렸다. 내가 그녀의 두 어깨에 입술을 대자 전율은 전신으로 퍼져 갔다. 한 번 그녀는 나를 깨물었다. 그녀의 이는 내 목을 물었다. 내가 더욱 힘차게 껴안자 그녀의 호흡은 흐느낌으로 변했다. 몸의 내부에 타오르고 있는 것을 발산하려고 몸을 심하게 꿈틀거렸다.

내 손이 긴 소파 옆에 있는 램프의 코드를 찾아내자 방 안은 캄캄해졌다. 우리 두 사람뿐이었다. 조그맣게 들리는 소리. 서로 한 마디도 지껄이지 않았다. 이미 아무것도 필요하지 않았다. 한 번인가 두 번의 흐느낌. 쿠션이 스치는 조그만 소리와 폭넓은 성질의 검은 나사에 발톱이 미끄러지는 소리. 벨트와 버클이 서로 맞닿는 소리와 마룻바닥에 벗어던져지는 구두 소리. 헐떡이는 숨소리와 키스의 젖은 느낌뿐이었다.

그리고 침묵.

조금 지난 뒤 나는 코드를 당겨 조명을 켰다. 나는 눈을 두리번거렸다.

"넌 정말 거짓말쟁이다."

나는 웃어 버렸다.

그녀는 토라졌다.

"왜 그런 말을 하세요?"

"엉덩이에 점이 없잖아, 메리."

그녀는 픽 웃고는 내 머리칼을 휘어잡고 얼굴을 끌어내렸다.

"당신에게는 그것을 찾아낼 흥미가 충분히 있다고 봤어요."

"한 대 후려갈길까 했어."

"어디를?"

"그만두지. 아마 얻어맞는 것도 좋아하는 모양이군."

나는 소파에서 일어나 메리가 드레스의 매무새를 고치는 동안 스카치를 따랐다. 그녀는 나한테서 술잔을 받자 단숨에 들이켰다. 나는 돌아가려고 모자를 건 장소로 갔다.

"토요일의 데이트는 이래도 아직 유효하오?" 나는 물었다.

"말씀드린 바와 같아요." 그녀는 억지로 웃어 보였다. "늦지 않도록 해주세요."

그날 밤 나는 맥주를 마시면서 늦게까지 일어나 있었다. 우리는 지금 홈스트레치로 향하는 마지막 턴까지 와 있는 것이다. 넉넉하게 사두었던 담배와 깡통 맥주를 가지고 열어젖힌 창가에 있는 서투른 솜씨의 흔들의자에 누워 여러 가지 일을 생각해 보았다. 현재까지는 세 개의 살인 사건이다. 범인은 아직 체포되지 않았다.

마음속으로 아직 이 사건에서 조사해 볼 필요가 있는 것을 리스트에 올려 보려고 했다. 첫째로 잭은 그의 죽음을 불러온 원인으로 무슨 일을 했느냐? 그 연보가 원인이었을까, 아니면 다른 것이 원인일까. 어째서 헐은 살해되었나? 그가 그 집에 간 건 살해가 목적인가,

아니면 협박하려고 했던 것일까. 아니면 경고하기 위해서였을까. 범인이 내가 알고 있는 인물이라면 나한테 들키지 않고 어떻게 헐의 뒤를 미행했을까? 이 점에선 조사할 것이 많다. 더구나 가능한 대답은 수없이 많이 발생한다. 어느 것이 정당할까?

게다가 조지 카레키가 어떻게 경찰의 눈을 속이고 있을까? 만약 살인사건에 관계가 없다면 도망할 이유가 없다. 왜 나를 저격했을까? 내가 범인을 쫓고 있다는 것을 알고 있다는 그것만으로? 있을 수 있는 일이며 개연성도 크다. 그는 진범인으로 보여지는 근거의 어느 것에나 해당되고 있다.

파티에는 잭을 죽일 기회가 없었던 사람은 단 한 사람도 없었다. 그러나 동기라고 하면 이야기는 스스로 달라진다. 누가 잭을 죽일 만한 동기를 가지고 있었을까? 마녀? 그렇지 않다고 해야 할 것이다. 순수하게 센티멘털한 근거이다.

샬로트? 천만의 말씀, 더욱 센티멘털한 근거이다. 더구나 그녀의 직업은 범죄에는 도움이 안 된다. 그녀는 의학박사. 마녀의 병을 통해서 우연히 잭과 친해진 것뿐이다. 동기는 없다.

그 쌍둥이, 그녀들은 어떨까? 한 사람은 음란증, 또 한 사람은 아직 연구하지 않았다. 재산은 썩을 만큼 있지만 내가 알고 있는 그런 종류의 트러블은 없다. 어디가 그녀들의 닮은 점일까? 에스터에게는 동기가 있었을까? 그녀에 대해서는 좀더 많은 것을 조사하지 않으면 안 되겠구나. 딸기 모양의 점도 그렇다. 메리가 접근했다가 잭에게 가볍게 다루어졌을까? 있을 수 있는 일이다. 그녀는 성적 흥분을 누르지 못한다. 잭을 꾀려다가 거절당하자 그 감정이 살인으로 바뀌었을까? 만약에 그렇다면 어떻게 연보를 받았을까?

헐 캐인스, 놈은 저 세상에 갔다.

아일린 비커스, 죽었다. 지금에 와서는 어쩔 수 없게 때가 늦은 것이다.

범인이 두 사람 있었다는 것을 생각할 수 있을까? 헐이 잭을 죽이고, 그 다음 아일린을 죽이고 이번에는 거꾸로 방 안에서 자기 총으로 피살되었다는 일이 있을 수 있을까? 큰 가능성이다, 그 방안에 격투한 흔적이 조금도 없다는 것을 제외하고는 아일린은 벌거숭이의 시체다. 직업적으로 손님을 맞이할 준비를 하고 있다가 옛 애인이 들어온 데에 놀랐던 것일까? 왜? 왜? 왜?

이 사건 전체에 숨겨져 있는 비밀은 어디에 있나? 누가 숨겼나? 카레키의 아파트에는 숨겨진 비밀 같은 것은 없었다. 잭의 아파트에도 없었다. 내가 그 이상 검사를 해서 놓치지 않았다면.

제삼자가 있을까?

제기랄! 나는 맥주를 한 병 더 비우고 병을 발치에 두었다. 천천히 일어섰다. 그 이상 머리가 돌지 않게 되었다. 어디에서 조지 카레키가 모습을 나타냈는지 그것만이 알고 싶었다. 그 사나이의 수사가 늦어지는 것은 중대한 일이 되겠지. 나로서는 이제 그를 발견하는 것이 시간문제라는 느낌이다. 만약에 헐이 살아 있기만 한다면……

나는 그런 생각을 중단하고 다리를 두드렸다. 제기랄, 제기랄, 어째서 난 이렇게 단순하게 생겼을까. 헐은 뉴욕 밖에서 일을 하고 있었던 것이 아니다. 그는 대학에 다니고 있었다. 그가 자기 일에 대해서 뭔가 기록을 남겼다고 하면 그것은 대학에 있다. 그것이 바로 내가 필요로 하는 물건인 것이다.

되도록 급히 옷을 입었다. 코트를 입었을 때 포켓에 탄약의 보조 클립을 넣고 차고에 전화를 걸어 자동차를 내놓도록 부탁했다.

밤이 깊었다. 내가 아래층으로 내려가자 금방 졸 것 같은 수위가 자동차를 운전하여 왔다. 1달러 지폐를 그에게 쥐어주고 차 안으로 뛰어들자, 속력을 내어 달렸다. 다행히도 이런 밤 시간에는 신경을 쓸 차의 왕래가 없었다. 신호를 여러 번 무시하고 웨스트사이드 엑스프레스 하이웨이로 꺾어서 북쪽으로 질주했다. 패트는 그 대학이 있는 거리의 이야기를 해준 일이 있었다. 여느 때라면 시에서 자동차로 세 시간은 꼬박 걸리지만 그렇게 시간을 끌 생각은 없었다.

두 번쯤 하이웨이 순찰 경관이 나를 쫓아와 차단하려 했으나 이쪽이 전속력으로 달리자 도저히 오래 쫓아오지는 못했다. 경관이 나를 제지하기 위해 긴급 도로 봉쇄 수배를 하여 라디오로 앞쪽에 연락할까 하고 조금 걱정했으나 아무 일도 일어나지 않았다.

신호가 굴절된 장소를 가리켜서 내 차는 차바퀴 자국이 많고 타이어가 몇 번이나 미끄러질 것 같은 험한 도로로 들어갔으나 군(郡)이 바뀌자 도로도 달라졌다. 평탄한 미카담 도로도 바뀌어 나는 그 작은 여행의 나머지는 전속력으로 달렸다.

패크스델은 5마일 앞이었다. 상업회의소의 게시판에는 이 거리의 인구는 3천 명이며 군청 소재지라고 씌어 있었다. 서둘러야 한다. 대학을 찾는 것은 어렵지 않았다. 거리의 북쪽으로 1마일쯤 되는 언덕 위에 세워져 있다. 여기저기에 불빛이 보였는데 틀림없이 복도의 조명일 것이다. 자갈이 깔린 찻길로 들어섰을 때 브레이크를 힘껏 잡아 구내에 정중하게 서 있는 2층 건물로 천천히 차를 몰았다. 거기에 살고 있는 사나이는 육군에 응소했음이 틀림없었다. 찻길을 따라 노랑과 검정의 표찰이 있는데, '미스터 러셀 힐버 사감'이라고 씌어 있었다.

건물은 완전히 소등되어 있었으나 그런 것으로 단념할 나는 아니다. 벨을 손가락으로 누르고 그 자리에 조명이 켜질 때까지 떼지 않았다. 그러자 문 쪽으로 급히 달려오는 발소리가 들렸다. 입을 멍하니 벌리고 사감이 서 있었다. 잠옷 위에 작업복 윗옷을 걸치고 있었다. 지금까지 여러 층의 사람을 만났으나 가장 야릇한 꼴이었다. 허락을 받는다거나 연락을 취하는 것을 기다리지 않고, 방으로 뛰어들어가 나는 하마터면 새우 빛깔의 트레이싱 로브를 입은 키가 크고 남의 눈을 끄는 이 사나이를 거꾸로 넘어뜨릴 뻔했다.

"뭡니까, 당신? 누굽니까?"

배지를 슬쩍 보이자 그는 옆 눈으로 쏘아보았다. "마이크 해머, 뉴욕에서 온 탐정이오."

"담당 구역에서 나왔습니까?" 그는 시무룩했다. "뭣하러 오셨지요?"

"여기에 해럴드 캐인스라는 학생이 있었지요? 그 학생의 방을 보고 싶소."

"여보세요, 그건 무리입니다. 그 사건은 군 경찰이 처리하고 있습니다. 경찰에 맡겨두면 안심이에요. 자, 당신도 납득하셨다면……."

나는 그 이상 상대에게 큰소리를 치게 하지는 않았다. "잠깐만, 아저씨." 곧게 편 둘째손가락으로 상대방 가슴을 툭툭 쳤다. "살인자가 지금 이 구내에 도망쳐 와 있는 경우, 내가 말하는 것은 그렇게 무리한 일이 아니오. 만약에 그놈이 살인범이 아니라 하더라도 거기에 가까운 놈이오. 머리를 쓸 틈이 있으면 어디로 가면 그 방이 있는지 말해 주시오. 만약 말하지 않으면" 하고 나는 덧붙였다. "속에 든 것을 다 실토할 때까지 두들겨팰 테요!"

러셀 힐버는 뒤로 물러나 몸을 지탱하려고 의자에 기댔다. 표정은 풀처럼 희멀겋고 자칫하면 기절할 듯이 보였다. "나는, 나는 이런…… 꿈에도 생각 못할……." 그는 머뭇거렸다. "캐인스의 방은 동쪽 아래층에 있습니다. 방 번호는 107이며 남동쪽 모퉁이에 있습니다. 하지만 군 경찰이 좀더 조사할 때까지는 닫아 두겠다고 해서, 나는 열쇠도 가지고 있지 않습니다."

"군 경찰 따위가 무슨 아랑곳이야. 나는 들어갈 거요. 이곳 전등을 다 꺼요. 이 건물에서 한 발자국도 나가면 안 되오. 그리고 전화에 가까이 가도 안 되고."

"하지만 학생들은……."

"내가 주의해 두겠소." 문을 닫으면서 나는 말했다.

밖으로 나와 동쪽 건물을 찾으려고 방향을 정했다. 기숙사로 보이는 낮은 장방형의 건물을 골랐는데, 바로 그 건물이었다. 잔디는 내 발소리를 죽였다. 나는 살며시 그 건물의 모퉁이로 다가갔다. 되도록 벽을 향해서 우거져 있는 풀숲 뒤를 걸으면서 그림자 속에 몸을 숨기고 있었다.

창문은 어깨높이로 줄곧 이어져 있었다. 모자를 벗고 유리창에 귀를 댔으나 내부의 소리는 아무것도 들리지 않았다. 되든 말든 해보기로 했다. 손가락을 창틀에 걸어 창문을 끌어올렸다. 삐걱거리지 않고 헐겁게 올라갔다. 뛰어올라 창틀을 딛고 고개를 숙이며 방 안으로 미끄러져 들어갔다. 가볍게 쓰러짐으로써 목숨을 건졌다. 방 한 구석에서 두 발의 총성이 울렸다. 탄환은 내 등 뒤의 창문에 명중하여 내 얼굴에 파편을 퍼부었다. 아주 짧은 순간 방 안은 불을 뿜는 권총의 처절한 빛으로 빨개졌다.

내 손이 코트 밑으로 들어가기가 무섭게 총을 꺼내 가지고 나왔다. 우리들의 사격은 거의 동시였다. 방아쇠를 당기는 손가락이 빠른지 연속 세발을 사격했다. 무언가가 윗옷을 잡아 찢으며 늑골이 화끈 타오르는 것 같았다. 방 저편에서 또 한 발 쏘았으나 나를 노린 것은 아니었다. 방바닥을 관통하고 그것을 발사한 사나이가, 뒤따라 쓰러졌다. 이번에는 운에 맡길 수만 없었다. 나는 상대방이 있는 곳까지 달려가 상대의 몸 위로 덮쳐 권총을 발로 찼다. 마룻바닥으로 권총이 미끄러져 떨어지는 소리가 들렸다. 그러고 나서 내가 한 일은 스위치를 켠 것뿐이었다.

조지 카레키는 죽어 있었다. 나의 3연발은 심장이 가까운 가슴 부분의 똑같은 곳에 세 발이 다 명중했다. 그는 이 방에 어떤 목적이 있어 찾아와 그 목적을 다할 시간이 있었던 것이다. 방 한구석에는 녹색 금속제 상자에 타 버린 잿더미가 아직도 따뜻한 채로 남아 있었다.

11

다음 순간에는 맹렬히 문을 두드리는 소리가 나면서 밖에서 소란이 일어났다.

"문에서 떨어져 조용히 해." 나는 소리쳤다.

"누가 있나?" 한 사람이 강하게 되물어 왔다.

"너의 찰리 아저씨다." 나는 되받았다. "조잘거리지들 말고 빨리 학장을 데리고 와서 경찰에 전화를 걸라고 해."

"창문을 감시하고 있어, 모두들." 누군가가 소리쳤다. "문은 아직 봉인되어 있으니까 틀림없이 창문으로 들어갔을 거야. 이봐, 라이플을 가지고 와. 어디서 굴러먹던 말 뼈다귀인지 알 게 뭐야."

미치광이 같은 대학의 똘마니들. 라이플을 가지고 함부로 까불기만 해봐라. 가만두지 않을 테다. 그 네 사람이 전속력으로 모퉁이에서 달려왔을 때 나도 창문으로 머리를 쓱 내밀었다. 나를 본 순간 그들은 당황하여 멈춰 섰다. 나는 22구경 연발총을 가진 큰 우두머리 학생에게 손을 흔들어 보였다.

"이봐, 이리 와 봐."

그는 총검으로 돌격하는 시늉을 하며 총을 앞에 내민 채 창문으로 행진해 왔다. 공포로 굳어져 있었다. 나는 배지를 손바닥 위에 놓고 그의 코 밑에 그것을 밀어댔다.

"이 배지가 보이나?" 나는 말했다. "나는 탐정이다. 뉴욕에 있는. 자, 여기서 자네의 코를 비켜 주게. 무슨 일을 하고 싶으면 구내를 지켜 아무도 밖으로 못나가게 해줘, 알겠나?"

그 학생은 정중하게 머리를 숙였다. 여기서 떠나는 것이 그는 기뻤을 것이다. 다음 순간 전 구내에 명령이 전달됐다. 선량한 ROTC 대원들이다. 학장은 병든 말처럼 허덕이면서 허둥지둥 달려왔다.

"무슨 일이 있었소?" 말할 때의 목소리는 거의 쉬어 있었다.

"뭘요, 남자를 한 사람 사살한 것뿐입니다. 경관한테 연락해서 학생들이 이리 들어오지 못하도록 해주시오."

그는 바다거북처럼 떼지어 몰려온 자들을 쫓아 버렸다. 문 밖의 기묘한 목소리에서 겨우 해방된 나는 혼자 남았다. 이제부터 시골뜨기 군 경관 몇 사람이 현장 검증을 오기 전에 해야 할 일이 있다. 나는 총을 조사하고 시간을 기록했을 뿐, 조지는 쓰러진 장소에 그대로 내버려 두었다. 총은 45구경, 내가 가지고 있는 것과 같은 치수이며 내가 찾았을 때 그의 방에 있었던 것이다. 개머리판의 희미한 자국이 기억에 있었다.

다음으로 녹색 상자를 조사했다. 무엇을 태웠는지 확인하려고 주의 깊게 재를 조사했다. 노트를 새까맣게 태운 표지가 밑바닥에 그대로 재가 되어 있었는데, 만져 보니 스르르 부서졌다. 재는 한 권 또는 그 이상이었다. 노트에 무엇이 기재되어 있었는지를 알기 위해서는 백만 달러를 내던져도 좋았다.

한 자도 읽을 수 없었다. 조지는 그토록 완전하게 노트를 태우고 말았다. 상자가 놓여 있는 마룻바닥 위를 둘러보았다. 거기에도 재가 조금 흩어져 있었다. 그 하나는 남은 재보다 큰 형태를 남기고 있으며 완전히 연소되지는 않았다. 그 종이에는 일련의 숫자가 기재되어 있었다. 나는 그가 어떻게 하여 불빛을 숨겼는지 이상한 생각이 들었다. 외부에서 틀림없이 불빛이 보였을 텐데.

곧 그 방법을 발견했다. 마룻바닥에 카펫이 깔려 있었다. 그것을 걷어 올리니 밑바닥이 시커멓게 되어 있었다. 카펫 뒷면에 붙어 있는 것은 반 페이지 정도의 종이였다. 살인 사건의 공판에 꼭 도움이 되었을 텐데. 조지는 살인 하수인으로서 지명 수배되어 있었고 증거를 발견할 수 있는 장소도 분명해졌다. 업타운 은행의 귀중품 보관소 안에. 그것은 번호와 암호의 말까지 씌어 있었다. 열쇠는 은행의 관리인에게 위탁되어 있었다.

따라서 조지가 살인범이다. 그놈이 옛날로 되돌아가 흉악한 수단을 쓰고 있었던 것이라고 나는 생각했다. 다행스러웠다. 그것을 증명하는 것이 여기에 있다. 이것은 적어도 그를 사살한 것이 정당방위라는 것을 설명하는 것 이상으로 도움이 된다. 그 꺼멓게 그은 종이조각을 우송하기 위해서 작은 봉투에 겉봉을 쓴 다음, 우표를 붙였다. 이번에는 문을 열었다. 어깨로 부딪쳐서 봉인을 뜯고 그곳에 있던 대여섯 명 가량의 학생 위로 뒹굴 뻔했다. 학생들을 몰아내고 우편함을 찾았더니 복도의 제일 구석에 있었다. 나도 봉투를 우편함에 넣고 경관이 오기를 기다렸다.

지금은 거의 진상을 알 것만 같았다. 지금까지 카레키가 그 신디케이트의 큰 두목이라고 생각했었는데, 이제 보니 그는 말단에 불과했던 것을 알았다. 헐 캐인스야말로 거물이었다. 그의 수법이야말로 여자들을 손에 넣는 것과 마찬가지로 교활했다. 몹시 고생도 했겠지만 그것을 할 만한 값어치는 있었다. 첫째로 수상쩍은 과거를 가진 사나이에게 눈을 돌렸다. 더욱이 증거물을 손에 넣는 데 고생하지 않아도 될 친구들을 골라냈던 것이다. 이 조직을 만들 때 그 사나이의 과거 범행을 조사하거나 혹은 복사 카메라로 찍은 범죄자 카드의 사진을 보이고, 그 사나이를 부하로 만든 것이다. 불타 버린 증거물이 손에 들어오기만 했더라면 세상에서 가장 더러운 범죄 활동을 조사할 수 있었는데, 지금에 와서는 너무 때가 늦었다. 그러나 적어도 나는 단서를 잡았다. 그곳에 사본이 있을지도 모르겠으나 그것은 의심스러웠다. 헐은 한 사람 한 사람의 증거를 다른 금고에 보관하고 있었다. 그런 방법으로 하여, 만약 그가 부하에게 압력을 가하려고 하면 다른 부하에게는 아무런 누를 끼치지 않는 형태로 경찰에 대해 이러이러한 상자를 조사해 보라고 편지를 쓸 수가 있는 것이다. 멋진 생각이다. 치밀하게 계획된 생각이라고 할 만한 일이다.

카레키를 죽이지 않고 체포하는 것이 좋았다는 생각이 들었으나 그도 내가 목표하는 범인은 아니었다. 만약에 이 일이 계속된다면 아마 단 한 사람도 남지 않을 것이다. 이 사건에는 제삼자가 있다. 제삼자라는 복잡한 인간이 있는 것이다. 그것이 누구인지는 아무도 모른다. 다만 피살된 자들은 별도이지만.

군 경찰은 대학 총장의 취임 연설이 있을 때처럼 위세당당하게 도착했다. 붉고 큰 얼굴을 한 농부 겸 계장이 리볼버의 총신에 손을 걸고 실내를 활보해 와서 재빨리 나를 살인 혐의로 체포할 생각이었다. 팔을 흔들어 시위운동을 해보이고 나서 2분 뒤에, 내가 그런 짓을 할 수 있으리라고는 꿈에도 생각하지 못할 정도의 큰 소리로 호통치고 기합을 넣자 그는 당황하여 뒤로 물러서며 그 순간 체포할 생각은 없었다는 듯한 표정을 지었다. 그러자 내 쪽에서도 그의 시무룩한 기분을 가라앉혀 주기 위해 사립 탐정 허가증, 권총 사용 허가증, 그밖에 신분이 증명될 만한 물건을 몇 가지 꺼내어 그 남자에게 조사하게 했다. 나는 패트에게 전화로 연락하는 것을 그 사나이에게 들려주었다. 이런 군 경찰들은 관할 구역 밖의 경찰의 권한 따위는 우습게 생각하고 있는데, 그가 그 전화를 받자 패트는 나한테 협력하지 않을 경우에는 주 지사에게 연락하겠다고 위협했다. 나는 그 사나이에게 여기서 협력해 줄 것을 상세히 전하고 난 다음 뉴욕으로 돌아왔다.

돌아오는 길은 훨씬 편했다. 패트의 사무실 밖에 차를 세웠을 때에는 아침도 아직 이르고 윗 눈까풀과 아랫 눈까풀이 정답게 겹쳐지려고 했다. 그런데도 패트는 나를 기다리고 있었다. 되도록 간단하게 사건의 전말을 하나도 빠짐없이 전달했다. 패트는 현장 사진을 손에 넣기 위한 일과 노트가 타고 남은 찌꺼기에서 뭔가 검출해 낼 것이 없는지 연락하기 위해 경찰차를 업스테이트로 급히 달리게 했다.

새삼스레 집으로 돌아갈 기분도 나지 않아 샬로트에게 전화를 걸었다. 그녀는 일어나 있긴 했지만 아침 일찍부터 누구를 만날 작정으로 옷을 입고 있는 참이었다.

"내가 갈 때까지 기다려 주겠소?" 나는 물었다.

"물론이지요, 마이크. 빨리 오세요. 무슨 일이 있었는지 듣고 싶어요."

"15분 안으로 가겠소." 이렇게 말하고 나는 수화기를 놓았다.

30분이나 걸렸다. 교통이 무섭게 붐볐다. 캐시가 청소하고 있는 동안 샬로트는 문 앞에서 나를 기다리고 있었다. 그녀는 내 코트와 모자를 받았으며 나는 소파로 갔다. 내가 깊이 숨을 쉬고 기지개를 켜자 그녀는 몸을 굽혀 나한테 키스했다. 그녀의 키스를 받아 주는 에너지밖에는 없었다. 내 옆에 앉혀 놓고 모든 것을 이야기했다. 샬로트는 다소곳이 듣고 있었다. 이야기가 끝나자 그녀는 내 이마와 얼굴을 쓰다듬었다.

"내가 도와 줄 일이 있어요?" 그녀는 물었다.

"아, 색광(色狂)의 소질에 대해 이야기해 주오."

"그런 일요? 또 그 여자를 만났군요!" 그녀는 분개하고 있었다.

"일 때문이야, 달링."

이런 변명을 언제나 하지 않아도 될지 나 자신이 위태위태했다.

샬로트는 웃었다.

"그렇다면 좋아요. 이해해 드리겠어요. 당신의 질문인데, 음란증은 환경에 따라서 점진적 발전을 보이는 증세와 선천성 증세의 두 가지가 있어요. 어떤 사람은 성욕이 너무나 왕성하여 신경 장애마저 일으키지요. 그 타입에 속하지 않는 경우는, 유년기에 리비도를 금압당하여 어른의 세계로 성장하게 되면 이미 무감각한 구속의 희생자가 아니고 이상한 흥분을 구하게 되는 거예요. 그런데 왜 그런 걸 묻지요?"

나는 그 '왜'를 피하고 거꾸로 물었다.

"감정적인 장애가 인정되는 인간은 나쁜 행위를 하는 것일까?"

"즉 그런 변태 성욕자가 감정적인 부담의 결과로 살인 행위를 범하느냐는 뜻이군요? 나는 그렇지 않다고 봐요. 그런 사람들은 자기 감정의 돌파구로서 좀더 쉬운 방법을 발견할 거예요."

"예를 들어서?" 하며 나는 외면했다.

"음란증적인 색정 도착의 경향을 보이는 사람은 한 사람 한 사람에게 강한 감정을 쏟았다가 그것이 거절된 경우, 자기를 거절한 상대를 죽이는 대신 좀더 간단하게 감정적으로 맞는 다른 상대를 찾는 거예요. 그러는 편이 더욱 빠르고 효과적인걸요. 거절당했기 때문에 자기 수완이 둔해졌다는 기분을 경험하더라도 이 새로이 나타난 사람이 자기를 새롭게 해주는 거예요. 알겠어요?"

그녀의 이런 말투가 나를 비꼬는 말이라는 것을 나도 알고 있었지만, 그밖에 아직도 묻고 싶은 것이 있었다.

"쌍둥이의 경우, 양쪽이 다같이 색광이 되는 경우도 있을 수 있을까?"

샬로트는 몹시 유쾌한 듯이 웃어 보였다.

"있을 수 있지요. 하지만 반드시 그렇게 된다고는 말할 수 없어요.

나는 그 자매를 비교적 잘 알고 있어요. 아주 잘 알고 있다고는 할 수 없지만, 그 자매의 성격을 판단하기에는 충분해요. 메리는 회복 불능이에요. 그녀는 자기 하고 싶은 대로 해 나가는 게 좋겠지요. 굳이 말하자면 언니보다 흥미를 가질 수 있지만, 에스터는 상식을 벗어난 동생의 행동을 몇 번이나 보아 왔고 어떻게든 회복시키려고 손을 써 왔기 때문에 연애 사건에는 얼굴을 돌리는 경향이 있어요. 에스터는 인간으로서는 매력적인 여성이에요. 좋은 사람이구요. 동생 일로 머리가 가득차 남자에게 열중하지 못할 거예요. 한 남성이 에스터의 생활에 나타나면 자연히 거기에 순응하게 되겠지요."

"만나보고 싶은걸." 나는 졸린 듯이 말했다. "그런데 이번 주말에는 그 쌍둥이한테 갈 거요?"

"네, 그래요. 메리가 나를 초대했어요. 가는 시간은 늦으리리고 생각하지만, 시합을 놓치고 싶지 않아요. 하지만 곧 돌아올 작정이에요. 당신도 가세요?"

"아, 마녀를 데리고 갈까 생각하고 있소. 내가 전화로 그렇게 말하면 마녀도 승낙하겠지."

"그게 좋겠군요……." 그녀는 말했다.

그것이 내가 들은 마지막 말이었다. 바다 속처럼 깊은 잠에 떨어져 버린 것이다. 잠이 깨어 손목시계를 보았다. 오후 4시 가까이 되어 있었다. 캐시가 나의 움직이는 소리를 듣고 계란, 베이컨, 커피를 준비한 쟁반을 가지고 들어왔다.

"식사 준비가 되었습니다, 해머 씨. 샬로트님이 돌아오실 때까지 당신을 돌보라고 말씀하셨어요."

캐시는 하얀 이를 드러내 보이며 히죽이 웃고는 쟁반을 놓고 아장 아장 걸어 나갔다.

굶주린 것처럼 계란을 듬뿍 먹고는 커피를 석 잔 연거푸 마셨다.

그러고 나서 마녀에게 전화를 거니, 그녀는 "토요일 오전 10시에 마중 오시는 일은 승낙하겠습니다"라고 말했다. 나는 수화기를 놓고 샬로트가 돌아오기를 기다리는 동안 무언가 읽을 것을 찾으려고 책꽂이 앞을 서성거렸다. 대부분 나도 읽은 적이 있는 소설류였기 때문에 샬로트의 전문 서적을 몇 권 빼어 들었다. 한 권은 인상적인 제목으로 《정신 장애의 최면요법》이었다. 대충 훑어보았다. 전문용어가 너무 많았다. 내용은 환자에게 잠을 자게 하는 안전상태로 두는 조처와 치료법을 설명한 것이었다. 그 방법으로 환자는 나중에 자동적으로 교정된다는 것이다.

그것이 가능하다면 이것은 공부해 두는 편이 좋겠다. 나는 아름다운 여성에게로 눈길을 보내고 있는 자신을 상상하였다——이봐, 그런 것을 생각하는 것은 야비해. 게다가 나는 그런 병에 걸리지는 않았어. 나는 많은 사진이 들어 있는 책을 한 권 골랐다. 이 책의 제목은 《결혼의 심리》였다. ——이봐, 자네, 이건 또 굉장히 재미있을 것 같군. 이것이 전문용어로 되어 있지 않다면 나 역시 충분히 즐길 수 있을 텐데. 문외한으로서는 이런 거추장스러운 전문용어로 씌어 있지 않았으면 하는 생각을 했다.

샬로트는 마지막 장을 읽고 있을 때 돌아왔다. 내 손에서 책을 빼앗아 내가 무엇을 읽고 있는가 보았다.

"뭔가 특별한 일이라도 생각하고 있나요?" 그녀는 물었다.

나는 바보처럼 빙그레 웃었다.

"흥분하는 편이 좋으리라고 생각해서 말이야. 할 수 있는 동안에. 얼마나 오랫동안 에너지를 축적하고 있었는지 입으로는 말할 수 없는 정도요."

그녀는 나한테 키스하고는 스카치와 소다를 믹스해 주었다. 그것을 마시고 나서 캐시에게 모자와 코트를 집어 달라고 말했다. 샬로트는 실망한 듯한 얼굴을 했다.

"이렇게 빨리 돌아가세요? 적어도 저녁 식사는 함께 해 주실 줄 알았는데."

"오늘 밤은 그만두겠소, 허니. 양복집에 부탁할 일도 있어, 산뜻한 것으로 갈아입고 싶어요. 설마 당신한테 여벌옷이 있다고는 생각되지 않으니 말이오."

나는 코트의 탄환 구멍을 손가락으로 가리켰다. 샬로트는 그것이 아주 가까운 곳에서 쏘아진 것을 알아채고 조금 파랗게 질려 버렸다.

"당신은, 당신은 부상을 당했나요, 마이크?"

"천만의 말씀. 탄환이 늑골을 스치고 갔지만 조금도 다치지는 않았소." 그것을 확인시키기 위해 셔츠를 걷어 올려 보이고 나서 옷을 챙겨 입었다.

바로 그때 전화가 울려서 그녀는 수화기를 들었다.

그녀는 한두 번 눈썹을 찌푸리고 나서 말했다.

"그게 정말이세요? 그럼, 좋아요. 내가 직접 해볼 테니."

그녀가 수화기를 놓았을 때 무슨 일이냐고 물어 보았다.

"단골손님이에요. 치료를 받고 있었는데, 또 본디의 증세로 빠지고 말았대요. 나는 진정제의 처방을 써서 오늘 아침 왕진할 예정이었는데."

그녀는 책상으로 갔다.

"그럼, 나는 이만 물러가야지. 또 나중에 만나게 될지도 모르겠군. 지금은 무엇보다도 이발을 하고 싶소."

"그럼, 좋아요, 달링." 그녀는 되돌아와서 내 몸에 팔을 감았다. "모퉁이에 이발소가 있어요."

"어느 이발소이건 산뜻해지는 것은 마찬가지야."

나는 계속해서 키스하면서 말했다.

187

"빨리 돌아와 줘요, 마이크."

"물론이지, 달링."

다행히도 이발소는 텅텅 비어 있었다. 내가 들어갔을 때 한 사나이가 의자에서 일어나 막 가려고 했다. 코트를 코트걸이에 걸고 나서 나는 털썩 의자에 앉았다.

"깎아 주시오" 나는 말했다. 이발사는 내 권총을 힐끗 보고 나더니 시트에 앉아 있는 나에게 흰 이발 가운을 둘러 주고 조용히 전기 바리캉의 소리를 냈다. 15분 뒤에는 내 어깨를 털었다. 나는 업타운의 부랑자 같은 꼴이 되어 이발소를 나왔다. 차를 덜컥거리면서 브로드웨이를 향해 거리를 가로질러 갔다. 사이렌이 울리고 있는 것을 들었으나, 경찰차가 접근해 와서 창문으로 몸을 내미는 모습을 보기까지 패트인 줄 몰랐다. 그는 급히 서두르고 있어 나를 알아채지 못하고, 거리 모퉁이에 있는 경관이 교통정리를 하고 있는 동안에 교차점을 통과해 갔다. 그 거리로 다시 가니 다른 사이렌이 북쪽 길에 울려 퍼졌다.

나쁜 예감이 생생하게 느껴졌다. 조지 카레키에게 습격당했을 때의 그 예감과 같은 느낌이었다. 그리고 이것도 그때와 같은 사건이지만 처음에는 상상도 할 수 없었다. 거리 모퉁이에 섰던 교통경찰이 우리들의 통과를 허가하자마자 경찰차의 사이렌 소리를 쫓아 렉싱턴 대로를 왼쪽으로 꺾었다. 훨씬 앞쪽의 좁은 도로의 정차한 차 안에서 패트의 차 지붕을 보았다. 잠시 뒤 속력을 늦추면서 보도로 접근해 갔다.

이번에는 한 구획쯤 떨어진 장소에 주차해야만 했다. 경찰차 두 대가 도로 양쪽에 주차해서 교통을 차단하고 있었다. 나는 그 구획의 모퉁이에 있는 순찰 경관에게 배지와 허가증을 보였다. 나를 들어가게 해주었기에 약국의 외부에 모여 있는 소수의 인파 속으로 달려갔다. 패트는 살인과 전체를 짊어지고 있는 느낌으로 거기에 있었다.

나는 그 자리에 있는 사람들을 밀어젖히고 패트에게 신호를 보냈다. 보도에 쓰러져 있는 사람에게로 떨어뜨리고 있는 그의 시선을 쫓았다. 피가 짙은 빛깔로 초라한 상의를 적시면서 등의 총구멍에서 흘러 떨어지고 있었다. 패트는 조사해 보라고 나한테 말했다. 나는 피해자가 누군지 보려고 얼굴을 바로 돌렸다.

나는 휘파람을 불었다. 보보 호퍼는 이제 꿀벌을 기를 수가 없게 되었다.

"이 사나이를 알고 있나?" 패트는 시체를 가리키며 말했다.

나는 고개를 끄덕였다.

"알고말고. 이 녀석의 이름은 보보 호퍼야. 좀 얼간이지만 낙천가이고 마음씨가 좋은 놈이었지. 나쁜 짓을 한 적은 한 번도 없었어. 전에는 카레키의 심부름꾼이었지."

"45구경으로 사살되었어, 마이크."

"뭐라고?" 나는 폭발했다.

"이번에는 다른 물건도 있어, 마약이야. 이쪽으로 와 봐." 패트는 약국 안으로 나를 데리고 들어갔다. 작달막하게 살찐 점원이 갈색 서지 양복을 입은 몸집이 큰 총경에게 인솔되고 있는 형사들 앞에 서 있었다. 나는 그 총경의 일이라면 무엇이나 잘 알고 있었다. 전에 내가 어떤 사건으로 마치 솔개가 먹이를 가로채는 것 같은 형세가 된 이후, 이 총경은 나를 몹시 싫어하고 있었다. 마약 담당의 데일리 총경이었다.

데일리는 나를 향해 돌아섰다.

"뭣하러 왔소?"

"당신하고 같은 일이겠지요."

"좋아, 곧 나가는 것이 좋을 거요. 나는 코를 벌름거리며 냄새나

맡을까 하고 이 근처를 얼씬거리는 살인 탐정 따위가 코를 박게 할수는 없어. 이봐, 썩 나가라고."

"잠깐만, 총경" 패트가 가로막았다. 그가 이런 말투로 얘기할 때는 조심하는 것이 좋다. 데일리는 패트를 존경하고 있었다. 이 두 사람은 전혀 다른 타입의 경찰관이었다. 데일리는 차근차근 승진하여 지금의 지위를 쌓아올렸는데, 패트는 범죄에 대한 과학적인 해결법에 의해 현재의 지위를 얻은 것이다. 비록 그런 사이일지라도 서로의 방법을 눈엣가시로 삼는 일은 없었다. 데일리는 패트에게 신용을 얻기에 충분한 사나이였다. 그 신용은 당연한 것이었으며 또 그의 의견은 패트가 항상 경청했다.

"마이크는 이 사건에 비상한 흥미를 가지고 있다네." 패트는 말을 이었다. "이때까지 수사를 속행할 수 있었던 것도 마이크가 정보를 보내 주었기 때문일세. 자네만 좋다면 이번 사건에도 마이크에게 협조를 바라고 싶네."

데일리는 나를 쏘아보며 살찐 어깨를 움츠렸다. "좋아, 시켜 보게나. 다만 증거는 어떤 것도 압수하지 않도록 해주게."

지난번의 사건에서는 그가 수사를 담당하고 있던 사건에 휩쓸려 들어가 자기의 트럼프의 수를 보이지 않고 게임을 계속한 형태가 되었는데, 그가 몰래 덮어 두었던 증거를 근거로 하여 나는 그 말고는 생각지도 못할 거물 약품 판매업자를 잡았던 것이다. 데일리는 그것을 결코 잊어버리지 않았다.

마약과의 과장은 약제사를 호통 쳤다. 나는 그 한 마디 한 마디를 기억해 두었다.

"자, 한 번 더 나한테 모든 것을 이야기하고 그 밖에 뭔가 생각해 낼 수 있는 것을 기억해 봐."

궁지에 몰리면서 그 약제사는 오동통한 손을 힘껏 쥐고 자기를 뚫어지게 바라보고 있는 많은 얼굴로 시선을 돌렸다. 패트의 얼굴이 제일 동정심이 있어 보였는지 그는 패트를 향해서 지껄이기 시작했다.

"나는 아무 짓도 안 했습니다. 카운터 밑을 청소하고 있었습니다. 그것뿐입니다. 그 피살된 사나이가 들어와서 처방약을 듬뿍 달라고 말했습니다. 몹시 걱정하고 있더군요. 포장지에 아무것도 씌어 있지 않은 찢어진 상자를 나한테 건네주었습니다. 그 사나이는 나한테 자기가 일을 잃게 되었다는 것과 내가 해주지 않으면 아무한테도 신용을 얻을 수 없다고 말했습니다. 자기가 건네주어야 할 상자를 떨어뜨렸는데 누군가에게 밟혀서 처방약이 한길에 흩어지고 말았나 봅니다.

이 가루는 깨어진 상자의 양쪽에서 흘러나온 것입니다. 안으로 가져가서 핥아 보고 나서 분석 실험을 했습니다. 그 가루에 무엇이 포함되어 있었는지는 확실히 알고 있었지만, 실험 결과도 역시 그대로 나왔습니다. 헤로인이었습니다. 이거 큰일났다 싶어──선량한 시민으로서 말입니다──경찰에 전화를 걸고 나한테 무엇을 가지고 왔는지를 말씀드렸더니 경찰은 그 사나이를 붙들어 두라고 말했지만 그 사나이가 갱인지 어떤지, 자칫하면 나를 사살할지도 모르거든요."

여기서 그 작은 사나이는 이야기를 멈추고 몸을 떨었다.

"나한테는 가족이 있습니다. 내가 머뭇거리고 있자 빨리 해 달라며 포켓에 손을 쑤셔 넣었습니다. 권총을 가지고 있었는지도 모릅니다. 다른 상자에 붕산을 넣어 주고 그에게서 1달러를 받자 그 사나이는 나갔습니다. 어디로 가나 보려고 카운터를 나갔는데, 내가 문에 닿기도 전에 그는 보도에 쓰러졌습니다. 저격당한 것입니다. 거의 즉사였습니다. 나는 또 경찰에 전화를 걸었더니 댁에서 오셔서 ……."

"누군가 도망치는 것을 못 보았소?" 패트가 물었다.

그는 머리를 저었다. "아무도 못 보았습니다. 그때는 정신이 나가서. 도로에는 아무도 없었습니다."

"총소리는?"

"네, 들어도 몰랐을 것입니다. 아무튼 너무도 놀라서, 총 맞은 데서 피가 흐르는 것을 보고 안으로 뛰어들어왔습니다."

패트는 머리를 가볍게 두드렸다.

"자동차는 어땠소? 그때 자동차가 지나가지 않았소?"

그 작은 사나이는 눈을 껌뻑거리며 생각하고 있었다. 한 번 말을 하려다가 그만두고 잠시 뒤 확신이 선 듯 말했다.

"그렇습니다, 그 말을 듣고 보니 지금 생각이 나는데, 그러기 조금 전에 한 대 지나갔던 것 같습니다. 글쎄요, 이건 확실합니다. 아주 천천히 달려와서 길모퉁이로 돌아갔습니다." 그는 여기서 얼른 말을 계속했다. "그 차는 아마도 길 옆에서 다가온 것 같더군요. 내가 밖으로 나갔을 때는 벌써 지나간 뒤였습니다. 나는 뒤쫓아 갈 생각도 안했습니다. 정신이 얼떨떨했으니까요."

데일리는 부하 한 사람에게 모두 속기를 시키고 있었다. 패트와 나는 듣는 것만으로 충분했다. 우리는 밖으로 나가 시체 있는 곳으로 가서 탄환의 사각을 조사했다. 시체가 쓰러져 있는 위치로 보아 범인이 사격했을 때는 렉싱턴 쪽에 있었다. 붕산 꾸러미는 피에 물들어 보보의 손 밑에 있었다. 우리는 포켓을 툭툭 쳐 보았다. 텅 비어 있었다. 붉은 지갑에는 8달러와 도서관의 열람권이 있었다. 코트 안쪽에는 꿀벌 사육에 관한 소책자가 있었다.

"소음기를 달았군" 패트가 말했다. "9대 1로 걸어도 좋아. 이것은 그 권총이야."

"나는 내기를 하기는 싫어. 같은 거야 뻔한 일인걸 뭐."

나는 패트의 말에 동의했다.

"무얼 좀 알았나, 마이크?"

"몰라, 카레키가 살아 있다면 제일 의심스럽지. 처음이 매춘이고 이번에는 마약이야. 이건 아직 보보가 카레키의 일을 하고 있었다는 말이 돼. 그러나 그는 그런 말을 안 했고 나는 그를 믿고 있었어. 지금은 확실하지 않지만."

우리 두 사람은 잠깐 시체를 보고 나서 한길을 건너갔다. 우연히 어떤 일이 생각났다.

"패트."

"으음."

"카레키가 자기 집에서 저격당했을 때의 일을 기억하고 있나? 내가 한 일이라고 우겨댔던 일 말이야."

"기억나네. 그게 어쨌단 말인가?"

"그게 범인의 권총이야. 우리들이 찾고 있는 범인이 그것으로 사격했어. 왜냐고? 뭔가 생각나는 것이 있나? 그 즈음만 해도 카레키는 무슨 일에 대해서나 방심하지 않았어. 그래서 왜 저격되었나 하는 질문에 대한 회답이야."

"뭔가 손을 쓸 만한 일은 있었지, 마이크. 그런데 그 이유를 말할 수 있는 사람이 죽어 버렸네."

나는 그에게 빙그레 웃어보였다.

"그렇지 않아. 아직 있어. 범인이야. 그는 그 이유를 알고 있어. 자네는 지금 곧 할 일이 있나?"

"뒤로 미루어도 돼. 이 사건은 데일리한테 잠시 맡겨 놓아도 되니까. 그런데 왜 그러지?"

그의 팔을 잡고 내 차가 있는 곳까지 함께 걸었다. 우리는 차를 타고 내 아파트로 향했다.

우리가 도착했을 때 마침 우편배달부가 나오는 참이었다. 나는 우편 상자를 열고 그 대학에서 내가 나 자신 앞으로 보낸 봉투를 꺼내 겉봉을 찢었다. 할 수 없이 그 시골 순경의 손에서 타다 남은 증거품을 하나 훔치지 않을 수 없었다는 사연을 패트에게 설명하자, 그도 내가 당연한 일을 했다고 동의해 주었다.

패트는 여러 군데 연락을 했다. 세 번 전화를 걸었다. 우리가 은행에 도착하자 수위는 은행장실로 안내했다. 이때는 이미 재판소에서 통고를 받고 있었으므로, 우리가 헐의 부하 이름을 쓴 서류가 있는 상자를 조사하는 것을 승낙한 것이다.

거기에는 거의 모든 것이 들어 있었다. 조지 카레키를 12번 이상이나 교수형에 처하는 데 충분한 증거가. 탄환을 퍼부었던 일이 정말 기분 좋았다. 그 녀석, 정말 굉장한 악당이다. 내가 의심하고 있던 것 이상의 일에 손을 대고 있었다. 새로운 죄상을 포함해서 조지 카레키를 저마다의 소인으로 기소할 수 있는 영수증의 사진 복사, 편지, 우리들이 전혀 모르는 기록, 그 밖의 많은 자료가 있었다. 그러나 그밖에는 아무것도 없었다. 조지가 가 버린 곳은 법정이 필요 없는 곳이다. 헐 캐인스가 그를 한패거리로 끌어넣고 있는 이상, 그가 캐인스한테서 도망치려고 하면 어차피 전기의자로 가는 꼴밖에는 되지 않는다.

패트는 그 증거물을 두 번 훑어보고 한 장의 큰 봉투에 넣어 서명하고 나서 밖으로 나왔다. 밖에서 나는 물었다.

"저 쓰레기를 어떻게 할 작정인가?"

"주의해서 조사해 봐야지. 가령 그 영수증이 현금으로 되어 있거나, 뒷면에 서명이 되어 있지 않으면 조사할 만한 값어치가 있으니까. 자네는 어떻게 하겠나?"

"여기 오기 전에는 집으로 돌아갈 작정이었는데, 그러는 편이 좋을 것 같군. 그런데 자네는 그 밖에 무언가 발견했나 ? "

패트는 웃었다.

"이제 알게 돼. 자네한테 선수를 칠 것 같은 이야기라서 이것은 이야기하지 않았으나, 자네 쪽에서도 공명정대하게 움직이고 있으니 이야기해 두지. "

그는 포켓에서 종이 한 장을 꺼내어 그것을 펼쳐 보였다.

"여기에 몇 사람의 이름이 적혀 있네. 뭔가 알고 있으면 가르쳐 주게. 헨리 스트라브하우스, 카멘 실비, 셀마 B. 듀발, 버지니아 R. 레임스, 콘라드 스티븐스. "

패트는 말을 끊고 기대하듯이 나를 보고 대답을 기다렸다.

"스트라브하우스와 스티븐스는 주 교도소에서 1년의 징역을 치른 놈들이야. " 나는 말했다. "그밖에는 모르겠는걸. 듀발이라는 여자 이름은 신문의 사회면에서 한 번 본 듯하지만. "

"봤을 거야. 아무튼 자네도 별로 아는 것 같지 않으니 이야기해 주지. 이들은 모두 시립진료소나 사립 새너토리엄에 입원하고 있네. 마약 중독자야. "

"그거 잘 되었군. " 나는 멍하니 생각했다. "어떻게 알았지 ? "

"공중위생과로부터 보고가 왔었어. "

"으음, 이들에게 이런 일이 있었던 건 알고 있었지만 신문에 안 난 것이 이상한 걸. 아, 알았다. 이때까지 마약의 출처를 몰랐었군, 응 ? 뭐야, 그건 ? "

패트는 짓궂은 웃음을 띠었다.

"데일리가 알고 싶어하는 게 그것이야. 누구 한 사람 비밀을 누설하지 않기 때문에 말일세. 이쪽에는 고약한 이야기지만 그들 가운데 몇 사람은 시의 상층부와 결탁하고 있기 때문에 정보를 손에 넣으려고 해도 우선 가망이 없네. 그런데 이 종이가 손에 들어왔어.

그러고 보니 물건은 아무것도 모르고 알려지지도 않은 머리가 모자라는 작은 사나이를 통해서 그들 앞으로 전달된 것이야."

나는 겨우 숨을 쉬었다.

"보보로군!"

"맞았어, 놈이 틀림없어. 이것은 증명할 수 있네. 보보가 피살된 것을 알면 그들은 전보다 더 입을 열지 않을 것일세. 틀림없어."

"제기랄. 치료를 받고 있을 환자 상대로 옥신각신할 수도 없고 말이야. 이쪽 손은 꽉 묶여 있는 셈일세. 차렷하고 있는 거야. 패트, 그게 틀림없네. 그놈들이 모두 얼마나 단단하게 연결되어 있는가를 생각해 보게. 얼핏 보기로는 그 연결은 막연한 것 같지만 그렇지 않네. 보보와 카레키, 헐과 카레키, 헐과 아일린, 아일린과 잭. 어쨌든 용광로에 던져 넣은 수많은 쇳조각 같은 것이거나 아니면 연쇄반응 같은 것이야. 잭이 행동을 시작했기 때문에 범인은 그를 사살했네. 그러나 범인은 무언가 다른 것을 숨기지 않으면 안 되었어. 그리고 악순환이 일어난 거야. 이봐, 우리는 그 어느 선까지 다다른 걸세!"

"농담 작작해. 나는 지금 우물 바닥에 서 있으니. 이번에는 뭐가 있나?"

"맡겨 둬, 패트. 지금은 작은 빛이 보이고 있어. 몇 가지 일이 떠올라온 거야."

"무엇이?"

"아직 말하지 않는 게 좋겠어. 아주 사소한 일이야. 사건 전체에 무섭게 들어맞는 동기를 범인이 가지고 있었다는 것을 나한테 가리켜 줄 뿐, 그밖에는 아무 방향도 제시하지 않는 그런 작은 일일세."

"또 나하고 경쟁하는 건가, 마이크?"

"자네는 멋있는 흰 연미복을 걸란 말이야! 우리는 마지막 코스에 와 있는데 트럭이 진흙탕으로 꼼짝 못하고 있네. 채찍질을 하여 달리기 전에 땅바닥이 단단한 그라운드를 고생하여 걷지 않으면 안 되네." 나는 빙그레 웃어 보였다. "내가 뒤질 것 같은가, 패트."

"자네는 무엇을 걸겠나?"

"비프스테이크의 저녁 식사."

"좋아, 하세."

나는 그와 헤어졌다. 그는 택시를 타고 경찰서로 돌아가고 나는 내 아파트로 돌아왔다. 바지를 벗을 때 지갑을 찾아보았으나 없었다. 그것은 멋진 지갑이었다. 지갑에 200달러쯤 들어 있었기 때문에 잃어버린 것에 화가 났다. 나는 바지를 입고 차가 있는 곳으로 내려갔다. 거기에도 없었다. 이발소에서 떨어뜨렸는지도 모른다고 생각했으나, 나는 포켓에 있는 잔돈으로 지불했었다. 이게 무슨 꼴이람.

나는 차로 되돌아가 방향을 바꾸어 샬로트의 아파트를 향해 남쪽으로 달렸다. 로비의 문이 열려 있었으므로 위로 올라갔다. 벨을 두 번이나 울렸으나 대답이 없었다. 그러나 방 안에 누군가 있었다. 〈스와니 강〉을 노래하고 있는 목소리가 들렸다. 문을 세게 두드리자 캐시가 열었다.

"웬일이야?" 나는 그녀에게 물었다. "벨이 울리지 않나?"

"울리지 않았습니다, 해머 씨. 그렇게 생각합니다만, 자, 어서 들어오세요."

문으로 들어서자 샬로트가 달려나와 나를 맞이했다. 얼룩진 가운을 입고 고무장갑을 끼고 있었다.

"어머나, 허니." 그녀는 나한테 미소를 지었다. "정말 빨리 오셨군요, 잘하셨어요."

그녀는 나한테 팔을 내밀고 키스하기 위해 머리를 뒤로 젖혔다. 캐시가 그 자리에 선 채 멍하니 입을 벌려 이가 희게 빛났다.

"저리로 가, 캐시."

나는 빙그레 웃었다. 캐시가 들어갔기 때문에 입술에 키스할 수 있었다. 샬로트는 깊이 숨을 쉬고는 머리를 내 가슴에 파묻었다.

"이번에는 오래 계실 수 있겠어요?"

"아니."

"어머나, 왜요? 지금 막 오셨는데."

"지갑을 가지러 왔어."

나는 그녀와 소파 쪽으로 가서 쿠션 뒤를 찾았다. 고약한 놈의 지갑, 내가 자고 있는 동안에 뒤 포켓에서 미끄러져 떨어졌었구나.

"그럼, 당신은 내가 훔쳤다고 항의를 하러 오셨군요."

샬로트는 토라졌다.

"이 바보." 나는 금발 위에 입술을 댔다. "이런 꼴로 무엇을 하고 있었지?" 나는 얼룩을 가리키며 말했다.

"사진을 현상하고 있었어요. 보시겠어요?" 그녀는 나를 암실로 데리고 가서 조명을 껐다. 그러자 붉은 광선이 흘러나왔다. 샬로트는 현상액에 필름을 몇 장 넣었다. 몇 분이 지나자, 의자에 앉아서 팔을 의자의 금속제 팔걸이에 걸치고 있는 긴장한 표정의 사나이 사진이 인화됐다. 그녀는 필름을 한 장 한 장 머리 위로 비춰 보았다.

"누구요, 이건?"

"임상환자예요. 분명히 말하면, 이건 우리 진료소에서 치료를 받게 하기 위해 헐 캐인스가 시립병원의 자선 병동에서 데리고 온 사람이에요."

"왜 이러지, 이 사나이? 죽음에 떨고 있는 것 같은 얼굴을 하고 있군."

"이 환자는 보통 기면(嗜眠)상태로 알려진 상태에 있는 거예요. 실제로 이런 환자에게는 휴양과 신뢰감을 주는 도리밖에 방법이 없어요. 이 환자는 도벽 정신이상이에요. 길거리에서 굶어 죽을 뻔한 것을 시립병원에 수용했는데, 그때까지 도벽 정신이상이라는 것은 발견되지 않았더군요.

우리가 이 환자의 심층 의식을 규명하여, 이 환자는 소년 시절에 모든 것을 빼앗기고 필요한 것은 훔치지 않으면 자기의 것이 되지 않는다는 것을 알았어요. 친구한테 부탁해서 일자리를 찾아 주었지요. 그리고 어째서 그렇게 되었는가를 설명해 주었어요. 자기가 어떤 상태인지를 알고 이 환자는 자신이 극복했어요. 지금은 건강하게 일하고 있어요."

나는 사진을 선반으로 돌려놓고 그 장소를 훑어보았다. 암실까지 만들어 놓고, 이건 확실히 굉장한 생활이다. 이런 돈이 드는 취미를 가진 아내를 먹여 살리려면, 지금보다 훨씬 많이 벌지 않으면 안 될 것이다.

샬로트는 내 마음을 알아차렸음이 틀림없다.

"우리가 결혼하면 이런 일도 그만두고 사진은 길모퉁이의 가게에서 현상시키겠어요……." 그녀는 말했다.

"아니, 우리는 충분히 해 나갈 수 있어."

그녀는 나의 등 뒤로 손을 돌려 매달렸다. 나는 힘차게 그녀에게 키스했기 때문에 이번에는 입술이 갈라졌다. 그녀가 숨을 쉴 수 있었다는 것이 이상할 정도였다. 그만큼 힘껏 껴안았던 것이다.

우리는 팔을 끼고 문 쪽으로 걸어갔다.

"오늘 밤은 어때요, 마이크. 우리 어딘가로 가 볼까요?"

"모르겠는데. 영화라도 보러 갈까?"

"좋아요, 그렇게 해요."

나는 문을 열었다. 나는 문 뒤에 있던 차임에 대해서 물어 보았다.

"이제 이건 울리지 않나?"

"어머나, 어떻게 된 일일까?" 그녀는 발끝으로 카펫을 가볍게 툭툭 찼다. "캐시가 여기서 또 진공청소기를 썼군요. 언제나 플러그를 빼놓은 채."

나는 몸을 굽혀 그것을 소켓에 끼웠다.

"8시쯤 만납시다" 하고 나는 나올 때 말했다.

아래층으로 내려갔다. 그녀는 내가 거의 보이지 않을 때까지 서 있다가 나한테 키스를 던지고는 문을 닫았다.

12

양복점은 내 코트의 탄환 자국을 보고 어처구니없어했다. 이러다가는 머지않아 좋은 단골이 없어지겠다고 생각한 모양이다. 제발 조심해 달라고 나한테 애원하다시피 말하고, 아무튼 다음 주일까지 수선하겠다고 했다. 나는 다른 한 벌을 가지고 집으로 돌아왔다.

문을 열자 전화가 울리고 있었다. 나는 의자 등에 옷을 걸쳐 놓고 수화기를 들었다. 패트였다.

"마이크, 보보 호퍼를 죽인 탄환에 대해서 방금 보고가 들어왔네."

"그래?" 춤을 출 것만 같았다.

"같은 놈이야."

"역시 그렇군, 패트. 그밖에 다른 것은?"

"아, 카레키의 권총도 여기 보관하고 있어. 탄환은 말이야, 자네를 저격한 것 외에는 맞지 않아. 권총 번호를 조사했더니 남부에서 팔린 것이었어. 두 사람이나 아니면 더 많은 사람의 손을 거쳐 3번 거리의 전당포로 들어온 것이었지. 거기서 조지 K. 마스터스라는 이름의 남자 손으로 넘어갔네."

그래서 조지가 그 권총을 가지고 있었군. 전에 그 기록이 발견되지 않은 것은 조금도 이상한 일이 아니다. 카레키라는 것은 미들네임으로, 아마도 성인 모양이다. 나는 패트에게 고맙다는 말을 하고 전화를 끊었다. 그런데 어째서 카레키는 그 마스터스라는 이름을 썼을까? 본명을 쓰면 오래 전에 저지른 범행을 추궁당할 것이 뻔했다. 아무튼 우리가 은행의 귀중품 보관실에서 발견한 증거에서 무슨 단서를 잡지 못했다면 문제는 미해결로 남았을 것이다. 시체를 기소할 수는 없으니까.

식사를 끝내고 샤워를 한 다음 옷을 입고 있는데 전화가 또 울렸다. 이번에는 마녀였다. 그녀는 만약에 나의 사정이 좋다면 내일 아침 빨리 마중와 주면 좋겠다고 말했다. 내 쪽은 상관없다고 그녀에게 말했다. 아직도 무척 쇠약해져 있기 때문에 그녀를 외출시켜 주기 위해서라면 할 수 있는 모든 일을 기꺼이 해주고 싶었다. 시골로 드라이브하는 것은 그녀에게 좋은 일일 것이다. 가엾게도 그녀에게는 무언가 기분 전환이 될 만한 것이 필요했다. 내가 오직 걱정한 것은, 잭의 죽음을 잊으려고 마약을 먹는 습관으로 다시 되돌아가지 않을까 하는 것이었다. 그녀는 영리한 여자다. 다른 길도 있다. 언젠가 훌륭한 남자와 결혼하게 되면 잭은 오직 기억에 깊이 새겨진 존재가 될 것이다. 그것은 자연히 우리들에게 주어지는 길이다. 아무래도 그것이 제일 좋은 길인지도 모른다.

샬로트는 아파트 앞에서 나와 만났다. 내가 오는 것을 보자 한 시간이나 기다린 듯이 조마조마하게 발을 굴렸다.

"마이크!" 하고 그녀는 세게 불렀다. "늦었어요. 꼭 5분 동안에 해명하세요."

"그렇게 골리지 말아 주오." 나는 웃었다. "길이 막혔기 때문에."

"그럴싸한 해명이군요. 당신은 음란증이란 어떤 것이었더라 하고, 또 만나러 가려 했던 거예요. 틀림없이." 그녀는 귀여운 악마였다.

"잠자코 빨리 타요, 자, 빨리 타요, 늦으면 쇼의 좌석을 못 잡게 돼요."

"당신만 좋다면 좋은 미스터리 영화라도 볼까 하는데. 수사 방법에 뭔가 새로운 방법이라도 가르쳐 줄지 모르니까."

"멋있군요, 그럼, 마크다프로 가요."

우리는 바깥에 늘어선 자동차 행렬이 1마일도 안 되는 작은 극장을 발견하고 2시간 반쯤, 스위스 치즈 한 쪽에 뚫려 있는 구멍보다도 더 화려하게 권총으로 사람의 몸에 구멍을 많이 뚫어 놓는 살인을 취급한 황당무계한 미스터리와, 눈보라가 치면 느려지는 롱아일랜드의 철도보다 훨씬 느린 템포의 서부 영화를 보았다.

밖으로 나오니 엉덩이가 벗겨진 것 같은 기분이 들었다. 샬로트가 샌드위치를 먹자고 말했으므로 가볍게 먹을 수 있는 식당으로 들어가 토스트와 계란 반숙을 먹은 다음 한잔하기 위해 바로 갔다. 나는 맥주를 주문했다. 샬로트가 같은 것을 주문하기에 나는 눈썹을 추켜세웠다.

"상관없으니 좋은 걸 주문하구려. 돈은 있으니까."

그녀는 소리내어 웃었다.

"바보군요, 나도 마실 수 있어요. 언제나 맥주를 마시는걸요."

"야, 그거 참 기쁜 소리군. 당신이란 사람은 짐작을 못하겠어.. 취미는 사치스러우면서 맥주 같은 것도 마시고, 그러고 보면 당신은 그리 까다로운 편이 아니군."

"여차하면 언제라도 직장으로 되돌아갈 수 있어요."

"그런 건 할 필요 없어. 내 마나님에게 일은 안 시켜. 마나님은 집에 있기만 하면 돼. 어디 있는지 내가 알고 있는 집에 말이야."

샬로트는 손에 들고 있던 맥주를 놓고 장난스럽게 나를 바라보았다.

"나한테는 아직 프로포즈도 하지 않았다는 것을 당신은 알고 계시 나요? 내가 당신하고 결혼하리라는 걸 당신은 어떻게 알지요?"

"알았어요, 아가씨." 나는 말하며 그녀의 손을 잡아 입술로 가지고 갔다. "나와 결혼해 줘."

그녀는 웃었으나 눈물이 넘쳐 내 어깨에 얼굴을 묻었다.

"아아, 마이크, 좋아요, 결혼해요. 나 역시 이렇게 당신을 사랑하 는걸요."

"나도 사랑하고 있어. 귀여운 새끼고양이. 자, 마셔요. 내일 밤 그 쌍둥이네 집에서 모든 것을 발표하고 앞으로의 계획을 세웁시다."

"키스해 줘요."

부랑자 같은 두 사나이가 옆 눈으로 보고 있었다. 그러나 무슨 아 랑곳이람. 나는 힘껏 그녀를 껴안고 키스해 보였다.

"언제 반지를 주시겠어요?" 그녀는 알고 싶어했다.

"곧. 이번 주일이나 다음 주일 중으로 수표가 몇 장 오기로 되어 있으니, 그때 티파니의 가게로 가서 고르기로 해."

"멋있어요. 아주 행복해요, 마이크."

우리는 맥주를 마시고 나서 한 잔 더 마신 다음 그곳을 나왔다. 그 두 부랑자는 내가 지나갈 때 "여어" 하고 야유를 했다. 나는 순간 샬 로트의 팔에서 손을 떼고는 두 사나이의 머리에 손을 대어 표주박 두 개를 부딪치듯이 꽝 쳐 주었다. 두 사람 다 의자에서 껑충 튀어 올랐 다. 내가 걷기 시작하자, 바의 거울 속에 그들의 눈이 비쳤다. 마치 네 개의 석영 구슬 같았다. 바텐더는 멍하니 입을 벌리고 나를 보고 있었다. 나는 그에게 손을 흔들고 샬로트를 데리고 밖으로 나왔다. 등 뒤에는 두 사나이가 의자에서 굴러 떨어져 물에 젖은 누더기처럼 뒹굴고 있었다.

"나의 경호원님." 그녀는 나의 팔을 힘껏 움켜쥐었다.

"아, 이러지 마오."

나는 빙그레 웃었다. 말할 수 없이 좋은 기분이었다.

캐시가 자고 있어서 우리는 발끝으로 살며시 방안으로 들어갔다. 샬로트가 차임을 손으로 눌러 올리지 않게 했으나, 그 작은 소리에 코고는 소리가 멈추고 말았다. 코고는 소리가 또 시작된 것을 보니 그녀는 돌아누운 것 같았다.

샬로트는 코트를 벗고 느닷없이 말했다.

"무얼 마시겠어요?"

"아니."

"그럼, 뭐 필요한 것은?"

"당신." 다음 순간 그녀는 내 품 안에서 나한테 키스했다. 유방이 정열로 파도치고 있었다. 나는 되도록 몸에 밀착되게 그녀를 꽉 끌어안았다.

"말해줘요, 마이크."

"사랑하고 있어."

그녀는 나한테 또 키스했다. 나는 그녀를 떼밀어 내고 모자를 집어들었다.

"이제 그만, 달링……." 나는 말했다. "나 역시 결국 보통 사나이야. 그런 키스를 한 번 더하게 되면 결혼할 때까지 기다릴 수 없게 돼."

그녀는 빙그레 웃으며 나한테 다가왔으나 나는 그녀를 가까이 오지 못하게 했다.

"이봐요, 마이크!"

"안 돼."

"그럼 곧 결혼해요, 내일."

나는 웃어야만 했다. 그녀는 몹시 요염스러운 모습을 하고 있었다.

"내일은 아니지만 곧 결혼하겠어. 허니, 나 역시 오래 참을 수는 없어."

문을 열 때 그녀는 차임을 눌렀다. 나는 가볍게 그녀에게 키스하고 살며시 밖으로 나왔다. 나는 그날 밤 잠이 오지 않을 것 같았다. 웰 더가 이 일을 들으면 나한테 기왓장을 집어던질 것이다. 그녀에게 이 야기하기는 좀 마음이 내키지 않았다.

자명종 시계는 6시에 울렸다. 버튼을 눌러 울리는 것을 멈추게 하 고는 일어나서 기지개를 켰다. 창문으로 보니 태양이 빛나고 있었다. 아름다운 날씨이다. 절반쯤 마신 맥주병이 작은 책상 위에 놓여 있으 므로 한 모금 마셨다. 전혀 아무 맛도 없었다.

샤워를 하고 나서 실내 가운을 내던지고는 찬장 안에 먹을 것이 있 는지 찾아보았다. 하나밖에 없는 오트밀 상자를 쥐가 갉아먹은 자국 이 있어, 감자와 양파가 든 상자를 열고 꺼내어 껍질을 벗긴 다음 기 름을 친 프라이팬에 전부 넣고 볶았다. 그리고 그동안에 커피를 끓었 다.

나는 감자를 기름으로 볶았는데, 늘 먹는 것과 똑같이 맛이 좋았 다. 다음달 지금쯤은 굉장한 금발을 거느리고 식사를 하게 된다. 그 녀는 아주 좋은 아내가 될 것이다.

내가 마녀에게 전화를 걸었을 때 그녀는 일어나 있었다. 그녀는 8 시까지 준비하겠다고 말하고 늦지 말아 달라고 다짐을 받았다. 늦지 않겠다고 약속하고 이번에는 샬로트에게 전화를 걸었다.

"여보세요, 게으름쟁이 아가씨." 나는 하품을 했다.

"아침 이 시간에는 전혀 기운이 없군요, 당신은요?"

"글쎄, 나도 그런가 봐. 뭘 하고 있지?"

"좀더 잘까 해요. 어젯밤 나를 그렇게 해 놓고 돌아갔기 때문에 3 시간도 제대로 자지 못했어요. 눈이 말똥말똥해서 누워 있었을 뿐."

그 말을 듣자 나도 기분이 좋아졌다.

"당신 말은 나도 알 수 있소. 그런데 벨레미의 집에는 몇 시에 가지?"

"일이 빨리 끝나지 않으면 역시 저녁때지요. 저녁때 빨리, 적어도 시합이 시작되기 전까지는 가 있을 작정이에요. 시합을 하는 건 누구예요?"

"잊었어. 메리와 에스터가 데리고 오는 보기 드문 우수한 선수 한 쌍이래. 시합이 시작될 때는 당신을 기다리고 있을 테니 되도록 빨리 와 주오."

"알았어요, 달링."

그녀가 전화로 키스를 보내왔으므로 나도 끊기 전에 보내 주었다.

웰더는 아직 사무실에 나오지 않았기 때문에 그녀의 집으로 전화를 걸었다. 그녀가 응답을 했을 때 베이컨이 치직하고 구워지는 소리가 들렸다.

"여보세요, 웰더. 마이크야."

"어머나, 이렇게 일찍 뭘하고 계세요?"

"중요한 데이트가 있어서 말이야."

"뭔가 사건에 관계가 있는 일인가요?"

"으음…… 뭐, 그런 거지. 확실하지는 않지만. 이 기회를 놓칠 수는 없어. 만약에 패트한테서 연락이 있으면 내가 벨러미 아가씨의 집에 가 있다고 전해 줘. 그는 전화번호를 알고 있으니까."

웰더는 처음에는 대답을 하지 않았다. 내가 무슨 짓을 하는지 생각해 보는 듯했다.

"하지만 자신이 하는 일에 대해서 조심해 주세요. 안 계시는 동안에 뭔가 주의할 일은 없나요?"

"없어."

"참고로 말씀드립니다만, 며칠쯤 가서 계시나요?"

"아마 월요일까지. 그런데……."

"좋아요, 그럼 또, 마이크, 안녕."

재빨리 안녕을 말하고 수화기를 놓았다. 아아, 샬로트의 일을 웰더에게 말하는 것은 얼마나 마음에 걸리는가! 울기만 안 한다면야. 이게 무슨 짓이람. 이것이 인생이다. 웰더는 곧 어디론가 가 버릴 것이다. 샬로트가 내 앞에 나타나지 않았다면 그녀와 결혼할 참이었다. 결혼해도 좋다는 생각은 있었지만 그럴 시간이 없었다. 아무튼 좋다.

내가 도착했을 때 마너는 옷을 입고 나갈 채비를 하고 있었다. 가방을 꾸리고 있었으므로 차에 옮겨 주었다. 그녀는 그다지 컨디션이 좋은 편이 못되었다. 눈 밑은 아직도 거무스름했고, 광대뼈가 솟아보였다. 이 작은 여행을 위해 예쁜 꽃무늬의 새 드레스를 샀다. 밝고 푸른 빛깔의 울 코트 밑에서 그 드레스는 그녀의 얼굴을 아름답게 보이게는 했으나, 그것도 다가가 보았을 때의 이야기이다.

잭에 대해서는 조금도 말하고 싶지 않았기 때문에 우리는 날씨 이야기와 시시한 잡담을 했다. 내가 카레키를 해치운 것이 신문에 큰 제목으로 나와서 읽었을 텐데, 그녀는 그 일에 대한 이야기를 하는 것도 피하고 있었다.

멋있는 날씨였다. 교외의 도로는 거의 통행이 없고, 우리는 평균 50마일의 속력으로 자동차를 달렸다. 간선 도로를 담당하고 있는 순찰 경찰에 신경쓸 필요도 없었다. 애들이 아침 일찍부터 야구를 하고 즐기는 광장을 몇 군데나 지났다. 어느 자그마한 오두막집 옆을 지나갈 때, 나는 그녀의 눈에 눈물이 넘쳐흐르는 것을 보았다. 나는 윙크를 해 보였다. 그녀는 그것으로 오히려 괴로워진 것이다.

서서히 화제를 오늘 밤의 테니스 시합으로 옮기어 가서 그녀가 생각하고 있는 것을 잊어버리게 하려고 했다. 얼마 뒤 우리는 벨레미네 집 소유인 자가용 드라이브 코스로 들어갔다. 빨리 왔다고 생각했으나 우리보다 먼저 20여 대나 되는 차가 줄지어 있었다.

쌍둥이 중 한 사람이 나와서 우리를 맞이했다.

"어서 오세요, 약골이."라고 말할 때까지도 어느 쪽인지 몰랐다.

"여어, 메리." 나는 말했다.

그녀는 끈이 없는 브래지어에 너무나 개방적인 옷차림이어서 상상할 곳이라고는 전혀 남아 있지 않았다. 브래지어와 쇼트 팬티가 몸에 붙어 있어 몸의 곡선이 그대로 나타나 보였다. 그녀 역시 그것을 알고 있었다. 나는 그녀의 다리에서 눈을 뗄 수가 없었다. 집까지 걸어가는 도중 나한테 비벼대는 것이었다.

이것을 그만두게 해야겠다. 내가 마녀의 짐을 그녀와 나 사이에 두자 그녀는 소리내어 웃기 시작했다. 집에서 그녀는 하녀에게 마녀를 돌보게 하고 내 쪽을 보며 물었다. "당신 운동복을 가지고 왔나요?"

"아, 하지만 내가 열중할 수 있는 운동은 무엇이라도 바에서 할 수 있겠지."

"바보 같으니. 저쪽으로 가서 슬랙스를 입고 와요. 집 뒤에서 골프 시합이 있고 여러분들이 테니스 시합의 상대를 찾고 있어요."

"하지만 나는 스포츠맨이 아니야."

메리는 몇 피트 떨어진 곳에 서서 나를 발끝에서 머리 꼭대기까지 훑어보았다.

"당신은 이제까지 내가 본 적도 없을 만큼의 스포츠맨으로 보여요."

"어떤 종류의?" 나는 농담을 했다.

"베드의 스포츠맨 말이에요."

그녀의 눈은 농담을 말하고 있는 게 아니라는 것을 나타내고 있었다.

그녀는 내 옷을 가지러 자동차까지 되돌아갔다. 우리가 집으로 들어서자 한 방으로 나를 안내했다. 그 방 한복판에 네 기둥이 달린 대형 침대가 있었다. 어처구니없이 컸다.

메리는 내가 문을 닫는 것도 기다리지 못했다. 나에게로 몸을 던지며 입을 벌렸다. 이것이다. 나는 이 여주인을 실망시킬 수는 없었기 때문에 키스해 주었다.

"자, 옷을 갈아 입는 동안 나가 있어 주오." 나는 그녀에게 말했다.

그녀는 입을 삐쭉거렸다.

"왜요?"

"숙녀 앞에서는 벌거벗을 수가 없잖아." 나는 타이르듯이 말했다.

"어머나, 언제부터?" 그녀는 장난스럽게 말했다.

"그때는 어두웠기 때문이야." 나는 그녀에게 말했다. "게다가 그러기엔 너무 일러."

나는 또 그 성적인 미소를 받았다. 그 눈은 자기 옷을 벗겨달라고 애원하는 것이었다.

"그럼, 좋아요, 약골이."

그녀가 등 뒤의 문을 닫자 그 목이 쉰 듯한 웃음소리가 들렸다.

밖에 있는 자들이 법석거리며 소란을 피우기에 창문으로 머리를 내밀었다. 내 방 바로 밑에서 약해 보이는 두 청년이 다른 네 사람이 부추기는 바람에 머리카락 당기기 시합을 하고 있었다. 대체 이게 무엇하는 곳이람. 두 사람은 서로 치고받고 있었다. 나는 코웃음을 치고 말았다. 각기 자기의 애인을 5월의 여왕(5순절의 놀이에 여왕으로 선출되는 소녀. 이 파티에서 누가 제일 미모인가를 겨루어서 모두가 찬양함)으로 삼으려고 서로 겨루는 것이다.

나는 개수대에서 물이 든 주전자를 들어 그들의 금발 위에 퍼부었다.

그 시합은 끝이 났다. 두 사람 다 소리치며 도망쳤다. 모두가 나를 보고 야유했다. 재미있는 개그였다.

메리와 아래층에서 만났다. 그녀는 가로대를 둘러친 포치에 기대어 담배를 피워 물고 있었다. 나는 슬랙스와 스포츠셔츠를 입고 나와 그녀를 불렀다. 마녀도 우리와 함께 어울려 발치에 라켓을 대롱대롱 매달고 있었다. 자기 혼자 나를 상대하지 못했으므로 메리가 실망했다는 것은 알고 있었다. 우리들 세 사람은 잔디밭을 지나 코트 쪽으로 걸어갔다. 메리는 줄곧 내 팔에 매달려 있었다. 코트에 도착하기 직전에 그녀의 판박이가 경기하고 있던 그룹에서 나와 우리들에게 손을 흔들었다. 에스터 벨레미이다.

그녀는 상당히 탐스러운 여성이었다. 나를 곧 알아보고 굳게 악수를 청했다. 태도는 냉담할 뿐 다정스러운 데가 없었다. 에스터는 메리와 같지 않다고 샬로트가 말한 뜻을 알게 되었다. 그렇다고 분개하거나 질투하고 있는 것은 아니었다. 에스터에게도 따라다니는 자들이 많았다. 여러 사람에게 소개되었으나 그들을 만나자마자 이름 따위는 잊어버리고 말았다. 메리는 싱글 경기의 상대로 나를 빈 코트로 끌고 갔다.

내가 테니스를 잘 못한다는 것은 그녀도 알았다. 10분이나 이리 뛰고 저리 뛰며 내가 볼을 모두 울타리 너머로 날렸기 때문에 우리는 그것을 주워 모아 상자에 넣고 라켓을 땅바닥에 놓았다. 메리는 벤치에서 내가 쉬고 있는 동안 옆에 앉아서 가무스름하게 그을린 다리를 앞으로 쭉 내밀었다.

"이봐요, 왜 이런 데서 시간을 허비하는 거지요, 마이크? 당신은 방 안이 훨씬 좋을 텐데."

굉장한 여자다.

"당신은 앞뒤를 가리지 않는군. 메리, 왜 좀더 언니만큼 얌전하지 못할까?"

그녀는 살짝 웃었다. "나도 언니 같은 데가 있는지도 몰라요."

"무슨 뜻으로?"

"어머나, 아무것도 아니에요. 그냥 그런 기분이 들었을 뿐이에요. 하지만 에스터 역시 재미는 보고 있다구요. 처녀가 아닌걸요."

"어떻게 알지?"

메리는 피식 웃으며 무릎을 안았다.

"그녀는 일기를 쓰고 있어요."

"당신 일기는 훨씬 두껍겠지." 나는 말했다.

"그래요, 훨씬 두꺼워요."

나는 그녀의 손을 잡아 벤치에서 끌어냈다. "이리 와, 바가 있는 곳으로 안내해 줘."

우리는 돌을 깔아 놓은 길을 지나 집으로 들어가는 한 쌍의 프렌치 윈도우로 들어갔다. 거울을 끼운 떡갈나무의 판넬과 골프 시합에서부터 스키의 점프 경기까지 온갖 경기에 우승한 벨레미 자매의 퇴색한 사진으로 장식되고 컵과 메달로 가득 찬 기념실에서 떨어진 곳에 바가 마련되어 있었다. 그녀들은 분명히 활동적인 여자들이었다. 그것이 사람들에게 알려지는 것을 좋아하지 않는다는 것은 이상한 일이었다. 그녀들이 결혼 상대를 찾고 있다는 소문이 어디서 퍼졌는지도 이상스러웠다. 만족할 만한 남편을 말함이겠지.

메리도 당분간은 희망이 없다고 단념한 모양이다. 나를 흑인 바텐더에게 맡겨 놓고 가 버렸다. 이 바텐더는 30피트(약 76센티미터)나 되는 스탠드 끝에 앉아 산더미같이 쌓인 만화잡지를 읽고 있다가 내가 잔을 비울 때마다 술을 따르기 위해 엉덩이를 들 뿐이었다.

손님이 여러 차례 왔으나 오래 있지는 않았다. 마녀는 한 번 들어

와서 즐거운 듯한 말을 남겨 놓고는 가 버렸다. 그밖에도 몇몇 여자들이 이상한 얼굴을 하고 왔다가 바까지 쫓아온 보이프렌드에게 끌려서 모두 나가 버렸다. 내가 물을 퍼부었던 얼간이 한 사람이 와서 조금 마셨으나, 동료들이 밖으로 데려 나가려고 한 사람이 바지 엉덩이를 끌어당기자 모두가 목을 껴안고 데리고 갔다. 그리고 난 뒤 아주 홀가분해졌다. 여기에 샬로트가 있었으면 하고 나는 생각했다. 메리하고도 즐거운 시간은 보낼 수 있으나 샬로트에 비하면 어림도 없다. 메리에게는 섹스밖에 없다. 샬로트에게도 있지만 그러나 그 이상의 것이 있다.

바텐더에게 들키지 않게 살며시 빠져나와 나는 내 방을 찾아냈다. 거기서 평복으로 갈아입고 겨드랑이 밑에 찬, 손에 익은 권총을 가볍게 쳐 보고는 침대에 누웠다. 겨우 이것으로 평소로 되돌아간 기분이 들었다. 술은 생각한 것보다 잘 취했다. 의식이 몽롱해진 것은 아니지만, 쉽게 곧 잠들어 버렸다. 그 다음에 내가 안 것은 누군가가 나를 흔들고 있는 것이었다. 나는 세계에서 제일 예쁜 얼굴을 쳐다보았다. 눈을 완전히 뜨기 전에 샬로트가 키스를 하며 내 머리카락을 산산이 흩뜨려 놓았다.

"이게 당신 인사예요? 두 팔을 벌리고 문 앞에서 나를 기다리고 있을 줄 알았어요."

"여어, 우리 예쁜이." 나는 말했다.

침대 위로 그녀를 끌어당겨 키스했다.

"몇 시지?"

그녀는 자기 시계를 보았다. "7시 반이에요."

"뭐라고, 꼬박 하루를 자 버렸군!"

"잘 주무셨군요. 자, 옷을 챙겨 입으세요. 아래층에서 저녁 식사를 해요. 나는 마녀를 만나고 싶어요."

나는 일어나서 그녀가 문 쪽으로 가는 것을 보고 있다가 세수를 하고 코트의 주름을 폈다. 이제 됐겠지 하고 아래로 내려갔다.

메리는 나를 보자 말했다.

"오늘 밤은 내 옆에 앉는 거예요."

모두들 줄을 지어 들어왔다. 나는 내 이름을 쓴 좌석표를 발견했다. 샬로트는 나와 마주앉는 자리였다. 그것만으로도 훨씬 기분이 좋아졌다. 메리가 테이블 밑에서 무릎을 비벼대는 행동만 하지 않으면 이 쌍둥이 자매는 유쾌한 사람들이었을 것이다.

샬로트는 미소를 띠며 앉아 있고, 그 옆에 마녀가 앉았다. 식전의 가벼운 술을 마시는 동안 그녀들은 잡담에 열중했는데, 가끔 둘만의 농담을 하며 웃었다.

누군가 아는 사람이 없나 하고 테이블을 둘러보았다.

누구인지는 생각이 나지 않았으나 눈에 익은 얼굴이 한 사람 있었다. 그 사나이는 짙은 회색 플란넬 옷을 걸친 키가 작고 바싹 마른 녀석이었다. 그는 마주앉은 건장한 여자하고만 이야기하고 있었다. 그 테이블에는 화제가 많은 것 같았으나, 무엇을 이야기하고 있는지는 알 수 없었다. 그 사나이가 나를 곁눈으로 보고 있는 것을 알았다.

그가 잠시 동안 얼굴을 돌린 사이에 우연히 생각이 났다. 그는 단속이 있었던 날 밤 콜하우스에 있었던 한 사람이었다. 메리를 살며시 쿡쿡 찌르니 그녀는 옆의 사나이와 이야기하던 것을 중지하고 내가 보고 있는 쪽으로 눈을 돌렸다.

"저기 끝머리에 의젓하게 앉아 있는 저 사람은 누구요?"

포크로 그쪽을 가리키면서 나는 물었다. 메리는 그에게로 눈을 돌렸다.

"아, 저 사람은 하몬 와일더, 우리들의 대리인이에요. 우리들을 위

213

해서 우리들의 재산을 투자해 주고 있어요. 그런데 왜 그러세요?"

"조금 마음에 걸려. 어딘가에서 본 적이 있다는 생각이 들어서."

"만났을 거예요. 주에서 손꼽히는 형사 변호사의 한 사람이었는걸요. 너무 떠들썩하지 않은 일을 혼자서 하게 된 뒤로는 그만두었지만."

나는 "으음" 하고 다시 식사를 시작했다. 샬로트가 테이블 밑의 내 발을 찾아서 발끝으로 툭툭 쳤다. 테이블 뒤로 보이는 잔디가 달빛을 받고 있었다. 이제 완전히 밤이 되어 버렸다. 저녁 식사가 끝나기를 기다리기가 지루했다.

메리는 몹시 이상한 대화로 나를 유인하려 했다. 나는, 샬로트가 불같이 강한 시선을 메리에게 던져 윙크하자 그녀의 입이 다물어져 버리는 것을 보았다. 그녀는 나와 샬로트 사이에 뭔가 관계가 있음을 느끼고 내 귀에 속삭였다.

"오늘 밤 당신을 차지하겠어요, 도련님. 저 여자가 돌아간 뒤에."

그녀의 늑골을 팔꿈치로 툭 쳤더니 비명을 질렀다.

과일이 하나 테이블 끝에 있는 남자의 의자로 뒹굴어 떨어지고 식사는 끝났다. 그 뒤에 별안간 법석거리며 그날 밤 시합에 출전할 두 선수가 일어나 서서 밀크 잔을 건배했다.

어떻게든 샬로트가 있는 곳으로 가게 되어 나는 마녀와 그녀와 나란히 걸어서 코트로 나갔다. 차가 점점 더 많이 늘어났다. 아마도 이 시합에 초대된 근처의 사람들이겠지. 광량이 강한 조명이, 낮의 열기가 아직 남아 있는 코트 바닥과 내가 자고 있던 오후 사이에 만들어진 관람석을 비추고 있었다.

모두들 좌석을 차지하느라 법석을 떨었으나 우리는 좌석을 잡지 못했다. 샬로트와 마녀는 운동장 풀밭 위에 손수건을 깔고 앉아 거기서 시합 개시를 기다리고 있었는데, 그동안에 군중은 우리들 뒤에 여섯

줄이나 늘어섰다. 나는 진짜 테니스 시합은 본 적이 없었다. 내가 보기에, 이토록 많은 사람이 테니스가 좋아서 온 것만은 아닌 것 같았다.

휴대용 확성기에서 소개가 있는 다음 선수는 제자리에 섰다. 시합이 시작되었다. 나는 시합 그 자체보다도 나뭇가지에 몰려 있는 원숭이 같은 관객의 머리가 좌로 우로 움직이는 것을 보며 즐기고 있었다.

선수들은 굉장히 잘했다. 땀에 흠뻑 젖어 공을 따라 이리 뛰고 저리 뛰었다. 가끔 눈이 번쩍할 만한 좋은 플레이가 있을 때면 관객은 박수를 보냈다. 높은 벤치에서 레프리가 스코어를 알리고 있었다.

마녀는 머리에 손을 대고 있더니 세트 사이의 휴게 시간에 샬로트와 나에게 실례하겠다고 하며, 크로크룸으로 가서 아스피린을 먹고 오겠다고 말했다.

그녀가 가자 곧 메리가 내 옆의 마녀 자리에 앉아 그 일을 시작했다. 샬로트가 뭔가 행동을 일으킬 것을 기다렸으나 찌푸린 얼굴로 웃어 보였을 뿐 나한테 맡긴 채였다.

메리는 샬로트의 어깨를 가볍게 툭툭 쳤다.

"잠깐 동안 당신 애인을 빌려도 좋을지 몰라? 소개하고 싶은 사람이 몇 있어요."

"좋아요, 괜찮아요……." 샬로트는 쾌활하게 윙크해 보였다.

속으로 화가 났지만, 그녀는 나를 자기의 것이라고 생각하고 있던 것이다. 이제 곧 샬로트에게는 걱정할 일이 없어진다. 마찬가지로 나는 메리도 졸라매고 싶은 생각이 들었다. 나는 거기에 앉아 있는 것만으로도 좋았던 것이다.

새로 장소를 잡아 휴게 시간 동안 잠시 쉬려고 하는 군중 속을 기듯이 앞으로 나아갔다. 메리는 내 옆구리에 손을 돌려 숲 쪽으로 걸기 시작했다.

"나를 만나고 싶다는 사람은 어디 있지?" 나는 물었다.

그녀의 손은 어둠 속에서 내 손을 찾고 있었다.

"바보 같은 소리 그만해요." 그녀는 대답했다. "잠시 동안 내가 당신을 갖고 싶었던 거예요."

"이봐, 메리." 나는 설명했다. "그건 좋지 않아. 요전날 밤은 잘못이었어. 샬로트와 나는 약혼했어요, 나는 당신하고 바보짓은 할 수 없어. 서로에게 나쁜 짓이니까."

그녀는 내 겨드랑이 밑으로 팔을 밀어 넣었다.

"하지만 나는 결혼 안 해도 좋아요, 난 그런 걸 말하고 있는 게 아니에요, 장난삼아 하는 짓인데요, 뭐."

이런 여자는 어떻게 다루면 좋을까?

"이봐." 나는 그녀에게 말했다. "당신은 좋은 사람이고 나 역시 굉장히 당신을 좋아하지만 말이오, 당신이란 사람은 나한테는 너무나도 버거워."

그녀는 내 팔을 놓았다. 우리는 이때 나무 밑에 있었다. 캄캄한 어둠이다. 그녀의 얼굴 윤곽이 어렴풋이 보일 뿐이었다. 조금 전까지 환히 비치고 있던 달은 구름 사이로 숨어 버렸다. 나는 그녀를 계속 설득해서 나를 단념시키려고 했으나 그녀는 대답하지 않았다. 노래의 한 구절을 읊조리며 그녀가 음울하게 숨쉬는 소리만 들렸을 뿐이었다.

나는 지겨운 생각이 들었다. 그녀가 말했다.

"만약에 당신을 놓아 준다면, 한 번 더 키스해 주시겠어요?"

나는 조금 마음이 홀가분해져 안도의 숨을 쉬었다.

"좋아, 그러나 꼭 한 번뿐이야."

그래서 나는 팔을 벌려 그녀를 껴안고 키스했는데, 나도 모르게 그만 놀라고 말았다. 이 귀여운 악마는 어둠 속에서 놀랍게도 옷을 모두 벗고 있었던 것이다.

그 키스는 용암 같았다. 그녀를 밀어젖힐 수가 없었다. 아니, 이때는 밀어젖히고 싶지 않았다. 그녀는 그림자처럼 찰싹 나한테 달라붙어 몸을 꿈틀거리며 나를 끌어넣었다. 백야드 떨어진 곳에서 시합에 열광하고 있는 군중의 환성도 허무 속으로 사라지고, 내 귀에 들려오는 것은 메리의 흐느낌뿐이었다.

우리가 돌아갔을 때는 시합이 거의 끝날 무렵이었다. 나는 입에 묻은 입술연지를 닦아내고 먼지를 털었다. 메리는 언니를 발견하자 얌전하게 한참 동안 나를 해방시켜 주었으므로 그동안에 군중의 틈을 지나 샬로트를 찾으려고 했다. 샬로트는 내가 아까 그녀를 남겨 놓고 간 곳에 있었다. 혼자 앉아 있는 것이 싫었던지 그녀는 키 큰 청년과 함께 코카콜라를 마시고 있었다. 그것이 나를 자극했다.

'무슨 소리야, 조금 전에 그런 짓을 했으면서 벌써 질투하려는 인간이다, 나는.'

내가 그녀에게 말을 걸자 그녀는 나한테 다가왔다.

"어디에 가셨었어요?"

"싸우고 있었어." 나는 거짓말을 했다. "내 명예를 위해서 싸우고 있었어."

"그렇게 보여요, 어떻게 싸우셨죠? 그런 건 물으면 안 되나요?"

"잘 싸웠어, 시간은 걸렸지만 말이야. 당신은 줄곧 여기에 있었어?"

"네, 선량하고 귀여운 마나님처럼 남편이 다른 여자와 쏘다니고 있는 동안 집을 잘 보고 있었어요." 말하고 그녀는 웃었다.

테니스 시합이 끝나고 환성이 일었는데, 그것은 집에서 들려온 비명과 동시였다. 그 비명은 선수에게 보내 준 갈채를 지웠다. 두 번

세 번 어둠 속으로 울리더니 마침내 낮은 신음 소리로 변했다. 나는 샬로트의 손을 놓고 집 쪽으로 달려갔다. 흑인 바텐더가 시트처럼 창백해져 문 입구에 서 있었다. 그는 거의 말을 하지 못했다. 그가 계단을 가리켰으므로 나는 두 계단씩 뛰어올라갔다.

최초의 문이 클로크룸을 향해 열려 있었는데, 작은 무도실 정도의 방이었다. 하녀가 의식을 잃고 방바닥에 쓰러져 있었다. 그 건너편에는 마녀가 쓰러져 있었다. 가슴에는 뚜렷하게 탄환 자국이 꿰뚫려 있었다. 그녀는 자기를 지키려는 듯이 무의미하게 젖가슴을 두 손으로 가린 채였다. 그녀의 맥을 짚어 보았다. 죽었다.

군중이 잔디밭을 넘어 아래층으로 우르르 들어왔다. 나는 문을 닫으라고 소리치고 전화를 걸어 문지기를 불러냈다. 문을 닫고 아무도 들여보내지 말라고 이르고는 아래층으로 뛰어내려갔다. 정원사 같은 작업복을 입은 세 사람의 남자를 잡아 뭐하는 자냐고 물었다.

"정원사요," 한 사람이 대답했다. 나머지는 잡역부와 그 조수였다.

"여기에 총이 있소?" 그들은 고개를 끄덕였다. "서재에 산탄총이 여섯 자루, 30·30(윈체스터)이 한 자루 있습니다."

"이리 가져오시오" 나는 명령했다. "이층에서 살인이 있었소, 범인은 정원 어딘가에 있소, 소유지를 감시하고 있다가 도망치는 놈을 보거든 쏘아요, 알았지?"

그 정원사가 항의를 하려고 했으므로 배지를 보이니 두 사람이 서재로 가 총을 가지고 와서 힘차게 문으로 나갔다.

군중이 저택 앞에 몰려 있었다. 나는 밖으로 발을 내딛고 손을 들어 조용히 하라고 제지했다. 무슨 일이 일어났는가를 설명하자 비명이 두세 번 일어나고 크게 떠드는 소리가 여기저기서 일었다. 나는 다시 손으로 제지했다.

"여러분 자신을 위해서도 여기를 떠나지 않는 편이 좋습니다. 도망치려는 자는 사살하라는 명령을 받은 이들이 감시하고 있습니다. 여러분이 현명하다면 시합 중 누가 옆에 있었는지 알 것이니 알리바이가 성립됩니다. 거짓말을 해도 안 됩니다. 현관 있는 곳에 계십시오. 곧 여러분들한테 정식 통고가 있을 겁니다."

샬로트가 문에 나타났다. 얼굴이 파랗게 질려서 물었다.

"누구예요, 마이크?"

"마녀요. 그녀는 이제 아무 걱정도 할 필요가 없게 되었어. 죽었으니까. 범인은 바로 코 끝에 있소."

"뭔가 도울 일이 있어요, 마이크?"

"아, 벨레미 자매를 찾아서 데려다 주오."

그녀가 찾으러 나가자 나는 흑인 사환을 큰 소리로 불렀다. 그는 나뭇잎처럼 떨면서 왔다.

"여기 누가 들어 왔었나?"

"아무도 못 보았습니다, 나리. 여자가 들어오는 것을 보았습니다. 나가는 것은 못 보았는데 이층에 죽어 있더군요."

"줄곧 여기 있었나?"

"그렇습니다. 술 마시러 오는 분을 지켜보고 있었지요. 그래서 바로 갔습니다."

"뒷문은 어떤가?"

"열쇠가 걸려 있습니다. 통로는 여기밖에 없는데, 여자 한 사람 말고는 들어가지 않았습니다. 그런데 죽어 버렸더군요."

"몇 번이나 같은 말을 되풀이하지 마." 나는 소리쳤다. "묻는 말에만 대답해. 1초 동안도 나간 일이 없나?"

"네, 거의 안 나갔습니다."

"뭐? 뭐가 거의야?"

그 깜둥이는 겁에 질렸다. 무슨 일에나 관련이 되는 것을 무서워하고 있는 것 같았다.

"자, 말해."

"나는 꼭 한 번, 한잔하려고 생각했기 때문에, 맥주로요. 네, 그것 뿐입니다. 벨레미님한테는 말하지 말아 주십시오."

"제기랄." 나는 말했다.

그 시간에 살인자가 여기로 들어올 여유는 충분히 있었던 것이다.

"얼마나 빨리 되돌아왔나? 잠깐만. 거기로 가서 맥주를 마셔 봐. 얼마나 시간이 걸리는지 알 수 있으니까."

내가 시간을 재는 동안에 깜둥이는 얼른 밖으로 나갔다. 15초 뒤 병을 들고 되돌아왔다.

"전에도 그렇게 빨리 마셨나? 생각해 봐. 네가 마신 것은 여기서 인가? 아니면 저기서인가?"

"여깁니다." 그는 간단하게 말하고 바닥의 빈 병을 가리켰다.

나는 꼼짝하지 말라고 소리치고는 집 뒤쪽으로 달려갔다. 그곳은 두 군데로 구분되어 세워져 있었는데, 이쪽은 다른 한쪽으로 증축한 곳이었다. 안으로 들어가는 유일한 통로는 프렌치 윈도우를 지나서 바와 뒷문으로 이어지거나 다른 건물로 통하는 통로의 문으로 이어져 있었다. 창문은 모두 빗장이 내려져 있었다. 뒤쪽 문도 그러했다. 건물이 두 개로 칸막이되어 그 안에 있는 한 쌍의 문은 그곳에 튼튼히 서 있는데 열쇠가 걸려 있었다. 나는 범인이 지나갈 수 있는 문을 좀 더 찾고 싶었다. 만약에 그렇다면 나는 범인을 집안 어딘가에서 잡을 수가 있었다.

재빨리 계단을 올라갔다. 하녀가 의식을 회복하고 있었으므로 나는 그녀를 부축해서 걷게 했다. 파랗게 질려서 호흡이 괴로운 것 같기에 샬로트가 쌍둥이 자매를 데리고 왔을 때 계단 맨 위에 그녀를 앉혀 주었다. 나는 샬로트에게 되도록 빨리 패트 챔버스에게 연락하여 이리로 오게 하라고 큰 소리로 부탁했다. 패트라면 나중에 지방 경찰에 연락하겠지. 메리와 에스터가 올라와 거의 떠메듯이 하녀를 데리고 갔다.

나는 범행이 있던 방으로 들어가서 문을 닫아 버렸다. 지문에는 신경을 쓰지 않았다. 내 상대는 결코 지문을 남기는 허술한 자가 아니었다.

마녀는 푸른 코트를 입고 있었다, 나로서는 그 까닭을 모르겠지만. 오늘 밤은 코트를 입기엔 너무 따뜻했다. 마녀는 온몸 크기의 거울 앞에 쓰러져서 몸을 반으로 꺾고 있었다. 또다시 45구경, 그 범인의 권총이다. 내가 몸을 굽혀 탄환을 찾고 있는데, 카펫 위에 흘러 있는 물건이 눈에 띄었다. 흰 가루, 그 주위에는 누군가가 주워 담으려고 했는지 카펫의 털이 서 있었다. 포켓에서 봉투를 꺼내어 그 가루를 채취했다. 시체를 만져 보았다. 아직 따뜻했다. 이 온도로는 상당히 시간이 지나지 않으면 사후 경직이 나타나지 않을 것이다.

마녀는 두 손을 굳게 맞잡고 있었으므로 그 손에 내 손가락을 넣기가 어려웠다. 상처를 누르려고 코트를 힘껏 붙잡고 있었으므로, 울의 헝겊에 손톱이 들어가 있었다. 몹시 괴로워하다가 곧 죽은 모양이다. 죽음은 자비로운 것이었다.

코트를 만져 보니 코트 주름 사이에 45구경의 탄환이 있었다. 여기에 범인이 있다. 내가 해야 할 일은 그 범인을 찾아내는 것뿐이다. 그가 마녀를 죽인 이유는 내 손이 닿지 않는 곳에 있었다. 그녀는 나와 마찬가지로 사건에서 멀리 떨어진 외부에 있었던 것이다. 동기, 동기, 이토록 많은 사람을 죽인 동기란 대체 어떤 것일까? 범인이 휩쓸어 요절을 낸 피해자들은 아무것도 명백히 해주지 않는다. 그들은 한 사람 한 사람 몹시 달랐던 것이다.

잭, 그렇다. 그가 살인으로 말려든 것은 나도 안다. 그러나 마녀는 다르다. 보보를 보아라. 그가 이 지옥 같은 그림의 한 부분이라고 나에게 믿게 한 것은 아무것도 없다. 어디에 동기가 있을까? 마약, 그는 그것을 운반하고 있었다. 그러나 그 관계뿐이다. 자신이 그 소포를 어디에서 가지고 왔는지 누구에게 건네줄 것인지 말하지 않고 죽어 버렸다.

죽은 사람에 대한 예의를 지키는 뜻에서 나는 방을 나와 조용히 문을 뒤로 닫았다. 에스터 벨레미는 하녀를 편안히 해주려고 계단 바로 밑에 있는 의자에 앉혀 놓고 있었다. 메리는 자기가 마시려고 독한 위스키를 따르고 있었는데 그 손이 떨렸다. 이것은 그녀에게 있어 심한 타격이었으나 그 점은 에스터 쪽이 아주 훌륭했다. 샬로트는 차가운 물수건을 가지고 와서 하녀의 머리에 대주었다.

"이제 말할 수 있을까?" 샬로트에게 물었다.

"네, 좋다고 생각해요. 흥분해 있으니 간단하게 물으세요."

나는 하녀 앞에 무릎을 꿇고 앉아 그녀의 손을 가볍게 두드렸다.

"기분은 나아졌나?"

하녀는 고개를 끄덕였다.

"다행이군. 너한테 조금 묻고 싶은 일이 있는데, 그런 다음에 누워서 쉬도록 해요. 누가 들어왔었는지 보았나?"

"아니오, 난, 난 집 뒤에서 청소를 하고 있었기 때문에."

"총소리는 들었나?"

또 "아니오"였다.

나는 흑인 사나이에게 말을 건넸다.

"당신은 어떤가, 무슨 소리를 들었나?"

"아니오, 아무 소리도 못 들었습니다요."

만약에 두 사람 다 총소리를 듣지 못했다면 또다시 그 총에는 소음기가 붙어 있었음이 틀림없다. 만약에 범인이 가지고 있다면, 우리들이 발견해야 한다. 그런 물건을 달고 있으면 너무 커서 숨길 수가 없다. 나는 하녀 쪽으로 되돌아 앉았다.

"왜 2층으로 갔었나?"

"옷을 정돈하려고 생각했어요. 부인들은 침대 위에 내동댕이쳐 놓기 때문에. 그때입니다. 내가 시, 시체를 본 것은."

하녀는 손에 얼굴을 파묻고 조용히 울기 시작했다.

"그런데 한 번 더 묻겠는데, 무얼 만져 보지는 않았나?"

"아니오, 난 곧 기절했어요."

"샬로트, 침대로 데려가 주오. 될 수 있으면 잠을 자게 해요. 흥분해 있으니까."

샬로트와 에스터가 하녀를 안고 거의 끌다시피하여 침대로 데리고 갔다. 메리는 한 잔 마시고는 또 술을 따랐다. 그녀는 이제 곧 서 있지 못할 것이다. 나는 옆에 있는 깜둥이에게 말했다.

"나는 2층으로 가겠어. 내가 말하지 않는 한 아무도 집 안에 들이거나 내보내지 마. 듣고 있나? 그렇지 않으면 네놈에게 감방 밥을 먹여 줄 테다."

그 밖에 할 말은 아무것도 없었다. 그는 더듬거리며 대답했으나 나는 간여하지 않았다. 그는 정면 문을 잠그고 빗장을 걸었다. 범인은 이 근처 어딘가에 있다. 2층 창문으로 도망치지 않는 한 그는 정면 문을 지나지 않으면 안 된다. 다른 데는 모두 굳게 잠겨 있었다. 그러나 바텐더가 문 앞에서 떠나 있던 잠시 동안의 시간은 별개였다. 누군가가 있었던 것이다. 그 짧은 시간은, 범인이 들어올 수는 있었겠지만 빠져나가기에는 충분한 시간이 못된다. 바텐더에게 들키지 않을 수가 없을 것이다. 비록 그 흑인이 누군가를 보고도 입을 다물고 있는 것이라면 나는 알 수 있었을 것이다. 그가 진실을 말한 것은 맹세해도 좋다. 아니, 범인 쪽에서는 그에게 들켜서 탄로되는 위험을 무릅쓰기보다는 오히려 마녀를 죽인 것처럼 깨끗하게 흑인까지도 죽여 버렸을 것이다.

계단 위에서 보니 현관홀에는 한쪽으로 열린 T자 형의 문이 교차되어 저마다 객실로 통해 있었다. 창문을 시험해 보았다. 잠겨 있었다. 나는 T자형 문의 양쪽 끝을 왔다갔다하면서 출구가 어디에 있는가를 찾아보았다. 권총을 움켜쥔 채 저마다의 방을 조사하고 범인이 나타나기를 기다리며 찾아다녔다.

범행에 쓴 방은 내가 조사해 본 마지막 방이었다. 이 방이야말로 범인이 도망친 장소다. 창문이 쉽게 열렸기 때문에 아래를 내려다보니 아래 돌이 깔린 보도까지 15피트는 되었다. 범인이 뛰어내렸다고 한다면 지금쯤은 걷지 못하고 있을 것이다. 떨어졌다면 당연히 다리가 부러졌을 것이고, 특히 돌이 깔린 길 위에 떨어졌다면 틀림없이 다리가 부러졌을 것이다. 건물 주위와 창 바로 밑에 좁은 가로대가 있었다. 그것을 계산해 보니 벽에서 8인치(약 20센티미터)쯤 불쑥 나와 있으며 양옆을 조사해 보니 먼지는 묻어 있지 않았다. 나는 성냥불을 켜서 콘크리트 가로대에 발자국이 남아 있는지 찾아보았으나 아무것도 없었다. 흔적도 없다. 그래서 나는 침울해졌다.

아무튼 8인치의 벽돌 위는 걷기에 충분하지 않다. 시험해 보았다. 처음엔 벽 쪽으로 얼굴을 돌리고, 다음에는 벽 쪽에 등을 대고 걸어 보았다. 어느 쪽을 보고 걸어도 거의 떨어질 것만 같았다. 여기를 건너갈 수 있는 것은 일류 운동가일 것이다. 아니면 고양이 같은 습성을 가지고 있는 누군가이다.

나는 창문을 내려 닫고 홀로 돌아왔다. 창문 양쪽 끝은 어느 쪽에서나 땅바닥이 내려다보였다. 처음에는 그것을 몰랐는데 머리를 내밀어 보니 벽을 수리한 비상 사다리가 창문에 걸려 있었다. 아, 이것을 이용했다면 가능한 일이다. 범인은 마녀를 죽이고 나서 창문으로 나와 가로대를 딛고 비상 사다리를 통해서 달아났다. 이제야 나는 곡예사를 손 안에 넣은 것이다. 아, 이것으로 또 머리를 쥐어짜야 한다.

나는 아래층으로 내려가서 메리에게서 병을 빼앗고 난파선처럼 곤드레만드레가 된 그녀를 구조하여 의자에 편안하게 앉혀 주었다. 그녀는 몹시 취해 있었다.

20분 뒤 밖에서 발소리가 들려 흑인에게 열쇠로 문을 열고 안내하라고 말했을 때에도 나는 아직 아무것도 파악하지 못하고 있었다.

패트와 그의 부하는 군 경찰관 세 명과 함께 들어왔다. 그가 시 관할 외의 지역으로 수사를 펼치는 데 있어 어떻게 공안위원회를 다독거렸는지 그런 것은 내가 알 바 아니다. 그는 곧 2층으로 올라가 내가 상세하게 보고하는 것에 귀를 기울였다.

이야기가 끝나자 그는 시체 앞에 웅크리고 앉았다. 군의 검시관이 큰 소리로 이 여자의 죽음을 선고하고 보고서를 썼다.

"죽은 지 어느 정도 되었을까?" 패트가 물었다.

검시관이 큰 기침을 하고 말했다.

"약 2시간이군요. 이런 더운 날씨로는 정확하게 사망 시간을 판정하기 곤란합니다. 해부한 뒤 좀더 상세하게 보고하겠습니다."

2시간이라는 것은 대체로 맞았다. 나와 메리 벨레미가 숲 속에 있을 때 일어난 것이다.

"여기 모두 있나?" 패트가 나한테 물었다.

"그런 줄로 아는데, 에스터한테 손님 명부를 가지고 오라고 해서 조사해 보면 돼. 나는 담과 문에 망을 세워 놓았네."

"좋아, 아래층으로 가세."

패트는 건물 별채의 큰방으로 그들을 전부 모았다. 정어리 통조림처럼 꽉 들어찼다. 에스터가 그에게 손님 명부를 건네주어 이름을 불렀다. 이름을 불린 사람은 바닥에 앉았다. 형사들은 불리지 않고도

225

앉는 자가 없는지 확인하기 위해서 감시하고 있었다. 패트가 "하몬 와일더" 하고 불렀을 때 절반쯤 앉아 있었다.

대답이 없었다. 그는 한 번 더 "하몬 와일더" 하고 불렀다. 이번에도 대답이 없었다. 내 친구는 사라져 버린 것이다. 패트는 전화 있는 데로 얼른 다가간 형사에게 고개를 끄덕여 보였다. 지명 수배가 행해지는 것이다.

여섯 명쯤 이름을 부르고 나서 패트는 "찰스 셔먼" 하고 불렀다. 세 번 더 불렀으나 대답이 없었다. 전에 들은 적이 없는 이름이었다. 나는 에스터 쪽으로 걸어갔다.

"이 셔먼이란 누구요?"

"와일더 씨의 조수예요. 시합하는 동안 있었어요. 나도 보았는걸요."

"그런데 지금은 사라져 버렸군."

패트에게 그 말을 전하자 또 한 사람의 형사가 순찰차와 지서에 연락하기 위해서 나갔다. 패트는 명부를 읽고 있었다. 그것이 끝났는데도 아직 30명쯤 서 있었다. 몰려온 군중이다. 어디에나 흔히 있는 일들이다. 이 집에 수용된 인원은 250명이 넘었다.

패트는 형사 한 사람 한 사람에게 인원을 나누어 주고, 나한테도 몇 사람 나누어 주었다. 나는 현장에 있었기 때문에 하인 모두와 쌍둥이 자매, 샬로트, 그리고 그곳에 온 사람들 중에서 10명 가량이 배당되었다. 패트는 혼자서 불청객들을 조사했다. 그가 명부를 배당해 주자 곧 모두들 조용히 하고 헛기침을 했다.

"여기 있는 모든 사람은 모두 살인 용의를 받고 있습니다……." 그는 말했다. "물론 어느 분도 그런 짓은 하지 않았다는 것을 알고 있습니다. 여러분은 이름을 불리면 담당 형사에게 보고하지 않으면 안 됩니다. 여러분 한 사람 한 사람을 별도로 신문합니다. 우리가 요구하는 것은 알리바이로서, 시합 중에 여러분은 누구와 함께 있었는지 혹은 어디에 있었는지——그는 자기 시계를 보았다——2시간 50분 전에 말입니다. 만약에 여러분이 자기 근처에 누군가가 있었다는 것이 확인되면 그것을 말씀해 주십시오. 그렇게 되면 여러분 자신의 알리바이를 보증받게 됩니다. 진실을 말씀해 주십시오. 진실 이외에는 받아들이지 않습니다. 진술에 허위가 있으면 체포합니다. 그것뿐입니다."

나는 내 그룹을 모아 현관으로 데리고 갔다. 맨 처음 가정부부터 처리했다. 그들은 모두 함께 있었기 때문에 서로의 소재를 진술했다. 10명 정도의 새 얼굴은 어떤 패거리와 함께 있었다는 것을 확인했기 때문에 그들의 진술도 신용했다. 메리는 나와 함께 있었으므로 제외했다. 에스터는 그 시간에 거의 레프리 옆에 있었는데, 이것은 다른 사람들도 확인해 주었다. 나는 그들을 돌려보냈다. 에스터는 아직 취해 있는 메리를 데리고 나갔다. 나는 끝까지 샬로트를 제외하고 있었기 때문에 현관에 단둘이 남게 되었다.

"그런데, 당신은?" 하고 나는 말했다. "당신은 어디 있었지?"

"당신 머리에 묻고 있군요." 샬로트는 웃으며 말했다. "당신이 나를 두고 간 곳에 있었어요."

"뭐 그렇게 화내지 말아줘, 허니. 나는 한 방 얻어맞은 거야."

내가 키스하자 샬로트는 말했다.

"키스해 주신 뒤에는 모든 것을 용서해 드리겠어요. 어디 있었는지 말해 줄까요. 어떤 멋진 청년신사와 코카콜라를 마시고 있었어요. 그리고 또 꽤 나이 든 분과 재미있는 이야기를 하고 있었어요. 그 사람의 이름은 모르겠어요. 그런데 명부에도 올라 있지 않았던 사람이에요. 갈퀴 같은 수염이 나 있었어요."

나는 그를 생각해 냈다. 나는 '갈퀴 같은 수염'이라고 썼다. 샬로트는 방에 들어갈 때 내 옆에 달라붙어 있었다. 패트는 그의 부하가 일을 마치면 명부를 받아들고 모두 맞는지 어떤지 표시하고 있었다. 한 쌍이 이름때문에 혼란을 빚었으나 곧 정리되었다.

단 한 사람도 알리바이가 없는 사람은 없었다. 그리고 와일더와 셔면이 달아난 것은 무의미한 것으로 여겨졌다. 그들에게도 알리바이가 있었던 것이다. 패트와 나는 부득이 불운한 자들을 일일이 조사해 갔다. 한숨 돌리자 패트는 거기에 있던 사람들 모두의 이름과 주소를 만들라고 부하에게 명령하고 손님에게는 조사가 필요할 경우 곧 갈 수 있는 장소에 머물러 있는 편이 좋겠다고 말했다.

그가 취한 조처는 옳은 일이었다. 한 번에 이토록 많은 사람을 조사하는 것은 불가능했다. 우리는 희망 없는 추구를 계속하고 있는 것이나 다름없었다.

대부분의 자동차가 한꺼번에 떠나갔다. 패트가 범행 현장에는 들어가지 못하게 했기 때문에 한 경관을 시켜 손님의 코트를 갖다 주게 했다. 나는 샬로트와 이층으로 그녀의 코트를 가지러 갔다. 경관이 그녀의 푸른 코트의 흰 윌프 칼라를 잡고 건네주었으므로 나는 그녀에게 입혀 주었다.

메리는 아직도 술이 깨지 않았기 때문에 그녀에게는 작별 인사를 하지 않았다. 에스터는 아래층 문 있는 데 서서 침착하게 손님들이 나가는 것을 보며 모르는 사람들에게도 상냥스러운 태도를 보이고 있었다.

에스터와 악수를 하며 또 만나자는 인사를 한 다음, 샬로트와 함께 떠났다. 그녀는 자동차를 타지 않고 기차로 에스터의 저택에 왔으므로 나는 그녀를 차에 태우고 같이 돌아가기로 했다. 서로 그다지 말을 하지 않았다. 앞으로 달려감에 따라 나는 차츰 초조해졌다. 함정이다. 그것은 잭에게서 시작되어 잭으로 끝난 것이다. 범인은 드디어 마녀까지 해쳤다. 미치광이 같은 짓이다. 모두가 미치광이 같은 짓이다. 내가 상상했던 동기는 완전히 무너져 버리고 말았다. 마녀의 경우는 그 어느 쪽에도 들어맞지 않았다. 나는 옆에서 흐느껴 우는 소리를 듣고 샬로트가 넘치는 눈물을 닦아 내고 있는 것을 보았다. 웬일일까 상상하는 것은 어렵지 않았다. 그녀는 마녀를 좋아했었다.

나는 팔을 벌려서 샬로트를 힘껏 껴안았다. 이 사건은 그녀에게는 악몽처럼 여겨졌을 것이다. 내 앞길에는 죽음이 기다리고 있는 것이 예사였지만, 그녀는 그렇지 않았다. 와일더와 셔먼이 검거되면 아마도 그 어떤 해답을 얻게 되겠지. 사람은 뭔가 이유가 없이는 달아나지 않는 법이다. 제3자, 문제에 대한 해답. 그 두 사람이 다 이 사건에 스며든 제3자일 수가 있을까? 이렇게 되고 보니 전보다 훨씬 더 있을 수 있는 일처럼 여겨진다. 지명 수배, 이런 것은 경관에게 가장 익숙한 일이다. 그들을 체포하는 것이다. 놓쳐서는 안 된다. 만약에 도망치려고 하면 그 악인들을 죽여라. 비록 내가 내 손으로 죽이지 않더라도 누군가가 해주기만 하면 나는 상관없다. 영광 같은 것은 아무래도 좋다. 정의의 실현인 것이다.

샬로트의 아파트 앞에 멈추었을 때 나는 생각하는 것을 그만두지 않을 수 없었다. 나는 시계를 보았다. 벌써 한밤중이 지나 있었다. 문을 열었다.

"들르시겠어요?"

"오늘 밤은 그만두겠어, 달링." 나는 말했다. "집에 가서 생각해 봐야겠어."

"알겠어요, 굿나잇 키스를 해줘요."

샬로트가 얼굴을 내밀었으므로 나는 그녀에게 키스했다. 얼마나 이 여자를 사랑하고 있는가. 이 사건이 끝나 결혼할 수 있게 되는 날이 나에게는 무척 멀게 느껴졌다.

"내일 만나게 되겠지요?"

나는 머리를 내저었다.

"어렵겠는걸. 시간이 있으면 당신한테 전화를 걸겠소."

"이봐요, 마이크……." 그녀는 애원했다. "만나 주세요. 그렇지 않으면 화요일까지 만날 수 없는걸요."

"월요일은 어떻게 되는데?"

"에스터와 메리가 시내로 들어오기 때문에 그들과 식사를 하기로 약속했어요. 에스터는 당신이 생각하고 있는 것 이상으로 흥분하고 있어요. 메리는 곧 회복되겠지요. 에스터는 그렇지가 않아요. 당신은 여자가 그런 곳에 있으면 어떻게 되는지 알겠지요?"

"좋아, 내일 당신을 만나지 못하면 화요일에 만나기로 하지. 그때는 틀림없이 반지를 사러 갈 수 있을 거야, 틀림없이."

이번에는 그녀에게 긴 키스를 하고 그녀가 건물 속으로 사라져 가는 것을 지켜보았다. 나는 믿기 어려운 일을 생각하지 않으면 안 되었다. 죽은 사람이 너무 많다. 나는 더 확대되는 것을 두려워하고 있었다. 지금 해 버릴까, 아니면 완전히 손을 떼고 말까, 둘 중 하나이다. 나는 차를 차고에 넣고 2층으로 올라가 갔다.

13

일요일은 나쁜 날이었다. 창문에 휘몰아치는 비와 자명종 시계가 고막을 울리는 소리로 하루가 시작되었다. 시계를 주먹으로 치며 일어날 필요가 없는 시간에 저절로 시계가 울리도록 해 둔 자신의 얼빠진 행동을 욕했다.

오늘은 샤워를 하거나 수염을 깎을 필요가 없는 날이었다. 여느 때처럼 먹을 것을 기름에 볶아 옷을 입으면서 먹었다. 접시를 포개 놓고 나는 거울에 비친 자신의 모습으로 눈을 돌렸다. 지저분하고 부석

부석한 얼굴이다. 매우 홍해 보였다.

다행히도 냉장고에 맥주가 있었다. 나는 2쿼터를 꺼내고 식기장에서 컵을 가져다 예비로 둔 담배 상자와 함께 의자 옆에 놓았다. 현관문을 여니 아침 신문이 바닥에 떨어졌다. 몹시 주의를 기울여 신문기사의 산더미에서 재미있을 만한 것만 골라 낸 다음 뉴스 따위는 휴지통에 집어던지고 하루를 시작했다.

그 뒤에 라디오를 틀었다. 방 안을 빙빙 돌아다녔다. 재떨이는 모두가 철철 넘칠 정도로 꽁초가 가득 차 있었다. 도움이 되는 것은 아무것도 없는 것 같았다. 때때로 의자에 털썩 몸을 던져 머리를 감싸 안고 생각해 보려 했다. 그러나 무엇을 해도 똑같은 대답이 나오는 것이다. 골프에서라면 스타이미드(stymied, 자기 공과 홀 사이에 있는 상대의 공)라고나 할까, 제기랄.

무언가 도망치려는 것이 있다. 나는 그것을 알고 있었다. 느껴진 것이다. 마음속을 깊이 더듬으니 사소한 일이 소리를 지르고 심하게 고민하고 있다가 헤쳐 가면 갈수록 그것이 도망치려는 그 무언가를 막으려고 방벽을 크게 벌리는 것이었다.

직감은 아니다. 사실이다. 어떤 사소한 사실이다. 그것이 무엇이냐? 그것이 해답이 될 수 있을까? 나를 무서울 만큼 괴롭히는 무언가가 있었다. 나는 맥주를 더 마셨다. 틀린다, 틀린다, 틀린다······ 틀린다······. 그 해답은 나타나지 않을 것이다. 우리들의 마음은 어떻게 만들어진 것인가? 너무나도 착잡하기 때문에 하나의 사소한 사실은 지식의 미로 속에서 상실되어 간다. 왜일까? 지긋지긋하지만 언제나 불쑥 얼굴을 내밀고 있는 '왜'라는 의문. 모든 것에는 이유가 있다. 거기에는 언제나 이유가 있다. 그러나 그것을 어떻게 풀 것이냐? 나는 그 근본부터 생각해 보았다. 그것을 통해서 생각하려고 노력했던 것이다. 나는 그것을 잊어버리려고까지 했으나 거기에 지불한 노력이 크면 클수록 실패의 감정이 몹시 끓어올랐다. 시간이 가는 것도 잊고 있었다. 마시고 또 먹었다. 어두워져서 불을 켜고는 다시 또 술을 마셨다. 몇 십 초, 몇 십 분, 몇 시간이 지나간다. 나는 싸웠다. 그러나 패배했다. 그래서 나는 또 싸웠다. 하나의 사실. 무엇이었나? 무엇이었나?

냉장고는 텅 비고 나는 갑자기 기진맥진하여 침대에 쓰러졌다. 그것은 절대로 돌파할 수 없는 것이다. 그날 밤 나는 범인이 나를 보고 껄껄 웃고 있는 꿈을 꾸었다. 범인의 얼굴은 볼 수 없었다. 내가 그 자리로 더듬어 가려고 두 자루의 45구경으로 두꺼운 유리 칸막이벽을 무모하게 돌파하려고 했을 때 범인이 잭과 마녀와 그 밖의 사람들을 쇠사슬로 묶고 있는 꿈을 꾸었다. 범인은 무기를 갖지 않았으며 내가 욕설을 퍼붓자 악마처럼 웃어댔다. 그런데 유리는 깨어지지 않았다. 나는 그것을 돌파할 수 없었다.

입 안에서 고약한 냄새가 나서 눈을 떴다. 이를 닦았으나 그 냄새는 없어지지 않았다. 창 밖을 바라보았다. 월요일은 어제보다도 좋지 못했다. 빗물이 양동이에 괴어 있었다. 이제 더 이상 목적한 홀 주변을 서성거리고 있을 수 없었으므로 세수를 하고 옷을 입고 식사를 하기 위해 밖으로 나왔다. 그때는 12시였다. 식사를 끝낸 것이 1시, 바에 들어가서 하이볼을 차례로 주문했다. 그 다음에 시계를 보았을 때는 벌써 6시가 가까웠다.

담배를 꺼내려고 포켓에 손을 넣었을 때였다. 내 손이 봉투에 닿았다. 제기랄, 이 무슨 꼬락서니람. 나는 바텐더에게 이 근처에서 가장 가까운 약국이 어디냐고 물으니 모퉁이에 있다고 가르쳐 주었다.

그 가게는 거의 문을 닫고 있었지만 그냥 들어갔다. 봉투를 꺼내어 나로서는 알 수 없는 이 물질이 무엇인지 분석해 달라고 말했다. 그 사나이는 마지못해 승낙했다. 우리는 함께 그것을 종이 위에 털어 놓앉다. 그리고 그는 그것을 가지고 안으로 들어갔다. 오래 걸리지는 않았다. 내가 거울 앞에서 넥타이를 고쳐 매고 있는데 그가 되돌아왔다. 그는 의심쩍은 눈초리로 그 봉투를 건네주었다. 거기에는 이렇게 씌어 있었다.

헤로인.

나는 한 번 더 거울을 보았다. 거기에서 내가 본 것은 얼어붙은 것처럼 되어 버린 내 온 몸의 혈맥이었다. 내 눈이 크게 벌어지는 것을 보았다. 거울, 그 한 마디. 봉투를 포켓에 아무렇게나 쑤셔 넣고 약사에게 손을 내밀어 악수를 했다.

나는 말을 할 수가 없었다. 몸 안에서 미칠 것 같이 이글거리는 열기가 한꺼번에 나를 꿰뚫었다. 내 목이 이렇게 굳어진다면 비명을 올릴 것이다. 이때 모든 것을 알았다. 이제 한 시도 지체할 수 없다. 결국은 이렇게 될 수밖에 없었던 것이다. 행복하다, 행복하다, 어째서 이토록 행복할까? 나는 이 사건의 이유를 알았지만 어째서 나는 이렇게, 이렇게, 행복할 수 있을까? 그것은 올바른 일이 아니었다. 나는 결국 패트에게 이겼다. 그에게는 그 이유가 없었던 것이다. 다만 나만이 쥐고 있는 것이다.

이제야말로 나는 범인이 누구인지를 알았다!

마지막 한 개비의 담배를 피우고 꽁초를 길가의 하수구에 내던지고는 발길을 돌려 아파트 쪽으로 걸어갔다. 로비의 문을 누군가가 단단히 닫아 두지 않기 때문에 쉽게 들어갈 수 있었다. 엘리베이터에 탈 필요는 없었다. 시간은 넉넉하다. 계단을 올라가면서 피날레가 어떻게 되는가를 상상해 보았다.

문은 잠겨 있었으나 그것은 예측하고 있었던 일이다. 두 번 밀면 언제나 열리는 것이다. 방 안에는 아무도 없는 집의 기묘한 정적이 떠돌고 있었다. 불을 켤 필요는 없었다. 나는 이 집의 구조를 잘 알고 있다. 몇 가지 가구가 마음속에 뚜렷하게 새겨져 있었다. 나는 두 개의 벽에 서로 마주앉게 된 탄탄하게 생긴 손님용 의자에 앉았다. 고무나무 화분이 의자 뒤에 있어 내 목에 닿았다. 그것을 밀어젖히고 쿠션의 부드러운 감촉을 느끼며 편안한 자세를 취하고는 가죽 케이스에서 45구경 권총을 꺼내어 안전대를 풀었다.

범인을 기다렸다.

그렇다, 잭. 이제 드디어 되었다. 끝장이다. 여기까지 오는 데 많은 시간이 걸렸으나 나는 겨우 당도했다. 나는 누가 했는지 지금 알고 있다. 사건의 해결이 이상한 데서 풀린다는 것은 묘한 일이로군. 그렇지? 모든 징후가 등을 돌리고 있어서 나는 그동안 다른 사람을 쫓고 있었다. 그것도 모두 그 실수에서 일어난 일이다. 그것은 이런 냉혹 무참한 범인들에게 관계가 있기 때문이다. 그들은 계획을 세운다. 그것이 또 아주 교묘한 문이다. 우리가 몇 백 명이나 덤벼들어 문제를 해결하려고 하는 동안에 범인들도 여러 각도에서 머리를 쓰고 있는 것이다. 과연 우리는 많은 실패를 했다. 그러나 결국 누군가가 논리적인 해결을 해 버리는 것이다. 하기야 이것만은 논리적인 것이 아니었다. 요행이라는 것이다. 내가 자네한테 약속한 것을 기억하고 있나? 나는 범인을 쏘아 죽이고 말겠다. 잭, 자네가 저격당한 복부를 노려서, 저녁식사에 무엇을 먹었는지 누구나 다 아는 그곳을 노려서 말이야. 치명적이지만 곧 죽지는 않는다. 그것이 누군지 알지만 난 범인을 해치우겠다. 잭, 전기의자도 교수형도 아닌 복부를 향해 폐장에서 호흡을, 육체에서 생명을 빼앗는 한 발로, 피는 많이 흐르지 않지만 범인이 내 발치에서 죽어가는 것을 볼 수 있고 자네와의 약속을 지킨 것을 기뻐할 수도 있는 것이다.

범인은 그렇게 죽어야만 한다. 괴로워하며 비참하게 말이다. 작은 출구 없는 방에서 소음 장치가 없는 45구경 권총의 한발 외에 팡파르는 없다. 그렇다, 잭. 그것이 누구라도 상관없다. 죽음은 그렇게 찾아오는 것이다. 자네가 죽음을 받아들였듯이 말이야. 나는 누가 했는지를 알았다. 몇 분 이내에 범인은 여기로 걸어와 내가 의자에 앉아 있는 것을 볼 것이다. 범인은 다른 일로 화제를 돌리려고 할는지도 모르고 또 범행을 하려고 할는지도 모른다. 그러나 나는 그렇게 다소곳이 피살되지는 않는다. 나는 상대의 모든 수법을 알고 있다. 더구나 나는 손에 권총을 쥐고 기다리고 있다. 대기하고 있다. 처단을 하기 전에 범인을 골려 줄 것이다. 어떻게 해서 그렇게 됐는가를 고백시키겠다. 내 추리가 정확한지 어떤지를 알기 위해서 말이야.

나는 그 상대가 나에게 저항해 올 기회를 줄는지도 모른다. 그런 일은 없겠지만 말이야. 나는 악을 몹시 미워하기 때문에 쏘는 손이 빠르다. 세상 사람들이 나를 가리켜 이러니저러니 하는 것은 그 때문이다. 그러므로 범인도 나를 당장 처치하지 않으면 안 되는 것이다. 그렇다, 잭. 이제 종결에 가깝다. 나는 기다리고 있다. 지금 기다리고 있다.

문이 열렸다. 불이 켜졌다. 샬로트가 나를 볼 수 있도록 나는 의자에 깊숙이 앉아 있었다. 그녀는 벽의 거울 앞에서 모자를 벗었다. 그리고 그녀는 내 발이 불쑥 나와 있는 것을 보았다. 화장 밑에 가려져 있기는 했으나 그녀의 얼굴에서 핏기가 가시는 것을 보았다.

'그렇다, 잭. 샬로트였다. 아름다운 샬로트였다. 세상에서 가장 아름다운 샬로트, 개를 사랑하고, 공원으로 친구의 어린애를 데리고 산책도 하는 샬로트였다. 내가 껴안고 그 젊은 입술을 빼앗고 싶어 하던 그 샬로트다. 불처럼 격렬한 생명력으로 부드러운 비로드처럼 감수성 깊게 응해 오는 그 육체를 가진 샬로트다. 샬로트, 그녀가 진범이다.'

235

샬로트가 나에게 미소를 지어 보였다. 억지로 짓는 미소는 아닌 것 같이 보였으나, 나는 그 미소가 어색하게 웃는 웃음이라는 것을 알았다. 그녀는 내가 모든 것을 알고 있다는 것을 알아차렸다. 그리고 내가 왜 여기에 있는가를 알았다. 45구경 권총은 그녀의 복부를 향해 똑바로 겨냥되고 있었다.

그녀의 입은 나한테 미소짓고, 눈길도 상냥스럽게 여느 때와 다름없이 나를 만난 것이 기뻐서 견딜 수 없다는 모습으로 환희에 차 있는 것 같았다. 이야기를 할 때는 교활하다고 해도 좋을 정도였다.

"마이크, 달링. 베이비, 당신을 만나서 무척 기뻐요. 당신은 약속해 놓고 전화도 주지 않으셨지요. 난 걱정했어요. 어떻게 여기로 들어오셨나요? 어머나, 캐시는 언제나 문을 열어 놓는군요. 오늘 밤 그녀는 없어요."

샬로트는 내가 있는 쪽으로 걸어왔다.

"이봐요. 부탁이에요, 마이크. 여기서 그런 무서운 권총 같은 것을 닦지는 말아 줘요. 무서워요."

"그럴 거야." 나는 말했다.

그녀는 나한테서 몇 피트 떨어진 곳에 서 있었는데, 그녀의 얼굴은 나에게로 똑바로 돌려져 있었다. 눈썹을 찌푸리니 주름이 생겼다. 눈길마저 수수께끼 같았다. 만약에 나 이외의 사람이었다면 그녀가 연기를 하고 있는 줄 몰랐을 것이다. 아아, 이 얼마나 멋진가? 그녀 같은 여자는 한 사람도 없다. 연기는 완벽했다. 그녀는 각본을 쓰고 연출하고 연기하는 것이다. 호흡은 정확하고 모든 동작, 모든 표정, 모든 말에 그녀가 보인 힘과 성격은 정말 믿기 어려울 만큼 완벽했다. 현재까지도 그녀는 나를 믿게 하여 내 마음은 그저 의심을 품게 했을 뿐이지만 나는 천천히 머리를 내저었다.

"틀렸어, 샬로트, 나는 알고 있어."

그녀는 눈을 크게 떴다. 마음속으로 나는 자신에게 미소를 지었다. 그녀의 마음은 공포에 사로잡혀 있음이 틀림없다. 그녀는 잭한테 약속한 내 말을 생각해 낸 것이다. 잊지 않았을 것이다. 그리고 이 약속은 범인을 죽이겠다는 약속이었으며, 그녀가 범인이다. 더구나 나는 범인의 복부를 쏘겠다고 약속했던 것이다.

그녀는 테이블에 다가가서 상자에서 담배를 집어 분명한 손놀림으로 불을 켰다. 이것은 그녀가 무슨 생각을 쫓고 있을 때의 동작이라는 것을 나는 잘 알고 있다. 그런 짓을 해도 헛수고라고 나는 말해 주고 싶었다. 권총은 잠시도 그녀한테서 떠나는 일이 없을 것이다.

"하지만……."

"틀렸어." 나는 말했다. "샬로트, 나한테 말하게 해줘. 나는 이것을 알기까지 약간 느림보였지만, 결국은 알아내고 말았어. 어제였다면 이것이 무서웠겠지만 지금은 다르지. 이때까지 내가 행복했던 것보다도 훨씬 더 행복해. 최후의 살인 사건을 생각하는 거야. 이때까지의 살인은 저마다 몹시 달랐지. 너무나도 잔혹했기 때문에 나는 살인광인 깡패나 제3자의 소행이라고 생각했어. 당신은 운이 좋았어. 당신한테 관계되는 일은 아무것도 없었고, 복잡한 것뿐이었기 때문에 그것은 하나에서 또 다른 하나로 옮겨갔지. 더구나 희생자는 모두 근본적으로 같은 동기의 일부였어.

잭은 경관이었지. 어떤 인간은 경관을 무조건 증오하는 거야. 특히 경관이 자기한테 접근해 오는 그런 경우 말이야. 그러나 잭은 누구한테로 수사가 진전되어 가는 것인지 자기 자신도 몰랐어. 당신이 권총으로 그를 한 발 쏠 때까지는 말이야. 그렇지 않았나?"

그녀는 비참한 표정으로 서 있었다. 두 줄기의 눈물이 솟아올라 두 볼로 흘러내렸다. 너무나도 무력한 모습. 그녀는 나에게 말을 그만두고, 내가 잘못이라는 것——내가 얼마나 잘못하고 있는가를 보여 주었으면 하는 모양이었다. 눈길은 애원하고 구걸하고 탄원하고 있었다. 그러나 나는 계속했다.

"처음에는 당신과 헐이었어. 아니, 당신 한 사람뿐이었어. 당신 직업이 그것을 시작하게 한 것이야. 당신은 충분한 돈을 벌었지만 그래도 만족하지 못했지. 당신은 부와 권력을 바라는 여자였어. 그것도 사치스럽게 쓰는 것이 아니라 부와 권력을 휘두르고 싶은 것이었지. 당신은 몇 번이나 남자의 허약함을 미끼로 남자의 약점을 보았어. 그것이 당신을 엉뚱한 방향으로 빠지게 한 거야. 이윽고 당신은 여자의 사회적 본능, 남자에게 의지하는 본능을 가질 수 없게 되었지. 당신은 두려워하고 있었어. 그래서 은행 예금을 늘리고 사업으로 눈을 돌리는 방법을 발견한 거야. 당신이 절대로 붙잡히지 않는 방법인데, 참으로 야비한 방법이었지. 아주 졸렬한 방법이었어, 거의 말이야.

'비애가 그녀의 눈길에 떠돌고 있었으나, 그것과는 다른 무언가가 눈 속에 있었다. 그것이 무엇인지 나로서는 알 수 없었다. 그녀는 순교자처럼 미와 신뢰와 확신을 풍기면서 날씬하고 늠름하게 서 있는 것이었다. 그녀의 머리가 살짝 움직여, 오열이 목구멍으로 솟아오르는 것을 나는 보았다. 병사와도 같았다. 그녀의 복부는 스커트를 졸라맨 벨트로 편편하게 되어 있었다. 그녀는 팔을 양쪽으로 축 늘어뜨리고 손은 나에게 안기기를 바라며, 입술은 키스로 나의 입을 다물게 하고 싶어했다. 그것이 나타난 것이다. 그러나 나는 도저히 그만둘 수 없었다. 그녀에게 말을 시킬 수는 없다. 그렇지 않으면 나는 약속을 지킬 수 없게 된다.'

당신의 진찰을 받는 자들은 부자이며 거만한 놈들이야. 당신은 재능과 미모와 끊임없는 노력으로 그런 이들을 끌어당길 수 있었어. 그렇지, 당신은 그들을 진찰해 주고 그들의 고통을 덜어 주었어. 마약을 썼지. 헤로인이었어. 당신이 처방해서 그 처방약을 그들이 사용했지. 이윽고 습관성 상용자가 되자 당신이 그 약의 유일한 공급자가 되고 그들은 그 약을 얻기 위해 엄청난 돈을 빼앗겼어. 아주 교묘해. 무서울 만큼 교묘해. 또한 의사로서 진료소를 통하여 필요한 것은 무엇이건 손에 넣을 수 있었지. 나는 당신의 마약을 배달하는 시스템이 어떻게 움직였는지는 모르겠으나, 나중에 차차 알게 되겠지.

당신은 헐 캐인스를 만났어. 예사로운 대면이었으나 모든 것이 거기서 시작된 것이 아닐까? 그것이 내가 해결하는 데 고민한 이유였지. 모두가 너무나도 우연한 일이었으니까. 당신은 그의 진짜 일에 대해서 전혀 의혹을 갖지 않았겠지? 그러다가 어느 날 당신은 헐을 최면요법의 실험으로 썼어. 그렇지? 그는 바보였기 때문에 그런 일을 했으나 그가 자기 역할을 연기하고 싶었다면 선생님의 치료는 싫다고 말할 수도 있었을 테지. 그리고 그가 최면 상태에 있는 동안에 당신은 무심히 그의 인생의 모든 추악한 면에 빛을 더해 준 셈이야.

그때 당신은 이 사나이는 당신 뜻대로 된다고 생각했어. 당신은 그에게 무엇을 알고 있는가를 이야기하게 해서 당신 계획에 끌어넣으려고 했지. 그러나 당신은 바보짓을 했어. 헐은 한낱 대학생에 불과한 것이 아니었지. 어엿한 성인이었어. 성숙한 마음을 가지고 자기 자신이 어떤 일이라도 계획해서 실행해 나갈 수 있는 성인이었어. 그래서 그는 당신이 무엇을 하려 하고 있는지, 당신의 머리가 무엇을 생각하고 있는지도 알아낸 것이야. 당신이 거기에서 얻은 것은 막다른 길뿐이었어. 당신 책꽂이에 있는 책을 기억하고 있나? 《정신 장애의 최면 요법》 말이야. 몇 번이나 읽었는지 몹시 때가 묻어 있었지. 나는 당신이 그 방면에 조예가 깊다는 것을 알고는 있었지만 어제까지만 해도 전혀 그 뜻을 알 수가 없었던 거야.

'그녀는 지금 내 앞에 서 있다. 그녀가 무엇을 하고 있는가를 본 나는 온몸이 불타는 것 같다. 그녀는 옆구리로 손을 돌려 몸에 찰싹 달라붙은 옷을 손으로 누르고 나서 서서히 유방을 술잔 모양으로 떠받쳤다. 그녀의 손가락은 블라우스의 단추를 만지고 있다. 잠시 뒤 단추가 벗겨졌다.'

당신과 헐은 서로가 도망칠 것을 기다리면서 굳게 맺어져 있었는데, 뭔가를 시작하기에는 위험이 너무나도 컸었지. 거기에 잭이 왔어. 그는 영리한 사나이였어. 보는 눈이 빠르고 정확했지. 분명히 그는 작은 실패에서 헐을 구해 주게 되었는데, 그러는 동안에 무엇인가 그의 의심을 불러일으킨 것일 거야. 그는 헐의 일을 도와주는 척 꾸미고 있었으나 그동안 줄곧 헐의 신변을 조사하고 있었지. 잭은 헐이 무엇을 하고 있는지 알았어. 우연히 아일린을 만났는데, 그녀가 그것을 확인해 주었지. 잭은 그녀의 입에서 쇼에 대한 것을 들어서 알고 헐이 그 추악한 직업의 간부라는 것도 탐지하여, 그곳에 가면 헐의 정체를 잡을 수 있다고 생각했던 거야.

이야기를 조금 거슬러 올라가도록 하지. 잭은 그 주일에 무슨 일로 당신을 만나고 싶어했어. 당신이 나한테 직접 그렇게 말했었지. 물론 잭은 당신을 의심하지 않았어. 더구나 잭 쪽에서는 당신이 대학이나 임상 강의로 헐과 관계가 있다는 데서 당신 같으면 그를 단속할 수 있을지도 모른다고 생각했던 거야.

　그러나 파티가 있던 날 밤 당신은 잭이 모은 연보를 보고, 그가 왜 그것을 가지고 있는가를 알았지. 그리고 당신은 잭이 헐의 정체를 밝혀내면 헐이 당신의 정체를 폭로하여 당신도 일당이라는 것이 밝혀지지 않을까 두려워한 것이야. 일단 집으로 돌아갔지. 하녀가 잠들자 당신은 문 뒤쪽의 차임을 간단히 벗기고 밖으로 나갔어. 들키지 않고 말이야. 그리하여 당신은 무엇을 했나? 잭에게로 돌아가 그를 쏘고 그가 죽는 것을 지켜보았지. 그가 권총 쪽으로 몸을 끌어가고 있는 동안, 당신은 죽음에 직면한 남자의 심리학적인 연구를 위해 이야기를 하면서 그가 꼼짝 못하게 될 때까지 1인치씩 의자를 뒤로 물렸던 거야. 그런 다음에 당신은 집으로 돌아갔지. 그렇잖나? 아니, 대답은 하지 않아도 좋아. 그밖엔 어떻게 할 도리도 없으니까.

　'바야흐로 단추는 모두 벗겨졌다. 천천히, 더없이 천천히, 그녀는 스커트에서 블라우스 자락을 꺼냈다. 비단이 울에 닿아서 내는 것처럼 조그맣게 사각사각하는 소리가 났다. 그리고 커프스단추를 벗기고, 어깨를 움츠려서 블라우스를 벗어 바닥에 떨어뜨렸다. 그녀는 브래지어를 하지 않고 있었다. 아름다운 어깨, 숨겨진 근육의 흐르는 듯한 부드러운 선이 전체를 감싸고 있었다. 흥분하고 있기 때문에 목의 아름다운 선이 잔잔하게 파도치고 있었다. 단단하고 하얀 유혹하는 듯한 두 개의 유방, 부드럽지만 아주 팽팽했다. 그녀는 이토록 아름답다. 젊고 우아하고 자극적이다. 금발머리가 반짝이는 것처럼 굽이쳐 등으로 흘러내릴 때까지 그녀는 머리를 흔들었다.'

그런데 당신이 잭의 아파트에서 가지고 온 연보에 아일린의 기록이 있었지. 그녀의 사진이 한 장 헐의 것과 함께 실려 있었던 거야. 살인이 그것으로 끝나지 않은 것을 알고 한 번 더 살인을 함으로써 당신은 앞서의 살인을 은폐하려 했어. 당신은 헐에게 당신이 발견했다는 것을 말하고 협박하여 그에게 아일린을 위협하도록 한 다음 그의 뒤를 쫓았지. 쇼가 진행되는 동안 당신은 거기서 살인을 하지 않으면 안 되었고, 시체는 신디케이트의 다른 사람이 콜하우스를 계속 경영할 작정이라면 경찰 문제로 삼지 않고 처치할 것이라고 생각했어. 당신은 거기까지는 잘 맞아떨어지는 전망을 했지. 만약에 우리가 그토록 빨리 현장으로 달려가지만 않았더라면 누군가가 그 일은 잘 처리했을 거야. 우리가 그 장소를 습격했을 때 당신은 마담이 도망가는 것을 보고 뒤쫓았으나, 저쪽은 그것을 몰랐어. 그렇지? 당신은 몹시 운이 좋았어. 우연과 행운의 여신이 당신을 따라다닌 거야. 패트나 내가 당신한테 그날 밤의 알리바이를 물으리라고는 전혀 생각하지 않았겠지. 그러나 비록 물었더라도 당신은 달콤하게 녹을 것 같은 말로 속였을 거야.

조지 카레키를 뺄 수는 없어. 그는 당신에 대해서 알고 있었지. 헐은 취해 있었으므로 일에 대한 이야기를 폭로하고 말았던 거야. 그가 파티가 있던 날 밤 시무룩했던 것은 그 때문이었어. 그는 걱정되어 헐에게 잔소리를 했지. 헐이 조지에게 누설했다고 당신한테 말했기 때문에, 당신은 그를 가까운 데서 저격해 보았으나 실패했어. 단 한 번 실패했던 거야. 그래서 그는 시로 옮겨 경찰의 보호를 엄중히 요청했지. 그는 경찰에게 그 이유를 말할 수는 없었어. 그가 어떻게 그런 짓을 할 수 있어. 할 수 없었지. 그리고 당신은 여전히 안전했어. 그래서 그는 나를 덤으로 죽여, 범인이 자기를 궁지로 몰아넣기 전에 그 범인을 궁지로 몰아넣으려 했지.

그래서 헐이 죽은 뒤 우리가 공원을 거닐고 있을 때 조지가 권총을 손에 들고 겨냥했으나, 나를 쏜 것은 아니었어. 그가 겨냥한 것은 당신이었지. 내가 당신한테 간 것을 알고 그는 나를 미행했어. 자기가 먼저 쏘지 않으면 거꾸로 자신이 피살될 차례라는 걸 조지는 알고 있었던 거야. 조지는 도망치려고 했어. 그러나 멀리 도망치기 전에 그는 헐이 수집한 증거물을 가지고 가야만 했지. 그렇지 않으면, 만약에 그 자료가 발견되는 날 전기의자에 앉게 되리라는 것은 뻔한 사실이니까. 참으로 불사신 같은 놈이야. 내가 최초로 놈의 정체를 파악했어. 나한테 발포하지 않았더라면 나 역시 사살하지 않았을 것이며, 그도 모든 것을 자백했을 터인데. 철저하게 모든 것을 자백케 해 주었을 텐데 말이야. 그런데 역시 당신은 행운이었어.

　'그녀는 손가락으로 스커트의 지퍼를 내렸다. 스커트가 다리께로 흘러내렸다. 거기서 발을 내딛기 전에 그녀는 절반쯤 속옷을 내렸다. 천천히 내렸으므로 나는 그 전체에서 이그조틱한 느낌을 받았다. 그녀는 발끝으로 그것들을 밀어젖혔다. 길고 우아하게 햇볕에 그을린 두 다리, 훌륭한 다리, 늘씬한 곡선과 힘을 가진 다리. 내가 그 이상 보아서는 안 될 한 폭의 그림을 나한테 보이는 것이다. 스타킹으로 과장할 필요가 없는 금빛 다리, 편편한 복부에서 시작되어 현실보다는 상상의 세계에 있는 것 같은 허벅지에 둥글게 이어진 요염스러운 두 다리, 아름다운 허벅지, 영화에서 보는 것보다도 더 무게 있고 아름다우며 정열적인 다리. 몸에 붙이고 있는 것이라고는 지금 오직 투명한 팬티뿐이었다. 그리고 그녀는 태어나면서부터의 블론드였다.'

그리고 다음은 보보였어. 그의 죽음은 처음부터 계획한 것은 아니었지. 우연이었던 거야. 전에 그가 조지 카레키와 관계가 있었다는 우연의 암시가 또한 당신 귀에 들어갔지. 보보에게는 자랑삼고 있는 일이 있었어. 그는 근처에서 심부름을 하거나 편지를 전하는 일을 했지. 약간의 돈 때문에 일하고 있는 단순한 인간에 불과했으나 행복한 놈이었어. 벌레 한 마리 죽이지 않고, 취미로 꿀벌을 치고 있는 사나이였으니까. 그러나 어느 날, 녀석은 당신한테서 부탁받은 짐을 떨어뜨렸어. 처방약이라고 당신은 그에게 말했지. 그는 일자리를 잃지나 않을까 하고 걱정이 되어 약국에서 처방약을 가득히 채우려고 했어. 그것이 환자에게 보내고 있던 헤로인이었던 거야. 그런데 환자가 당신한테 전화를 걸어 심부름꾼이 아직 오지 않았다고 말했어. 나는 그날 당신 방에 있었지. 기억하고 있나? 내가 이발소로 가자 당신은 급히 자동차로 보보가 지나간 길을 쫓아 갔어. 보보가 약국에 들어간 뒤 기다리고 있다가 그가 가게를 나왔을 때 저격한 거야.

그런데 당신의 알리바이는 보기에 따라 달라졌어. 캐시가 집에 있었으나 당신이 나가는 것을 보지도 듣지도 못했지. 당신은 암실에 있는 척했으며, 암실에 있으면 아무도 방해를 하지 않았어. 당신은 차임을 떼어놓고 캐시가 조금도 눈치채지 못하게 집으로 돌아온 거였어. 그러나 당신은 급했기 때문에 차임을 제대로 해 두는 것을 잊었지. 내가 달아 놓았어. 그것도 기억하고 있나? 내가 지갑을 가지러 돌아왔을 때 당신은 있었어. 완전한 알리바이였지.

그때도 나는 의심을 하지 않았어. 그러나 나는 요점만으로 좁혀 들기 시작했던 거야. 나는 일련의 사건을 연결시키는 동기가 있다는 것을 알았지. 패트는 마약 상습자의 리스트를 가지고 있어. 언젠가 그들이 쾌유하면 우리는 그 사람들로부터 당신의 악독한 소행을 듣게 될 거야.

마녀가 그 다음 차례였어. 그녀의 죽음 또한 우발 사건이었지. 이것도 계획한 것은 아니었으나 강행하지 않으면 안되게 되었어. 나는 테니스 시합 때 당신을 남겨 놓고 갔는데, 당신으로서는 그때 좋은 기회를 얻은 셈이었지. 그녀를 살려두는 경우 이윽고 일어날 결과가 언제 당신의 마음에 떠올랐나? 그 자리에서였지. 보보 때와 마찬가지로, 당신은 불신을 마음에 품은 사람이야. 더구나 한꺼번에 무엇이라도 생각할 수 있는 사람이야. 당신은 보보의 마음이 어떻게 움직일 것인지, 빤히 짐작할 수 있는 사람이지. 당신은 보보의 마음이 어떻게 움직일 것인지, 무엇이 일어날 것인가를 알고 있었어. 물론 여성에 대해서도 잘 알고 있었지. 정신분석 의사로서 그 결과를 당장 알아챈 거야. 당신이 벨레미의 집에 도착했을 때 나는 잠자코 있었어. 당신은 마녀의 것과 같은 빛깔의 코트를 가지고 있었는데 당신 것엔 털가죽 깃이 달려 있었지. 그리고 여자는 곧잘 옷을 빌리거나 빌려 주는 습관이 있는 걸 당신은 알고 있었거든. 당신은 코트를 입히고 싶지는 않았어. 그렇지 않으면 그 마약에서 단서가 잡힐 테니까. 하몬 와일더와 찰스 셔먼에게 건네 줄 작정이었지. 그들이 도주한 이유는 그것이야. 왜냐하면 두 사람은 그 마약을 몇 봉지씩 가지고 있었기 때문이야.

그렇지, 당신은 조금 늦었어. 마녀는 당신 포켓에서 그것을 발견했어. 그녀는 그것이 무엇인지 곧 알았지. 잭이 나타날 때까지 그녀는 그것으로 살고 있었으니까. 그녀가 그것을 손에 쥐고 있는 것을 보고 당신은 마녀를 쏘았어. 그리고 당신은 코트를 집어 당신 것과 함께 침대 위에 놓고 바닥에 쓰러져 있는 마녀 위에 그녀의 코트를 걸쳐 주었지. 그 가루는 태워버렸어. 이것은 간단하지. 그녀의 바로 곁에서 권총을 겨누고 당신은 그녀에게 정확한 조준으로

245

쏜 거야. 몸을 관통한 탄환이 당신 코트의 주름을 뚫은 데와 같은 코트의 주름을 뚫은 것처럼 보이게 당신은 떨어뜨려두었지. 당신은 코트를 약간 태웠을걸, 틀림없이. 그 위에 헤로인이 흐른 자국이 있기 때문이야. 그러나 마너의 손톱에 푸른 헝겊의 섬유가 박혀 있었지. 당신 코트와 같은 빛깔의 것이 말이야. 더욱이 거울이 결정적 단서였어. 그것과 헤로인을 당신은 못 본 것이야. 그 여자는 오직 무심히 거울 앞에 서 있었던 것뿐이니까. 특히 여러 가지 옷으로 가득 차 있는 방에 있는 것이 어울리는지 어떤지를 확인해 본 것뿐이었어.

샬로트, 당신은 어디까지나 운이 좋은지도 모르겠군. 바텐더가 한 잔 마시러 나간 사이에 안으로 들어갔으니까. 그러나 당신이 거기에서 나오면 들키지 않을 수 없었어. 범행 후에는 더욱 더 그렇지. 그래서 당신은 건물 주위의 가로대를 딛고 나가 나는 듯이 비상 사다리로 갔어. 나는 뚱뚱해서 지나가지 못했으나 당신 같으면 갈 수 있지. 당신은 구두를 벗었었지? 시멘트에 자국이 없는 것은 그 때문이야. 시합에 열중하고 있는 동안 당신이 없어졌건 되돌아왔건 누구 한 사람 눈치챈 사람은 없었지. 일종의 군중 심리야. 맞아……

그러나 샬로트, 그것만으로 당신한테 유죄 선고를 할 배심원은 없을 거야. 모든 게 상황 증거일 뿐이며 결정적인 증거가 없어. 당신의 알리바이는 너무나도 완전해. 천진난만한 사람이 진심으로 믿고 있는 알리바이는 분쇄할 수가 없는 법이지. 예를 들면 캐시와 같은 사람 말이야.

그러나 나는 유죄 선고를 하겠어. 샬로트, 나중에 우리는 시간이 걸리더라도 법정의 심리에 간섭받지 않고 진상을 규명할 수 있지. 우리는 그 상황 증거를 반박하고 배심원을 속이려 드는 교활한 변호사 따위에 신경쓰지 않아도 되는 거야. 이 문제에 대한 해답을 우리는 알고 있지만, 그 해결에는 시간이 걸리지. 법정의 심리는 우리들에게 심판을 할 시간을 주지 않아.

그러나 샬로트, 이제야말로 내가 배심원이며 판사지. 게다가 나한테는 지키지 않으면 안 될 약속이 있어. 당신은 이토록 아름답고, 나는 당신을 매우 사랑했지만 당신한테 사형을 선고하겠어.

'그녀는 엄지손가락으로 부드러운 비단 팬티의 단추를 벗기고 있었다. 드디어 그것을 벗었다. 목욕탕에서 나온 사람처럼 아름다운 모습으로 걸음을 옮기기 시작했다. 지금 그녀는 실오라기 하나 걸치지 않은 벌거숭이 그대로였다. 햇볕에 그을린 여신이 그 애인에게 몸을 바치려는 것이다. 두 팔을 벌리고 내가 있는 쪽으로 걸어왔다. 가뿐한 동작으로 그녀의 혀는 입술 밖으로 살짝 나왔는데, 정열에 젖어 반짝이고 있었다. 그녀의 체취는 흥분케 하는 향기와도 같았다. 천천히 가벼운 한숨이 그녀한테서 새어나와 유방의 동그라미에 잔잔한 떨림이 일게 했다. 그녀는 나한테 키스하려고 몸을 기대며 내 머리를 안기 위해 두 팔을 펼쳤다.'"

45구경 권총의 굉음이 방을 진동시켰다. 샬로트는 한 걸음 비틀거렸다. 그녀의 눈은 불신의 교향곡이며 진실에 대해서 믿음을 갖지 않은 목격자였다. 서서히 그녀는 탄환이 명중한 자기 나체의 복부에서 이는 보기 흉한 꿈틀거림에 눈을 떨어뜨렸다. 피가 가느다랗게 흘러나왔다.

나는 그녀 앞을 막아선 채 포켓에 권총을 쑤셔 넣었다. 나는 뒤로 돌아 내 등 뒤에 있는 고무나무를 보았다. 테이블 위에 안전장치를 푼 채 소음 장치가 아직 그대로 달려 있는 권총이 있었다. 나를 포옹

하려고 한 그 귀여운 팔은 그때 그것을 잡으려 했겠지. 그녀의 키스를 받으려고 기다리고 있는 얼굴은, 실은 그녀가 내 머리를 부수어 선혈이 쏟아져 나오는 것을 기다리고 있는 것이다. 나의 피를.

나는 그녀가 쓰러지는 소리를 듣고 뒤돌아보았다. 그녀의 눈동자에는 바야흐로 고통이, 죽음을 예고하는 고통이 넘쳐 있었다. 고통과 불신이.

"어째서 이 이런 짓을, 달링?"

그녀는 헐떡였다.

한순간이 지나면 시체가 되는 것이지만, 나는 말해 주었다.

"곧 편하게 되는 거야."

THE TOYS OF DEATH
죽음의 장신구
G.D.H. 콜, 마거릿 콜

죽음의 장신구

1

당신은 쿼터마우스가 어디에 있는지 모를 것이다. 내가 가르쳐주지 않는 한 어디에 있는지조차 짐작하지 못할 것이다.

사람들이 북적대는 것을 싫어하는 우리 같은 부류의 사람들이 안락하게 지내기 위해서는, 너무 많은 사람들에게 사는 곳의 위치를 노출시켜서는 안 된다. 영국의 남해안에 위치한 그곳은 해변 휴양지라기보다 마치 콘티넨털 카지노 같다. 그곳은 어선들이 정박하는 항구의 선착장이 있고, 허름한 잿빛 오두막집이 모여 있는 가난한 거리와, 방문객들에게 필요한 물건이나 별로 필요 없는 온갖 물건을 살 수 있는 깨끗한 현대식 가게들이 즐비한 번화가를 비롯한 여러 거리가 뒤섞여 있는 다소 고풍스러운 작은 마을이다. 더구나 그곳은——이것이 가장 중요한 점인데——주위 사람들의 이목을 의식하지 않아도 되는 곳, 수영금지 제한이 전혀 없는 곳, 허용 시간이 길고 규제도 느슨한 곳, 선술집에는 어디나 다 어부들을 위한 작고 낡은 바 외에도 우아한 전등이 걸려 있는 크고 작은 뜰과 정원이 있는 곳, 저녁에 부드러운 남서풍을 맞으며 독일식이든 프랑스식이든 몇 시간 동안 술을 홀짝이며 앉아 있을 수 있는 곳이다.

만일 너무 많은 사람들이 이와 같은 장소를 찾아낸다면——영국에는 4천만 명의 사람들이 살고 있고, 적어도 그들 중 4분의 1은 관광버스를 이용한 단체 여행을 하기 위해 돈을 마련해놓고 있기 때문에——실로 유감스런 일이 아닐 수 없다. 그러므로 그곳의 위치는 말하지 않는 것이 좋을 듯하다. 게다가 그곳은 감정가들 때문에 이미 손상되어 있는 것 같다.

'크램프턴—플레이델 드라마' 이래로——아, 그것이 다시 상기시켜주지 않는가? 그곳이 공개된 이후로, 나는 다시 그곳에 가 본 적은 없지만 아마도 내가 아는 우리 나라 사람들은 자신들이 묵었던 집의 장식 소품들이나 정원의 나뭇잎을 가져가고 싶어할지도 모른다. 또 어쩌면 연극이 상연되는 벽뒤에 서서 입을 딱 벌리고 하품이나 해대는 극성스럽고 시끄러운 여행자들로 꽉 들어차버릴지도 모른다. 결국 그곳에는 세련된 방식으로 즐겁게 보낼 공간도 평화도 없어질 것이다. 어쨌든 나는 몇 년 동안은 그곳에 다시 가지 않을 생각이다. 하지만 1년 전만 해도 그곳은 내가 묘사했던 것처럼 영국 해안의 어떤 휴양지에도 비길 수 없이 아름답고 훌륭한 곳이었다.

쿼터마우스에는 크지는 않지만 친근감이 드는 안락한 호텔이 두 채 있다. 그곳에는 또한 유명무명의 예술가들, 여름 휴가철을 이용해 예술가들을 만나고자 하는 사람들이 숙박할 수 있는 고급 하숙집 몇 채와 오두막, 방갈로가 많이 있다. 이 집들에 거주하는 사람들 모두, 아니 거의 모두가 하루 중 여러 시간대에 걸쳐 특히 저녁 식사 시간 전후로 앞에서 언급한 선술집들로 이동하곤 한다. 대체로 그것은 그 시기에 유명했던 '크램프턴 플레이델' 때문이다.

크램프턴 플레이델은 쿼터마우스의 위대한 인물이었다. 하지만 그

때가 최고의 전성기였던 것은 아니었는지도 모른다. 어떤 심술궂은 사람들은 그가 런던을 떠난 것은 전적으로 런던 생활이 불결하고 타락했기 때문이 아니라, 크램프턴 플레이넬의 천재성을 충분히 평가해주지 않았기 때문이라고 말하기도 한다.

그러나 이들은 고맙게도 쿼터마우스에 자주 오지 않는 극소수의 심술궂은 밀고자들이다. 그 어떤 것을 소재로 쓰든——그것이 중세거나 혁명 전의 러시아거나, 종마 사육장이거나 런던 동부의 타이핑 대리점이거나——심금을 울리는 그의 소설은 여전히 잘 팔렸다. 그것으로 그는 왕족의 일원이 될 수 있었다. 그는 첼그로브필드에 살 수 있었고, 쿼터마우스 시내에서 400미터나 떨어진 쿼터만 위쪽 낮은 벼랑 위에 멋진 고가(古家)와 정원을 가질 수 있었다.

쿼터마우스에서 문학과 예술을 감상하는 젊은이들에게는 바운티풀 경(자선가의 대명사)처럼 행동했고, 기분이 우울할 때는 언제나 공짜 술을 돌렸다. 그리고 술집 정원에서 방문객들, 여름 피서객들과 사귀기도 했다. 크램프턴 플레이넬은, 열심히 일하고 있을 때나 천재에게 내리는 신의 형벌인 우울증이 찾아올 때를 제외하고는, 사람들과 함께 있기를 좋아했다. 그는 술 마시고 이야기하는 것을 좋아했으며, 그의 풍부한 성량만큼이나 폭넓은 집단의 사람들을 만났다.

그는 젊은이들에게 지난날의 영광스럽던 일들, 도시에서의 경험들에 관해 이야기하기를 좋아했으며 문학이 급속도로, 끊임없이 침체되어가고 있다는 것을 그들에게 알려주곤 했다. 때문에 쿼터마우스에서 온 방문객들 중에는 젊은 작가 지망생들이 대부분이었다. 그들은 크램프턴 플레이넬을 만나 그의 매부리코와 큰 입이 있는 용맹스런 얼굴과, 인류의 죄악에 다양한 반응을 나타내는 희고 강한 손을 보고 만족스러워했다.

지난해 8월 어느 무더운 밤에는, 방문객들과 피서객들 중 운좋게도 스페인 여인숙을 그들의 숙소로 선택한 사람들이 즐거운 한때를 보냈다. 며칠 동안 집에만 있던 크램프턴 플레이델이——그는 파티의 흥을 돋구고 있었고, 그들 가운데는 그보다 좀더 거칠고 더 시골티가 나는 그를 꼭 닮은 형 존과 이상스레 냉소적인 미소를 짓고 말이 없는, 마르고 피부가 검은 그의 옛 친구 나이절 허드먼이 있었다——밝고 온화한 모습으로 스페인 여인숙에서의 마지막 술자리를 위해 파티에 남은 사람들을 이끌고 나타났기 때문이었다. 그곳에서 그는, 철물상인의 과부로 여러 해 동안 알고 지내며 항상 그의 재밌는 이야기들을 이끌어 내는 일을 맡아 할 수 있었던 위셔 여사와 플레이델의 예술이론의 열광적인 팬인 올리버 섬싱 오어 아더라고 불리는 시인, 그리고 그의 심홍색 입술과 심홍색 손가락의 찬미자인 비비언 마리, 지금은 뚱뚱해져가는 비비언 마리의 감상적인 귀족출신의 어머니, 그 영웅 때문에 밀려난 것을 웃으며 참아내야 했던 비비언 마리의 미남 사촌, 어울리지 않는 유명한 사립탐정 제임스 워린더와 그가 휴가를 보내기 위해 선택한 곳이면 어디든지 항상 동반했던 자그마한 그의 어머니를 포함해 벌써 그곳에 앉아 있는 6명 가량의 사람들을 멋지게 이끌어 자기 자리로 끌어들였다.

어쨌든 그들 모두는 점차 서늘해지는 저녁에, 단지 어둠을 깨는 것에 지나지 않는 작은 빨강, 파랑, 초록빛 등을 든 채 행여 크램프턴 플레이델의 목소리가 들리지 않을까 염려하는 듯 그를 감싸고 둥글게 모여 앉았다. 플레이델은 날이 저물어가는 모양이 아주 마음에 드는 것 같았다. 그들은 또 한 차례 술을 시켰고, 모여 있는 모든 사람들에게 이틀 뒤에 그의 정원에서 있을 야외 만찬에 오도록——"사랑스런 이 사람들이 떠나 보내야 할 나를 달래 주도록"이라고 모여 있는 나머지 사람들에게 손짓하며 설명했다——초대하는 범위가 전에 없이 커졌다. 올리버 섬싱 오어 아더는 마치 그 환희의 순간에 대한 기대가 너무 컸던 것처럼, 숨이 차서 깊이 숨을 몰아 쉬었다. 그런 뒤 플레이델은 자리에 있는 한 사람 한 사람에게 일일이 초대에 응해줄 것을 부탁함으로써 그의 환대를 강조했다. 특히 그는 마리 부인과(그곳에서 그녀의 딸은 등을 구부리고 있어서 부루퉁해 있는 것처럼 보였다), 감정을 거의 나타내지 않았던 자그마한 워린더 부인에게 간청했다. 그녀는 남의 보살핌을 받는 데 익숙해 있었다. 그러나 그녀는 미소로 응할 마음의 자세를 충분히 가지고 있었으며, 자신에게 좀 과하다 싶은 친절에 대한 뿌듯함으로 큰 잔의 차디찬 라거비어(저온에서 6주 내지 6개월 저장한 맥주)를 홀짝이며 깊은 생각에 잠겼다. 그녀는 사실 그들의 대화를 귀담아 듣고 있지 않았다. 그녀에게 문학과 예술의 원칙들은 도저히 이해가 가지 않는 것이었다. 게다가 낭랑하게 울려 퍼지는 크램프턴 플레이델의 목소리는 불행히도 그녀가 10분 이상을 들을 수 없는 목소리였다. 그녀가 조용히 앉아 있었던 이유는 설교 중에는 몸을 비틀지 말라는 주의를 들어온 예배 중의 어린아이였기 때문은 아니었다. 그녀는 주위가 고요해지면 들을 수 있는 바닷소리를 그의 목소리가 방해하지 않기를 바랐다. 그녀는 그의 집에서 아마도 2~3시간 동안 계속 그 목소리를 들어야 될지 모른다고 생각하니 걱정스러움에 절로 한숨이 새나왔다. 그러나 그녀는 적어도 그집 정원은 볼 수 있다는 생각으로 자위를 했다. 크램프턴 플레이델의 정원은 매우 아름답기로 소문이 나 있었고, 게다가 워린더 부인은 정원을 매우 좋아하기 때문이었다.

이때쯤 그녀의 생각이 멈췄다. 플레이델은 문학이론에서 정치에 대한 이야기로 화제를 바꾸었다. 그녀는 '스페인'과 '캘리포니아'라는 말을 듣자 귀가 번쩍 뜨였다. 언제나 지루하고 한가로운 그녀의 생활에서 사건이라고 할 수 있는 것들 중 하나가 그녀의 친구와 스페인 북부에서 3주 동안을 함께 보냈던 때의 일이었다. 그래서 스페인과

연관되었거나 스페인을 암시하는 그 어떤 것도 항상 그녀에게 로맨틱한 감정을 불러일으켰다.

플레이델은 자신이 '카탈루냐 정교분리주의 운동'이라 칭했던 것에 대해 경멸적으로 이야기하고 있었다. "부인," 하고 그는 어둠 속 멀찍이 앉아 있는 어떤 사람에게 말했다. "잘못 생각하고 계십니다. 그것에는 진실이라고는 아무것도 없습니다. 전혀요. 그들 자신의 목적을 위해, 그들을 독립으로 이끌고 있는 그 불쌍하고 숭고한 사람들을 설득하는 범죄자들과 사기꾼들의 음모가 있을 뿐이죠. 근사한 표어, 근사한 기장, 근사한 깃발——그들은 그런 것들을 가지고 나오죠———그런데 그것들을 은행가들과 급진파들을 치장하는 데 사용한단 말입니다! 전에는, 아…… 전에는," 그는 한숨을 내쉬었다. "카탈루냐 사람들에게 진정한 독립운동이 있었죠. 생생히 기억이 나는군요, 20여 년 전이었는데, 그때 나는 카탈루냐에서 도보여행을 하며 다음날 어디서 자야 하는지 알지도 못하고, 또 걱정도 하지 않는 젊은이였죠. 산탄데르에 있는, 조그만 식당이 기억나는군요."

"하지만 분명히," 흥분한 워린더 부인은 날카롭게 말했다. "산탄데르는 카탈루냐에 없어요." 갑자기 침묵이 흘렀다. "정말로요."

그녀는 말을 계속할 수밖에 없었다. "그건 카탈루냐에 없다구요. 그건 반대편으로 수마일 떨어진 카스티야에 있어요."

더욱 무거운 침묵이 계속되었다. 그때 그 위대한 사람이 정신을 가다듬고 말했다. "부인, 물론이죠." 그가 말했다. "부인 말이 맞아요! 예사롭지 않으시군요…… 기억력 말예요. 마음에 새겨져버린 탓이겠죠. 돌이킬 수 없이 마치 어제 일처럼 아주 생생하게 느껴지고 실감이 나게 새겨져버린. 그런데 이름 같은 것은 곧잘 잊어버리곤 하죠. 물론…… 물론 그것은 산탄데르가 아니었고, 그건…….

"허 참, 그게 무엇이었든 신경쓰지 말아요! 바르셀로나에 대해 이야기해 주시죠." 비비언 마리가 말을 가로챘다. 서서히 말의 흐름이 바뀌더니 다시 흘러가기 시작했다. 워린더 부인은 그녀의 왼쪽 어깨 너머로 아주 조그만 웃음소리를 들었다.

"아니, 이것 보세요." 그녀는 치욕을 느끼며 웃는 사람에게로 돌아서서 속삭였다. "이것 보세요! 무슨 못할 말이라도 했나요?"

나이절 허드먼이 다시 낄낄댔다. "그래요, 아예 지금 그것을 마무리지으세요. 그가 제대로 말하게 하세요. 신경쓰지 말아요. 난 그것에 대해 걱정하지 않으니까요. 때때로 기가 죽는 것도 그들에게 도움이 되거든요."

"하지만 그건 너무 무례하잖아요." 괴로운 듯 쇳소리를 내며 워린더 부인이 말했다. "내가 왜 그런 말을 했는지 모르겠어요. 그것도 저녁 식사에 초대받은 직후예요."

"전 신경쓰지 않습니다." 그녀에게 연민을 느끼며 허드먼이 말했다. "바다로 가는 길을 걸어볼까요? 우리가 5분 동안 뒷길로 빠져나간다해도 아무도 알아채지 못할 겁니다."

"전 저녁 식사 초대에 못 가겠어요." 그들이 자갈길로 나와 서 있을 때 워린더 부인이 말했다. "그렇게 그의 말을 방해했으니 말이에요."

"부인은 가셔도 됩니다. 더욱 중요한 건 가야 한다는 것이지요. 회개하는 뜻으로 가서, 중요하지도 않은 사실을 바로잡으려고 한 것에 대해 미안하다는 표정을 지으십시오. 그렇게 하지 않으면 그는 그것이 중요했나보다고 생각하게 될 겁니다. 그는 카탈루냐에 가서 그곳이 어디에 있는지 찾아봐야겠다고 생각할지도 모릅니다."

허드먼이 말했다.

"어머나! 그럼 그가 가보지 않은 거예요?"

"아마 그런 것 같습니다. 물론 당신은 알 수 없겠지만, 전 플레이델을 잘 안다고 생각합니다." 나이절이 말했다.

"네, 그렇겠지요. 두 분은 아주 오랜 친구시죠? 그를 잘 알만도 하지요."

"부인은 안 그렇습니까? 사람들에 대해 잘 알고 있는 것처럼 보이는데요."

"어머, 아니에요. 전 그를 만난 것뿐이고, 그의 책 한두 권을 읽었을 뿐인걸요. 게다가 저는 보통사람들…… 소녀들, 하인들, 아시다시피 내가 만나야 하는 그런 부류들에 대해서만 알고 있을 뿐이에요."

"알겠습니다. 그러면 비비언 마리에 대해 좀 말해주십시오. 그녀는 아주 평범하지 않습니까?" 갑작스럽게 나이절이 말했다.

"네, 그래요. 아주 평범하지요. 내 말은——그 말은 너무 무례한 것 같네요——보통 여자라는 뜻이죠. 자기 어머니와 사이가 안 좋고, 돈도 없고, 할 일도 없어 항상 시무룩해하기는 하지만요. 아시다시피 그녀는 정말 친절하고 다정한 꽤 좋은 여자예요. 만일 그녀가 할 일만 가지고 있다면 정말 행복해할 거예요. 돈도 없고 교육도 못 받았지만요. 그러니까 그 일은 전적으로 개성에 의존하는 것이어야 할 거예요. 하지만 불쌍하게도 그녀의 개성은 그리 강하지 않아요."

"아, 네."

"물론," 위린더 부인이 계속 말했다. "요즘 그녀는 다른 사람도 아닌 플레이델 씨에게 홀딱 반해 있어요."

"그렇게 생각하십니까?"

"네. 그녀는 다른 어떤 사람에 대해서도 말하거나 생각할 수 없어요. 그것이 아치볼드 씨는 좀 참기 어려운가봐요. 그는 좋은 젊은이에요. 좀 둔하기는 하지만요. 아마 당신은 알아채지 못했을 거예요. 플레이델 일행이 온 뒤로는 그를 별로 보지 못했으니까요. 항구가 무척 아름답죠? 하지만 그들은 전에 많은 시간을 함께 보냈어요. "

"네, 잠시 달려볼까요?" 부두에 매어놓은 모터보트의 뱃머리를 잡으며 나이절이 말했다. 보트는 높은 파도 때문에 어지럽게 흔들리고 있었다.

"어머, 당신 보트예요? 멋져라." 워린더 부인이 말했다. "나도 그러고 싶어요. 하지만 오늘 밤은 안 돼요. 이미 너무 무례했는걸요. 돌아가야 해요. "

"이게 부인에게 마지막 기회인데요. 내일이면 이 배는 없어질 겁니다. " 나이절이 말했다.

"아니, 떠나세요? 유감이네요! 하지만 정말로 탈 수 없어요. 진작 돌아갔어야 했는걸요. "

"그들은 30분은 더 있어야 끝날 겁니다. 절 믿으세요. " 나이절이 말했다. "항구 주위를 가능한 한 짧게 돌면서 우리 머리에서 그 일화를 날려버립시다. 절 믿으세요. 예의를 차리도록 제시간에 돌려보내 드릴테니까요. "

"플레이델은 어떻습니까?" 그들이 앉았을 때 그가 말했다. "그도 역시 반했다고 생각하십니까?"

"아니 당신은 그런 남자는 20살 먹은 여자에게 별로 관심을 갖지 않는다고 생각하는군요. 사실, 저는 그가 비비언 마리를 매우 좋아한다고 생각했었지만, 오늘 밤에는 다소 냉담한 것 같았어요. " 워린더 부인은 잠시 생각에 잠겼다. "설령 플레이델이 그녀에게 싫증이 났다 하더라도 친절했으면 해요. 그녀는 매우 젊어요. 그런데…… 그런데 그는 항상 사려깊은 것 같지는 않아요. "

"그가 좀 그렇죠. " 나이절은 얼마쯤 멍하니 동의를 하고는 갑자기

다른 것들에 대해 이야기하기 시작했다. 그는 아주 재미있는 사람이었다.

그들이 보트에서 내리자 워린더 부인은 유람을 시켜준 것에 대해 진심으로 감사를 표했다. "그렇게 바로 떠나신다니 매우 섭섭합니다. 어디로 가실 예정인지 말씀하셨던가요?"

"말하지 않았습니다. 이리저리 항해한 다음, 남아메리카로 가는 정기선을 탈 수 있는 항구에 이 보트를 댈 예정입니다." 나이절이 말했다.

"남아메리카요?"

"부에노스아이레스요. 그곳에서 작은 사업을 하나 하고 있습니다. 이를테면 대행사인데, 올리바다 거리 34번지에서 데 로사스라는 이름으로 운영하고 있지요. 내가 왜 이런 얘기로 부인을 귀찮게 하는지……"

"알겠어요." 워린더 부인은 전혀 알지 못하면서 말했다.

"어쨌든, 자, 올라가서 플레이델이 어떻게 부인을 자기의 파티에 오게 하는지 봅시다. 부인의 사소한 잘못을 지적하는 것은 중요하지 않아요."

2

예절 바른 워린더 부인은 허드먼의 예언이 정확히 맞아떨어지는 것을 보고 터져나오는 웃음을 참으려고 무척 애를 썼다. 파티는 그들이 돌아온 뒤 얼마 되지 않아서 끝났다. 워린더 부인이, 개구쟁이 초등학생과 같은 기분으로 주인에게 작별인사를 하러 왔을 때, 크램프턴 플레이델이 그의 크고 파란 눈으로 그녀를 바라보고는 사로잡는 듯 낭랑한 목소리로 속삭이며 몸을 굽혀 그녀의 손에 키스했다.

"안녕히 가십시오, 부인. 다시 부인을 만나게 돼서 매우 기뻤습니다. 이것이 마지막이 아니겠지요? 목요일 밤에 저를 실망시키지는 않으시겠지요?" 정말로 워린더 부인은 자기가 스페인 지리를 조금 아는 척한 것을 멋지게 용서받고 있다 생각했고, 다른 어느 누구도 웃지 않기를 진정으로 바랐다.

다행히 아무도 웃지 않았다. 그들은 그것을 진지하게 받아들였다. 위서 여사는 그녀를 존중하며 말했고, 돌아오는 길에 그녀의 아들은 그녀에게 비비언 마리가 플레이델이 워린더 부인에게 하는 작별인사를 듣자마자 화를 내며 뛰어나갔다고 알려주었다.

"오, 맙소사! 그렇게 생각하다니. 아, 어리석은 것, 플레이델 씨가 나이든 여자에게 한 마디 한 것에 대해 왜 그렇게 신경을 쓰는거지?" 워린더 부인은 고민스러워하며 소리쳤다.

"바로 그거예요. 어머니는 나이든 여자고, 비비언 마리는 어리석은 젊은 여자이기 때문이죠. 어쨌든 그녀의 영웅은 오늘 저녁에 그녀에겐 조금의 관심도 보이지 않았거든요. 그런데 그녀는 불쌍하게시리 그에게 흠뻑 빠져 있으니. 물론 플레이델은 요즈음 조금 타락한 것 같아요. 자신이 천재라는 환상을 계속 유지하기 위해, 그가 여름 방문객들에게 얼마나 허풍을 떠는지 보셨잖아요? 그는 어린 비비언으로는 만족할 수 없었겠죠." 제임스가 말했다.

"싫증나자마자 떼어낼 심산이었으면, 애초에 그녀의 관심을 끌어 그녀를 야단스럽게 떠받들지는 말았어야지. 그건 그런 어린애에게 올바르지 못한 행동이라구!" 워린더 부인이 분개하며 말했다.

"됐어요, 됐어요. 저는 그것이 바른 행동이라고는 말하지 않았어요. 그건 그의 방식이죠. 사람들 말로는 그가 여자들과 친하기 위해 늘 그랬대요――그 일이라면 남자들에 대해서도요――그러고는 충분히 친했다고 생각이 들면 그들로부터 관심이 멀어지죠. 작가들이란 굉장한 이기주의자들이에요." 제임스가 말했다.

워린더 부인이 막 그들 옆을 지나가는 젊은 여자에게 "안녕하세요?" 하며 다정하게 인사했다.

"저 사람은 누구예요?" 제임스가 물었다.

"그레이 양. 도서관에서 일해."

"어느 도서관이죠? 아는 사람도 많으시지!"

"페리 거리에 있는 회람식 도서관. 그녀는 아주 친절하고 영리해. 네가 좋아할 것 같은 책들을 고를 때 능숙하게 나를 도와주거든. 틀림없이 그녀는 이곳에 싫증이 났을 거야……. 지금 하고 있는 그런 일을 하기에는 너무 유능하거든. 한때 그녀는 플리머스나 그와 같은 수준의 도서관에서 정식 사서를 했다는구나. 전에는 내가 런던으로 가서 더 흥미 있는 일을 하고 싶지 않으냐고 물었더니——〈타임스〉 도서클럽에서 일할 수 있을 정도로 유능하다고 믿었거든——싫다고 하더군. 이유는 모르겠지만."

"아주 현명한 거죠." 하품을 하며 제임스가 말했다. "어리석게도 런던이 금으로 되어 있다고 생각하며 몰려드는 그 모든 소녀들과 젊은이들은 결국 일자리를 얻을 수 없어 기가 죽은 채 집으로 기어들어 가야 하니까요. 어쨌든 즐겁게 살아가시기 바래요. 지방 서점의 점원 아가씨들에서 위대한 문학의 대가들에 이르기까지 오지랖이 그리 넓으시니, 자, 들어가시죠. 밤이 점점 깊어가고 있어요."

"문제가 생겼네요." 몇 분 뒤 자신에게 온 편지들을 뜯어 읽으면서 그가 말했다. "저, 어머니! 몹시 죄송스럽지만, 저는 여기서의 일정을 중단해야겠어요. 어머니도 아시다시피 제가 떠나올 때 특별한 사건을 맡고 있었잖아요? 그런데 결국 그것이 두 사건으로 바뀌었어요. 적어도 단서가 두 가지로 나뉘었어요. 하나는 영국에서, 다른 하나는 프랑스에서요. 그래서 에드워스가 그 모든 것을 소화해 낼 수가 없을 것 같아요. 어쨌든 프랑스 사람들은 그를 잘 모르고, 그도 그것을 다룰 수 있을 만한 충분한 경험을 가지고 있지 않거든요. 어쩔 수 없이 제가 파리로 가봐야 할 것 같아요. 한 일주일쯤 혼자 계셔도 괜찮겠죠?"

"나도 집에 가면 안 될까?" 자기 집에서라면 충분히 가능하겠지만, 집 밖에서 일주일을 혼자 보낸다고 생각하니 어쩐지 겁이 난 워린더 부인이 제안했다. 하지만 그녀의 말은 여지없이 거절되었다.

"안 돼요. 가실 수 없어요. 하인들이 모두 휴가를 떠났잖아요? 게다가 제가 너무 바빠서 가기 전에 그들을 돌아오게 할 시간이 없어요. 게다가 어머니 혼자 그곳에 계시게 한다는 것은 상상조차 할 수 없는 일이구요." 조바심이 나서 제임스가 말했다. "어머니, 열흘 동안 이곳 호텔에 머물러 계셔도 그렇게 두렵지는 않으시겠죠? 이제는 사람들도 많이 아시고, 이야기를 나눌 서점 아가씨와 플레이델 씨도 있으니까요."

"아 참! 플레이델 씨의 파티도 있잖니?" 워린더 부인이 깜짝 놀라며 외쳤다. "맙소사, 정말로 나 혼자선 그곳에 갈 수 없어! 내가 그런 모습을 보였고, 그 때문에 플레이델 씨가 그렇게 당황했는데, 혼자서 간다면 틀림없이 바보스러워 보일 거야."

"그렇지 않을 거예요." 제임스가 냉담하게 말했다. "목요일 밤에는 제가 머물러 있겠어요. 그리 서두를 건 없으니까요. 에드워스에게 저에게 줄 서류들을 준비해 놓으라고 하죠. 그러니 그렇게 쓸데없이 걱성하지 마세요. 그가 침착하기만 하면, 제가 집으로 쏜살같이 달려갈 필요는 없을테니까요. 그리고," 제임스가 덧붙여 말했다. "전 플레이델 씨의 집이 보고 싶어요. 제가 지금 여기에 있는데 다음 기회로 미루고 싶지는 않아요. 사람들 말로는 그가 그곳에 정말로 진귀한 것들을 수집해 놓았다던데요. 식물과 관목들도요. 어머니도 좋아하실 거예요. 그러니 걱정하지 마세요. 저도 파티에 갈 거예요. 그래서 만일 그 신사분이 어머니에게 지나치게 친절하다면, 그를 제 무릎 위에 올려놓고 그의 엉덩이를 찰싹찰싹 때려 줄 거예요."

"허드먼 씨가 그곳에 왔으면 좋겠구나." 위층으로 올라가며 워린더 부인이 말했다.

"아, 그러세요? 그가 올 거라는 건 몰랐는데요." 제임스가 말했다. "그를 좋아하세요? 제 생각은 다소 냉소적인데요, 물론 저는 그가 실패자일지도 모른다고 생각해요."

"그가 실패자라고? 그렇게 보이지는 않던데."

"어쨌든 그는 아무것도 한 것이 없잖아요? 젊었을 땐 멋진 사나이였을 거예요. 언젠가 테틀리 박사가 저에게 그에 대해 말해 주었는데요, 그는 테틀리 박사와 플레이델 씨와 같은 시기에 대학에서 이름을 날렸었고, 어떤 종류건 일류 과학자가 되기 위해 노력했대요. 어쨌든 그 모든 것이 수포로 돌아갔나봐요. 제 생각에는 그가 돈은 좀 있는데다 너무 게을러 일을 하지 않지 않았나 해요. 부유한 젊은이들이 모두 그렇잖아요? 테틀리 씨가 그러는데요, 그는 어떻게 생활을 할지 생각조차 하지 않았대요. 그렇다고 그가 자신을 잘 아는 것은 아니래요."

"하지만……." 워린더 부인은 무슨 말을 하려고 입을 열었다가 다시 다물었다. 나이절 허드먼이 그녀에게 쿼터마우스의 어느 누구도 남아메리카에서 했던 자기의 활동을 모를 거라고 했던 말이 막 떠올랐기 때문이었다. 그녀는 가장 악명 높은 입담가라고 알고 있는 테틀리 박사로부터 그가 그들에 대해 뭔가를 듣고 싶어했는지 무척 궁금했다. 나이절 허드먼을 위해서 그의 비밀을 지켜주는 것은 그녀에게 다소 기쁨의 전율을 느끼게 했다.

"어쨌든," 그녀는 침실로 올라가며 여느 때와 달리 확고한 어조로 말했다. "그가 생각했던 것만큼 훌륭한 사람은 아닌지 모르지만, 떠난다니 왠지 섭섭하구나. 잘 자라, 제임스, 나도 잠을 푹 자야겠구나."

그러나 워린더 부인은 곧바로 잠자리에 들지 않았다. 그녀는 인간의 가장 사소한 부분에도 상처를 주고 싶어하지 않는 사려깊은 여자였으므로 아무리 어처구니없는 일이라 하더라도 자기가 비비언 마리에게 고통을 안겨준 원인이 되었다는 것이 무척 고민스러웠다. 그녀가 쓸데없이 불행해져야 한다는 것은 유감스런 일이 아닐 수 없었다. 워린더 부인은 아침이 되면 그 일을 바로잡아 놓아야겠다고 마음먹었다.

그녀는 오후까지 기다려야 했다. 비비언이 아침 식사를 하러 오지 않았고, 도서관에 책을 교환하러 가서 보조원과 잠깐 인사말을 할 때까지도 나타나지 않았기 때문이었다. 그녀는, 자신들이 무슨 책을 원하는지 정확히 기억할 수 없지만 그것이 미스터리소설은 아니라는 것과 저자가 B 또는 M자로 시작한다는 것은 알고 있는, 그럼에도 주변의 더 중대한 일들에 대해서는 매우 잘 알고 있는 나이든 여자들에게 그렇게 참을성 있게 대해주었던 차분한 몸가짐의 가냘픈 사서에 대해 무척 호감을 갖고 있었다.

하지만 오늘 아침 그 아가씨는 피곤해 보였으며, 그녀의 대답은 상냥하긴 했지만 힘이 없었다. 열이 있는 것 같았다. 그래서 워린더 부인은 그 아가씨를 귀찮게 하고 싶지 않아 도서관을 나와 지난주 호텔 정원에서 웨스트 컨트리 극단이 공연했던 연극의 사진을 고르기 위해 바로 맞은편에 있는 사진관으로 갔다. 그녀가 사진들이 실망스럽게 나왔다고 하자, 예상 밖으로 사진을 보여주고 있던 점원이 그녀의 말에 동조했다.

그는 아주 우울한 얼굴을 한, 키가 크고 검은 피부의 잘생긴 젊은이로 매우 친절했다. 그는 그녀가 오스트레일리아에 있는 동생에게 보낼 기념이 될 만한 쿼터마우스의 사진을 특별히 원하고 있다는 것을 알아차리고 가게에 있는 사진들을 샅샅이 뒤져 그녀가 정확히 원하는, 연극 단체보다 훨씬 더 매력적인 그만의 전경을 담은 사진들을 찾아냈다. '정말 좋은 사람들이야.' 그녀는 조용히 생각에 잠기며 만족스런 기분으로 비비언 마리와 대면할 만반의 준비를 갖추고 호텔로 돌아왔다.

비비언은 점심 식사를 하고 있었다. 그녀는 밤새 한잠도 못 잔 것처럼 아프고 피곤해 보였으며, 워린더 부인에게 무례하게 대하기로 작정한 사람같이 보였다. 그러나 워린더 부인은 골이 난 젊은이들의 그런 대접에 적절하게 대처할 만큼 그들에 대해 잘 알고 있었다. 그래서 그녀는 비비언이 점심 식사를 마치자 정원으로 데려가 커피와 리큐어를 마시면서 나이든 여자들은 가장 적절하지 않은 시간에 자신들이 조금 알고 있는 것을 과시하고 싶어한다는 것과, 크램프턴 플레이델 씨가 과장되고 거의 불쾌할 정도로 예절 바르게 그런 실수를 덮어주었던 일을 생각하며 웃음 짓도록 유도했다.

그때까지만 해도 상황은 좋았다. 그러나 사태는 그것으로 끝나지 않았다. 언짢은 표정이 가시자, 비비언은 점심 먹을 때 그녀가 무례하게 행동한 것에 대해 대충 사과를 했다. 그리고 그것이 조금도 문제가 되지 않는다는 것을 확신하자 계속해서 털어놓고 이야기한다는 듯 자신이 모든 사람들에게 몹시 싫고 불쾌한 존재라는 것을 알고 있지만 어쩔 수가 없어 미칠 지경이라고 했다. 그리고 만일 그 일이 곧 생기지 않는다면 정말 미쳐버릴 것이라고 말했다.

"일이라고요? 어떤 일? 그것에 대해서는 금시초문인데요." 워린더 부인은 그 말에 안심이 되었다. 정말로 일이 생길 조짐이라면 크램프턴 플레이델보다야 훨씬 낫겠지! 하지만 그 다음 말이 그런 안도감을 날려버렸다.

"네, 물론 크램프턴 플레이델 씨가 나를 위해 구하고 있는 일이죠!"

"어머나! 난 그걸 모르고 있었네."

"그는 그렇게 해야 했죠. 그럴 수밖에 어쩔 도리가 없었어요." 비비언은 커다란 에스칼로니아 덤불을 뚫어져라 응시하며 대충 말했다. "그는 언젠가는 도시로 돌아가야 해요. 그는 가을에 이곳에 머물고 싶어하지 않죠. 그런데 나는 일해서 돈을 벌지 않는 한 도시에서 살수 없어요. 그 근처에서도요. 부인은 제 어머니를 아시잖아요? 저는한 푼도 가진 게 없어요. 위서 여사가 돈을 지불해 주지 않는다면 이런 곳에 머물러 있을 수도 없을 거예요. 그분은 어머니를 좋아하시기때문에 저를 가엾게 여기시나봐요. 우리는 도시에서 살고 있지 않아요. 우린 웸블리에 있는 음침한 굴 같은 아파트에 살고 있죠. 아주형편없이 낡은 곳이죠. 하지만 아시다시피, 내가 만일 일을 구하게된다면 어머니는 그 돈을 모두 갖게 될 것이고, 켄싱턴으로 가서 그곳에 있는 프라이빗 호텔^(아는 사람이나 초대한
손님만 묵을 수 있는 호텔)에서 사실 수 있을 거예요. 그게 어머니가 바라시는 바죠. 게다가 난 그이 가까이에 있을 곳을마련할 수 있을 거구요."

"하지만…… 저……." 워린더 부인이 당황하고 놀라 멈칫했다. "그럼, 확신하는 거예요? 그가……."

"그가 나 없이는 아무것도 못한다는 것을 알고 있어요." 비비언이소리쳐 말했다. "난, 난, 난 그의 일에 꼭 필요하죠. 내 말을 믿지않으실지 모르지만, 그가 그렇다고 말했다구요! 어느 누구도 나만큼그를 돕지는 못했다고요. 요즈음 내내 그를 돕고 있었던 것을 모르셨어요? 그가 그것을 하나의 전형이라고 하던데…… 일주일에 2파운드 하는 싸구려 하숙집에서 근근히 살아가는 지독하게 궁색한 귀족의생활이 정말로 어떤 건지 그에게 이야기해 주었죠. 그 스스로는 그것을 알 수 없거든요. 그는 절대로 상황을 추측하지 않아요. 항상 알아내죠. 그게 바로 그의 책이 항상 정확한 이유예요. 우리는 반도 못 끝냈어요. 그 책은 아직 완성되지 않았어요. 나 없이는 완성될 수가 없죠. 어쨌든······."

그녀는 두 손으로 턱을 괴고 결단력 있는 표정으로 워린더 부인을 바라보았다. "난 그이 없이는 절대 못 살아요. 그렇게 결론을 내렸어요." 그녀는 도전적으로 바라보았다.

"아니, 저런······."

"그곳에 어머니처럼 앉아서 쳐다보셔도 아무 소용없어요." 비비언이 말했다. "나는 부인이 내가 가지려고 하는 것이 무엇인지 알고 계시다고 생각했어요. 물론 어머니에게는 이런 이야기를 조금도 하지 말아야겠지요. 노발대발하실 게 분명하니까요. 하지만 내가 생각하기로 부인은 내가 그럴 수밖에 없다는 것을 이해하시죠?"

"그렇지만은 않아요. 하지만 정말로 확신해요?" 워린더 부인이 물었다.

"물론 확신하죠! 부인이 무슨 생각을 하고 계신지 알아요." 비비언이 소리쳤다. "내가 이야기를 꾸며내고 있다고 생각하시죠. 단지 우리가 최근에 서로 만날 시간이 그리 많지 않았기 때문에 지난밤에 내가 바보 취급을 받았기 때문이에요! 어머니는 제게 늘 말씀하시죠, '그는 정말로 진심이 아니란다'라고요. 그런 터무니없는 말이 어디 있어요? 마치 사람들이 단지 잘 살고 있다는 것을 보이기 위해 남이 하라는 대로 하며 살아가야 하는 것처럼 말이에요! 부인은 이해하실 수 있으시겠죠?"

워린더 부인의 얼굴에는 불안한 기색이 감돌았다.

"제 말을 믿지 않으시더라도 내가 보기에는 잘되고 있어요. 그래요, 그러면 됐죠. 여기 가만히 앉아 그가 나를 두고 떠나게 내버려 두지는 않을 거예요, 누구도 그렇게 생각할 필요는 없다구요!"

그녀는 마치 눈빛으로 설득하려는 듯 워린더 부인을 응시했다. 그런 다음 갑자기 눈동자가 흔들리고 입술이 떨리더니 그녀는 분노가 복받쳐 울음을 터뜨리고 말았다. 처음에는 한 마디 말도 알아들을 수 없을 정도였다. 워린더 부인은 놀라지 않았지만 마음이 아파 그녀에게 다가앉아 어깨와 숙인 검은 머리를 쓰다듬어 주었다. "오, 하느님!" 그녀가 흐느꼈다. "나는 그를 너무나 사랑해요, 참을 수 없이요! 난 그를 만지고 싶고, 온종일 어디에서나 그와 함께 있고 싶어요, 그를 보고 있기만 해도 미칠 지경이에요, 누군가를 사랑한다는 것이 이렇게 가슴 아픈 것인지 정말 몰랐어요, 그런데 그는…… 대체 어떻게 된 것인지 모르겠어요, 난 아무것도 안 했어요, 그건 내 탓이 아니라구요! 왜 그가 변했을까요? 왜 그가 내게 관심이 없는 것처럼 보일까요? 워린더 부인, 전 참을 수가 없어요! 만일 그를 가질 수 없다면 미쳐버리고 말 거예요!……하지만 난, 난! 그를 놔주지 않을 거예요, 그를 죽이든가 내가 죽고 말겠어요, 난 그걸 참을 수 없어요! 내가 어떻게 해야 하나요?"

정말 어떻게 해야 하나? 워린더 부인은 자신이 할 수 있는 일이 아무것도 없는 것 같았다. 그녀는 한순간도 크램프턴 플레이델이 비비언 마리를 런던으로 데려갈 생각이 있다고는 믿지 않았다. 최선의 방법은 그가 부드럽고 친절하게 대해 그녀의 마음을 가라앉혀주는 것이라고 생각했다. 그러나 그것도 그녀가 날카롭게 울부짖거나 소리치면 그는 어떻게 할 도리가 없으며, 또 그녀는 그가 히스테리에서 잔인함으로 금세 변해버리는 그런 유형의 사람이라는 것을 잘 알고 있었다. 그래서 그녀는 온 힘을 기울여 이 갑작스런 폭풍을 가라앉히려 노력했고, 결국 어느 정도 성공하기는 했지만, 내일 저녁 파티가 성공리에 끝날지는 내심 의심스러웠다. 그녀는 비비언이 분위기를 깨지 않고 플레이델의 저녁 파티를 잘 치러낼 수 있다고 장담할 수 없었다.

　"만일 플레이델이 곧 죽는다면, 그래서 그녀가 그가 자기를 정말로 좋아했다고 계속 믿고 새출발할 수 있다면……." 그녀는 비비언을 만나고 호텔로 돌아와 한동안 거리를 내다보며 생각했다. "그것이 그녀를 위한 최선의 일일 거야. 하지만 그럴 것 같지는 않고…… 응, 왔구나! 해수욕 잘했니?"

　"나쁘지는 않았어요, 해변이 좀 북적거리기는 했지만요, 해변이 일찍 폐쇄된다는 것을 잊고 있었지 뭐예요. 저기 멋진 아가씨가 있는데요." 제임스의 눈길은 하얀 테니스복과 담황색 윗도리를 입고 있는 가냘픈 여자에게 쏠렸다. 그녀는 검은 머리의 젊은이와 대화를 나누는 데 열중하면서 호텔 앞을 지나가고 있었다. "왜 웃고 계시는 거예요?" 그녀가 싱긋 웃자 그가 물었다.

　"저 아가씨는 어젯밤 네가 나에게 물어보았던 그 사람이야. 도서관의 그레이 양. 그녀가 매력적이라고 생각한다니 기쁘구나." 워린더 부인이 침착하게 말했다. "그녀에게 젊은 남자가 생겼던데 그 남자도 멋지지 않니?" 그러고는 목청을 높여 말했다. "저 젊은이는 사진관에 있는 남자 아냐?"

　"와!" 재미와 분노가 혼합된 형언할 수 없는 목소리로 제임스가 말했다.

　"오늘 아침에는 내게 얼마나 친절했는지! 그녀가 런던에 가고 싶어하지 않는 이유가 바로 저 사람 때문이었군."

　"너무 성급한 결론 아니세요?" 제임스가 말했다.

　"아니야, 그렇지 않아." 워린더 부인은 확고하게 머리를 끄덕였다. 그녀는 그 여자가 그 남자를 올려다볼 때 그녀의 얼굴 표정을 보았으므로 그것을 알 수 있었다. 물론 그가 좋아하는지 좋아하지 않는지는 별개의 문제였다.

"그건 그렇고, 차 한잔 하실래요?" 제임스가 말했다.

3

워린더 부인은 저녁 모임 때문에 잔뜩 불안해하고 있었다. 그러나 시간이 점점 가까워지자, 최악의 사태는 일어날 것 같지 않았다. 비비언이 머리가 좀 진정된 듯 아래층으로 내려와서는 침착하게 잘 처신하려고 애쓰는 게 보였다. 그녀는 덜 난폭해 보였고 보통 때보다 더 조심하기로 마음먹은 것 같았으며 유달리 까다로운 자기 어머니의 잔소리도 잘 참아내고 있었다. 마리 부인은 몰락한 귀족이라는 자신의 처지에 걸맞게 우울증을 보이기 일쑤였는데, 그날 저녁 그녀는 도대체 비가 올지 안 올지 판단할 수 없었고, 따라서 소나기라도 맞고 나면 다시는 못 입게 될지도 모르는 야회복을 입어야 할지, 아니면 좀 덜 어울리더라도 젖어도 괜찮을 옷을 입어야 할지, 아직 결정하지 못하고 있었다. 그녀는 여섯 번쯤 자신의 마음을 바꾸면서 한 가지씩 옷을 고를 때마다 어떠냐고 물어보았으며 내내 날씨에 대해 불평을 늘어놓았다.

그날 밤은 정말 무더웠다. 그리고 그녀에게 걸맞는 지독한 두통에 시달렸다. 워린더 부인은 비비언의 눈을 보고는 그녀도 어머니 못지않게 두통에 시달리고 있다는 걸 알았다. 그러나 비비언은 전혀 내색하지 않고 온순하게 그 두 벌의 옷을 이렇게 개켰다가 또 저렇게 개켰다가 하면서 워린더 부인에게 재확인하려는 듯한 눈길을 보냈다.

마침내 마리 부인은 만족스럽게 치장을 끝냈고, 사람들은 올리버라는 젊은이와 비비언의 버림받은 애인을 제외하고는 모두 위서 여사의 커다란 자동차에 탔는데 그 두 사람은 그들이 곧 뒤따라올 것을 예상하고 먼저 언덕을 걸어 올라가고 있었다. 그러나 호텔에서 뜻하지 않게 시간이 지체되었기 때문에 이 두 사람이 먼저 도착했고, 다른 이들이 챌그로브필드에 도착해서 건물을 통과해 넓다란 잔디밭으로 다시 나와 칙칙한 상록수들과 밝은 청색의 수국에 둘러싸였을 때, 그들은 두 젊은이가 여러 가지 찬 음식이 놓여 있는 테이블 가에 어색하게 서 있는 것을 보았다.

"여기들 있구먼! 크램프턴은 어디 있지?" 위셔 여사가 물었다.

"우리도 모릅니다. 그 사람은 여기 없어요."

한 젊은이가 대답했다.

"나쁜 사람 같으니라구! 벌써 이렇게 늦었는데. 그렇지만……." 위셔 여사가 의자에 파묻히면서 말했다. "그를 기다리는 동안 뭘 마시면 되겠네. 바니!" 그녀는 술을 진열하고 있는 집사를 불렀다. "플레이넬 씨가 오시기 전에 뭘 좀 마셔도 되겠지요?"

"물론이죠, 부인." 바니는 그들에게 한 잔씩 돌렸다. 칵테일을 마시지 않는 워린더 부인이 다른 꽃들을 보면서 잔디밭을 거닐고 있는 동안 잠시 침묵이 흘렀다. 그녀는 수국에 별 관심이 없었다. 그러나 정원에 다른 꽃은 없었다. 그녀는 곁눈질로 자신의 몫으로 나온 칵테일을 비비언이 마시고 있다는 것을 알아차렸다.

"쳇!" 마침내 위셔 여사가 말했다. "난 이 정원이 싫어. 저 검은 나무들은 사람을 오싹하게 만든다니까. 저 꽃 색깔 좀 봐. 끔찍하기도 하지!"

"번개가 치네요! 폭풍이 오고 있어요." 제임스 워린더가 말했다.

"저런!" 마리 부인이 빽 소리를 지르며 손을 머리에 얹었다.

"어쩐지 너무 덥더라니까. 내가 먹은 칵테일이 바로 내 피부로 스며드는 것 같아." 위셔 여사가 말했다. "한잔 더 합시다. 바니, 어때요."

그녀가 다시 편안한 자세를 취하면서 덧붙였다.

"당신 주인이 우리 모두를 잊은 건 아니겠죠? 그가 어딘가에 있긴 있나요?"

"서재에 계십니다, 부인. 제가 맹세할 수 있습니다."

바니가 다시 잔을 돌리며 말했다.

"맹세할 수 있다고? 당신도 모르는 것 아니오?"

제임스가 놀라서 물었고 위셔 여사가 말했다.

"아니, 그럼 그에게 우리가 왔다고 알리지 않았어요? 서재는 바로 정원 아래쪽에 있는데." 그녀가 일행에게 설명했다. "그는 우리가 왔다는 소리도 못 들었나봐."

"네, 부인. 플레이넬 씨가 서재에서 연구 중이신 때는 절대로 방해하지 말라고 분부하셨습니다. 그렇지만 주인께선 부인이 오시는 줄 알고 계십니다. 8시에 정원에 저녁준비를 하라고 지시하셨거든요."

"저녁을 다시 안에다 차려야 할 것 같아요." 누군가가 남쪽 하늘에서 번쩍하고 섬광이 비치고 우르릉하는 소리가 길게 이어지자 말했다.

"이게 바로 크램프턴의 한계가 아닐까요?" 위셔 여사가 많이 놀라지도 않으면서 말했다. "그는 얼마나 오랫동안 서재에 있었나요, 바니?"

"아침부텁니다, 부인. 제가 주인께서 내려가시기 전에 점심을 그곳에 가져다 놓았거든요. 그 뒤에는 못 뵈었습니다."

"그래요?" 위셔 여사가 말하면서 다시 앉았다. 다른 사람들은 선 채로 서로를 바라보았다. 제임스 워린더는 시계를 보았다. 비비언 마리는 워린더 부인의 두 번째 칵테일을 마시고 있었다. 이어서 또다시 더 밝은 섬광이 비치고 우르릉 구르는 소리 대신 쾅하는 뇌성이 들렸다.

"아유!" 마리 부인이 소리쳤다. "아유, 머리야! 폭풍은 정말 참을 수 없다니까요!"

"나도 그래요." 위서 여사가 갑자기 일어서며 말했다. "이대로 모두 정원에 있을 수는 없잖아요. 여기 봐요." 그녀는 모두의 용기를 모았다. "우리 모두 서재로 내려가서 크램프턴을 찾아냅시다. 틀림없이 우리 모두가 온다는 걸 잊었거나, 아니면 그가 또 끔찍한 장난을 하고 있는 거라구요. 괜찮겠어요, 바니?" 하고 불안한 듯 왔다갔다하는 주방장에게 말했다. "돌아가지 않고 집 안에서 기다리겠어요. 이왕 기다렸으니까. 괜찮다면 음식을 안으로 들여가요. 사실 그게 더나을 것 같아요. 그렇지만 너무 오래 기다렸어요. 모두 따라오세요. 저 혼자서 가지는 않겠어요." 사람들이 모두 서둘러 잔디밭을 가로질러 가자, 워린더 부인은 오랜 친구마저도 당사자의 동의 없이 감히 자신의 사생활을 침해하지 않도록 할 수 있는 것이 바로 플레이델의 인격을 보여주는 단적인 예라고 생각했다.

잔디밭 너머로 긴 보도가 나 있었고, 그 길은 가장자리에 풀이 돋아 있는 장미정원으로 뻗어 있었다. 그곳을 지나니 꽃들이 피어 있는 꼬불꼬불한 오솔길이 나왔다. 위서 여사가 그렇게 서두르지만 않고, 폭풍이 그처럼 빨리 다가오지만 않았더라면 워린더 부인은 그곳에 머무르며 이것저것 살펴보고 싶었다. 서재는 본채에서 2, 300미터쯤 떨어져 있었다. 적어도 그들은 컴컴한 빛 속에서 그곳까지 한참을 걸은 것 같았다. 그곳은 크고 괴상한 목조건물로서 모퉁이마다 색칠이 된 비틀린 기둥이 서 있었고 지붕은 마치 병의 밑바닥처럼 초록빛 유리판으로 되어 있었으며 처마는 돌출해 있었다. 천장에는 스튜디오의 채광창처럼 거대한 채광창이 만들어져 있었다. 그 건물은 긴 풀들로 덮인 탁 트인 공간에 서 있었으며 그 뒤로는 낮은 담이 있었고 그 너머로 파도소리가 들려왔다. 건물 정면에 출입문이 있고 그 건물의 오른편으로 폭풍이 다가오느라고 캄캄해진 호랑가시나무 숲으로 이어지는 오솔길이 나 있었다.

위셔 여사는 총총걸음으로 다가가서 문을 두드리며 소리쳤다. "크램프턴! 크램프턴! 우린 기다리는 데 지쳤어요!" 그러나 대답이 없었다. 그녀는 잠시 기다렸다가 다시 문을 두드리며 손잡이를 돌려보았다.

"잠겼어요! 도대체 이 안에서 뭘 하고 있는 거야? 크램프턴! 크램프턴! 나 원, 참." 큰 빗방울이 문지방에 후두둑하고 떨어졌다. "이건 정말 너무 하잖아! 그가 나갔을 리는 없어. 크램프턴! 크램프턴!" 그녀는 문을 두드리며 손잡이를 돌렸다. "크램프턴!"

갑자기 공기를 찢을 듯 높고 날카로운 소리가 들려오자 그들은 깜짝 놀라 모두 고개를 돌렸다.

"비비언! 무슨 일이야?" 마리 부인이 떨리는 목소리로 말했다. 건물 옆으로 돌아가서 열린 창틈으로 안을 들여다보던 비비언 마리가 얼굴이 백지장처럼 하얘지고 눈이 튀어나올 것처럼 휘둥그레져서 사람들 쪽을 돌아다보았다. 그녀는 계속해서 소리를 질러댔다. 그러나 아무 말도 하지 못했다.

"제발 소리 좀 그만 질러요!" 제임스 워린더가 소리치자 그녀가 발작을 멈췄다. "무슨 일이에요?"

"그…… 그는 밖에 나가지 않았어요! 안에 있어요! 그렇지만 듣지 못해요! 그는 전혀 듣지 못한다구요! 악!" 그녀는 자신의 목에 손을 대면서 또다시 짧게 소리를 지르고는 구토를 하며 비틀거리다가 풀 위에 고꾸라졌다.

"어머니, 비비언을 진정시키세요." 워린더 부인이 비비언을 보살피려고 움직이자 제임스 워린더는 열린 창 쪽으로 몇 걸음 옮기고는 고개를 구부려 침침한 안을 들여다보았다.

"저기 그가 있군요." 그가 말했다. 그러고 나서 지루한 시간이 흐른 것 같았다. "그런데 그가 마치 아픈 듯 보이는군요. 어쨌든 안으로 들어가 봅시다. 문을 부수고라도."

그는 몇 초 동안 눈으로 창문을 재보면서 뒤로 물러서 있었다. "내가 들어가기에는 너무 작군요. 그렇지만 올리버, 당신은 어쩌면 들어갈 수 있을 것 같은데. 한번 해보세요. 다른 사람들은 본채로 돌아가는 게 좋겠어요. 곧 비가 쏟아질 테니까." 젊은 시인은 사시나무처럼 떨면서 창에 다가가서 안쪽을 들여다보았다. 그러는 동안 그들이 지나온 길 쪽에서 연미복 꼬리를 펄럭거리며 총총히 걸어오는 허옇고 검은 우스꽝스러운 형체가 나타났다. 그것은 집사였는데, 아마도 본채에서 나는 소리를 들은 것 같았다.

"아, 바니, 당신이 왔군요. 당신 주인이 몹시 아픈 게 아닌가 싶군요. 아마 발작이나 뭐 그런 거 말이오. 그의 분부가 어떻든간에 우리는 들어가 봐야겠어요. 괜찮다면 당신도 함께 들어가시죠. 집 안에 부인들을 돌보아 줄 사람이 있다면요. 이게 그들에게 조금 충격을 주었나봐요. 그들은 아무것도 안 먹었거든요. 집안에 누가 있나요?"

"네, 하녀들이 있습니다." 바니가 걱정스러운 목소리로 말했다.

"됐어요, 아치볼드, 조심하세요. 알았죠? 그리고 빨리요. 마리 양은 될 수 있으면 멀리 데리고 가세요, 어머니. 그녀는 이곳에 있으면 안 됩니다. 자, 그러면, 올리버, 뭘 기다리죠?"

"난 못, 못하겠어요." 올리버는 방 안을 들여다보더니 떨면서 마치 워린더 부인이 부축해 데리고 간 비비언처럼 얼굴이 하얗게 질렸다.

"바보같이, 기운을 내요. 우리는 안에 들어가야만 해요. 가능하다면 문을 부수지 않고 싶으니까. 자, 여기서 내가 밀어줄 테니, 그렇게 해요. 될 수 있는 대로 가볍게 내려서 그를 다치게 하지 말아요. 문이 보이죠?"

"네."

"열쇠가 꽂혀 있나요?"

"네."

"좋아요. 똑바로 문쪽으로 가요, 알았죠? 그리고 문을 열어요. 바니! 이리 와요."

잠시 뒤 문이 열리고 하얗게 질린 올리버가 문간에 나타났다.

"잘했어요." 제임스가 경멸의 표정을 지으며 말했다. "이제 다 끝났어요." 그는 안으로 들어갔다.

희미한 빛 속에서 보아도 그곳은 분명 이상한 방이었다. 마치 수집가의 방 같았다. 그 방은 가로 세로가 각각 3, 40미터는 넉넉히 되어 보였으며 작은 성당만큼 천장이 높았다. 지붕은 청록색 유리로 된 용마루가 있는 한가운데가 높이 솟아 있고, 양옆의 여닫이창이 있는 벽으로 올수록 비스듬히 기울어져 내려오고 있었다. 창마다 오래된 보관소처럼 색유리가 끼워져 있었다. 바닥에는 보카라 카펫과 모피가 깔려 있었고, 조각하고 상감세공을 한 테이블과 의자들, 두 개의 긴 의자, 그리고 서류가 잔뜩 놓여 있는 참나무 재질의 커다랗고 기다란 등받이 의자가 있었다. 또 그곳에는 책으로 가득 찬 책장과 여러 종류의 신기한 물건으로 가득 찬 유리문이 달린 캐비닛이 있었다. 그러나 아무도 잠깐 방 안을 둘러보는 것 이상의 여유가 없었다. 그들의 시선은 모두 그 방의 주인에게 몰렸기 때문이었다. 크램프턴 플레이델은 열린 창에서 1미터쯤 떨어진 바닥에 누워 있었다.

"주, 주인님이 죽은 것 같아요." 바니가 납작 엎드려 있는 형체를 겁에 질린 눈으로 응시하면서 말을 더듬었다. 플레이델의 몸체는 뒤틀리고 일그러져 있어서 마치 떨어지면서도 좀더 편안한 위치로 옮겨가려고 필사적으로 노력한 것 같았다. 그의 부릅뜬 두 눈은 창문을 향해 있었고 입에는 거품을 물고 있었다. "주인님!"

"오, 그래요, 내 생각에도 그는 죽은 것 같소, 곧 확인해 봅시다."
워린더는 별로 중요하지 않다는 듯 말했다. "그런데 먼저 방 안을 둘
러보고 나서 뭐 이상한 점이 있으면 내게 얘기해 줘요, 뭐 없어진 거
라든지 제자리에 없다든지 하는 것 말이오."

바니는 눈을 껌뻑이면서 방 안을 둘러보았다. "아니, 없는데요, 제
가 이곳의 물건들을 다 잘 알지는 못하지만 달라진 것은 없어요, 제
가 말하는 뜻은, 그러니까 저는 이곳에 자주 오지 않았다는 거지요,
그래서 자주 볼 기회가 없었지요, 그러나 제가 말할 수 있는 것은 그
저 저 엎어진 의자를 빼고는 다 평상시 그대로인 것 같아요." 그는
의자를 바로 세우려고 앞으로 나섰다.

"만지지 말아요, 바보 같으니! 아무것도 건드리지 말고 곧 경찰을
불러야 할 거요."

"경찰을? 오, 맙소사…… 그러나 주인님은…….."

"자, 이제 당신의 주인을 살펴 봅시다." 그는 방 안을 가로질러 가
서 플레이델의 드러난 팔뚝에 손가락 두 개를 올려 놓았다. "죽은 지
몇 시간 지났는걸, 벌써 싸늘해." 그가 말했다. "바니! 정신 차리시
오, 물론 충격을 받았을 줄 알지만 코를 훌쩍거린다고 해서 주인을
도울 순 없지 않소? 당신 주인이 왔을 때, 그가 오늘 아침 서재에
왔을 때 지금 같은 옷차림이었소?"

"네, 선생님." 바니가 코를 훌쩍거렸다. "저런 셔츠를 입고 낡은
군대용 바지를 입고 일하시는 걸 좋아하셨어요."

"당신이 점심을 가져다 놓았다고 했죠? 그곳이 어디요?"

"만약 안 드셨다면, 선생님, 저 커튼 뒤의 받침에 있을 거예요."
바니가 불을 켜면서 말했다. "플레이델 씨는 누운 채로 음식을 들지
는 않을 테니까."

워린더는 커튼 쪽으로 걸어가 커튼을 젖혔다. 그 뒤에는 테이블이

있고 손도 대지 않은 음식이 식은 채 놓여 있었다.

"음, 그는 오전에 죽은 것 같아 보여."

불이 켜지자 그 전에는 보이지 않았던 크램프턴의 손 옆 마룻바닥에 놓여 있는 작은 물체들이 드러났다. 워린더는 뒤로 물러나서 진지한 표정으로 그것을 바라보았다.

"바니! 혹시 주인이 뭔가 걱정했다든지 무슨 문제가 있었다든지, 초조해 했다든지, 그런 일에 대해서 아시오?"

"아니요, 선생님. 제가 아는 한 특별한 걱정거리는 없었는데요. 물론 그분도 우리들처럼 감정의 기복이야 있겠지요. 그렇지만 뭐, 특별히 뭘 말씀하시거나 하지는 않았어요."

"이게 뭔지 아시오? 아니, 손 대지 말고. 이건 피하주사긴데. 약 같은 물질을 자기 몸에 놓을 때 쓰는 주사기요. 플레이델 씨가 독극물로 죽다니 이상한데…… 어쨌든, 경찰을 불러야지. 당신이 가서 전화로 부르겠소? 아무에게도 알리지 마시오."

"아, 알리고 싶지 않으시다면 여, 여기도 전화가 있습니다, 선생님." 바니는 그 일을 자신이 하고 싶지 않다는 듯 다른 제안을 했다. "점심을 놓아 두었던 반침에 있습죠."

"알겠소." 워린더는 자신의 손을 손수건에 싸고 전화기가 있는 곳으로 가서 다이얼을 돌렸다. "이제 됐소." 잠시 뒤에 그가 돌아보면서 말했다. "경찰이 곧 올 거요. 당신은 본채로 돌아가 사람들을 들여보내시오. 내가 이곳을 지킬 테니. 그러나 다른 방문객들은 경찰이 허락할 때까지 이곳에 보내지 마시오. 그리고 내게 코트를 보내주시오. 축축하게 젖는 것은 질색이니까."

4

바니가 머뭇거리며 나갔다. 혼자 남은 워린더는 방 한가운데에 한

동안 서 있었다. 자기 주위에 있는 것을 하나하나 목록으로 정리하려는 것 같았다. 그러고 나서 다시 시체 쪽으로 다가가서 한참 들여다보면서 이상한 듯 얼굴을 찡그리다가 마침내 무릎을 굽혀 더 가까이 들여다보았다. 특히 드러난 팔뚝과 목, 그리고 벌어진 셔츠 자락 사이로 드러난 가슴 부분에 신경을 쏟았다. 그러나 그는 어느 부분도 건드리지 않았다. 잠시 뒤에 일어나서는 반침 쪽으로 가서 크램프턴 플레이넬의 점심 식사로 요기를 했다. 제임스 워린더는 감상적인 인물이 아니었고 경찰이 왔을 때 그가 굶고 있는 것이 이미 고인이 된 집주인에게 득이 될 게 없었으므로.

시간이 꽤 지난 뒤에야 경찰이 왔다. 제임스 생각에는 경찰의 수가 놀랄 만큼 많았다. 물론 마틴 총경도——그가 개인적으로 앞에서 거론한 그 인물에게 어떤 견해를 가졌든지간에——그 지방의 가장 유명한 인사 중 한 명의 죽음에 적잖이 놀라고 충격을 받았을 것이다. 그러나 제임스 워린더의 이 같은 생각은 상황을 다 알지 못한 탓이었다. 마틴 총경은 그가 죽은 원인이 무엇이든 이 죽음을 신문이 대서특필할 것임을 알았고 이 기회는 그가 이 지방에서 일어난 예기치 않은 사태를 가장 혁신적이고 합리적인 방법으로 얼마나 잘 처리하는지를 보여줄 수 있는, 그래서 우쭐댈 수 있는 절호의 기회라는 것을 알았기 때문이다. 이런 이유로 그는 몇 분 동안 고민했다. 존경하지 않는 자신의 상관인 경찰국장이 그 지방에서 40킬로미터나 떨어진 곳에서 저녁을 먹고 있다는 것을 확인한 뒤에 그는 상당히 인상적인 장비와 조수들을 불러모았다. 그리고 이런 이유에서 그는 이미 제임스의 직업을 알아 그에게 신속히 연락을 취했고, 자신이 도착할 때까지 현장의 모든 것을 손상시키지 않은 채 보존해준 데 대해 감사했다.

"집사 말로는 당신은 그가 스스로 자신의 목숨을 끊었다고 생각하신다구요." 그가 먼저 시체의 발견에 관한 워린더의 진술을 듣고 나서 의사가 검시를 하기 전, 사진사에게 사진을 찍도록 한 뒤에 신중하게 물었다.

"음, 약간 그런 면이 있죠." 제임스 역시 신중하게 대답했다. "저기 그 옆에 주사기가 보이죠? 주사기 위에 그의 지문이 있어요."

총경은 자신감에 차서 뒤뜰에 서류가방을 들고 서 있던 사람에게 손짓을 해 시체 있는 곳으로 불렀다.

"팔뚝에 바늘이 들어간 자국을 볼 수 있지요. 그리고 그를 살펴보면 어떤 종류의 독극물에 의해서 죽었다고 가정할 수 있습니다." 제임스가 말했다.

"당신의 의견도 그렇습니까? 의사선생?" 총경은 자그마한 테틀리 의사에게 물었는데 그는 시체 옆에서 무릎을 꿇고 앉아 있었다. 제임스는 경찰 외과의가 크램프턴 플레이넬의 수다스러운 청중이며 열렬한 추종자 중 한 사람으로 밝혀진 것을 보고 재미있어했다. 급격한 역할의 변화가 그를 당황케 한 것 같았다. 실제로 그는 거의 말을 더듬거리고 있었다.

"아, 네…… 네, 그럴 수 있지요. 나, 나는 그를 물론 옮겨야겠지요. 그렇지만 뭐랄까…… 얼핏 보기에는…… 청산가리라고 말할 수 있죠. 모든 지…… 징후가 보여요. 주사기 역시, 냄새…… 그러나 물론 부검 뒤에나 정확한 사인을 알 수 있겠죠."

"약효가 빠르게 온 거죠?" 제임스가 물었다.

"아, 네, 물론 얼마만큼 투여했는지에 달려 있지만요."

"그가 죽은 지 얼마나 되었다고 생각하시나요, 선생?" 총경이 물었다.

"나, 나, 난 확신할 수 없지만." 의사는 약간 횡설수설했다. "여덟…… 아홉…… 아마 10시간요. 더 이상이라곤 생각지 않아요."

"그게 맞아요." 총경이 말했다. "집사의 말로는 그가 10시에 여기에 내려왔는데 그 뒤로는 아무도 그를 보지 못했다는 거요. 그리고 그의 점심이…… 아니, 이게 뭐야? 그가 점심을 먹지 않았다고 들었는데?"

제임스는 태연하게 그가 한 일에 대해 말했다. 그러자 마틴 총경이 말했다.

"알겠소. 음, 자살로 초점이 모아지는 것 같은데. 그런데 왜 그가 자살을 했는지에 대해 여러분 중 짐작할 만한 단서를 갖고 계신 분이 있으시오? 바니는 모르겠다고 하는군."

의사는 고개를 흔들었고 총경은 제임스에게로 고개를 돌리려는데 그의 부하 중 한 사람이 알 듯 모를 듯한 말을 중얼거렸다. 총경은 분개하면서 돌아섰다.

"존스!" 마틴 총경이 말했다. "그 따위 지저분한 소문은 듣지 않겠다고 얼마나 자주 말해 왔나? 내가 들을 만한 이야기만 지껄이게. 그렇지 않으면 조용히 있고!"

"죄, 죄송합니다." 그의 부하가 의심할 여지 없는 웨일스 억양의 쇳소리로 자음을 발음하면서 말했다. 마틴은 제임스에게로 돌아섰다. "뭐라고 하셨지요, 선생?"

"아무 말도 안 했어요. 사실 그 점에 대해서 내가 뭐라고 말하기에는 난 그를 너무나 잘 모른다오. 그러나 내 의견을 물으신다면, 내 생각엔 뭔가 이상한 점이 있소." 그는 다시 시체 있는 데로 다가갔다. "여길 봐요, 테틀리. 잠시 이 자국을 좀 봐요. 자기가 주사를 놓기에는 좀 이상한 자리를 택하지 않았소?"

"팔 말입니까? 저는 잘 모르겠는데…… 아!" 의사가 말했다. "다른 쪽 손이 닿을 수 없는 자리라는 말씀이군요."

"바늘이 들어갈 때 살을 조이기 위해 누른 자국 말이요. 일반적으로 약을 주사할 때 그렇게 하지 않습니까?"

"네. 그러나," 의사가 말했다. "그렇게 하는 것은 바늘이 꽂히는 것을 느끼지 못하게 하려는 것이죠. 그리고 만약 자기 자신이 죽으려고 그런 일을 할 경우에는 바늘의 아픔쯤이야 신경쓰지 않겠죠."

"장담할 수는 없지만 내 생각엔 본능적으로 그런 일은 피한 것 같군요." 제임스가 말했다. "그렇지만 그건 그리 적절한 해석이 아니에요. 왜냐하면 그는 자기 살을 집었거든요. 이 팔을 보시오."

"정말이군요. 당신 말이 옳습니다. 팔에 자국이 상당히 선명하게 남아 있어요. 그렇게 오랫동안 살을 집고 있을 수 있었다니 이상하지요. 그렇지만 이 경우에는 그가 틀림없이 그렇게 했어요. 내 생각엔 ……?" 의사가 말했다.

"그렇다면 그가 자기 팔을 무엇으로 조였을까요?"

"저…… 저는 모르겠는데요." 의사가 말했다.

"그렇다면 선생 생각엔," 총경이 끼어들었다. "그가 스스로 약을 주사하지 않았다는 말입니까?"

"제가 생각하는 게 바로 그겁니다. 그리고 테틀리 의사는 그의 가슴과 어깨 중 한두 군데에 멍든 것 같은 자리가 있다고 지적했는데 제가 보기에는 산성물질이 튀었던 흔적이 아닌가 싶습니다. 나는 그 점을 지금 봤어요. 그런데 아직 자세히 검사하지는 못했구요." 제임스가 말했다.

"그렇다면 누군가가 그에게 약을 주사했단 말입니까?"

"그렇게 보이지 않소? 그리고, 그 누군가가 누군지 지금부터 알아보고 싶소." 제임스가 말했다.

매우 오랫동안 침묵이 흘렀다. 그러자 총경이 불쑥 나무랐다. "또 그 소린가, 존스? 이번엔 또 무슨 소리야?"

"제가 말하려는 것은, 총경님." 단념하지 않고 웨일스 사투리가 말했다. "살인의 동기를 찾기가 그리 어렵지 않다는 말씀입니다."

"살인이라고?" 총경은 그 말에 소스라치게 놀라며 시체 근처로 가서 다시 살펴보았다.

"그러나 여기를 보십시오, 총경님. 또 다른 표시가 있습니다. 여기, 가슴 위에요, 아주 뚜렷해 보이는데요, 이 자리가 바로 독약을 주입한 자리가 아닐까요?"

"테틀리, 이것이 바늘 자국인가?"

"아니요, 절대로 아니에요, 그곳은 긁힌 자국…… 아마 핀이나 가시 같은 것으로 긁힌 상처예요." 의사가 말했다.

"그렇다면 그는……."

"그렇지요, 만일에 그가 독이 묻은 가시로 자신을 찔렀다면——마치 미스터리소설 같은 말투군요, 안 그래요? 그래도 아직 팔에 자국이 나 있어요, 청산가리 주사 여부도 고려해야 하고." 제임스가 말했다.

"그렇군요." 총경이 한숨을 쉬었다. 그가 다시 말할 때까지 몇 분 동안 침묵이 흘렀다.

"자, 사실이 어떻게 판명되든, 아주 심각한 일인 것 같군요, 이곳의 출입을 막고, 시체를 내가서 테틀리 의사가 조사할 수 있도록 하겠소, 가능한 빨리 해주시겠죠, 선생? 그리고 아침에 모두 어디 있었는지 사람들의 알리바이를 알아봅시다. 여러분도 이곳에 계시진 않았죠?" 그가 제임스와 의사에게 묻자 의사는 고개를 끄덕였다. "그리고 저 주사기가 누구의 것인지, 누구의 지문인지 밝히오, 그리고 청산가리를 어디서 가져왔는지도." 그는 수첩에 꼼꼼하게 요점을 적어 나갔다.

그런데 호기심을 자제할 수 없던 존스가 다시 물었다. "사진사들은 사진의 질을 좋게 하려고 매일 그 물질을 사용하지 않나요?"

잠시 존스가 말한 것은 묵살되는가 싶더니, 마틴이 다시 걱정스러

운 얼굴로 말했다. "그건 이제 개의치 말게나." 그리고 그는 수첩에
다 무엇인가를 더 써넣었다.

바로 그때 주사기를 면밀히 살펴보던 창문 옆의 지문감식자가 말했
다. "바닥에 재미있는 유리조각들이 있는데 주워 둘까요?"

"종이에 모으게." 총경이 말하면서 하나를 집었다. "아주 얇구
먼."

그가 부서진 조각 하나를 들고 중얼거렸다. "이게 뭘까? 시계유리
아닐까?"

"시계유리치고는 너무 좋은데요. 사실, 그게 뭔지 모르겠소. 밖의
박물관이나 실험실에서도 그렇게 좋은 유리를 본 적이 없는 것 같소.
아마도 플레이델이 수집한 골동품 아닐까…… 아니면, 방문객이 부
쉬뜨렸는지도 모르고." 제임스는 단순하게 추측했다. "그러면 총경
님. 제가 더 이상 필요 없으시다면, 이제 돌아가야겠습니다. 계속 수
고하십시오."

"제임스, 그 불쌍한 남자가 자살했다는 게 사실이냐?" 워린더 부
인이 그가 저녁인사를 하러 오자 물었다. 그녀는 아래층에서 그에게
질문을 하지 않을 정도의 분별은 있었다.

"경찰에서는 자살이다, 타살이다 결정하지 않았어요." 제임스가
대답했다.

"그런데 네 생각은 어떠냐? 내가 묻지 말까?"

"아, 그건 타살이에요." 제임스가 하품을 하면서 말했다.

"아유, 끔찍하구나! 그렇다면 너는 프랑스에 가지 못한다는 말이
냐?"

"아니 그건 아니죠. 저는 사업상 프랑스에 가야 하고 기다릴 수 없
거든요. 저는 지방 경찰관의 일을 대신해 주고 있을 수는 없어요.
게다가, 그 총경의 표정으로 봐서 용의자를 대충 짐작하고 있는 것

같았어요. 그렇다면 어떤 남자든 아니면 여자든 걸려들겠죠. 그가
밝혀낼 수만 있다면요."

"저런!" 워린더 부인이 약간 떨면서 말했다. 그녀는 법적인 절차
를 싫어했다. "얘, 제임스야. 나는 이걸 어떻게 해야 할지 물어보는
걸 잊을 뻔했구나. 나는 이걸 플레이델 씨 집 정원에서 주웠단다. 내
발에 차이길래 가방 속에 주워넣었지. 집에 와 보니 아직도 가지고
있었구나. 이게 도대체 무엇일 것 같니?"

"저도 모르겠어요. 참 이상한 물건이군요." 제임스가 자못 흥미를
가지고 바라보았다. 그것은 둥근 유리공이었는데 지름이 거의 5센티
미터나 되는 것으로 매우 투명한 유리로 만들어져 있었고 약간 푸른
기가 돌았다. 그것은 한쪽 면에 좁은 타원형의 턱이 있는 것만 빼면
매우 매끄러웠다. 그리고 그 부분은 마치 길쭉한 홈 모양으로 생겨서
만지기에는 날카로웠고 작은 유리 파편이 붙어 있었다. "나는 이게
무엇인지 알 수가 없구나. 아주 질이 좋은 유리야. 그리고 단단하고
아주 무겁거든. 굴러다닐 테니 문진도 아니고, 그리고 이 거친 부분
은 무얼까? 마치 어떤 부분이 떨어져 나간 것 같지? 그렇지만 아주
얇은 조각인 것 같구나. 이게 아주 오래된 병뚜껑이고 부서진 부분은
병속을 막는 부분이라고 생각되지 않니?"

"아뇨. 병은 그렇게 목 부분이 좁을 수 없지요." 제임스가 말했다.
"그건 아마 재미로 만든 물건일 거예요, 아마." 그는 다시 그것을 쳐
다보았다. "플레이델의 서재 바닥에도 유리조각이 있었어요. 이것과
그것은 부서진 장식품의 일부가 아닐까요?"

"그래? 이걸 경찰에게 보여야 할까?"

"언젠가는 보여야겠죠. 아마 그들은 지금 거의 윤곽을 잡았을걸요.
그들은 방해받기를 원하지 않을 것 같아요. 그게 서재 안에 있지
않았지요, 그렇죠? 어디서 주우셨어요?"

"서재와 호랑가시나무 사이의 긴 풀섶." 워린더 부인이 대답했다. "내가 바로 그때, 비비언 마리를 돌볼 때였어." 그녀가 자세히 덧붙였다.

"그래 끝무렵이지. 그렇지만 그녀는 대단히 신경질적이었고, 정말 그녀도 아픈 것 같았어. 침대에 눕혀 놓았으니 아침엔 좀 나아져야 할 텐데……."

"저도 그녀가 자신을 위해서나 모두를 위해서 좀 조용해졌으면 좋겠어요." 제임스가 말했다. "자, 안녕히 주무세요. 나는 경찰에게 내일 점심때까지 있겠다고 말했어요. 그 뒤에는 떠나야 돼요."

"잘 자거라, 애야." 그녀는 잠자리에 들어 잠을 청하려고 돌아누웠다. 그러자 그의 마지막 말이 생각나서 어둠 속에 다시 일어나 앉았다. "오!" 그녀는 혼잣말로 속삭였다. "그런 뜻으로 한 말은 아니겠지…… 불쌍한 양반…… 그래, 아니야, 그런 일은 정말 있을 수 없어!" 그녀는 그게 사실일 거라고 확신할 수 없었다.

5

제임스 워린더는 아침에 경찰서에 들렀다. 그리고 마틴 총경이 자기 자신에 대해 매우 만족해하는 것을 보았다.

"그리 나쁘진 않아, 그리 나쁘진 않다구, 나쁘지 않은 편이야. 우리는 그런대로 잘해온 편이라오. 그리고 거기엔 당신 덕을 많이 봤소, 선생. 그렇게 주사 자국을 빨리 찾아낼 수 있었으니. 테틀리 의사는 부검을 했고 결과는 예측한 대로요. 그는 그에게 주사된 매우 강한 청산가리에 의해서 살해되었소. 그는 의사가 추측했듯 10시 반에서 11시 사이에 죽었소. 그건 모두 쉽게 밝혀졌소. 그런데 선생이 지적한 대로 그의 가슴에 난 멍자국은 청산가리로 인해 생긴 것이고 그의 팔이나 어깨에 난 자국도 거의 분명하게 가구나 줄 또는 그런 종류에 스친 자국이 아니라 손자국임이 판명되었소."

"내가 기억하는 한 피살자가 크게 싸우지는 않았던 것 같은데요. 그는 크고 힘센 남자였소. 그렇다면 싸움이 대단하지 않았을까요?"

제임스가 의심스럽다는 듯이 말했다.

"만약에 독이 이미 작용하고 있었다면 그럴 수는 없었겠지요, 선생." 총경이 진지하게 말했다. "내 생각으로는 그는 예기치 못했을 때 범인에게 바늘에 찔렸을 것이오. 그래서 독이 몸에 퍼진 상태에서 플레이델이 범인을 잡으려고 했다거나, 전화가 있는 곳으로 가서 도움을 청하려고 애썼을 거요. 하지만 독이 너무 빨리 퍼지는 바람에, 그가 오래 견디지 못했을 거요. 그리고 약효 때문에 아무리 힘센 남자라도 아무 도움을 청할 수 없었을 거요." 총경은 강조하는 투로 말하면서 덧붙였다.

"아니! 당신은 누군가에 혐의를 두고 있군요, 그렇죠? 나는 당신 눈에서 그걸 읽었어요. 혹시 사진과 관련이라도 있나요?"

"그 철부지 존스 놈을 내 가만두지 않겠어. 모두가 다 듣는 앞에서 그렇게 불쑥 말하다니! 그렇지만 맞아요. 사실 우리는 혐의 이상을 확보하고 있어요. 만약 당신만 알고 있겠다고 약속을 한다면, 그것에 관해 당신은 믿을 만하니까 다 말해 주겠어요. 시내에 어떤 청년이 있는데 그가 플레이델 씨에게 자주 협박을 해왔다는 거예요. 아주 위협적인 협박이었다는군요." 총경이 말했다.

"예를 들면?"

"예를 들면, 플레이델 씨는 살인자보다 나을 게 없다느니, 또 법이 집행되지 않으면 의로운 사람인 자기 손으로라도 정의를 행해야 한다는 거였죠."

"그래요? 그게 다 무슨 소리죠?"

"아, 예." 총경은 그의 책상을 내려다보면서 약간 당황한 듯한 표정을 지었다. "사실 좋은 이야기는 아니지요, 그러나…… 혹 선생도 아는지 모르겠군요. 고인이 된 플레이델 씨는 좀 방탕한 생활을 했지만 친절한 신사였지요. 특히 부인들에게는 뭐랄까, 너무 직선적인 표현을 피하면 때때로 그는 요구되는 것보다 지나치게 행동할 때가 있었다고 할까?"

"별로 놀랍지 않은데요." 제임스가 말하자 총경은 다시 고개를 들었다.

"사실은요, 선생, 그는 사람들의 관심을 끄는 데는 귀신이었어요. 여자들뿐만 아니라 젊은이들에게도 그랬죠. 그리고 그가 원하는 걸 다 얻어낸 뒤로는 배부를 때 핫케이크를 외면하듯 내던져 버렸지요. 아시다시피 무언가 잘못된 일…… 흔히 우리가 잘못된 일이라고 말하는 게 있었다는 건 아니구요. 단지 사람들이 고개를 돌리고, 별로 좋지 않게 생각하는 그런 정도지요. 또 그것을 나 자신도 옳다고는 안 하겠어요. 내가 만약 50배나 더 유명한 예술가라고 해도, 그렇지만 사람들은 그렇게 생겨먹었고, 그걸 어떻게 할 수는 없지요.

그러나 모르겠어요. 사실 다 자세히 말씀드린다면, 시내에 '이렌 그레이'라고 부르는 여자가 있었지요. 자그마하고 예쁘고, 매력적이었어요. 그녀는 시장 안에 있는 미장원에서 일했는데 우리 딸 얘기로는 그녀가 직장에서도 사람들에게 인기가 있을 만큼 영리하고 똑똑했대요. 남자아이들과도 잘 어울렸나봐요, 아마. 뭐 별 문제는 없었겠죠. 그녀는 돈도 꽤 벌고, '에드워드 펜턴'이라는 착실한 젊은이와 교제도 하고 있었어요.

그런데 1년 전쯤, 정확히 말해서 크럼프턴 플레이델이 지난 여름 이곳에 있을 때…… 그가 이렌을 점찍었소. 그가 먼저 유혹했다고 말해야 할 거요. 그녀는 그에게 시도 때도 없이 불려갔고 늘 그의 주위에서 어슬렁거렸죠. 그녀는 우쭐해졌지요. 우리가 보기에 제 분수 이상으로 눈이 높아졌소. 그녀가 테드(에드워드의 애칭)라는 청년과 실제로 관계를 끊었다고는 말할 수 없지만 거의 그런 상태에 가까웠고 내가 아는 바로는 그녀가 그에게 만약 자기를 원한다면, 플레이델 씨의 요구를 충족시킬 때까지라나 뭐 그 따위로 말을 하면서 기다려야 할 거라고 말했답니다.

그런 상태는 한동안 계속되었소. 테드는 더 이상 어쩔 도리가 없었기 때문에 참고 있었고 그녀는 점점 더 바람이 들어 공중에 붕붕 떠 있는 것 같았소. 자기는 앞으로 런던이나 그런 곳에서 살 거라는 둥 여기는 그곳보다 못하다는 둥 마구 지껄여댔죠. 그래서 어느 날 아침 그녀가 미장원에 나타나지 않았을 때도 아무도 놀라지 않았소. 누구나 그녀가 런던으로 나갔으려니 했죠. 그리고 미용실에서도 그녀가 일언반구도 없이 사라진 데 대해 얼마쯤 놀랐지만 어깨를 으쓱하면서 그녀가 다소 게을리 일해서 안 그래도 그만두게 할 셈이었다고 말했소.

그러나 그녀는 런던에 간 일이 없었소. 아무데도 안 갔던 거요. 물론 며칠 뒤에 알게 되었지만……. 조사가 시작되었소. 스코틀랜드야드에서부터 시작했어요. 방송도 했죠. 그러나 그녀는 나타나지 않았소. 수주일 뒤 그녀의 죽은 시체가 도시 근교 숲 속의 나무 아래서 발견됐을 때에야 그녀는 런던에 간 게 아니었다는 사실이 확실해진 거요. 그녀가 사라지던 날부터 나는 그녀가 틀림없이 죽었다고 생각했으니까."

"그래요? 그런데 그녀는 왜 죽었습니까?"

"검시관이 공개평결을 내렸소. 검시관이나 의사는 개인적으로 그녀가 독 기운이 금세 온몸에 퍼지는 독극물을 먹었다고 확신했죠. 아마도 식물성 독극물일 거예요. 그 반대 의견은 그녀가 자연사했다는 거지요. 그렇지만 그녀는 아픈 데도 없었고 9월 초에 노천에서 잔다고 얼어죽지는 않잖소? 그렇지만 한참 지나고 나니 더 이상 말하는 사람도 없어졌고, 그래서 우리는 내버려 두었소. 죽은 여자에 대해서 더 이상 이러니저러니 모욕을 줄 필요는 없으니까."

"펜턴 씨는 어땠습니까? 물론 가만 있지는 않았겠죠? 플레이델 씨가 그녀를 죽였다고 했습니까?"

"그녀가 살해되었다는 것을 신은 알고 있다고 했죠." 총경이 고쳐 말했다. "플레이델 씨는 그녀가 사라지기 2, 3일 전에 읍내로 떠났습니다. 그리고 그 2, 3일 동안 그녀의 어깨가 축 처져 있었다는 말도 뒤에 들렸어요. 아마도 그땐 이미 그와의 관계가 끝나 있었던 것 같아요. 테드 말로는 그녀가 자살했더라도 그것은 플레이델의 잘못이라는 거죠. 알다시피 그 말에도 일리는 있죠."

"알겠습니다. 그래서 이번 일이 그의 복수라고 생각하시는군요. 오랫동안 기다렸다가 드디어 실행한…… 안 그래요?"

"글쎄, 물론 기회가 많았던 것은 아니오." 총경이 지적했다. "플레이델 씨는 겨우내 떠나 있다가, 한 달 전에야 이곳에 다시 돌아와서 그의 집을 개방했거든요. 그리고 그가 다시 나타나자마자 테드가 일을 착수했을 거라고 예상할 수 있지요. 다만 내가 알기로는 플레이델 씨가 돌아오자마자 테드가 또다시 그 어리석은 말을 입 밖에 내기 시작했다는 것이오. 그리고 아직도 지난 겨울에 그랬던 것처럼 열심히 그 말을 하고 있었소."

"그가 그랬다 해도 난 놀라지 않겠소. 그래 총경께서는 그에 대한 증거가 다 짜맞춰져 있다고 생각하십니까?" 제임스가 말했다.

"아니오, 아니에요. 나는 그렇게 말하지는 않겠소, 선생. 결말이 나려면 아직 멀었소. 물론 한두 가지 다른 일이 더 있지만 말이오.

예를 들면 청산가리요. 테드는 사진사 홀린스의 조수요. 그리고 그는 여가 시간에는 자신이 직접 실험을 해보기도 하는 똑똑한 젊은 이요. 그게 우연의 일치인지는 모르지만, 테드는 바로 그 청산가리라는 극약을 아무 문제 없이 얻을 수 있었소. 또 하나, 어제 아침 그는 몸이 안 좋다면서 나가도 되느냐고 물었는데, 늙은 홀린스는 그가 아파 보인다고 생각하고는 내보냈죠. 그런데 아무도 그가 10시에서 11시 사이에 어디에 있었는지 모르오."

"자기는 어디 있었다고 말합디까?"

"알 수 없죠. 내 부하 중 하나가 그에게 물어보려고 하오." 총경은 말했다. "물론 그에게 알리바이가 있다면 혐의는 벗어지겠죠. 그러나 내 생각엔 그가 혼자 산책을 나가서 아무도 못 만났다는 게 밝혀질 것 같소. 그리고 그 산책이라는 게 사실 챌그로브필드를 지나는 시냇물로 이어지는 오래된 벼랑길을 한 바퀴 돌아오는 것이었다고 생각되오."

"그럼, 어디로 해서 플레이델 씨의 서재에 들어갔죠?"

"그건 나무에서 내려오는 것만큼이나 쉽지요. 그 길은 곧은 외길인 데다 시냇물에서 다른 곳으로 난 길도 없소. 또 그곳은 외따로 떨어져 있고 풀이 무성하지요. 요즘은 그 길이 안전하지 못해서 경고판이 세워져 있소. 그러니 몰래 그 길로 가는 건 쉬운 일이오. 지난 밤 폭풍 때문에 그 길로 간 사람의 흔적이 씻겨져 버려 유감이지만."

"음, 알겠습니다. 그러면 그 주사기는 그의 것인가요?"

"주사기에 대해서는 아직 아는 게 없소. 최소한 플레이델의 것은 아닌 것 같소. 하인들은 그가 주사기를 사용하는 걸 보지 못했다고 하오. 그것은 아주 평범한 것이오. 존 플레이델 씨에게 다시 오라고 전보를 쳐두었소. 그는 그것에 대해 뭘 좀 알지 모르오. 그러나

한 가지 더 말하겠소. 그 주사기에는 다른 사람의 것은 없고 플레이델 씨의 지문만 찍혀 있었소. 그러나 그런 목적으로 주사기를 사용하는 사람이 누가 지문을 남기겠소? 안 그렇소, 선생? 선생께서 우연히도 사건에 이렇게 빨리 뛰어들지 않았다면, 지문을 살필 생각도 못했을 거요. 그래서 선생께서 우리에게 제공해준 모든 수사상 편의에 대해 매우 감사하게 생각하고 있소."

"네, 나 자신은 내가 그렇게 감사 받을 만한 일을 했는지 별로 확신이 안 서는군요." 제임스가 중얼거렸다. 몇 분 뒤에 그는 작별 인사를 하였다. "나는 고인이 된 크램프턴 플레이델 씨에 관한 나의 기분이 사진사의 기분과 별로 다를 것이 없다고 생각되는군요."

6

그 다음날 저녁 호텔 잔디밭에 앉아 차를 마시면서 위셔 여사에게 말하고 있다기보다는 차라리 대화에 이끌리고 있는 워린더 부인의 기분도 그와 별로 다르지 않았다. 그녀 편에서 먼저 나서서 여사를 찾아왔는데 그 이유는 비비언 마리에 대해서 캐묻고 싶었기 때문이었다. 워린더 부인은 크램프턴 플레이델의 파티가 있던 날 밤 곤드레만드레가 된 비비언을 침대에 데려다 눕힌 뒤 거의 48시간 동안 그녀를 보지 못했기 때문이다. 위셔 여사는 약간 퉁명스럽게 대답했는데 그녀는 비비언과 그녀의 어머니를 서부지방의 아름다운 곳을 돌고 오라고 샤라방 여행(대형 관광버스를 타고 하는 단체여행)을 보냈으며, 그 아연실색한 아가씨에게는 한가롭게 거닐면서 그림 같은 풍경 속에 도취되도록 하는 것보다 더 좋은 일은 없다고 덧붙였다. 이 말이 워린더 부인의 부아를 돋구었다.

"그녀가 크램프턴과 사랑을 했다고 생각하다니……." 위셔 여사가 말했다.

"거짓이었다고 생각되진 않아요."

이번에는 워린더 부인이 말했다.

"워린더 부인, 그건 처음부터 끝까지 모두 거짓이었어요. 당신도 크램프턴이 그런 여자애를 진지하게 받아들일 거라고 생각지 않으시죠? 그러면 그는 어디에서라도 자기 맘에 드는 여자를 얻을 수 있단 말인가요? 생각해봐요. 그가 자기 일에 대해서 어떤 여자에게 조금 말을 했고, 그 일이 그녀를 감동시켰다고 해서 그 여자가 그에게 어떤 요구를 한다든지 그가 그녀에게 매료되었다고 생각할 권리는 없잖아요? 솔직히 말하면, 저는 그런 일은 못 봐요. 만약 그녀가 문학에 조금이라도 감각이 있다면." 위셔 여사는 '문'자를 강조하면서 말했다. "그녀는 자기가 그런 봉사를 했다는 것에 대해 기쁘고 자랑스럽게 생각했겠죠. 사실 그가 그녀를 어떻게 대했건 상관없어요. 당신은 그런 일이 아무것도 아니라고 생각진 못하시죠?" 사실은 그녀도 그렇게 생각진 않았다. "문학에서 가장 골치아픈 일은," 위셔 여사가 말했다. "이렇게 주변 사람들이 내내 붙어 다니면서 그들이 한 번 도운 적이 있으면 마치 작가가 무슨 먹이라도 되는 양 계속 간섭하려 드는 거예요. 불쌍한 크램프턴은 내가 아는 어떤 작가보다도 더 생전에 이렇게 희생이 된 거라구요. 내 생각에 적어도 그가 죽은 이상 여자는 더 이상 얻어낼 게 아무것도 없을 거예요. 맙소사! 지금 몇 시를 치는 거죠?"

"6시에요." 워린더 부인이 말했다.

"확실해요? 오, 정말이군요. 벌써 이렇게 됐나? 이제 도서관이 닫혔겠네. 책을 반납하려고 했거든요. 거기 있는 바보 같은 여자애가 오늘 아침에 엉뚱한 책을 내줬지 뭐에요. 내가 책이름을 그처럼 분명히 말했는데도!"

"그 여자 사서는 오늘 아침 매우 피곤해 보이더군요."

워린더 부인이 말했다.

"제대로 듣지도 못할 만큼 피곤할 일이 어디 있다고. 만약 그 지경이라면 대신 일해줄 사람을 찾는 게 좋아요." 위셔 여사는 빈정거렸다. "그녀는 나에게 미스터리소설을 주었어요. 지금쯤은 그녀도 내가 참을 수 없다는 걸 알지 몰라. 내일은 일요일이니까." 그녀는 호텔에서 종업원이 그녀를 찾으러 올 때까지 되풀이해서 한탄조로 말했다. "무슨 일이지?"

"도서관에서 온 아가씨가 부인을 잠시 뵈었으면 합니다."

"무슨 일이람! 그녀가 기억해냈을 거라고 생각해요?"

위셔 여사가 품위 없이 말했다.

잠시 뒤에 그녀가 자신의 고귀한 성품에 잘 어울리는 웃음을 빙긋 띠고 왔는데, 그 뒤를 이어 창백하고 가냘픈 몸매의 도서관 아가씨가 따라왔다. "이 착한 아가씨가 오늘 아침 자신이 저지른 실수를 기억해내고는 바로잡으려고 이곳까지 왔어요. 참 친절도 하지. 그런데 이 아가씨가 워린더 부인과 잠시 애기를 할 수 있겠냐고 묻는군요. 괜찮으시겠죠?"

"물론 괜찮아요."

"일어나지 마세요." 아가씨가 말했다.

"그럼, 그리 앉으세요." 워린더 부인이 말하고는 위셔 여사가 방금 일어선 자리를 가리키며 빙긋 웃었다. 아가씨는 의자 끝에 엉덩이를 걸치고 앉아 자신의 싸구려 핸드백 끈을 손가락으로 배배 꼬았다. 그녀의 얼굴이 불빛에 드러났다. 매우 피곤해 보였다.

"나에게 할 말이 있다고요?" 한참 침묵이 흐른 뒤 워린더 부인이 말했다.

"네, 이렇게 번거롭게 해드려서 죄송합니다…… 제 말이 너무…… 그런데 아드님이 바로 워린더 탐정이시죠?" 마지막 말이 갑자기 튀어나왔다.

"그렇다오."

"그러면…… 아드님을 잠깐 만나뵐 수 없을까요?"

"안됐구려, 그 아인 여기 없어요." 워린더 부인이 말했다.

"아! 그렇군요. 언제쯤 돌아오실까요?"

"그는 안 올 거예요. 멀리 갔거든요."

"아!" 그녀의 얼굴에는 깊은 실망의 빛이 역력했다.

"제가 만일," 여자는 다시 용기를 내서 말했다. "그분의 주소를 묻는다면 너무 실례가 될까요?"

"그것 참 안됐구려. 나는 그가 어디 있는지 몰라요. 그의 런던 주소는 가르쳐줄 수 있지만 그가 거기에 언제 올지 모르니까 별 도움이 안 될 것 같구려. 그는 지금 프랑스에 가 있다오. 미안하군요." 워린더 부인이 말했다.

"괜찮습니다. 실례가 많았습니다. 아…… 안녕히 계십시오." 아가씨는 이렇게 말하고 일어섰다. 그러나 마지막 인사를 할 때 몸을 떠는 것이 역력했고 돌아설 때는 비틀거리며 뭘 잡으려는 듯 손을 뻗었다.

"저런, 아가씨!" 워린더 부인이 자리에서 일어나 그녀 앞으로 다가섰다. "무슨 걱정이 있는 것 같군요. 내가 뭐 도울 수 있는 일이 없을까요?"

아가씨는 힘없이 웃고 가련한 한숨을 내쉬었다.

"내 아들에게 물어보고 싶은 게 있는 모양이지?"

그녀가 고개를 끄덕였다.

"녀석이 없어서 참 안됐수."

"벼…… 별일 아니에요…… 누가 우리를 도울 수 있겠어요?"

"무슨 일인데 그래요? 나에게라도 이야기해봐요."

"부인은 참 친절하시군요." 아가씨는 이렇게 말하고는 돌아서서 눈물을 훔쳤다. "저는 부인께서 어떤 분이신지 알았어요. 도서관에서 말씀하시는 걸 보면 알 수 있어요. 이렇게 괴롭혀 드려서 죄송합니다. 다만 그 일 때문에…… 그저 제 친구가 살인죄로 체포당할 것 같아서요, 저는 그저……."

"살인죄로 체포?"

"네, 크램프턴 플레이델 씨 아시죠?"

"사람들이 모두 그가 살해당했다고 한다면서요?" 워린더 부인이 고개를 끄덕였다.

존스 경관이 한 말이 이틀도 안 되어 호텔 투숙객들 사이에 급속히 퍼져 있었다. "그래서 경찰은 제 친구에게 많은 질문을 했어요. 그리고 그는……."

"사진관에 있는 아가씨 친구 말이오?" 워린더 부인이 끼어들었다가 호기심이 지나쳤다싶어 얼굴을 붉혔다.

"그걸 어떻게 아시죠? 상관없어요, 아신다 해도. 단지 경찰은 그가 범행을 저질렀다고 생각해요. 부인, 저는 워린더 씨가 계시면 어떻게 해야 좋을지 아실 것 같아서…… 그런데 그 분이 안 계시니……." 그녀의 말문이 또 막혔다.

"그렇지만 아가씨, 난 알 수가 없군요." 워린더 부인은 전혀 뜻밖이었다. 사진관의 젊은 청년이 도대체 왜 그를 죽였단 말인가?

"죄송해요. 물론 부인은 이해 못하시겠죠?" 아가씨가 말했다. "왜냐하면 그가 항상 죽고 싶다고 말해왔으니까요. 지난 해에 제 동생이 죽은 뒤로는요."

"아가씨 동생이라고?"

"네, 제 동생이에요. '이렌 그레이'죠. 저는 대프니 그레이구요." 그녀는 자신의 소개가 끝난 뒤 제임스 워린더가 그 전날 총경에게서 들은 것과 같은 이야기를 다른 관점에서 다시 이야기하기 시작했다.

"그래서 말이죠, 부인. 만약, 만약에 플레이델 씨가 살해되었다면, 그 짓을 했을 사람은 한 사람밖에 없으며 그 사람은 바로 제 친구라는 거예요."

"그런데 경찰이 정말 아가씨의 약혼자를 의심한단 말인가요?"

"그는 제 약혼자가 아니에요. 그는 동생의 약혼자였어요." 대프니 그레이가 재빨리 바로잡아 말했다. "그는 그저 제 친…… 친구에요."

"미안해요." 워린더 부인이 말했다.

"확실히는 모르겠어요. 그런데 경찰이 와서 여러 질문을 했어요. 목요일 아침에 어디 있었느냐는 거예요. 사진관에는 없었기 때문이죠."

"그래 그가 어디에 있었수?"

"저와 함께 있었어요." 대프니 그레이는 이렇게 말하고는 똑바로 워린더 부인의 얼굴을 쳐다보았다.

"그가 경찰에서도 그렇게 말했나요?"

"네."

"아이구, 아가씨!" 워린더 부인이 말했다. "절대로 그가 무엇을 했든지 또 당신 생각이 어떻든지간에 절대로 그에게 경찰에서 거짓말을 하지 못하게 하시우. 정말이오…… 헛된 소리가 아니라오. 내 아들이 늘 그러는데 확실하지 않은 것은 일을 더 나쁜 쪽으로 몰아간대요. 그러니 절대로 거짓말을 하지 못하게 해요."

대프니는 다시 그녀를 쳐다보려다가 포기했다. "제가 그에게 아무 도움이 안 되는 것 같아요. 다만, 그가 어디 있었는지를 밝히지 못한다면, 경찰은 그를 어떻게 할까요?"

"그렇지만 그 청년은 자기가 어디 있었는지 알 게 아니오. 그레이

양." 워린더 부인이 말했다. "내가 이렇게 묻는 것을 용서해요, 그렇지만 아가씨…… 아가씨는 그가 하지 않았다는 것을 믿나요? 용서하시우."

"괜찮아요, 누구라도 묻고 싶을 거예요, 저는 확신해요." 대프니 그레이가 차분히 말했다. "그는 그런 짓을 할 사람이 아니에요, 그를 오랫동안 알아왔지만 그는 그런 짓 못해요, 절대 그런 사람이 아니에요, 그저 그가 그렇게 말한 것은 플레이델 씨는 벌을 받아 마땅하다고 생각해서예요, 그리고 그는 벌을 받았어요! 그렇지만 그 일 때문에 그가 체포당할지도 모르잖아요? 많은 사람들이 자기가 하지도 않은 일 때문에 벌을 받았잖아요! 그렇지 않은가요?"

"그렇다면 그는 지금 어디 있나요?" 워린더 부인은 제임스라면 이 상황에서 어떻게 했을까 생각해보려 했지만 자신이 없었다.

"그는…… 저, 지금 밖에서 기다리고 있어요." 대프니가 말했다. "저…… 저는 같이 오자고 했지만, 워린더 부인께서 꼭 만나 주신다면…… 혹시…… 그를 데려와도 너무 실례가 되는 건 아닐까요?"

워린더 부인은 순간 겁이 났다. 그녀는 당황했다. 그렇지만 달리 거절할 수도 없었다. 잠시 뒤 검은 머리의 청년이 지난번에 보았을 때보다 더 창백하고 지친 얼굴로 그녀 앞에 나타났다. 그는 마치 무기력하게 자기 친구가 이끄는 대로 따르는 것 같았다. 그는 별 도움이 안 되었다. 그는 불행했고 희망이 없어 보였다. 그는 경찰에게 거짓말을 하는 것은 어리석은 짓이라는 데 동의했지만 그가 그들에게 그날 아침 정신없이 왔다갔다하면서 크램프턴 플레이델이 처벌받을 수 있게 하는 방법이 없을까 궁리했다고 말한다 해도 별로 나을 것이 없을 것 같았다. 그런데 그날 아침 그는 바로 이 짓을——약간 도전적인 태도로——하고 있었던 것이다. 플레이델이 쿼터마우스에 다시 돌아온 이후로도 세상은 아무 일 없었던 것처럼 전과 다름없이 잘 돌아가고 있고, 그는 점점 더 절망에 빠졌다. 그리고 그는 소설가와 대적해서 싸울 수 없었다. 그는 그렇게 큰 힘이 없었다. 그러나 그는 무언가 해야만 한다고 느꼈다. 그날 아침에도 밤새 자지 못하고 생각에 잠겨 배회했다. 그리고 사진관을 떠난 것은 고객들에게 공손하게 말할 수가 없었기 때문이었다. 그리고 그는 특별히 정한 곳 없이 왔다갔다해서 자신도 어디 있었는지 몰랐다. 이 모든 지난 일들도 겨우 느릿느릿 생각났고 부분적으로는 질문에 대한 반응으로 생각났을 뿐이었다.

"물론 그들은 나를 믿지 않으려 합니다. 왜 그러는지 모르겠습니다."

"그만해요." 대프니가 그의 팔을 잡으며 말했다.

"나 때문에 애쓰지 말아." 그가 말했다.

"그래도 해봐야죠." 대프니가 말없이 워린더 부인에게 호소했다.

워린더 부인은 마음이 산란해져서 이럴 때 자신이 만일 제임스라면 어떻게 했을까 생각하려고 애썼다. 그녀가 보기에도 청년이 살인범 같지는 않고 그저 약간 정서불안 정도인 것 같았다. 부인으로서는 그 청년에 대해서 별로 생각도 해보지 않았고, 청년에게 동정심이 가지도 않았다. 다만 그 청년을 사랑하고 있는 것이 틀림없는 젊은 여자, 자신에게도 매우 친절했던 그 아가씨에게 동정이 간다고 말하는 게 옳았다. 그러나 혐의자에게 걸린 모든 혐의 사실을 알지도 못하고서 어떻게 그를 위해 무얼 할 수 있을까? 제임스라면 알지도 몰라. 그러나 이미 제임스는 멀리 가 있다. 그렇다면 경찰이 알고 있겠지.

이 같은 그녀의 생각을 크게 떠들고 나서 부인은 놀랍게도 대프니가 자기에게 경찰에 가서 증거가 뭔지 알아봐 달라고 간절하게 애원하고 있음을 알았다. 그녀는 걱정이 앞섰다. 자기 자신의 영향력을 믿을 수 없었고, 어떤 증거들이 밝혀졌는지에 대해서 확신이 없었다.

그러나 워린더 부인은 자신도 모르게 대프니의 간청에 못 이겨 얼떨결에 경찰에 가보기로 약속하고 말았다. 다음날은 일요일이라 법률을 준수하는 경찰관 나리들도 경찰서에 있지 않고 교회에 가 있을 테니 하는 수 없었고, 어쨌든 가능한 한 빨리 어떤 증거가 있나 물어봐주기로 약속했던 것이다. 그리고 나서 월요일 점심 시간에 도서관이 문을 닫을 때 코지코너 커피집에서 대프니 그레이를 만나 무슨 얘기가 있었는지 말하리라. 이 제안이 받아들여지자 과분한 감사를 받게 된 그녀는 전보다 더 자신이 없어지는 것을 느꼈다.

"난 상관 안 해요." 한동안 입다물고 있던 펜턴이 갑자기 말했다. "날 교수형에 처한다 해도 상관 안 해요! 그는 죽어 마땅하다구요, 그렇지만 내가 죽이진 않았어요."

"염려하지 마세요, 테드." 대프니가 그의 팔을 잡으며 말했다. "이리 와서 차를 들어요. 몹시 피곤해 보여요."

7

워린더 부인은 아들의 직업상 많은 경찰관과 접촉을 해왔고, 또 그들이 상냥하고 이해심이 많다는 것을 잘 알기 때문에 다른 사람들보다는 그들을 덜 무서워하면서도, 총경 앞에 나서자니 약간 떨렸다. 그러나 제임스의 동료들에게 커피를 대접하는 것과, 정보를 얻으러 전혀 모르는 경관을 찾아가는 것은 별개 문제였다. 그래서 그의 흥미를 불러일으키려는 얄팍한 생각에서 그녀는 자기가 첼그로브필드의 뜰에서 주운 그 이상한 유리 물건을 가지고 가서 마틴 총경 앞에 마치 고양이 앞에 정어리를 내놓듯 꺼내놓았다.

총경은 매우 상냥했다. 그는 제임스 워린더에게 감사할 일도 있고 해서 그의 어머니에게도, 자신이 나이든 부인에게 약하지 않지만, 최선을 다해 친절히 대하려고 했다. "그 신사가 대리석에 머리를 얻어맞은 것 같지는 않아요." 그는 다정하게 그 물건을 살펴보면서 말했다. "서재 밖에서 이것을 발견했다고 하셨죠? 네, 이런 말씀을 해주시려고 오셔서 정말 감사합니다, 부인." 그는 물건을 한쪽으로 밀어놓았다. "이렇게 찾아오시는 수고를 끼쳐드리게 되어 정말 죄송합니다."

그러나 그녀가 방문한 실제 목적을 말하자 금세 그의 친절함이 줄어드는 것을 알 수 있었다. 그가 불친절하다거나 어떤 정보를 줄 수도 있는데 그러지 않았다는 것이 아니다. 단지 그는 마음을 단호하게 먹고 있었다. 그는 테드 펜턴을 좋아하지 않았다. 그렇지 않아도 그 젊은이가 어떤 점에서는 거치적거렸다. 그래서 그의 주된 관심은 제임스 워린더의 어머니가 웃음거리가 되는 것은 자신의 어머니가 그렇게 되는 것만큼이나 보기 싫으니 젊은이의 그럴듯한 행동에 속지 말라고 경고를 하는 데 있었다.

젊은이들은 늘 나이든 부인을 홀릴 수 있으며, 특히 자기 생명에 위협을 느낄 때 자신이 살인범처럼 보이지 않게 할 수도 있다는 것이다. 그가 알았던 모든 살인범들은——마치 자기가 수십 명의 살인자라도 알고 있는 것처럼 말했다——마치 그들 입에서는 버터도 녹지 않을 듯 상냥했다. 그는 무엇보다도 그녀에게, 만약 그녀가 심각한 문제에 휘말리고 싶지 않다면——그는 워린더 부인이 자기 아들의 명성을 위태롭게 할지도 모른다는 암시를 했다——집에 가서 좋은 차나 마시면서 젊은 펜턴 따위의 일은 잊어버리라고 강력히 충고했다.

워린더 부인은 마치 자신이 금방 숨이라도 넘어가려는 사람인 것처럼 또는 심약한 부인처럼 취급당한 것이 짜증스러워서 그녀 자신도 자기가 그럴 수 있으리라고 믿을 수 없을 만큼 완고하게 요점을 떠듬떠듬 설명했다. 그래서 총경은 (아직도 그녀에게 자신의 자제력을 잃지 않고 있었는데) 더욱 화가 나서 그가 실제로 의도했던 것보다 펜 턴에게 더 불리하게, 그녀가 아직 모르고 있던 사실들을 말해주고는 끝을 냈다. 즉 크램프턴 플레이델의 사망의 원인이 청산가리였다고 말해주었다. 위린더 부인은 이 말에 한숨을 내쉬었다.

"게다가," 총경이 의기양양하게 말했다. "그가 한 짓이 아니라면 누가 그런 짓을 했겠습니까? 그가 두고두고 플레이델 씨를 협박한 것만 봐도 압니다. 그에게 그런 불평 따위를 늘어놓은 사람은 그 사람 말고는 없습니다. 자, 부인, 그러니 제 충고대로……."

그러나 그가 자신의 조언을 다섯 번째로 되풀이하기 직전에 밖에서 누군가 화가 치밀어 크게 항의하는 소리가 들렸고 거의 동시에 화가 나서 소란을 피운 장본인이 뛰어들어왔다. 위린더 부인은 그가 누구 인지 단번에 알아보았다. 비록 한두 번밖에 본 일이 없고 그때 그의 얼굴이 이처럼 붉지는 않았지만, 그 남자는 존 플레이델 씨였다. 그 는 매우 화가 나 있었다. 너무 화가 나 있어서 총경의 테이블까지 단 숨에 쳐들어왔을 때도 다른 사람이 옆에 있는 것조차 알아차리지 못 했다.

총경도 자리에서 일어났다. 그는 가능한 한 매우 회유적으로 대하 려 노력했다. 그러나 그와 그의 방문객은 서로 엇갈린 목적을 가지고 있었다. 왜냐하면 그는 존 플레이델이 화난 이유가 자기 동생의 죽음 때문이며 경찰이 그것을 막지 못한 것 때문이라 생각했고, 반면에 존 플레이델이 화가 난 실제 이유는 자기 동생의 서재에서 어떤 물건들 이 없어져 버렸기 때문이었다. "도대체 알지도 못했다니, 없어진 것 이 있는지 찾아보지도 않고! 바보 같으니! " 그가 소리질렀다. "바 니에게 물어봐라! 바니! 그가 무얼 안다고? 바보 같으니! 그 자 리에 있던 제일 귀중한 물건인데 없어져 버렸어. 지금은 어디 다른 곳에 가 있겠지! 바보들! "

"죄송하지만, 선생." 총경이 말했다.

"잃으신 물건이 정확히 무엇이라고 하셨죠?"

"유리 조각품이오, 영국의 현존 유리작품 중에서 가장…… 훌륭한 것이오! 어떤…… 수집가의 소장품으로도 절대…… 대신할 수 없는 것이오." 존 플레이델이 화가 나서 으르렁거렸다. "이봐요, 미스터 …… 당신 이름이 뭐요? 당신은 도대체 내 동생이 한때 영국에서도 제일가는 유리 작품을 만든 사람이었다는 사실을 몰랐다는 거요? 물론 수년 전에 때려치웠지만. 그래서 더더욱 다른 것으로 대신할 수 없단 말이오. 물론 팔기도 했겠죠, 그래서 작품이 여러 곳에 흩어져 있고 소장 중인 것도 있고 그렇소. 그렇지만 제일 잘된 것은 자신이 가지고 있으면서 팔려고 하지도 않고 아무도 손대지 못하게 했소. 작은 상자에 넣고 자물쇠를 달아 서재에 두었소. 그런데 그게 없어졌어요, 깨끗하게 없어졌어. 그런데 아무도 그것을 알아차리지 못했다니! 속수무책이군! 그것들은 그 속에 있었단 말이오, 내가 가기 전에 내 눈으로 보았으니까. 그런데 지금은 없어졌단 말이오, 훔쳐가버렸어. 그런데 당신들은 도대체 뭘 한 거요? 뭐, 한 일이 있어야지?"

총경은 도난보다 살인이 더 중요하다고 중얼거렸다.

"빌어먹을!" 존 플레이델이 쏘아붙였다. "내가 알고 싶은 건 경찰이 도대체 왜 도난에 대해서는 아무 조치도 안 취했느냐는 것이오. 그러면서 어떤 얼간이 시골뜨기가 내 동생을 죽였는지만 찾아 헤매고 있으니! 당신 얼굴을 보니 그동안 터무니없는 살인 동기를 찾은 것 같구려. 제기랄! 정말로 그 물건들이 얼마나 값진 것인지 모른단 말이오? 그건 아마 부르는 게 값일 거요. 그러니 크램프턴은 자기가 죽기 전에는 남한테 그걸 줄 수 없었을 거요. 당신은 크램프턴의 유리 작품을 누가 집어갔는지도 알아내고 누가 크램프턴을 죽였는지도 알아내시오. 그럼 더 이상 소란을 피울 필요도 없소."

"그렇다면," 펜을 집어들면서 총경이 말했다. "그게 어떻게 생겼는지 좀 설명해주실까요?"

"설명할 수 없소." 존 플레이델이 말했다. "유리로 된 것이고……구슬이나 장신구 그런 것들이니까. 생김새를 자세히 알고 싶으면 허드먼이란 친구에게 물어보시오. 아, 무례함을 용서하시오, 부인!"
그는 흥분한 듯 총경에게 딱딱거리다가 워린더 부인에게로 관심을 돌렸다. 그때서야 비로소 그녀의 존재를 알아차렸던 것이다. 워린더 부인은 총경이 자신에게로 돌리는 눈초리를 보고서야 그가 지난 몇 분 동안 그 유리공에 대해 잊고 있었던 것이 생각났다. 그녀는 잠시 머뭇거린 뒤에 그것을 집어넣고 서둘러 그 자리를 떴다. 그녀는 자신의 이런 행동이 약간 꺼림칙했지만 총경이 전혀 흥미없어 한 것을 상기하고는 자신의 양심을 위로했다. 존 플레이델 씨도 마찬가지였다. 이것이 도둑이 도망치면서 풀 위에 떨어뜨린 그 없어졌다는 유리 장신구의 일부가 아닐까?

어쨌든 이제 살인에 대한 새로운 설명이 가능해졌다. 그것도 매우 매력적인 설명이. 경찰도 더 이상은 에드워드 펜턴이 값나가는 유리를 훔치려 했다고 혐의를 두기는 어려울 테니까. 그것은 복수의 동기로 성립되지 않았다. 워린더 부인은 대프니 그레이와 만나기로 한 약속을 지키려고 걸어가면서 그녀가 새로운 설명을 듣고 얼마나 기뻐할까, 그리고 제임스의 사무실로 그의 의견을 묻는 편지를 쓰면 어떨까 생각했다.

그러나 계속 걸어가면서, 그녀의 만족감은 점점 줄어들었다. 도난 사건을 가정하는 것은 좋은 생각이다. 그리고 만약 존 플레이델이 옳다면, 유리는 틀림없이 훔칠 값어치가 있었다. 도둑이 방해를 받을 경우에는 때때로 주인을 죽이기도 한다. 그러나 도둑이, 비록 살인을 한 강도라도 그 값어치 있는 물건의 소유자를 청산가리로 독살하는 것이 일반적인 행동은 아니지 않은가! 아마도 대프니 그레이에게 이 새로운 정보를 아직 알리지 않는 게 좋겠다——그녀가 유리에 대해서 뭘 아는지 알아볼 수는 있겠지만.

이 일은 쉽게 이루어졌다. 왜냐하면 대프니 그레이도 아무것도 몰랐기 때문이고 아무 의견도 없었으며 사실 그녀도 플레이델이 모든 사람들이 말하듯 귀중품을 많이 가지고 있었다 해도 유리를 가졌는지는 모르고 있었다.

"저는요," 대프니 그레이는 말했다. "지난번 사건이 있었을 때 멀리 떠나 있었기 때문에 이렌이 저에게 말하지 않았더라면 그가 무엇을 가졌는지 몰랐을 거예요. 편지에 그런 말들은 쓰지 않았어요."

"아, 다른 곳에 있었어요? 그걸 몰랐구려."

"네." 대프니가 말했다. "그때는 제가 플리머스에서 일하고 있었어요. 저는 정말 아무것도 몰랐지요. 그녀가 사라진 지 사흘이 됐을 때까지도 몰랐으니까요. 그러자 경찰에서 플리머스로 사람을 보냈고, 같은 날 밤 동생이 어디 있는지 알려달라고 애원하는 테드의 편지를 받았지요. 그는 거의 정신이 나갈 지경이었고 그는 나라면 동생이 어디에 있는지 알 거라고 믿었던 거죠. 그러나 물론 저도 몰랐어요."

"그래, 얼마나 걱정이 되었수. 어디 짚이는 데가 없던가요?"

"네. 저는 동생이 플레이델 씨와 함께 런던에 간 줄 알았어요. 그런데 얼마 뒤 경찰이 와서 그에게 물었죠. 그들은 그 일이 누구를 방해해도 될 만큼 중요한 일이라고 생각했던가봐요. 물론 그도 동생이 어디 있는지 몰랐어요. 그러자 방송으로 동생에 대해 떠들어댔죠. 무선방송에서 이렌에 대해 설명하는 것을 듣는 게 이상했어요. 그래도 아무 일도 안 일어났죠. 그런 다음 저는 도서관 일을 다시 할 수 있다는 소식을 들었어요. 플리머스에 가느라고 그만두었거든요. 그래서 다시 지원했죠. 아무래도 플리머스에 계속 머물러 있을 수는 없었고, 또 테드가 만약 누군가 말붙일 사람이 곁에 없으면 정신이 나갈 것 같았어요. 그에겐 너무 끔찍한 일이었죠. 그러는 동안 그녀는 이미 죽어 있었어요." 대프니는 이렇게 말하면서 입술을 깨물었다.

몇 분 뒤 그녀는 평소 감정을 회복했고, 자신이 가져온 커다랗고 두툼한 편지봉투를 테이블 위에 올려놓았다. "이게 도움이 될 수 있을지 모르겠네요." 그녀가 말했다. "그렇지만 제가 플리머스에 있을 때 이렌이 제게 보낸 편지를 가져왔어요. 저는…… 경찰이나 아무에게도 보이지 않았어요. 제 생각으로는 이 편지들이 무슨 소용이 있을지도 모르겠어요."

"경찰에도 안 보였나요?" 워린더 부인이 물었다.

"예! 제 말은, 그 뒤에…… 그러니까 동생을 발견한 뒤, 경찰은 여러 가지 질문을 많이 했어요. 무엇이라도 물으려고 했죠. 난 편지를 경찰에게 보여주고 싶지 않았어요. 그들이 이것을 읽었더라면 아마 테드만 더 어렵게 만들었을 거예요. 부인만 읽어보세요. 그렇지만 내키지 않으시면 안 읽으셔도 되구요."

"읽지 않았으면 좋겠어요?"

"어리석은 줄 알지만요. 이제 그에게 무엇인가 도움이 되는 것이 있다면, 그건 여름에 찍은 그녀의 사진일 거예요. 그 사진을 맨 위에 놓았어요." 대프니가 말했다.

워린더 부인은 사진을 집어 잘 살펴보았다. 웃고 있는 여자의 머리는 지난 해의 유행을 따라 물결치고 있었고 언니처럼 넓은 이마, 그 밑의 큰 눈과 흰 이는 전체적으로 활력에 넘쳐 있었다. 입을 다물고 있었더라면 아마도 입가에 단호한 분위기가 감돌았을 것 같았다. 뭐라고 말로 표현하기는 어려웠다. 그러나 그녀가 매우 아름답다는 것은 틀림없었다.

"아가씨보다 몇 살 아래지?" 그녀가 물었다.

"네 살 아래예요. 동생은 혈색이 좋았어요. 저보다 훨씬 더 좋았죠. 사진에는 안 나타나 있어요." 대프니가 침착한 어조로 말했다.

"제 생각엔, 제가 동생을 잘 돌봤어야 하는 건데. 다만 저보다 더 돈을 많이 버는 동생을 돌본다는 게 힘들었어요."

워린더 부인은 사진을 마지막으로 한번 더 보았다. 그리고 옆에 놓았다. 그 밑에 신문에서 오려낸 광고문이 있었다. 사람을 찾는 광고문은 늘 그렇듯 별로 특색이 없었다. 그 밑에는 지난해 여름에 퀴터마우스의 소인이 찍힌 예닐곱 통의 편지 중 첫 번째 편지가 있었다.

그녀가 편지를 읽어내려가자 워린더 부인은 왜 대프니가 경찰에게 안 보여주려 했는지, 또는 편지를 검토하게 하지 않았는지 더 이상 궁금하지 않았다. 편지의 내용이나 형식에 어떤 다른 점이 있었다는 말은 아니다. 이렌 그레이는 문장가는 아니었다. 편지의 표현은 평범했고 이야기의 요점을 반정도밖에 짐작할 수 없었다. 그러나 그렇다 해도 내용은 간단했고 에드워드 펜턴이 읽었다면 기분이 좋지는 않았을 것이다.

편지는 미용실에 손톱을 손질하러 왔다가 생기발랄한 보조 미용사와 그녀의 일에 대해서 대화를 나누게 된 크램프턴 플레이델이 그녀를 '점찍은' 부분에서부터 시작되었다. 편지에 의하면 그런 다음 그녀는 챌그로브필드의 서재와 성당의 중간쯤 되는 별스럽고 낡았으며 많은 잡동사니가 가득 차 있는 방에 초대되었다. 그는 남들에게 매니큐어를 발라주고 사는 여자의 생활에 대해서 더 자세히 알고 싶어했다. 더 적절한 표현을 쓰면 그녀를 꼬드겨서 말하게 했다. 그래서 마침내 그 속임수는 그녀의 머리가 완전히 돌 때까지 계속된 것이다. 편지를 읽어 나갈수록 그녀는 점점 더 활기를 띠었고 일이 잘 풀려가고 있으며 크램프턴 플레이델이 자기가 하는 봉사의 대가로 뭔가 좋은 일을 해줄 것이라는 확신을 점점 굳히고 있음을 알 수 있었다. 그녀가 바라는 것은 런던에 자기 소유의 미용실을 차리는 것이라는 암시도 있었다. 워린더 부인은 펜턴에 관한 언급, 대프니가 펜턴에게 보여주고 싶지 않았던, 그 대목을 찾아보았다. 단 한 곳, 그것도 묻는 말에 대한 답변인 것이 분명했다.

이렌은 이렇게 쓰고 있었다. "물론 테드는 난리를 피우고 있어. 언니도 그 사람이 어떤 줄 알지? 그러나 난 그에게 자꾸 성가시게 굴면 제 분수를 알게 해주겠다고 해뒀어." 단 한 부분이었으나 그것으로 충분했다. 편지들을 읽으면서 워린더 부인은 대프니가 그 편지들을 통해 자기 동생이 얼마나 많은 돈을 울궈내고 있는지 정확히 깨달았을까 의심스러웠다. 그녀는 재빨리 훑어보고 그녀의 표현에서 그녀가 알아차렸다는 것을 확신했으며, 다만 테드 펜턴에 대한 염려 때문에 편지를 아무에게도 보여주지 않았다고 믿었다.

마지막 두 장에서 말투가 변하고 있었다. 크램프턴 플레이넬은 자신의 책인지 책을 쓰기 위한 준비인지가 끝나자 작심하고 아주 본색을 드러내는 듯 냉정하게 변했다는 것이다. 첫 번째 편지에서 이렌은 약속을 안 지켰다든지 또는 관심이 없다고 화가 나 있었고 언니에게 보호자의 태도가 어떠해야 하는지를 훈계하려 하고 있었으며, 두 번째 편지는 열흘쯤 뒤에 쓴 것인데 분노와 절망이 한데 뒤섞여 있었다. 그는 자기와의 관계를 끊고자 하고, 그날 런던으로 갈 예정이며, 자기를 만나지 않으려 한다고 했다. 그녀는 그 남자 때문에 자기는 일자리를 잃은 셈인데 그는 자기에게서 오만가지를 다 요구했다고 했다. 또 "그는 악마다"라는 표현도 있었다. 그러나 그는 떠나지 못할 것이다. 그가 자기를 죽이기 전에 자기가 먼저 그를 '죽일 것'이라고도 했다. 이 말 밑에는 밑줄이 여러 겹 쳐져 있었다. 그러고 나서 마지막 말은 휘갈겨 써져 있었다. 대프니의 말로는 마지막 편지를 부친지 이틀만에 이렌이 행방불명됐다고 했다.

워린더 부인은 잠시 동안 슬픈 얼굴로 편지들을 보면서 앉아 있었다. 그녀는 그 편지에서 어느 누구에게도 소용이 없는 평범한 이야기 말고는 아무 단서도 발견하지 못했던 것이다. 마지막 편지의 어조는 잠시 동안 그녀에게 일주일 전쯤 비비언 마리와 나누었던 대화를 가슴 아프게 상기시켰다. 필요한 부분만 고쳐 쓰면, 이야기는 마찬가지였다. 그리고 그녀는 비비언은…… 제발…… 안 그랬기를 바랐다. 그러나 그것도 아무런 도움이 되지 못했다. 사실 그 편지들은 크램프턴 플레이델이 죽기를 잘했다는 심증을 명확하게 굳히도록 하지도 못했지만——그래봐야 이로울 것도 없다——아무런 새로운 사실도 밝혀진 게 없었다.

편지봉투 밑에는 신문에서 오려낸 그녀의 시체에 대한 검시보고 기사가 있었다. 그녀는 딱히 할 말이 없어서 그 기사를 읽어 내려갔다. 별다른 점은 없었다. 시체는 딸기 덤불로 덮여 있는 깊은 도랑에서 발견되었는데——옷차림으로 인해 그녀임이 판명되었다——매우 부패해 있었고 사인의 단서가 될 만한 것은 아무것도 없었다. 저항한 흔적도 없었고, 다만 붉은 색과 흰색 구슬을 꿴 줄에서 떨어져 나온 것 같은 부서진 유리 조각만 몇 개 나왔다.

"유리구슬이라." 워린더 부인은 자기가 큰소리를 낸 줄도 모르고 말했다.

"그게 좀 이상해요." 대프니가 말했다.

"이렌은 평소에 구슬목걸이를 달지 않았거든요. 그녀는 간지럼을 잘 타서요. 목에 아무것도 두르지 못했어요. 아마도 제 생각엔 플레이델 씨가 그녀에게 준 것 같아요. 그런데 그것에 대해서는 이야기한 적이 없어요."

"유리……유리." 워린더 부인의 마음은 그 말에서 머뭇거리며, 그것이 무언가 그녀에게 말할 것이 있다는 듯한 느낌을 받았다. 그게 무엇인지 알 수 있다면. 유리……유리…… 왜 그 말이 걸릴까? 여자의 목에 유리구슬이라……? 존 플레이델도 유리 때문에 그 법석을 떨었지. 만약에 이렌 그레이가 없어진 소장품 중 하나를 가졌다면? 아니야, 그럴 리 없지. 크램프턴은 자기가 죽은 뒤에나 다른 사람에게 넘겨줄 거라고 하지 않았는가? 그런데 잠깐만, 제임스가 유리가 있었다고 말하지 않았던가? 크램프턴의 시체 곁에 부서진 유리 조각이! 워린더 부인은 혼돈스러운 생각의 소용돌이 속을 들여다보았다.

"아가씨!" 그녀가 오랜 침묵을 깨면서 말했다. "아가씬 동생이 살해되었는지도 모른다는 생각은 안 해봤수?"

그러자 그녀는 충격을 받았다. 대프니 그레이는 마치 죽은 사람처럼 얼굴이 창백해지더니 조금 흐느꼈다. "아, 그럴 리 없어요!" 그녀가 말했다. "그가…… 그가 그랬을 리가!"

8

워린더 부인은 자신의 부주의 때문에 자신을 채찍질하고 있었다. 물론 그것이 끌어낼 수 있는 명백한 결론이었다. 그러나 그녀는 테드 펜턴을 생각한 적은 전혀 없었다. 그녀는, 만약 그것도 생각이라 할 수 있다면, 박물관에서나 탐낼 물건을 손에 넣으려 애쓰는 미친 수집가를 막연하게나마 생각하기는 했다. 그는 하나를 얻으려고 이렌 그레이를 죽이고 나머지도 차지하려고 플레이델을 죽였는지도 모른다. 실수를 만회하기 위해서 생각이 떠오르는 대로 말로 옮겨 놓고 보니, 너무나 기막히게 우스꽝스러웠다. 그러나 필사적으로 실마리를 잡으려 애쓰던 대프니는 도둑맞았다는 물건에 대한 생각을 떨쳐버리지 못했다. 그래서 찻집을 나서기 전에 워린더 부인은 그 폭군 같은 인물,

존 플레이델을 만나서 없어진 유리 작품들에 대해 좀더 물어보기로 약속했다. 이것도 대프니에게는 아무 위안을 줄 수 없다는 것을 알고 있었지만 그럴 수밖에 없었다. 테드 펜턴에게 어떤 암시를 하는 일은 안 하기로 했다. 예를 들어, 그녀가 알고 있는 대로 제임스의 방법을 흉내낸다든지 하는 것은 현명치 않은 일이며 만약 어떤 문제가 생기면 그것에 대해 언급해야만 했다.

"알겠어요. 혹시 테드의 머리가 이상해지지 않았나 모르겠어요. 내일 심문이 있거든요. 그는 그 때문에 죽을 지경이에요."

대프니가 말했다.

"그렇기 때문에 더 그를 괴롭히지 말아야 한다고 생각지 않아요?" 워린더 부인이 말했다.

돌아오면서 그녀는 도대체 존 플레이델에게 어떻게 말하면 될지, 또 어떤 핑계를 댈 수 있을지 매우 염려스러웠다. 그녀는 아무런 견해도 없었다. 그저 분명한 것이라곤 서로 일치하지 않는, 그러나 똑같은 복잡한 두 생각 사이의 혼란뿐이었다. 유리가 있었다——그녀는 자신의 생각에 어떤 질서를 부여하려고 애썼다——값나가는 유리가 있었는데 없어졌고, 다만 죽은 크램프턴의 시체 주위에만 그 흔적이 남아 있었다. 생생하게 표현할 수 있는 것은 이뿐이었다. 어쨌든 유리는 없어졌고, 크램프턴은 죽었다. 그녀는 값비싼 유리를 훔친 도둑을 가정해 보았다. 바니, 그가 유리를 가져가고 주인을 죽이지 않았을까? 그렇지만 그가 그랬을 것 같지는 않았다.

그렇다면 두 사람이 있었다. 한 남자와 한 여자가 죽은 채 발견되었다. 그리고 둘 다 옆에는 유리 조각이 있었다. 이런 그레이의 시신 옆의 유리도 플레이델의 그 작품에서 나왔는지 모르고, 플레이델의 경우도 마찬가지였다. 아마도 지금 그녀의 가방 속에 있는 물건도 그것의 일부인지 모른다. 어쨌든 그녀는 그것을 존 플레이델에게 보여

주고 경찰보다 더 흥미 있어하는지 보리라.

플레이델도 살해되었고, 그리고 여자는…… 그렇지, 여자도 역시 살해되었겠지. 그런데 왜? 테드 펜턴을 제외한다면 그 두 사람 모두를 죽이고 싶었던 사람은 도대체 누굴까? 물론 유리 도둑은 아니다. 틀림없어. 너무 우스꽝스럽잖아. 그럼 누구지? 특별히 여자를 보자. 플레이델이라면 여러 이유를 가정해 볼 수 있겠지(편지를 읽은 뒤로, 워린더 부인은 크램프턴 플레이델이 사회적으로 위험한 인물이며 가능한 한 빨리 그런 짓을 못하도록 해야겠다는 생각을 굳혀왔다. 그녀는 그가 재빠르게 비비언 마리와 놀아난 것에 대해 분개하고 있었다. 사람들이 뭐라고 하든지 그녀 생각에 다 큰 성인이 그런 비열한 짓을 했다는 데에는 변명의 여지가 없었다. 그러나 그가 그 일이 있기 전에 같은 짓을 한 것을 알고는——아마도 그녀 자신에게 열두 번도 더 말했겠지만——몰인정한 자기만족의 행위가 범죄행위라고 생각되었다. 워린더 부인은 크램프턴 플레이델이 만약 그때 죽지 않았다면, 자기 자신이 그를 독살하려 했을 것 같았다.)

그러나 그 사실이 더 이상 진전된 실마리를 가져다줄 수 없었다. 도대체 정신이 온전치 않은 도둑도 어떤 이유로——아니 질투는 아니야. 그러면 펜턴을 지칭하게 되니까——그 밖에 어떤 이유에서든 크램프턴 플레이델과 이런 그레이를 둘 다 죽일 만한 사람도 상상할수 없었다. 둘 중 어느 쪽인가 정해야만 한다. 그러나 불행히도 두 가지 선택 모두 똑같이 우스꽝스러웠다. 워린더 부인은 자신이 좀더 주도면밀한 두뇌를 가졌다면 하고 바랐다. 그녀의 두뇌는 돌고 또 돌았다. 그런데 도대체 존 플레이델을 만나게 되면 그에게 뭐라고 해야하나? 특히 그가 고함이라도 친다면.

그러나 존 플레이델은 고함을 치지 않았다. 그녀는 다음날 오후에야 그를 만날 수 있었는데, 오전에는 그가 검시에 참석했기 때문이었다. 검시 결과는, 특히 관심이 있었던 방문객이나 주민들에게 커다란 실망만 안겨주었다. 검시관은 혼자 앉아서 아무에게도 그럴듯한 질문을 하지 않았다. 그는 사체의 신원을 확인했고 바니와 총경이 시체를 발견했을 당시의 진술을 들었다. 그러고 나서 그는 의사에게 사인을 확인하였으며 그래서 모두들 죽은 사람이 자살하지는 않았다는 사실 정도에 만족했다. 그리고 더 이상의 협의도 없이 그 누군가에 의한 '고의적인 살인'이라는 판결을 내렸다. 대부분의 사람들은 이 판결을 시작만 거창하고 끝이 별 볼일 없는 결론이라고 생각했다. 그는 테드 펜턴이나 다른 누구도 소환하지 않았다. 또 아무에게도 동기나 죽은 사람의 심적 상태와 같은 그런 것에 대해서는 묻지도 않았다. 그는 더 충분한 증거를 얻기 위해 재판을 연기하지도 않았으며 더 이상의 협의도 없이 폐회했다. 그가 이 부적절한 절차에 대해서 언론에 몇 마디로 짧게 언급한 유일한 설명은 자신은 즉결재판자가 아니며, 즉 즉결재판소의 기능을 침해할 의사도 없다는 것이었다. 그의 임무는 사인을 확인하는 것이며, 그는 그것을 수행했고, 그것으로써 자신이 해야 할 모든 절차를 끝마친다고 했다.

위서 여사는 이미 경찰에도 여러 번 불려 갔었기 때문에 증언 요청을 받을지도 모른다고 기대하며 법정에 갔다. 그녀는 크램프턴 플레이델의 열렬한 변론자가 될 준비를 하고 있었는데, 재판의 전 과정을 보고 몹시 분개했다고 워린더 부인에게 되풀이해서 말했다. 위서 여사 말에 의하면 존 플레이델 씨는 마치 폭발할 것 같이 보였다고 했다. 워린더 부인은 그 말을 듣고 더 이상 무심하게 있을 수 없었다. 그렇지만 이미 지적한 대로 존 플레이델 씨가 폭발하고 싶어할 대상은 워린더 부인이 아니었다. 실제로 그는 평소 그답지 않게 그녀에게는 친절했는데 그 첫 번째 이유는 그가 나이든 부인을 존중하는 예의 바른 공립학교 교육의 전통 속에서 양육되었다는 것이고, 두 번째 이유로는 총경의 사무실에서 그녀를 놀라게 한 것을 진심으로 겸연쩍어하고 있었고 그래서 그 기억을 지워버리고 싶었기 때문이었다. 그런 이유로 존 플레이델 씨는 그녀를 도우려고 애쓰는 중이었다. 그리고 무엇보다 그녀가 아무도 관심을 두지 않는 유리에 대해 물어주어서 기뻤다. 그러나 정확한 정보를 제공해 줄 수 없어서 더욱더 미안해했다.

"정말 미안합니다." 존 프레이델 씨는 말했다. "그렇지만 사실 저도 그곳에 무엇이 있었는지 잘 몰라요. 저 자신도 전문적인 유리감정가가 아니어서 특별히 보아두지 않았어요. 다만 제 동생이 그걸 소중히 여겼다는 것만 알고 있지요. 그리고 라버스토크 유리——사람들이 그렇게 불렀어요——가 매우 비싼 값에 팔린다는 걸 우연히 알았지요. 그렇지만 그게 좋은 품질의 유리고 대부분 작은 형태라는 것 말고는 더 이상 말씀드릴 것이 없어요. 거기에 대해서라면 나이절 허드먼이 잘 알고 있을 텐데…… 그가 요즘 감쪽같이 사라져서 정말 난처하군요."

"그 사람은 어떻게 알고 있어요?"

"아……예, 왜냐하면 그가 제 동생과 동업해서 라버스토크 사에서 그걸 모두 만들었기 때문이죠. 모르셨어요? 그러고 보니 아주 오래 전의 일이군요. 사람들은 아마 거의 잊었을 거예요. 그들이 아주 젊었을 때였어요. 허드먼과 제 동생은 글라스 블로잉 (유리를 불어서 만드는 제조법)에 아주 뛰어났어요. 그들은 몇몇 친구들에게 자본을 끌어다 유리 작품을 만들 작업장을 마련했고 매우 잘 꾸려나갔지요. 모든 예술적인 작품들은 아시다시피 매우 정교하고 비싸잖아요——저 같으면 산다는 건 생각할 수도 없고 그냥 부수어버릴 그런 물건이죠—— ——그렇지만 그런 걸 사는 사람도 있지요. 그들은 수년 전에 그 일을 그만두었어요. 적어도 15년이나 20년은 됐을걸요? 아마 약간의 말다툼이 있었던 것 같아요. 그렇지 않으면 크램프턴이 싫증을 느꼈거나 더 나은 일을 하려고 했겠죠. 저는 그 이유를 알려고 하지 않았어요. 그렇지만 그런 이유로 그 물건이 지금 더 값이 나가게 되었지요. 수년 전부터 아무도 그런 걸 만들지 않거든요. 하지만 제가 말한 대로 허드먼은 없어진 것이 정확히 어떤 것인지 알거예요. 그게 가장 값진 것이어서가 아니라 크램프턴이 작은 함속에 넣어두고 애지중지하던 것이니까요."

"당신은 그 속에 어떤 것이 들어 있었는지 전혀 모르세요?"

워린더 부인이 물었다.

"아, 대충만 알죠. 알다시피 대부분이 작은 물건들이죠. 술잔, 팔찌, 장신구, 그 밖의 여러 가지요. 저는 초록색 '유리해마'라는 걸기억하는데, 아주 예뻤지요. 그러나 그게 무엇을 의미하는지는 아무도 몰랐어요. 또, 공 모양의 크리스탈도 있었구요."

"그게 혹시 이런 것과 비슷한가요?" 워린더 부인은 이렇게 물으며 그녀가 갖고 있던 유리공을 보여주고 그것을 손에 넣게 된 내력을 말했다. 존 플레이델은 그것을 살펴보더니 유리공의 튀어나온 부분에다 손가락을 대 가볍게 긁어 보았다. 그는 신경이 매우 둔한 남자였다.

"빌어먹을! 죄송합니다. 그건 아마 정말 뭐라고 해야 할지…… 색깔은 비슷한 것 같은데…… 푸른 색조였죠. 그가 가지고 있던 것과 같은 정도로. 그런데 이것을 본 적이 있다고 단언할 순 없어요. 어디서 발견하셨다고 말씀하셨죠? 풀밭에서, 그러니까 밖에서란 말이죠? 맙소사, 이러고 있으니 제가 꼭 경찰 같지 않습니까? 물론 도둑이 가지고 나가다가 떨어뜨렸겠지요. 그런데도 경찰은 그것에 전혀 신경을 쓰지 않았다니! 바보녀석들! 이 둔재들! 천치들! 그렇지만." 그가 웃었다. "제가 그들이 더 이상 그 청년에게 살인죄를 뒤집어 씌우지 못하도록 했다고 생각돼요. 제가 도난에 관해 말한 것을 밝혀내기 전까지 그들은 더 이상 그럴 수 없었지요. 그러나 제가 다른 물건들에 대해 더 말씀드릴 수 없어서 죄송해요. 제가 보았더라면 잘 알았을 텐데요. 이게 제가 알고 있는 전부입니다. 허드먼이란 작자가 사라져서 매우 난처하군요. 제가 말씀드리지만…… 그것들은 다 모조품이에요. 거의 다가요."

"무슨 뜻이지요?"

"진짜가 아니라 복제품이라는 거죠. 오래된 베네치아제라든지 그런 것을 복사한 거죠. 크램프턴은 한때 그것에 대한 많은 책과 판화를 가지고 있어서, 그들은 그걸 보고 이탈리아 르네상스 시대 작품들을 모방해서 만들었죠. 정말 그들은 잘 만들었어요. 그래서 값이 나가게 되었죠. 특히 네에, 생각이 나려고 하는군요. 크램프턴이 특별히 잘 만들었던 게 생각날 듯한데…… 빅……비트……뭐더라 …… 잠깐만요! 좀 기다리시면 생각해낼 게요…… 베투리! 그게 바로 그 이름이에요. 니콜로 베투리, 애써보면 생각날 줄 알았어요. 그런데 내가 갑자기 그걸 왜 기억했더라?……아, 그렇군. 이게 부인께 큰 도움이 될지 모르겠네요. 하지만 부인께서 그 제품들이 어떤 것인지 알고 싶으시다면 베투리에 관한 오래된 책을 찾으실 수 있을 거예요…… 어딘가 있을 텐데…… 아마 틀림없이 알아볼 수 있을 거예요. 그게 당신께 어떤 도움이 될지 난 잘 모르겠지만요."

사실 워린더 부인도 그랬다.

"당신은 기억 못하신다고 하셨죠?" 그녀가 말했다. "그 속에 목걸이가 들어 있었는지 말예요. 붉은 색과 흰색의 유리구슬로 된 목걸이가 있었지요?"

"에…… 젠장! 지금 말씀하시니까, 제 생각에도 그런 게 있었던 것 같아요. 잠깐만요, 생각해 보구요…… 이제 제정신이 드네, 거참 이상도 하지. 부인께서 그 목걸이를 찾아내셨단 말은 아닐 테죠?"

"그래요." 워린더 부인이 흥분하여 말했다. "그렇지만 만약 그 속에 그런 게 있었다면……."

"예, 있긴 있었는데 그 속엔 없었어요. 그게 바로 문제지요. 부인께서 그것에 대해 물으시니 이상하군요. 왜냐하면 부인, 저는 그런 게 있긴 있었다고 맹세하겠어요. 아주 눈에 띄는 물건이었죠. 중앙에 커다란 구슬이 달렸어요. 부인께서 말씀하시는 대로죠. 다만 지난번에 상자를 봤을 때는 그곳에 없더라구요! 없어져 버렸어요!"

"정말 틀림없죠, 플레이델 씨?"

"틀림없고말고요. 제가 그걸 눈치채고 그 목걸이에 대해서 크램프턴에게 그 일에 관해 물었죠. 그랬더니 그는…… 뭐라고 했는지 기억이 안 나는군요. 닦고 수리한다던가 그런 이유였어요. 어쨌든 나는 부인께서 지금 그것에 관해 말씀하실 때까지 생각도 못하고 있었죠. 부인께서 바로 그 점을 알아차리셨다는 게 신기해요."

"정말 그래요." 워린더 부인은 말했다. 그러고는 고맙다는 인사를 하고 도서관으로 허둥지둥 달려갔다. 도서관 문을 닫기 전에 대프니 그레이를 만나기 위해서였다. 그녀는 '니콜로 베투리'라는 이름을 들은 적이 없었다. 그러나 만약 그런 사람이 있다면, 공공도서관에서 근무한 적이 있었던 사서라면 알지도 몰랐다. 어쨌든, 그것이 단서라면 그것을 추적해야 했다.

마침 대프니 그레이는 고객 두 명을 담당하고 있었는데 그들은 평소보다 더 어려운 요구를 해와서 그녀가 권하는 모든 책들을 거절하고 나중에서야 겨우 제일 처음에 말했던 책으로 마음을 정했다. 그때까지 그녀는 인내심을 갖고 고객들이 결정을 내릴 때까지 기다려야 했다. 그들이 가버리자 여자는 부인을 쳐다보았는데 그 얼굴이 너무나 하얗고 지쳐 보여서 부인은 될 수 있는 대로 간단하게 물어보았다. 틀림없이 검시판정 때의 긴장이 너무 지나쳤던 것 같았다.

"니콜로 베투리? 그런 이름은 들어본 일이 없는데요." 대프니가 말했는데 그녀의 눈길은 길 맞은편이 보이는 문으로, 아마도 불현듯 키 큰 사진사 청년의 모습이 나타나기라도 할 듯 자연스럽게 돌려졌다. "하지만 찾아보도록 하지요. 부인께서 중요하다고 여기신다면요. 부인께서 하라시면 될 수 있는 한 서두르겠어요." 그녀는 억지로 웃었다. 그래서 워린더 부인은 떠나면서 사과를 하고 싶을 정도였다. 마치 자기가 신탁이라도 전하는 것처럼 딱딱하게 굴어서 여자를 어색하게 만든 것만 같았다.

워린더 부인은 호텔로 돌아와 잠시 전 일을 생각하니 더욱 무안했다. 무슨 이유로, 니콜로 베투리에 관한 정보를 얻으면 무얼 찾아낼 수 있다고 기대하는 것일까? 도대체 이탈리아 르네상스 시대에 유리를 불던 공장 기술자와 크램프턴 플레이델의 죽음이 무슨 상관이란 말인가? 그녀가 유리에 흥미를 느낀 유일한 이유는 그 유리구슬이 ——아마도 틀림없이 그럴 거야. 증거는 없지만——이렌 그레이가 죽었을 때 그녀의 목에 걸려 있었고, 그 목걸이는 크램프턴 플레이델이 그녀에게 준 것이며, 만약 그 목걸이가 바로 그 목걸이라면 그것은 아마도 400년 전 니콜로 베투리가 만든 목걸이를 본딴 모조품일 것이다. 말도 안 된다. 그러나 어쨌든 누군가 그녀를 죽였다면, 그 목걸이와 그녀의 죽음과 무슨 상관이 있을까? 아니면——다른 방향으로 생각해 본다면——베투리에 관한 정보가 유리 도둑의 흔적을 찾는 데 도움이 될 수 있을까? 만약 도둑이 들어왔었다면? 이 순간 워린더 부인에게 갑자기 어떤 생각이 떠올랐다. 그것은 너무나 충격적이어서 그녀의 논리적인 사고는 세 단계나 건너뛰어 삐걱거리는 소리를 냈고 순서도 없이 뒤섞여버렸다. 그리고 그녀는 너무나 흥분해서 하마터면 사과하는 것도 잊을 뻔했다. 다시 곰곰 생각하는 동안 그녀는 존 플레이델이 없어진 유리 제품들은 모두 크램프턴 플레이델과 나이절 허드먼이 동업했던 회사에서 만들어졌다고 말한 것을 기억했다. 그렇다면 나이절 허드먼은 제품의 공동 소유자였겠지. 그리고 나이절 허드먼이 챌그로브필드에 머물렀었고, 그가 떠나자마자 곧 제품들이 없어진 것을 발견했다. 그렇다면 가장 명백한 결론——실제로 유일하게 가능성 있는 결론——이 되지 않는가? 나이절 허드먼이 제품들을 가지고 가버렸다? 그렇다면 살인강도인지도 모른다는 생각은 어떻게 되는 거지? 정말 그녀는 어리석은 늙은 여자였다. 그리고 그녀는 가련한 대프니 그레이에게 자신 같은 바보의 질문에 대답하는 고생을 시켰으니…… 워린더 부인은 자러 올라갔을 때 매우 의기소침해 있었다.

다음날 아침 갑자기 날씨가 변덕을 부렸다. 온도가 15도나 떨어지고 비가 왔으며 바람이 매우 차갑게 불었다. 워린더 부인은 약간 감기 기운이 있었고, 제임스도 없는데 기침이 심해지면 어떻게 하나 매우 염려가 되었기 때문에 그냥 오늘은 실내에 머물러 있기로 작정했다. 실은 그녀가 밖에 나가서 해야 할 일이 있는 것도 아니었다. 그래서 그날과 그 다음날은 외부와 격리되고, 할 수만 있다면 크램프턴 플레이델의 죽음에 대한 자세한 상황과 도대체 경찰은 이제 어떻게 하려고 하는지에 대해서 그녀와 이야기하고 싶어하는 호텔의 많은 투숙객들도 피하고 싶었다. 그래서 금요일 저녁, 그러니까 제임스가 떠난 지 일주일 되던 날, 웬 젊은이가 로비에서 그녀를 만나고 싶어한다는 소리를 들었을 때에야 그녀는 그 불유쾌한 사건과 다시 접촉하게 되었다.

그 젊은이는 로비에 앉아 있었는데, 그녀가 반쯤 예상했던 대로 에드워드 펜턴이었다. 그녀가 들어서자 그는 일어섰는데, 그 얼굴이 지난번에 보았을 때보다 훨씬 생기가 있어서 그녀는 만족스러웠다. 그러나 그는 초조해 보이고 걱정이 있는 것 같았다. 게다가 그가 말한 첫 마디가 그녀를 완전히 놀라게 했다.

"그레이 양은 어디 있습니까?" 그가 거의 격분된 말투로 물었다.

"그레이 양이 어디 있느냐고요? 나는 전혀 몰라요. 아니, 집에 없어요?"

"그녀는 수요일 점심 시간에 도서관을 떠났어요." 젊은이가 말했다. "그러고는 돌아오지 않았어요. 그 이후로는 줄곧 안 돌아왔고 도서관에서도 그녀가 어디 있는지 모른답니다!"

"어디 사는지도 모른단 말이에요?"

"네, 모른답니다." 젊은이는 갑자기 언성을 높였다가, 호텔 로비라는 것을 의식하고 혹시 곤란한 장면이 연출될까봐 은근히 겁이 난 것 같았다. 워린더 부인은 그를 자신의 거실로 데리고 갔다.

"자, 펜턴 씨. 제발 일이 어떻게 된 건지 차근차근 말해봐요."
그녀가 말했다.

"저도 무슨 일이 생겼는지 몰라요! 그게 문제라구요." 테드 펜턴이 대답했다. "바로 제가 말씀드린 대로에요. 그녀는 수요일 낮에 나갔는데 돌아오지 않았어요. 그리고 아무도 그녀가 어디에 갔는지 몰라요. 사람들이 짐도 다 가져간 게 틀림없다고 말해요. 그녀의 침구 말예요. 그렇지만 사람들도 그녀를 못 보았고, 그녀가 떠나겠다고 말한 적도 없어요."

"짐도 가져갔다면 그녀는 다른 곳으로 간 게 틀림없군요."
워린더 부인이 말했다.

"그런데 어디로요? 그리고 왜 아무에게도 말하지 않았죠? 제 생각엔…… 부인께선 아시는 줄 알았어요." 젊은이가 말했다.

"내가? 내가 어떻게 안단 말이오?"

"왜냐하면, 지난 화요일 저녁 그녀를 만났을 때, 그녀는 부인께서 알아봐 달라고 부탁하신 일이 있다고 했어요. 그래서 저는 아마도 부인께서 그녀를 보내셨나보다고 생각했죠. 그곳이 어디이던간에요."

"나는 안 그랬다우. 정말이에요. 난 그녀에게 책에 관해서 물어봤는데."

"그렇다면 어디로 갔을까요?"

"정말 모르겠군요. 그렇지만 펜턴 씨. 당신이 너무 서두르는 게 아닐까요? 이제 겨우 이틀밖에 안 지났고, 또……."

"저도 모르겠어요! 그렇지만 걱정이 되어서요." 젊은이가 이렇게 말하고는 일어서서 방 안을 왔다갔다했다. "마치…… 전에 일어났던 일과 똑같아요. 그때도 사람들은 그녀를 못 찾아냈죠. 게다가 워린더 부인. 아무에게도 말을 안 하고 나간 것이 대프니답지 않아요. 그녀는 절대로 그런 짓은 안 할 거예요. 사람들에게 자신의 일로 걱정하도록 하는 짓은 그녀답지 않거든요. 그리고," 그는 갑자기 그녀에게로 얼굴을 돌렸다. "그게 꼭 제 잘못인 것만 같아요. 아시겠지만 그녀가 한 일들은 모두 나를 위해 한 일이었어요. 내가 바보같이 그런 법석을 떨지 않았더라면 그녀도 그 고생을 하지 않았을 거예요. 저는 늘 그녀를 성가시게 했고, 모든 일이 내 이기심에서 시작됐다는 생각이 들어요."

'자, 당신이 마침내 정신을 차리기 시작했으니 반갑군요, 젊은이.' 워린더 부인은 속으로 중얼거렸다.

"……그리고 만일 그녀에게 무슨 일이 생긴다면, 저는 절대로 제 자신을 용서하지 못할 거예요!" 그는 돌연 주저앉더니 두 손으로 얼굴을 감쌌다. 워린더 부인은 그를 측은하게 바라보면서도, 그의 불안이 좀 지나치다는 생각을 안 할 수 없었다. 그러나 그가 전혀 무관해하는 것보다 약간 초조해하는 것이 보기에 더 나았다.

그는 몇 분 침묵하고 있다가 고개를 들어 이렇게 말했다. "부인께서도 아시는지 모르겠어요. 대프니는…… 그레이 양 말이에요. 사람들에게 아주 다정해요."

"정말 그래요."

"저는 그녀가 영리하다고 생각해왔어요. 그리고 일도 잘하구요." 젊은이가 계속 말했다. "저는 그녀가 사람들을 전혀 의식하지 않는다고는 생각지 않아요. 그녀는 늘…… 저 사무적인 것 같아요. 제 뜻을 아시겠죠? 부인께서도 그 점을 눈치채셨을 줄 압니다. 그렇지만 부인, 그녀는 전혀 그렇지 않아요. 동생인 이렌이 죽었을 때 그녀의 반응은 정말 뜻밖이었어요. 다른 사람들처럼 겉으로 표현을 하진 않았지만요. 그 뒤로 그녀는 제게 참 잘해 주었어요. 이제야 저는 그걸 알겠어요."

워린더 부인은 웃음이 나오는 것을 겨우 억제했다. 그가 비록 어리석어 보이기는 해도, 마음은 분명히 진심일 것이다.

"그래서 그녀가 저를 위해 일하다가 무슨 일이라도 당한다면 어떻게 해야 할지 모르겠어요. 그런데 무슨 일이 일어난 건지 알 수 없어요. 그녀가 아무 말도 안하고 떠난 건 그녀답지 않아요……."

그는 처음부터 다시 시작하려는 게 분명했다. 그래서 문 밖에서 두드리는 소리가 났을 때 그녀는 다행스러워했다. 그녀가 나가보니 하녀가 짤막한 편지를 주었다.

"물론이죠. 그녀를 이곳으로 안내하세요." 워린더 부인이 말하고 나서 방 안으로 들어왔다. "그레이 양이 아래에 와 있어요. 그러니 걱정하지 마시우."

"고맙습니다, 하느님." 젊은이가 말했다.

1, 2분 뒤에 대프니 그레이가 거실로 들어왔다. 그녀는 외출복을 입고 있었는데 옷이 구겨지고 엉망이었으며, 외투는 비를 맞아 후줄그레했다. 그녀의 얼굴은 매우 창백했고 두 눈은 멍했으며 서 있어도 몸이 약간씩 흔들렸다. 그녀는 손에 커다란 젖은 봉투를 들고 있다가 워린더 부인에게 내밀었다.

"부인께서 원하신 걸 찾아왔어요." 그녀가 말했다. "모두 여기 있어요. 죄송해요…… 이렇게 오래 걸려서. 최선을 다해 서둘렀는데."

"대프니! 도대체 어디 갔었어?" 테드 펜턴이 소리쳤다.

"나요? 런던에 갔……었……어……요." 대프니는 이렇게 말하더니 갑자기 바닥에 쓰러져버렸다.

9

"괜찮아요, 기절했을 뿐이니까." 워린더 부인이 어쩔 줄 모르는 젊은이에게 말했다. "그녀를 혼자 있게 내버려둬요. 매우 피곤할 테니까. 내 생각엔 점심도 굶은 것 같아요. 저쪽 유리잔에 브랜디가 좀 있고 찬장엔 비스킷이 있어요. 그걸 꺼내주면 고맙겠수. 나는 그녀에게 기운을 차리게 할 차를 좀 만들 테니, 됐어요, 봐요, 그녀는 벌써 기운이 돌죠. 외투를 벗기고 소파에 눕혀요. 그러면 됐어요. 자, 이걸 좀 마시고 말을 하고 싶더라도 잠시만 참아요."

몇 분 안 지나 대프니는 거의 회복되었고 그렇게 쓰러진 것에 대해 미안해하면서 그 일을 설명하려고 했다. 그러나 워린더 부인은 그녀의 말을 가로막아 버렸다. "아가씨가 뭘 좀 먹고 차를 마시기 전에는 한 마디도 하지 말아요. 오래 걸리지 않아요. 브랜디를 좀더 가져다줄까? 그리고 나서 그녀에게 비스킷 좀 먹이시우. 자, 훨씬 나아졌죠? 우유와 설탕을 좀 넣을까, 아가씨?"

"정말 죄송해요." 대프니는 비스킷을 한 입 먹으면서 말했다. "이렇게 바로 부인께로 온 것이 어리석었어요. 그저 빨리 가져다 드리려는 욕심에서."

"정말 잘했어요, 아가씨. 그런데 뭐라도 좀 먹고 다녀야지."

"돈이 없었어요." 대프니가 고백했다. "런던에서 이틀 밤이나 지내게 될지 몰랐거든요. 그렇게 오래 걸릴 줄 모른 거예요. 처음엔 잘못 찾아가서 애를 먹었죠." 테드는 갑자기 동정심이 일어 그녀의 손을 꽉 잡았다. 그녀가 놀라서 쳐다보았다. "어서 보세요." 그녀가 자신의 건강에 대한 질문을 무시하고 말했다. "그게 쓸모있는 건지, 또 알고 싶어하시던 건지는 모르겠어요. 그렇지만 매우 특이해서 부인께서 꼭 보셔야 할 것 같았어요."

"그런데 아가씨," 워린더 부인이 봉투에서 타자된 원고뭉치를 꺼내면서 말했다. "많기도 하지! 이걸 다 당신이 타자했군요! 한참 걸렸겠는데."

"다 베껴 와야 했어요. 책을 가지고 나올 수가 없었거든요. 그림이 제대로 됐는지 모르겠군요. 그림엔 소질이 없어서. 그곳 남자가 얇은 종이를 대고 베끼지 못하게 했어요. 그런데 제 생각엔 모두 옮기는 게 좋을 것 같아서요. 그래서 시간이 오래 걸렸어요. 어제 끝낼 수가 없었거든요." 대프니가 설명했다.

"그런데 이게 다 뭐요?"

"베투리에 관한 것이죠." 대프니가 말했다. "그에 관해 물으셨잖아요."

그녀는 워린더 부인이 타자된 원고를 살펴보기 시작하자, 잠시 눈을 감았다. 아직도 방이 빙빙 돌고 있는 것 같았다.

"내버려 둬요. 녹초가 됐군요. 잠이 들거예요." 그녀는 읽기 시작했다. 그러나 얼마 안 있어 탄성을 지르는 바람에 소파에 누워 있던 대프니가 눈을 뜨고 반쯤 앉은 자세를 취했다. 워린더 부인이 말했다.

원고의 첫 부분은 《르네상스 시대의 장인》이란 소책자에서 베껴왔다고 밝혀 있었다. 그 책은 1457년 베네치아에서 태어난 니콜로 베투리의 생애를 다루고 있었다. 그의 생애의 한동안은 더할 나위 없이 평범했다. 워린더 부인은 들어본 적이 없지만 그는 매우 뛰어난 사람들로부터 훈련을 받았고, 비교적 어린 나이에 그 '신비한' 작품을 만드는 대가가 되었다. 또 그는 유별나게 정교하고 환상적인 디자인의 유리 장신구를 만들었던 사람으로 기술되어 있었다. 그 정도는 그녀도 다 예상하고 있던 것이었다. 그러나 그 다음 그녀로 하여금 소리를 지르게 만든 구절이 나왔다.

'머지않아⋯⋯.' 소책자의 편집자는 기탄없이 이렇게 쓰고 있었다. '베투리는 르네상스 시대의 장인들에게 공통된 문제에 끼어들게 되었다. 범죄를 알게 된 것이다. 대부분의 증거들이 단 한 건의 재판 보고서에서 나온 것이라 확실하지는 않지만 그가 독에 손을 댔다는 말은 상당히 믿을 만한 것이다. 내용인즉 그가 모종의 관계를 가진 귀부인을 위해 목걸이를 만들었는데, 그 목걸이에는 하트 모양의 매우 정교한 유리 장식이 매달려 있었다. 그 유리의 비밀은 자신만이 알았다. 불행하게도 그 귀부인은 속옷 밑에 그 목걸이를 달다가 잘못해서 떨어뜨렸고 그것이 그녀 목부분에서 깨졌다. 유리가 그녀의 피부를 뚫고 들어갔고, 그런 일로 해서 그녀는 사람들이 도우러 오기도 전에, 많은 피를 흘려 죽을 뻔했으며, 격노한 남편은 그 장인을 자기 부인을 죽이려 했다고 고소해서 그에게 극심한 신체적 응징을 가했다.

그 일에 대해 베투리는 매우 원망스러워했고 단 한번의 사고에 야만스럽게 벌을 내렸던 사회에 대해서 복수를 하겠다는 생각을 품었다. 그리고 뒤에 '베투리의 독이 든 장신구'로 알려지게 되는 물건들을 만들어 내기 시작했다. 그것은 무색이나 색채가 있는 정교한 유리 제품으로서 주로 부적이었고 때때로 목걸이, 팔찌, 또는 머리장식 등이었는데 그 유리 속에 르네상스 시대에 알려진 여러 독약을 달아 넣어 두었다. 베투리는 이것을 만들어 적이나 보기 싫은 친척을 없애버리려는 사람들에게 물론 비싼 값에 팔았다. 이 독이 든 장난감을 산 사람은 자기가 없애고 싶은 사람에게 선물하며, 피부에 닿도록 착용하기 바란다고 간곡히 요청했다. 그 유리 장신구는 조만간에 깨지기 마련이고 그러면 유리조각이 내놓은 상처를 통해 유리에 들어 있던 독이 몸속으로 들어가면 그 사람은 고통스럽게 죽게 되었다.

이 이야기에 본질적으로 터무니없어 보이는 것은 하나도 없으며 이는 벤베누토 첼리니 같은 르네상스 시대의 독살자들이 행한 실제의 방법을 연구함으로써 입증된 사실이다. 직접적인 증거는 1494년 자기 아내를 살해한 스카파렐리라는 남자에 대한 오랜 기간의 재판과정에서 나왔다. 스카파렐리가 베투리의 장신구로 아내를 독살하려고 했다는 사실이 별 놀라움 없이 거론되고 그렇게 단정되었던 것이다. 그리고 그때부터 베네치아의 모든 기록에서 베투리에 관한 언급이 전혀 발견되지 않았다. 이 사실은 확실히 중요하다. 아마 그는 도시에서 도망쳐버린 게 틀림없다. 그 뒤로는 그나 그의 행적에 대해 더 이상 알 수가 없다.'

"그렇지만, 아가씨!" 워린더 부인이 이 부분을 보고 나서 말했다. "유리 구슬…… 그리고 독! 계속 더 읽어야 할까?"

"네, 두 번째 책은 찾아내기가 더 힘들었어요. 사람들이 보여주려고 하지 않아서요."

두 번째 원고는 18세기 후반에 출판된 《장인과 예술가들의 여러 가지 진기한 행적에 관한 설명(윌리엄 헐링햄 저)》이라는 책에서 발췌

한 것이었다. 발췌한 부분은 간단히 '베투리의 독이 든 장신구'라는 제목이 붙여져 있었다.

"시작 부분이 아주 길었어요, 다 베낄 시간이 없어서 빼버렸지요, 그가 독을 사용하게 된 과정, 뭐 그런 종류였어요."

대프니가 말했다.

베껴온 나머지 부분은 상당히 재미있었다. 베투리가 실제로 사용한 방법에 대한 설명이 비교적 과장되고 좀더 미사여구로 표현되어 있었으나 실제 핵심은 소책자에 쓰여 있는 것과 같은 내용이었다. 그리고 베투리가 만든 '독이 든 장신구'들 중에서 주가 되는 몇 가지에 대한 묘사와 그림이 있었다. 원본의 그림은 묘사된 것과 더욱 일치할 것이 분명했다. 그 그림을 본 워린더 부인의 뺨은 흥분으로 상기되었다. 그것은 여러 가지 모양과 색깔의 부적들과 목걸이에 매다는 장식들의 그림이었다. 그중에는 '매우 매끈하게 만들어진' 에메랄드빛 나는 초록색 유리로 된 해마가 있었다. 그리고 전체는 붉은 색과 흰색 구슬로 되어 있고 '중앙에 있는 구슬 하나에 독이 든' 목걸이도 있었다. 바로 그 다음에 설명과 함께 나와 있는 그림을 보자 그녀는 숨이 막힐 지경이어서 소리를 지르며 두 사람에게 그림을 건네주었다. 그것은 유리로 만든 단검의 그림으로, 둥근 자루 또는 손잡이는 직경이 4센티미터쯤 되는 단단한 유리로 만들어졌고, 칼날은 13센티미터쯤 되는 길이였는데, 속이 비고 길쭉했으며 매우 얇은 유리로 만들어져 있었고 그 속에는 독이 채워져 있었다. 자루는, 책에서 설명하기를 찌를 때의 무게를 충분히 지탱하도록 무겁고 단단하다고 돼 있었다.

"여길 좀 봐요!" 워린더 부인이 말했다. 또 한 사람은 그녀가 흥분하는 이유를 모르고 쳐다보았다. "아 참, 아가씬 본 일이 없다는 걸 잊었네."

그녀는 서랍을 열고 단단한 유리공에 역시 유리로 된 거친 돌출 부분이 있는 물체를 꺼냈다. "이걸 어디서 발견했는가 하면, 플레이델 씨의 서재 밖의 잔디밭에서였어. 그리고 그의 시체 옆에는 얇은 유리 조각들이 있었지. 이걸 봐요, 여기 잘려져 나간 부분이…… 그리고 그 그림을 보라구." 워린더 부인이 말했다.

"부인 생각은…… 이게 바로 같은 종류라는 건가요?" 대프니는 그림을 보기 위해 몸을 곧추세우면서, 더 이상 어지럼증을 느끼지 않았으면 좋겠다고 생각했다.

"나……나도 확실히는 모르겠어." 워린더 부인이 말했다. "내가 좀더 명확히 앞뒤의 정황을 생각해낼 수 있다면 좋겠는데. 그렇지만 내가 아는 것은," 그녀는 방 안을 둘러보고는 단호하게 말했다. "아가씬 한참 전에 잠자리에 들었어야 했는데, 정말 큰일을 해주었수." 대프니가 무어라고 말하려고 하자 워린더 부인이 다시 말했다. "내일 아침 다시 시작해도 늦지 않아요. 펜턴 씨, 그레이 양이 집에까지 잘 가서 방에서 잘 쉴 수 있도록 돌봐 주시겠지요?"

"믿으셔도 됩니다. 이리 와요, 대프니. 집에 바래다주겠소. 고집부리지 말고. 당신은 나에게 과분할 정도로 잘해 주었소. 이제 내가 잘대해 줄 차례요. 안녕히 주무십시오, 부인." 펜턴이 말했다.

"잘 자요." 워린더 부인은 이렇게 말했지만 정작 자신은 오랫동안 잠이 들지 못하고 있었다. 물론 침대에 누웠으나, 거의 밤의 절반이 지나도록 자지 않고 이리저리 뒤척이면서 윌리엄 헐링햄과 다른 저자가 쓴 책의 내용을 정리해 보려고 애썼다. 독이 든 장난감, 유리구슬, 유리 단검들, 그리고 그녀의 손수건 서랍에 넣어놓은 유리 단검의 손잡이, 이것들은 도대체 뭘 의미할까?

마침내, 새벽 3시를 알리는 소리가 나자, 그녀에게서 갑작스러운 대답이 나왔다. "그래, 그래." 그녀는 혼잣말로 지껄였다. "물론이지. 그리고…… 그 때문에 그가 내게 주소를 알려주었던 거야. 그는 친절해 보였어…… 그라면 어느 누구도 고통받는 걸 원하지 않을 거야."

그녀는 그러고 나서 잠을 잤다. 그러나 다음날 아침 일찍 식사를 하러 갔고 식사가 끝나자 곧 우체국으로 향했다. 거기서 오랫동안 어렵게 미루다가 마침내 부에노스아이레스의 주소로 길고 비싼 전보를 보냈다.

10

때는 답장이 오기 몇 주 전이었다. 그때쯤에는 모든 소동이 가라앉아 있었다. 신문에는 새로운 사건도 없었고, 테드 펜턴은 쿼터마우스에서도 더 이상 괴로움을 당하지 않았고 마리 집안은 웸블리의 조용한 생활로 되돌아갔으며 워린더 부인과 그녀의 아들도 햄프스테드의 자기 집으로 돌아왔다. 그 편지는 쿼터마우스로 먼저 보내졌었다. 그 것은 매우 두꺼운 편지였으며 남미의 우표가 붙어 있었으나 주소는 없었다.

'친애하는 워린더 부인.' 편지는 이렇게 시작되었다.

'물론, 부인이 옳으십니다. 그리고 주소를 기억하시다니 참 총명하시군요. 그날 밤 방파제에서 부인께 몇 마디 흘린 것은 드물게 표출된 나의 천재적 기지라고 해야겠군요. 나는 어쩐지 당신이라면 쓸데없이 누설하지는 않을 것이라고 믿었어요. 내가 보낸 전보를 받고 경찰들이 어리석은 행동을 그만두었기를 바랍니다. 그러나 부인께서는 그들에게 이 편지를 보여주어 그들을 흡족하게 해주시기 바랍니다. 자살을 가장하느라고 그 소동을 피워서 죄송합니다. 나는 아주 완벽하게 해냈다고 생각했습니다. 주사기에 그의 지문까지 남겨놓았으니까요. 그러나 어딘가 잘못된 것이 있었나 봅니다.

내가 그를 죽였습니다. 그러나 부인, 그건 살인이 아니었습니다. 그건 사형집행이었습니다. 그리고 지금도 그 방법 말고는 다른 길이 없다고 믿소. 을러대서 스스로 자살하게 할 수는 없었기 때문입니다. 부인, 당신은 나만큼 그를 알지 못합니다. 비록 부인께서 사람들을 잘 이해하고 잘 알아차린다 해도 말입니다. 그는 정말 지독한 이기주의자였습니다. 그의 책들이 대단히 예술적인 줄은 알지만, 그럼에도, 그 책이 써지기까지 다른 사람들이 치른 고통을 생각하면 내 피가 끓어요. 지금까지도 그렇습니다. 늘 그렇게 큰일을 저지르진 않았다 해도 내 생각에 작은 일에는 더 비열했어요. 조금밖에 모르는 사람에게서까지 얘기를 쥐어짜내고 그것을 신문에 써서 난처하게 만들었어요.

그는 남의 비밀을 캐내는 재주가 비상했어요. 나는 그가 그 짓을 되풀이하는 것을 보아왔어요. 그가 어떤 변명을 할지도 모르는 글쓰기에만 관련된 게 아닙니다. 그는 모든 방면에서 그랬어요. 크렘프턴 플레이델은 가지고 싶은 것이면 무엇이나 가져야 했고 마찬가지로 누구라도 방해하는 사람이 있으면 제거해야 했어요. 부인도 아실 겁니다.

또한 누구라도 그에게 계속 방해가 된다거나 계속 중요하게 되면, 플레이델은 그들과의 관계를 끊었습니다. 그는 한번 싫증난 대상과는 계속 지낼 수 없었고 어떤 인간에게건 일종의 의무감을 느끼는 일을 전혀 찾아볼 수 없었지요. 부인이 그를 제대로 이해하도록 설명이 되었는지 모르겠군요. 그는 정말 대단히 욕심 많고 비정한 오만덩어리였어요. 그런데 나이 들어가면서 그는 점점 더 오만해지고 더 참을성이 없어졌을 뿐 다른 점에서는 달라진 게 전혀 없어요. 이렇게 말하고 보니 대부분의 살인자들이 하는 변명과 똑같군요. 안 그래요? 자기가 전능한 신이라도 되는 양 모기를 찰싹 때려 잡듯 다른 사람을 어떻게 할 수 있다고 생각하는 거지요. 어쨌든 그 때문에 이렌 그레이가 살해되었고, 그 때문에 부인의 젊은 친구도 아마 살해될 수 있었지요. 그는 대단히 조급했지요. 그는 미용실인지 뭐 그런 시시껄렁한 것에 관해서 글을 쓰고 있었어요. 그녀의 머릿속에 든 것을 몽땅 다 울궈내고 그녀와 사랑을 나누었어요. 물론 대부분의 여자들에게 어김없이 그랬죠. 그리고 그녀가 쓸모없게 되면 사라져 주기를 바라지만 그녀는 그래주지 않았어요. 계속 현장에 남아서 소동을 부렸죠. 그런데 그는 그런 일이 특히 쿼터마우스에서 일어나서 참을 수 없었던 겁니다. 그는 그곳이 정말로 자기에게 어울린다고 생각했는데, 그녀가 모두 망쳐놓을 것 같았거든요.

내가 옛날이야기를 꾸며내고 있다고 생각지 마시기 바랍니다. 어쨌든…… 그는 그녀를 살해했어요. 숲 속에서 그녀와 만나기로 약속을 하고, 그녀에게 가운데 커다란 유리구슬이 달려 있는 목걸이를 주었어요. 아주 예뻤죠. 그녀를 포옹한 채 유리를 부수어 그녀에게 독을 넣은 겁니다. 아주 간단하죠. 나는 그가 그렇게 한 줄 알고 있습니다. 그가 나에게 직접 말했거든요. 그는 아주 그 방법에 만족해했어요. 내 생각에 그는 자기가 얼마나 영리한지 누구에겐가 말하고 싶어 죽을 지경이었고, 내가 그 일로 해서 자기에게 무슨 짓을 할지도 모른다는 생각은 꿈에도 하지 않았던 거죠. 나도 내가 할 수 있으리라고는 생각지 않았습니다. 그런 생각을 품고 쿼터마우스에 가기는 했지만요. 나는 작정한 일을 반드시 하는 사람은 아니에요. 다만 그날 밤 당신과 말하고 나서, 나는 머지않아 또 한번의 살인이 있을 거라는 느낌이 들었어요(그런데 목걸이에 있던 독은 '큐라레'였습니다. 내가 넣었으니까 잘 알지요).

그 일이 어떻게 시작되었는지 이야기하는 게 좋을 것 같군요. 아마 대부분 알고 계시겠지만. 그렇지 않다면 나에게 전보를 치지도 않았겠지요. 우리가 옥스포드를 졸업한 지 얼마 안 돼서였습니다. 그때 우리는 둘 다 유리 가공에 흥미를 느끼고 있었어요. 우리는 '성 요셉길드'라고 부르는 예술동호회의 회원이었어요. 이젠 아무도 그 이름을 기억하지 못하지만요. 그 모임이 오래 가지 않았거든요. 그리고 우리는 여러 가지 옛날 유리를 재생산할 수 있는 방법을 알아내느라고 난리였어요. 브리스톨 유리나 워터포드 유리, 그리고 언젠가는 베네치아 유리를 재현하고 싶었습니다. 나와 해리슨이란 친구는 주로 기술적인 면을 연구했지요. 크램프턴의 관심은 문학적이고 예술적인 면에 있었어요. 그가 유리 가공에 관심이 없었다는 얘기가 아니라 그는 제품을 고안하기를 좋아했어요. 작업장에서 법석대는 것보다는 상상력을 풍부하게 발휘해 소품을 스케치하는 것을 더 좋아했어요. 그러나 그의 기술은 점점 더 정교해졌어요. 특히 우리가 베투리의 책을 발견한 뒤로는 더했죠. 그 책은 부인께서도 읽어보셔서 아시겠지만 독이 든 장신구에 대한 것뿐이었어요.

어쨌든, 그는 아주 전문가가 되어서 자기 스스로 사업을 시작할 수밖에 없었어요. 그는 당시 돈이 조금밖에 없었기 때문에 트와이머스 경과 오스본이라는 두 친구를 설득했죠. 당신에게 그들의 이름을 쓰는 이유는 그들이 이 일과 무슨 관련이 있어서가 아니라, 단지 원하신다면 나중에라도 자세히 조사할 수 있도록 하기 위해서입니다. 그래서 우리는 회사를 만들고 라버스토크 근처에 작은 작업장을 마련해 일을 하기 시작했습니다. 물론 조수들도 필요했죠. 그러나 처음에는 대부분의 일을 내가 했어요. 그도 애써봤지만 능숙하지는 못했어요. 그는 영감을 제공해주는 쪽을 택했죠(이 부분에서 나는 그에게 공정치 못했어요. 그는 물론 많은 아이디어를 생각해냈죠. 그리고 나에게 악마처럼 교묘히 만들어내게 했죠. 그러나 자기 손으로는 잘 만들지 못했어요).

우리가 부렸던 일꾼 둘은 아주 잘 만들었어요. 내가 내 일에 대해 하는 말이긴 하지만 좋은 물건들을 만들어냈죠. 우리는 베투리가 이용한 옛날 방법을 따랐는데 어느 정도 재현하게 되었어요. 우리가 당시에 만든 좋은 유리제품을 여러 곳의 박물관이나 개인 소장품 중에서 볼 수 있을 거예요. 물론 제품이 많지는 않아요. 그러나 우리는 지식인들이 모이는 제법 멋진 전시회를 할 수 있었지요.

그런데 그때쯤 그는 자기가 마지막까지 철저히 베투리를 따라잡겠다며 진짜 독이 든 장신구를 만들겠다고 생각했어요. 정말 바보같은 짓이었죠. 나는 늘 그에게 그렇게 말했어요. 그러나 그는 그일을 착수하고야 말았어요(사실 그가 내내 하려고 했던 일이 바로 그 일이 아닐까 생각됩니다. 그게 그의 주요 관심사였던 것 같아요. 그러나 전 그때 그걸 몰랐지요).

어쨌든 그는 그렇게 했고, 긴 이야기를 간단히 줄여서 말씀드린다면, 우리는 그것을 만들었어요. 우리는 내가 부러뜨린 그 단검을 만들어 복제했고, 로켓(사진 같은 것을 넣어 목걸이에 다는 작은 금합)과 부적과 팔찌와 붉은 색및 흰색 구슬을 가운데로 갈수록 점점 굵어지도록 엮은 목걸이를 만들었는데 그 목걸이 한가운데에 있는 제일 큰 구슬에 독을 가득 넣었죠. 독을 어떻게 입수했는가는 말씀드릴 수 없습니다. 그러나 제 말투로 봐서 그것도 그렇게 어려운 일이 아니었다는 것을 아실 겁니다. 그 당시의 독극물 판매에 관한 법이 지금처럼 엄격하지 않았고 플레이델에게는 늘 자기를 위해 별스러운 일들을 맡아 해줄 괴상한 친구들이 많이 있었지요. 그리고 내가 화학자니까——내가 옥스포드에서 화학을 공부했다고 이야기했었나요?——기술적으로 필요한 일은 내가 조금씩 할 수 있었어요. 우리는 작업장내에 작은 연구실을 차렸어요. 그건 정말 신나는 일이었죠. 누구나 끔찍

할 정도로 조심해야 했어요. 독극물과 얇은 유리를 다루니까요. 그 작업은 내게 결코 잃어버릴 수 없는 르네상스 시대의 장인들에 대한 존경심을 키워 주었어요.

그러자 얼마 뒤——정확히 말하면 1910년 1월이었죠——나는 일주일 동안 누군가가 글래스고 근처에서 시작한 실험적인 유리공장을 둘러보러 갔어요. 크램프턴에게 맡기고 갔는데 그때 그는 특별히 하고 싶어했던 일이 불가능한 것으로 밝혀져서 매우 험악한 기분이었지요. 그는 십장인 브라운에게 그 일을 해내라고 위협하는 중이었죠. 내가 돌아와 보니 마을에는 큰 소동이 벌어져 있었고 사방에 경찰이 깔려 있었어요. 브라운이 살해되었는데 청산가리로 독살되었어요. 크램프턴의 이야기로는 그가 할 일도 없는 실험실에서 괜히 얼쩡거리다가 어떤 물질을 그 자신에게 쏟았다는 거예요. 그는 굉장히 유감스러워했죠. 그게 다였어요. 그러나 화학물질 책임자(그게 바로 나였지요)도 없었고, 그 자신은 연구실에 뭐가 있고 뭐가 없는지 전혀 몰랐다나요?

그런데 나는 그 말이 터무니없는 거짓말이라는 것을 알았어요. 그는 독을 다룰 수는 없었지만 늘 실험실 근처에 있었고 나만큼이나 어느 것이 무엇인지 잘 알고 있었죠. 어느 날 내가 유리 단검 하나가 없어진 것을 알았을 때 나는 어떤 일이 있었는지 본 것처럼 훤히 알 수 있었죠. 그가 그 사내와 말다툼을 하다가 홧김에 그를 단검으로 찌른 거예요. 아니면 시험삼아 일부러 찌른 거겠죠. 그랬다 해도 그 일이 기대한 만큼 놀라운 일은 아니었던 것으로 기억하고 있어요.

아무 일도 없었지요. 브라운과 그 사이의 문제도 소문나지 않고 잘 가라앉았어요. 브라운은 말이 없는 뚱한 사내였고, 또 아무도 우리가 독을 어디에 쓰는지 알지 못했지요. 사람들은 누구나 그곳이 그저 실험실이라고 생각했고, 내가 물건들을 제대로 보관하지 않았다고 비난을 듣는 것으로 마무리되었어요. 자연히 나는 아무 말도 할 수 없었죠. 그러나 나는 크램프턴에게 그런 일은 그만두어야 한다고 말했어요. 어쨌든, 나는 점잖은 일자리가 있어서 그 일을 그만두고 싶었고, 그는 나 없이는 일을 할 수 없었어요. 그리고 우리가 만든 치명적인 물건들은 모조리 부숴버려야 했지요. 그는 벌써 부쉈다고 말했어요. 그래서 우리는 서로 헤어졌죠. 나는 내 일을 했고 그러다가 전쟁이 터졌어요. 그 뒤에 나는 여기저기 떠돌아 다녔는데, 주로 영국 밖에서였고, 그를 보지 못했습니다 그저 그가 '점점 더 유능해졌다'는 소리만 들었죠. 그게 그를 잘 표현한 말이라고 생각해요. 그는 실제로 자기의 재능을 겸손하게 숨기는 사람이 아니었어요. 그러고 나서 내가 부에노스아이레스의 데로사스에 안락하게 정착해 있을 때, 나는 동료의 집에서 영국신문을 모아 철해 놓은 것을 보았는데 우연히도 이렌 그레이의 검시에 관한 설명이 나와 있었고 구슬 목걸이에 대한 언급이 있었어요.

나는 왜 내가 그렇게 오싹했는지 모르겠어요. 하여튼 나는 너무 놀랐고――여기까지 와서 보고 사태를 확인한 뒤 바로 떠나려고 했지요――그렇게 하길 잘한 것 같아요. 나는 바로 쿼터마우스에 가서 그를 불렀어요. 그는 아주 싹싹했어요. 나에게 묵어가라며 여러 가지로 친절했지요. 맙소사, 25년 동안 그는 얼마나 거만한 돼지같이 변했던지! 곧 그는 나를 그의 서재로 데려갔는데, 그곳에서 유리상자를 보았죠. 우리가 라버스토크에서 만든 장신구들이 다 있었지만 붉은 색 구슬과 흰색 구슬로 만든 목걸이만은 없었어요. 나는 물론 알아차렸죠. 그는 물건을 버리는 일이 없거든요. 그것들은 그의 작품이었고…… 게다가, 그것을 가지고 있다는 만족감. 비록 그가 그것들을 사용하지 않더라도, 그 만족감을 즐긴 거예요.

나머지는 부인이 아시는 그대로지요. 나는 아무 말도 할 수 없었어요. 물론 그도 알았어요. 나는 마음속에 어떤 결정적인 계획을 가지고 오지 않았어요. 그날 저녁 당신과 이야기한 뒤에야 비로소 내가 무엇을 할 수 있는지 알았습니다. 그 전날 밤 나는 그와 여자에 관해 한두 마디 이야기를 나눴어요. 그러자 앞일이 아주 빤해 보였어요. 그는 죽어야만 했고 내가 그를 죽여야만 했죠. 나는 다음날 작별인사를 했고, 그 다음날 아침에 부둣가에 보트를 대놓고 호랑가시나무 길로 왔어요. 그가 내내 서재에서 일할 거라는 걸 그에게 들어서 알고 있었고, 1시 20분 전이라는 시각에는 아무도 나와 내 보트를 발견할 수 없다는 것도 알았죠. 나는 다가가서 문을 두드렸어요. 내가 말했죠. '가다가 다시 돌아왔다네. 그 물건들을 꼭 다시 보고 싶어서.' 그래서 그가 열쇠를 주었고 나는 단검을 꺼내서 그의 목을 찔렀지요. 그는 얼마 안 있어 정신을 잃었고——나는 그를 붙잡아 더 이상 소란을 피우지 못하게 했죠——그러고 나서 그의 손에 주사기를 쥐여주고 그것으로 찔렀어요. 그게 제대로 안 되었다고 결론내려야겠군요. 그런 뒤 나는 다른 장신구들을 모아서 보트로 가져가 보트 옆구리에 대고 박살을 낸 다음 바다 속으로 던져 버렸어요. 다시 상자를 잠그고 그의 열쇠를 제자리에 갖다놓고는 창문을 통해 나왔어요. 그런데 단검의 자루를 어디엔가 떨어뜨렸죠. 누군가 그것을 발견하리라고는 생각 못했습니다.

자, 이렇게 된 겁니다. 나는 젊은 사진사에게 매우 미안하게 생각합니다. 청산가리는 단지 불행한 우연의 일치였을 뿐입니다. 그러나 나는 후회의 감정 따위는 없어요. 단지 양해를 구하는 게 너무 늦었다는 것 말고는요. 경찰은 이 사실을 운명에 맡기고 믿는 수밖에 없을 겁니다. 직접 나를 조사할 수는 없을 테니까요. 그러나 부인께서 그 청년에게 다음 사실을 알려 주셔도 좋습니다. 아직도 죽은 여자 때문에 슬퍼하고 있다면, 그 슬픔에서 빨리 벗어나는 게 현명하다고 말입니다. 그가 한번 건드린 사람은 그 뒤에도 온전치 못하답니다. 이만 줄이겠어요.

안녕히 계십시오.'

나이절 허드먼

"정말로 조용히 끝나서 다행이야!" 워린더 부인은 이렇게 혼잣말을 하며 편지를 접었다. "이런 이야기를 모두 듣는다는 게 얼마나 끔찍한 경험인지. 이제 그도 기분이 좀 나아졌겠지. 정말이지 안됐어."

미국을 휩쓴 스필레인 선풍

미키 스필레인(Mickey Spillane)은 1918년 뉴욕 시 브루클린에서 태어났다. 아버지는 아일랜드계 이민이고, 어머니는 스코틀랜드인이었다. 본명은 프랭크 모리슨 스필레인이었으나, 가난한 아일랜드 이민의 아이들이 다 그렇듯이 그도 역시 '미키'로 통했다. 미키라는 필명은, 이 아일랜드 이민에게 주어진 명칭에서 딴 것이다. 미키가 3살 때 그의 집안은 한때 브루클린을 떠나 살았다. 아버지가 직공, 바텐더, 세일즈맨 등을 전전하며 직업을 자주 바꾸었기 때문이었다. 그렇지만 그가 고등학교에 들어갈 무렵 다시 브루클린으로 돌아왔다.

소년 시절에서 청년 시절에 걸쳐, 미키에게 가장 큰 즐거움을 준 것은 펄프 매거진이었다. 그는 30년대의 '피투성이 펄프 매거진'을 닥치는 대로 읽고 '이런 것이라면 나도 쓸 수 있다' 여기고 타이프를 두드리기 시작했다. 미키는 20살도 되기 전에 이미 펄프 매거진 라이터가 되었다. 고등학교를 나오자 캔자스 주립대학에 진학했으며, 대부분의 학비는 펄프 매거진에서 얻는 싸구려 원고료로 충당했다. '돈을 얻기 위해 사람들이 읽고 싶어하는 것을 쓴다'는 직업 라이터의 기본 테크닉을 확고히 몸에 지녔던 것이다.

그는 펄프 매거진 라이터 시절이 얼마나 계속되었는지, 어느 잡지에 어떤 작품을 무슨 펜네임으로 썼는지는 모를 정도였다. 어쨌든 스필레인으로선 먹고 살아가는 것만이 중요한 일이었다. 대학을 중퇴하고, 다시 브루클린으로 돌아가 친구 넷이서 코믹 북의 출판을 시작했다. '캡틴 마벨' '휴먼 토치' 등과 같은 캐릭터가 인기를 얻었다. 원안은 만들었겠지만 그가 그림까지 그렸는지는 알 수 없는 일이다. 그 무렵의 친구로는, 뒷날 그가 마이크 해머의 모델로 삼았다는 조지르와, 스필레인의 뒤를 따라 하드보일드 스릴러를 썼던 알 베이진스키 주니어가 있다.

제2차 세계대전이 발발하자 육군항공대 소위로서 사관후보생의 교관이 된 스필레인은 마침내 공군 전투부대에 배속되었으나, 실전에는 참가하지 않은 모양으로 공군에서의 체험 같은 것이 작품에 나타나 있는 중단편이 두 작품 있다. 스필레인은 전쟁이 끝나기 전해에 첫 아내 메리와 결혼하여(그 뒤 이혼하고 64년 재혼) 한동안 브루클린에서 살았는데, 뉴욕 교외에 값싸고 마음에 드는 토지를 발견하여 옮겨 살 결심을 했다. 그러나 여전히 빈곤 상태에서 벗어나지 못했다. 그러한 굶주림이 그로 하여금 《심판은 내가 한다》를 써내게 했다. 손에 익은 펄프 매거진 스토리에 코믹 스트립의 시각적 효과로 구미를 돋군 《심판은 내가 한다》를 더튼 사의 엘리엇 매클리 사장이 1,000달러로 사주었던 것이다.

《심판은 내가 한다》는 출간되자마자 놀랄 만큼 많이 팔렸다. 스필레인이 쓴, 사람들이 원하는 것…… 즉 '잃어버린 어른의 꿈'을 되찾아주는 마이크 해머의 이야기, 그것은 그야말로 엄청나게 팔렸다. 그런 뒤로 미국의 베스트셀러사에 남는 '스필레인 선풍'은 50년대 미국의 특이한 사회 풍속 현상의 하나라고 보는 편이 옳을 것이다. 처음

5년 동안, 스필레인은 라이터로서의 손에 익은 작업으로 순수하게 타이프를 두드려 댔을 뿐이었는데도 말이다.

《심판은 내가 한다》한 작품으로 베스트셀러 라이터로서의 스필레인의 지위는 확고부동한 것이 되었다. 그를 밀리언셀러 라이터로 끌어올리고, 마이크 해머를 대중의 주인공으로 만든 수단의 하나는 페이퍼 백(얇은 종이 표지)(의 염가판 책)이라는 새로운 출판 방식에 의한 대량 세일이었다. 더튼 사에서 페이퍼 백의 출판권을 잡아 시그네트 북에서 《심판은 내가 한다》의 초판이 간행된 것은 1948년 12월이었다. 스필레인의 제2작 《나의 권총은 재빠르다》가 출판된 전해인 1949년 12월에 이미 첫 작품은 10판을 거듭하고 있었다. 그리고 제7작 《불타는 키스를》이 나온 1959년 12월에는 26판까지 나왔다.

앨리스 하게트의 《베스트셀러 70년》에는 1965년까지의 밀리언셀러가 열거되어 있는데, 스필레인의 초기 작품 7편이 전작 픽션 부문 상위 25개 작품 안에 들어가 있다. 한 작가의 작품이 3개 이상 들어가 있는 경우도 스필레인뿐이었고 총부수 7500만 부라는 것도 파격적인 기록이었다.

1947년의 《심판은 내가 한다》에서 1952년 《불타는 키스를》이 나오는 동안 스필레인은 장편을 네 작품이나 썼다. 《나의 권총은 재빠르다》《복수는 나의 손으로》《쓸쓸한 밤에 생긴 일》《위대한 살인》등 네 작품 모두 마이크 해머가 등장하고 있다. 그리고 해머 시리즈 제6작인 《불타는 키스를》이전에 《이루어진 기대》라는 해머가 등장하지 않는 작품을 하나 발표했다. 이 작품은 51년도의 베스트셀러 제1위가 된 작품으로, '미스터리로서도 1급품'이라는 묘한 칭찬을 받은 하드보일드 서스펜스였다.

이 초기작 7편은 스필레인의 모든 것을 집약하고 있다고 할 수 있다. 명사로서의 영화 출연이나, 마이크 해머 역의 자작 자연(自作自

演)도 포함되어, 53년 이후 스필레인의 모든 '활동'은 그 순수한 라이터였던 5년 동안 썼던 글의 패러디로 볼 수 있다.

미키 스필레인에게는 초기작 7편을 포함하여 1970년까지 모두 18편의 장편이 있다.

그 18편 가운데 마이크 해머 시리즈가 《몰살한 때》를 포함하여 11편이며, 10년 동안의 공백이 있은 뒤 1962년 《걸 헌터》에서 리바이벌한 해머는 그 뒤 1964년 《뱀》, 1966년 《뒤틀린 녀석》, 1967년 《여체 애호 클럽》에 등장하고 있다. 이 밖에 1964년 《총탄의 날》에서 시작된 타이거 맨의 스파이 액션 시리즈가 1966년 《살육의 바이파스》까지 4편이다.

G.D.H. 콜과 마거릿 콜은 1920년대와 30년대에 걸쳐 많은 작품을 발표했는데 《죽음의 장신구》는 그들의 걸작 가운데 하나로 알려져 있다. 그들은 단독으로, 또는 공저로 거의 200여 편의 시, 소설, 논픽션 등을 발표했다.

특히 미스터리소설 분야에서는 《브루클린 살인(1923)》을 시작으로 《술고래의 그물(1942)》까지 약 20년간 30여 권을 발표함으로써 전성기를 구가했다. 이들 중 대다수가 런던경찰국의 헨디 윌슨 총경의 추리능력을 다루고 있다.

그들은 또한 6편의 단편집을 펴냈는데 《워더린 부인의 작업(1938)》이 뛰어난 수작으로 알려져 있다. 이 《죽음의 장신구》에서도 나오는 명랑한 워더린 부인의 출현은 단편소설에만 언급되어 이채롭다.